D1854945

KNAUR

Über die Autorin:
Emma Jacobsen, Jahrgang 1979, studierte nach einer Ausbildung im Buchhandel Geschichte und Antike Kulturen, ehe sie sich ganz dem Schreiben widmete. Sie lebt mit ihrer Familie in Westfalen. Unter dem Pseudonym Julie Peters schreibt sie erfolgreich Inselromane.

Emma Jacobsen

DIE GLÜCKSBÄCKEREI AM MEER

ROMAN

KNAUR

Besuchen Sie uns im Internet:
www.knaur.de

MIX
Papier | Fördert gute Waldnutzung
FSC® C083411

Originalausgabe März 2024
© 2024 Knaur Verlag
Ein Imprint der Verlagsgruppe
Droemer Knaur GmbH & Co. KG, München
Alle Rechte vorbehalten. Das Werk darf – auch teilweise –
nur mit Genehmigung des Verlags wiedergegeben werden.
Die Nutzung unserer Werke für Text- und Data-Mining im
Sinne von § 44b UrhG behalten wir uns explizit vor.
Dieses Werk wurde vermittelt durch die Literarische Agentur
Thomas Schlück GmbH, 30161 Hannover.
Redaktion: Anika Beer
Covergestaltung: www.martinabaldauf.de
Coverabbildung: Collage von Martina Baldauf unter
Verwendung von CreativeMarket.com-Motiven.
Satz: Sandra Hacke, Dachau
Druck und Bindung: CPI books GmbH, Leck
ISBN 978-3-426-53019-1

2 4 5 3

Kapitel 1

Mist, die Törtchen!«

Riekje sprang auf, lief barfuß in die Küche und riss den Backofen auf. Dampf waberte hoch, sie zog hastig das Blech heraus und warf es auf den Herd darüber. Dann kippte sie das Fenster und lehnte sich gegen die Anrichte. Puh. Das war gerade noch mal gut gegangen. Das Dutzend Mürbeteigtorteletts in den Förmchen sah schon etwas dunkler aus, als ihr lieb war, aber da sie ja noch Lemoncurd und Baiser drübergab, würde es schon gehen.

Riekje musste über sich selbst den Kopf schütteln. Wirklich, das war typisch für sie. Da wachte sie nachts um zwei auf, konnte auch mit den üblichen Tricks nicht wieder einschlafen – dicke Socken anziehen, Wärmflasche machen, Nerventee trinken, ein langweiliges Buch lesen, sie hatte alles versucht! –, und als sie aufgestanden war, hatte sie beschlossen, dass sie genauso gut backen konnte. Backen beruhigte sie immer. Offensichtlich hatte das Kneten des Mürbeteigs, das Vorbereiten der Zitronencreme und das Auskleiden der Törtchenformen sie so sehr erschöpft, dass sie, sobald die Torteletts im Ofen waren, auf dem Sofa unter der Decke eingenickt war. Nicht mal das Piepsen der Küchenuhr hatte sie geweckt.

Sie lauschte. Im Schlafzimmer blieb alles ruhig. So ein Glück. Das fehlte ihr noch, dass sie ihren Freund Martin mit ihrer nächtlichen Backorgie weckte. Sie hatte ihn doch damit überraschen wollen, dass es zum Dreißigsten seine Lieblingstörtchen gab. Gestern Abend war sie zu müde dafür gewesen. Klar hatte sie gemerkt, wie enttäuscht er war, als sie ihm erklärte, er würde vermutlich keine Törtchen auf dem Geburtstagstisch vorfinden. Nicht mal für den obligatorischen Schokokuchen in Herzform, den sie sonst blind und im Schlaf backen konnte, hatte ihre Energie gereicht. Sie wusste selbst nicht so genau, was gerade mit ihr los war. Na ja, Hauptsaison war, aber das konnte ja nicht alles sein. Die Hauptsaison kam jedes Jahr nach Norderney, so zuverlässig wie die Heuler im Juni und die Herbststürme im September, und die Inselgäste fegten genauso regelmäßig über die Insel hinweg, wie die Gezeiten am Weststrand knabberten.

»Könnte an drei Tagen mit Überstunden liegen«, murmelte sie. »Na los, Riekje. Jetzt noch die Zitronencreme und das Baiser drauf, danach hast du es geschafft.«

Dann konnte sie sich auch noch für ein, zwei Stunden hinlegen, bevor Martin aufwachte. Heute hatte sie zum Glück frei. Den Urlaubstag hatte sie sich schon vor drei Monaten eintragen lassen.

Während die Mürbeteigtorteletts auf dem Kuchengitter abkühlten, wusch Riekje die ganzen Backutensilien ab. Sie räumte die Küche auf, gab die Zitronencreme auf die Küchlein und verteilte großzügig mit einer Spritztülle süßen Eiweißschaum darüber. Dann kamen diese noch mal für eine Weile in den Ofen. Riekje räumte den Tisch ab, holte den Blumenstrauß vom Balkon, wo sie ihn gestern Abend versteckt hatte, und schlich ins Schlafzimmer. Auf ihrer Schrankseite hatte sie ganz oben Martins Geschenk versteckt. Sie schaffte es, den großen Karton beinahe lautlos herauszuholen. Gar nicht so leicht, denn sobald sie den Karton neigte, raschelte und klapperte es ziemlich laut darin. Dass Klemmbausteine auch nicht aus Schaumstoff sein konnten!

Schließlich stand alles bereit – Blumenstrauß, Kerze, Küchlein, Geschenk und Martins liebster Kaffeebecher warteten auf ihn. Riekje betrachtete zufrieden ihr Werk. Sie hätte sich gern noch mal ins Bett gelegt, aber damit sie ihn nicht weckte, kuschelte sie sich gleich lieber auf dem Sofa ein. Die Balkontür stand offen, eine leichte Brise strich durch das Wohnzimmer und die offene Küche mit der Kochinsel. Sie trat auf den Balkon hinaus, der zwei Seiten des Apartments umgab, in dem sie nun schon seit über vier Jahren wohnten. Damals hatte sie vor allem darüber gestaunt, dass es Norderneyer gab, die sich so eine Wohnung leisten konnten – und nun lebte sie selbst hier und genoss morgens diesen fantastischen Ausblick auf den Weststrand. Und dahinter das Meer. Abends saßen Martin und sie oft bei einem Glas Rosé – für sie – und einer Flasche Bier – für ihn – in dem Strandkorb mit blau-weiß gestreiften Polstern und beobachteten den Sonnenuntergang. Sie hätte sich dieses Leben nie träumen lassen.

»Schatz? Was ist das?«

Sie trat wieder ins Wohnzimmer. Martin stand noch im Schlafanzug vor dem Geburtstagstisch und kratzte sich am Kopf. Seine lockigen schwarzen Haare wirkten etwas zerzaust, ein Bartschatten lag um Wangen und Kinn. Die dunkelbraunen Augen strahlten, als er erkannte, was sie für ihn aufgebaut hatte.

»Herzlichen Glückwunsch zum Geburtstag, Liebster.« Riekje breitete die Arme aus. Martin umarmte sie und küsste sie auf den Scheitel, während sein Blick über den Gabentisch glitt. »Und gebacken hast du auch.« Er staunte. »Hast du gar nicht geschlafen?«

Riekje grinste. Die Überraschung war ihr gelungen.

»Ich weiß doch, wie sehr du Lime-Baiser magst. Ich konnte heute Nacht nicht schlafen, da bin ich aufgestanden und habe sie noch gebacken.«

»Wie lieb von dir.« Er drückte sie an sich. Sein Blick blieb an dem großen Paket mit Klemmbausteinen hängen. »Woooow. Ist das … Camp Nou?«

»Jep.«

»Das kostet ein Vermögen.«

»Jep.«

»Danke, Liebes.« Er küsste sie noch einmal. Riekje schlüpfte in die Küche und schaltete die Kaffeemaschine an, während Martin im Bad verschwand.

Sie goss gerade den Kaffee in die zwei Becher mit der Aufschrift »Mr Perfect« und »Mrs Not-so-Perfect«, die er ihr zum dritten Jahrestag geschenkt hatte, als er zurückkam. Er starrte auf sein Smartphone und hatte die Stirn gerunzelt. Ohne den Blick vom Handy zu lassen, nahm er seinen Becher entgegen und trank einen Schluck. »Sag mal … Hast du für diesen Monat schon die Nebenkosten überwiesen?«

»Habe ich nicht?«

»Ist nicht auf dem Konto.«

»Ich schaue das nachher nach.«

»Wäre nett. Sorry, muss jetzt ins Gym.«

»Okay.« Riekje schluckte mühsam die Enttäuschung hinunter. Sie hatte gehofft, dass Martin und sie wenigstens an seinem Geburtstag morgens etwas mehr Zeit füreinander hätten. Schließlich hatte sie sich freigenommen. »Kommst du danach für ein gemütliches Frühstück nach Hause?«

»Ach so, ganz vergessen. Nee, das klappt nicht. Sorry. Mein Vater braucht mich.«

»Davon hast du mir gar nichts erzählt.«

»Das hat sich gerade erst ergeben.«

»Ach, dann kann ich ja auch arbeiten gehen. Aber heute Abend gehen wir zusammen essen, ja?«

»Klar. Und danach machen wir es uns schön gemütlich.« Er kippte den Kaffee in seinen Thermosbecher, warf sich die Sporttasche über die Schulter und zog die Wohnungstür hinter sich ins Schloss.

Riekje ging mit ihrem Kaffee und einem Lime-Baiser auf den Balkon. Sie wollte sich nicht darüber ärgern, dass Martin wieder mal keine Zeit für sie hatte. Heute Abend konnten sie bestimmt feiern! Morgens hatte er nun mal seine festen Abläufe. Direkt nach dem Aufstehen ins Gym, dort war er dann anderthalb Stunden. Anschließend fuhr er ins Büro. Er arbeitete für seinen Vater als Makler. Kein Wunder, dass er diese wunderschöne Wohnung sein eigen nannte – er hatte sie vom Fleck weg gekauft, als er die Vermittlung annahm. Sie war gar nicht auf den Markt gekommen.

Martin sprach immer von »unserem kleinen Nest, in dem wir es uns schön gemütlich eingerichtet haben«. Und das stimmte. Die drei Zimmer mit dem großzügigen Wohn-Ess-Bereich und der offenen Küche, dazu das kleine Bad, gehörten ihnen. Also, streng genommen gehörte die Wohnung Martin. Er hatte sie gekauft und stand allein im Grundbuch. Er hatte Riekje damals vorgeschlagen, sie könnten die Wohnung auch zu gleichen Teilen kaufen, aber das hätte sie mit ihrem kleinen Gehalt nicht hinbekommen. Auch ihre mageren Ersparnisse hätten für ihren Teil des Eigenkapitals nicht gereicht. Und sie war so einsichtig, dass sie sich nicht für eine Wohnung bis in die Haarspitzen verschulden wollte.

Sie trug dafür die Lebenshaltungskosten. Ein fairer Deal.

Eine halbe Stunde später zog sie die Wohnungstür hinter sich zu und machte sich auf den Weg zur Arbeit. Mit dem Fahrrad fuhr sie vom Westende der Insel Richtung Jann-Berghaus-Straße. Dort befand sich die Zimmervermietung, bei der sie nun schon seit acht Jahren arbeitete.

»Moin, Frau Johannsen. Hatten Sie heute keinen Urlaub eingereicht?«, begrüßte sie ihr Chef, als sie die Zimmervermietung betrat. Er stand hinter dem Tresen. Im Moment war es noch ruhig; erst ab halb zehn kamen die ersten Inselgäste, um ihre Schlüssel abzugeben, bevor um die Mittagszeit dann die neuen Gäste anreisten. Riekje schlüpfte hinter den Tresen. Herr Rüter zog die Nase kraus. »Rieche ich da etwa schon wieder eine Ihrer köstlichen Gebäckspezialitäten?«

Riekje lachte. »Ich habe Lime-Baisers mitgebracht, ja.«

»Sie sind mein Untergang, Frau Johannsen.« Ihr Chef grinste. »Aber was tun Sie heute hier?«

»Meine Pläne haben sich geändert. Und ich dachte, ich könnte dann heute ein paar Dinge wegarbeiten.«

»Dann denken Sie bitte daran, den Urlaubstag auch wieder auszutragen, damit alles seine Richtigkeit hat.«

»Werde ich tun.«

Theodor Rüter war ein feiner Herr Ende sechzig, der sich theoretisch längst hätte zur Ruhe setzen können. Praktisch liebte er die Arbeit – »und Ihre Küchlein, Frau Johannsen!«, scherzte er gern – und war als Chef wirklich angenehm. Irgendwann würde seine Tochter Ella übernehmen, doch bis dahin stand er jeden Morgen kerzengerade im modischen Dreiteiler mit Einstecktüchlein und Nadelstreifen vor den Inselgästen und begrüßte sie mit seinem ostfriesischen Platt. Die Leute mochten ihn, und Riekje arbeitete gern bei ihm.

Sie trug die Kuchenhaube in die Teeküche, unter der sich sieben der kleinen Köstlichkeiten verbargen – für jede Mitarbeiterin eins und für Herrn Rüter zwei. Er zierte sich immer ein bisschen, wenn ein Stück übrig blieb, aber Riekjes Kolleginnen ermutigten ihn stets, sich das zweite auch zu gönnen, und meist gab er nach.

»Sie wissen schon, dass ich ein bisschen auf meine Linie achte?«, rief Herr Rüter ihr nach.

»Darum müssen Sie unbedingt zwei essen, denn sonst esse ich ein zweites, und *meine* Linie verträgt das sicher nicht«, witzelte Riekje.

»Sie sind gut so, wie Sie sind.« Er wurde ernst. »Wenn ich nicht Ihr Chef wäre, würde ich Ihnen jetzt ein Kompliment machen.«

Riekje wischte seine Worte beiseite. »Ich weiß, dass ich dick bin«, erwiderte sie. Herr Rüter sah aus, als wollte er noch etwas erwidern, doch dann kniff er den Mund zusammen.

Sie brachte die Kuchenhaube in die Teeküche und begrüßte Dorte und Melanie, die bereits an der Kaffeemaschine plauderten. Beide arbeiteten halbtags in der Zimmervermittlung und kümmerten sich vor allem um die Buchungen. Riekje war der Fels in der Brandung, wenn es um Beschwerden ging. Sie begrüßte ihre Kolleginnen und kochte sich eine kleine Porzellankanne mit Ostfriesentee. So viel Zeit musste sein.

Ihr Telefon blinkte bereits, als sie zehn Minuten später in das kleine Eckbüro kam. Riekje seufzte. Es war fünf vor halb neun, und sie war jeden Morgen ab halb neun erreichbar. Einige Nachrichten warteten bereits auf dem Anrufbeantworter, und während sie diese abrief, klingelte das Telefon schon wieder.

»Vermietungsservice Norderney, Johannsen am Apparat, moin!«, meldete sie sich fröhlich.

»Dass Sie endlich mal ans Telefon gehen! Ich hab's schon fünfmal versucht!«, schnaufte der Anrufer ihr empört ins Ohr.

»Wo brennt's denn?«, fragte Riekje freundlich. Meist brannte es nämlich nicht, und mit dieser Formulierung konnte sie den meisten Beschwerden den Wind aus den Segeln nehmen. So auch dieses Mal.

»Ach, es brennt gar nicht. Aber das Plissee in der Küche klemmt, und dann hat meine Frau so daran herumgerissen, dass es jetzt kaputt ist.« Der Anrufer klang kleinlaut.

»Okay, ich nehme das mal auf und schicke Ihnen jemanden vorbei. Ich bräuchte nur Ihren Namen und Ihr Quartier.«

Riekje notierte alles und verabschiedete sich freundlich. Sie legte auf und musste selbst erst mal durchschnaufen. Puh! Den ersten Anrufer hatte sie schon mal einigermaßen beruhigt.

Blieben ja nur ungefähr fünfzig, die bis zur Mittagszeit mit ähnlichen Anliegen anriefen.

»Tschakka, du schaffst das«, motivierte sie sich und lächelte dem Foto von Martin und sich zu, das neben ihrem Computermonitor stand. Es war letzten Sommer bei der Hochzeit von Martins bestem Freund aufgenommen worden. Damals hatte Martin sie ganz verliebt angeschaut, den ganzen Abend. Sie hatte wieder dieses Kribbeln im Bauch gespürt. Sie hatte sich gefragt, ob er ihr irgendwann *die* Frage stellen würde … Aber nach der Hochzeit waren sie zum Alltag übergegangen, als wäre nichts passiert.

»Ist doch auch nicht so wichtig«, flüsterte sie. Das Telefon klingelte, bevor sie sich weiter in ihre Grübeleien vertiefen konnte.

Drei Stunden später wusste Riekje nicht mehr, wo ihr der Kopf stand – und das lag nicht daran, dass sie ständig die Augen verdrehte und so langsam ein Gefühl dafür verlor, wo oben und unten war.

Der letzte Anrufer war besonders hartnäckig. Sicher, Urlaub sollte die schönste Zeit des Jahres sein. Riekje und das ganze Team vom Norderneyer Vermietungsservice taten alles, was ihnen möglich war.

Aber hier stieß sie an ihre Grenzen.

»Hören Sie. Diese *Katze* spaziert durch den Garten, als würde ihr alles gehören. Wirklich. Die springt über den Zaun, läuft zur Terrasse und miaut so laut, als würde sie ernsthaft erwarten, dass wir sie füttern. So ein fettes, pechschwarzes Vieh ist das. Und wenn wir die Katze nicht füttern, starrt sie uns an, dreht ab und kackt unter die Heckenrosen, bevor sie verschwindet. Jetzt ist sie wieder da. Macht mich wahnsinnig, das Tier.«

Riekje konnte sich nur mühsam ein Grinsen verkneifen. Der Anrufer klang sehr distinguiert, sie stellte sich einen Herrn Ende fünfzig vor, der in feinem Zwirn hinter der Terrassentür lauerte und auf den Garten starrte, während er mit ihr sprach. Sie konnte sich schon denken, welche Katze das war. Was aber das Problem des Gasts nicht löste.

»Entschuldigen Sie. Was erhoffen Sie sich nun von uns?«

»Na, fangen Sie dieses Vieh! Bringen Sie es meinetwegen von der Insel, dass es nicht weiter sein Unwesen treibt!«

Jetzt musste sie wirklich grinsen. »In Ordnung, Herr Lüdenscheid. Ich habe notiert: Katze kackt in den Garten, bitte ausweisen. Darf ich das so an unser Serviceteam weitergeben? Dann kommt heute Nachmittag jemand vorbei.«

»Derjenige soll gefälligst 'ne Schaufel mitbringen und den Katzenhaufen entfernen.«

Riekje nickte, notierte, beruhigte den Urlauber und versprach ihm, ihre Kollegen würden sich darum kümmern. Dann legte sie auf und musste sich erst mal zurücklehnen und herzlich lachen. Dann rief sie Asja an. Sie arbeitete als Technikerin beim Serviceteam und wohnte um die Ecke von der Pension *Inselrose,* wo der Urlauber nebst Gattin und Sohn abgestiegen waren.

»Sorry, ich störe hoffentlich nicht. Aber dein Kater treibt sich wieder rum, statt zu Hause ins Klöchen zu kacken. Wurde mir gerade von einem empörten Gast drüben in der *Inselrose* berichtet.«

Asja stöhnte auf. »Dieser kleine Stinker! Der soll mir nach Hause kommen.«

Riekje gluckste. »Kannst dich immer noch drauf rausreden, dass er ja taub ist.«

»Ich hätte ihn niemals Beethoven nennen dürfen«, brummelte Asja. »Wessen Idee war das bloß?«

»Meine«, gab Riekje fröhlich zu. »Ich kann's noch nicht mal auf den Wein schieben, den haben wir an dem Abend erst danach getrunken.«

Und den winzigen schwarzen Findelkater mit ein paar Tröpfchen Weißwein getauft. Das war nun zwei Jahre her, doch der kleine Rabauke war seitdem zu einem riesigen, ziemlich eigensinnigen Kater herangewachsen, der gern durch die Gärten streunte, Mäuse fing und um Futter bettelte oder in die Beete pieselte.

»Ich kümmere mich drum. Sonst noch was?«

»Aktuell nicht. Ist ein relativ ruhiger Tag.«

»Steigt heute Abend eine kleine Feier bei euch?«

»Ich weiß es nicht«, gab Riekje ehrlich zu. Martins Geburtstag hatte sie schon fast vergessen. »Vermutlich hat er andere Pläne.«

»Ich hoffe, seine Pläne beinhalten neben einem schicken Abendessen auch einen Ring mit fettem Klunker, den er im Dessert versteckt hat.«

»Ach …« Riekjes gute Laune war mit einem Mal verflogen. »Muss ja nicht.«

Sie blickte aus dem Fenster.

»Alles okay?«, erkundigte sich Asja. »Sorry, ich wusste nicht, dass uns das Thema inzwischen nervt.«

Asja war ihre beste Freundin, und natürlich hatte Riekje ihr schon gelegentlich erzählt, wie schön es wäre, wenn Martin und sie endlich Nägel mit Köpfen machten, wie sein Vater das gern bei gelegentlichen Familienfeiern nannte. Dass sie von dem Thema heute eher genervt war, lag vermutlich daran, dass sie sich vor einer Enttäuschung bewahren wollte. Bestimmt kam heute Abend von Martin nichts in der Richtung. War schließlich *sein* Geburtstag. Aber sie hatte erst wieder im Februar. Hm.

Die gute Laune war ihr vergangen, und das ärgerte sie. »Ich muss weitermachen. Schreibst du mir, wie die Sache mit Beethoven und der *Friesenrose* ausgegangen ist?«

»Na logo! Und gräm dich nicht, ja? Du bist toll.«

»Danke, Liebes.« Sie legten auf. Riekje schnaufte durch. Sie ging in die Teeküche. Einsam und verlassen lag noch ein Lime-Baiser auf der Tortenplatte. Sie nahm es und verschlang es im Stehen vor der Kaffeemaschine. Das schlechte Gewissen kickte sofort, aber das war ihr egal.

Oder zumindest redete sie sich das ein.

Sie zog ihr Handy hervor und schrieb an Martin. *Was machen wir denn heute Abend?*

Er las die Nachricht sofort, aber es kam keine Antwort. Bestimmt war er gerade furchtbar beschäftigt. Klar, verstand sie. Sein Job war ihm wichtig. Trotzdem grub sich die Enttäuschung noch ein bisschen tiefer in ihr Herz.

Sie kehrte an den Schreibtisch zurück und begann, einen ganzen Schwung E-Mails zu beantworten. Es tat ihr gut, die kleinen Probleme anderer Leute zu lösen. Als ihr Telefon pingte, schrieb sie erst die aktuelle E-Mail fertig, ehe sie Martins Antwort las.

Weiß nicht. Wollte eigentlich mit meinen Fitnessbuddies was machen. Oder hast du 'nen anderen Vorschlag? Hast du die Sache mit dem Geld geregelt?

Sie spürte einen dicken Stein im Magen.

Das Geld geht immer mit Dauerauftrag aufs Konto, das müsste also passen. Ehrlich, mit deinen Kumpels willst du losziehen? Ich dachte, wir gehen fein essen. Dahinter setzte sie einen weinenden Smiley. Ruhig ein bisschen selbstironisch sein, dachte sie.

Die nächsten Stunden schwieg ihr Handy, obwohl Martin ihre Antwort direkt gelesen hatte.

Kapitel 2

Als sie sich um halb fünf auf den Heimweg machte, war Riekje müde. Die Enttäuschungen türmten sich an diesem Tag vor ihr auf wie ein Berg stinkender Austern, die man lieber nicht essen sollte. Alles, was nach Fisch stank, war nicht mehr frisch, wusste doch jeder.

Martin war nicht zu Hause. Aber in der Zwischenzeit musste er hier gewesen sein, denn auf dem Esstisch war die Klemmbaustein-Packung aufgerissen worden, und überall lagen die Tüten verteilt, einen Teil hatte er bereits gebaut. Sie starrte auf die Bodenplatte, auf das Chaos. Sie wäre gern dabei gewesen, wenn er damit anfing, aber er war offenbar nach der Arbeit kurz hier gewesen, hatte angefangen und war schon wieder los. Sie hängte die Wäsche auf und ließ den Staubsauger in alle Ecken der Wohnung gucken. Gerade war sie im Bad mit dem Waschbecken fertig, als sie einen Schlüssel hörte, der sich im Schloss der Wohnungstür drehte.

»Da bist du ja.«

Sie trat in den Flur. Martin kam herein und starrte sie verwirrt an.

»Was machst du denn hier?«

Sie verkniff sich ein Grinsen. »Ich wohne hier.«

»Aber doch nicht um diese Zeit.«

Riekje kicherte. Martin starrte sie nur wortlos an; offenbar hatte er *unbeabsichtigt* Loriot zitiert. »Ich habe etwas früher Schluss gemacht. Falls du deine Pläne änderst und wir zu Hause bleiben.«

»Nee du, da hat sich nichts geändert. Um halb acht bin ich mit Falk und Robert in der Milchbar verabredet.«

»Ach so.« Riekje merkte, wie ihre Heiterkeit wieder in sich zusammenfiel. »Na ja, da kann man nichts machen.«

»Komm doch mit! Ich habe nur einmal im Jahr Geburtstag.«

»Ach, ich weiß nicht.«

»Wieso? Weil du meine Freunde nicht magst?«

Das beruht wohl auf Gegenseitigkeit, dachte Riekje. Oder nein – Falk und Robert waren nett. Sie gaben ihr nur immer das Gefühl, sie nicht ernst zu nehmen, weil sie nicht fünfmal in der Woche ins Fitnessstudio rannte und sich von proteinhaltigen Nahrungsergänzungsmitteln ernährte, um ihre Muskeln zu definieren. Wenn Martin sie einlud, sich ihm und seinen Freunden im Gym anzuschließen, fühlte sie sich immer wie ein Alien. Statt sich an den Geräten oder mit den Gewichten zu plagen, bevorzugte sie auch im Fitnessstudio das Vertraute – eine Stunde auf dem Fahrradergometer genügte ihr. Und dann durfte sie sich wieder anhören, dass sie ja »nur« so ein Cardiomäuschen war.

Nein, danke.

»Ich mag deine Freunde«, erwiderte sie defensiv. *Ich mag nur nicht, wie sie mit mir reden.*

»Kannst es dir ja überlegen. Hat bestimmt niemand was dagegen, wenn du dabei bist.«

Vielen Dank auch, dachte Riekje. Sie versuchte, nicht zu sauer zu sein, weil Martin andere Pläne hatte. Das war sein gutes Recht. Sie konnte es sich genauso gut mit einem Becher Tee und einem Lime-Baiser gemütlich machen und ein paar Folgen *The Good Doctor* gucken, während er feiern ging.

»Ich würde mich jedenfalls freuen«, fügte er hinzu. Er legte den Arm um ihre Schultern und drückte sie an sich. »Tut mir leid, dass ich schon Pläne habe. Wir holen das nach, okay?«

Sie nickte, schluckte schwer und flüsterte »okay«, dann machte sie sich von ihm los und ging zurück ins Bad, um die Putzsachen wegzuräumen.

Sie hörte, wie Martin ins Wohnzimmer ging, und am liebsten hätte sie ihm erklärt, wie egoistisch sie es fand, dass er seinen Geburtstag lieber mit den Jungs verbrachte statt mit ihr. Sie blinzelte, bemerkte die Zahnpastaspuren auf dem Badezimmerspiegel und holte den Glasreiniger aus dem Schrank.

Oder war sie selbst egoistisch? Wenn er an seinem Geburtstag Pläne hatte, dann war das eben *seine* Vorstellung davon, wie er feiern wollte. Sie konnte sich ja anschließen, wenn sie wollte.

Wollte sie nur nicht. Ein Abend in der Milchbar, das würde vermutlich laut, albern, viel Alkohol bedeuten – und morgen konnte sie nicht ausschlafen, sondern musste sich pünktlich um halb neun wieder um die Anfragen der Gäste kümmern. Martin konnte sich problemlos einen halben Tag freinehmen.

Sie holte die Wäsche aus dem Trockner und begann sie zu falten, während sie weiter über den ganzen Mist grübelte.

Sollte sie doch mitgehen? Über ihren Schatten springen, obwohl sie lieber gemütlich essen gegangen wäre? Riekje hielt inne. Sie könnte ja mitgehen und sich nach zwei Stunden verabschieden. Dann hätte sie immer noch ein bisschen mit Martin gefeiert, konnte noch eine Folge Serie gucken, bevor sie ins Bett kroch – und alle wären glücklich. Sie ging ins Wohnzimmer.

»Die Spülmaschine ist fertig«, bemerkte Martin.

»Ja, ich räume sie gleich aus. Heute Abend komme ich mit, ja? Ich hab's mir überlegt.«

»Okay, cool. Machst du mir ein Glas Wasser mit Zitronenscheibchen?« Er blickte von den Klemmbausteinen auf. »Bitte?«

»Na klar.« Sie lächelte, halbwegs wieder versöhnt. Während sie die letzte Zitrone aufschnitt und mit Eiswürfeln und Sprudelwasser hantierte, baute er weiter.

»Ach so, ich habe auch noch mal auf unser Konto geguckt«,

sagte er beiläufig. »Ich glaube, du musst die monatlichen Zahlungen mal anpassen. Ist immer ganz schön knapp.«

Riekje hielt in der Bewegung inne. Sie spürte, wie die Angst nach ihrem Herz griff. »Hm, woran hast du ungefähr gedacht?«

»Weiß nicht, so zweihundert Euro mehr? Der Stromabschlag ist teurer geworden, und du überziehst regelmäßig das Lebensmittelbudget mit deinen Kuchenzutaten.«

»Du isst die Kuchen genauso gern wie ich«, protestierte sie schwach.

»Klar. Aber müssen wir echt zweimal die Woche Kuchen essen? Nicht zu vergessen das, was du ständig zur Arbeit schleppst.« Er lachte. »Du solltest deinen Chef um eine Gehaltserhöhung bitten. So oft, wie du ihn mit Kuchen fütterst …«

Riekje stellte ihm wortlos das Wasser hin. Martin baute weiter, als würden sie nicht gerade eine wichtige Diskussion führen. Also, für Riekje war sie wichtig. Für Martin offensichtlich nicht.

Als sie vor vier Jahren zusammengezogen waren, hatten Riekje und Martin sich darauf geeinigt, wie sie das Finanzielle regeln wollten. Er war der Ansicht, dass er mit den Raten für die Wohnung schon genug leistete. Darum sollte Riekje den Großteil der Wohnnebenkosten und Nahrungsmittel tragen. Sie richteten ein gemeinsames Konto ein, auf das sie jeden Monat einen Betrag überwies. Er überwies auch eine kleine Summe. Sie hatte damals argumentiert, dass die Wohnung ja seine sei und es gerechter wäre, wenn sie beide anteilig vom Gehalt die Lebenserhaltungskosten bestritten. Sie wusste, dass Martin deutlich mehr verdiente als sie.

Doch ihr Vorschlag führte zum ersten richtig großen Streit zwischen ihnen. Er redete danach tagelang nicht mit ihr, bis sie nachgab und auf seinen Vorschlag einging. Er war immerhin so einsichtig, dass sie nicht die ganzen Kosten trug und er auch einen kleinen Anteil überwies, argumentierte er.

Trotzdem hatte die Regelung sie all die Jahre immer genervt. Sie hatte sich fest vorgenommen, sich beim nächsten Mal nicht von Martin einwickeln zu lassen, wenn er von ihr eine Erhöhung ihres Beitrags forderte.

Dieser Moment war also gekommen.

»Ich fände es fairer, wenn wir beide unseren Anteil erhöhen«, sagte sie leise.

Martin drehte sich zu ihr um. »Wieso?«

»Weil … du mehr verdienst als ich. Und durch die Raten für die Wohnung baust du ja dein Vermögen auf. Das kann ich mit meinem Beitrag nicht.« Sie lachte. »Na ja, könnte ich, wenn ich die Kuchen verkaufen würde. Aber das mache ich nicht.«

Er schüttelte den Kopf und konzentrierte sich wieder auf seine Klemmbausteine. »Dafür wohnst du kostenlos. Wenn du eine Wohnung gemietet hättest, wäre das in den letzten vier Jahren auch deutlich teurer geworden. Ich sag's dir, der Mietmarkt auf Norderney – puh. Da findet man kaum was. Also, wenn nur unter der Hand. Da müsstest du dich schon mit 'nem Makler gut stellen.« Er lachte auf.

Riekje ließ nicht locker. »Ich fänd's trotzdem fairer, wenn wir die Kosten anders aufteilen.«

»Ja, die alte Leier.« Sie hörte ihn schwer seufzen. Er drehte sich aber nicht noch mal zu ihr um. Sie stand hinter ihm und fühlte sich echt blöd. »Ernsthaft, Riekje. Wir haben das doch besprochen. Wenn du mit deinem Geld nicht auskommst, musst du eben zusehen, wie du mehr verdienst. Du könntest ja 'ne Gehaltserhöhung verhandeln. Wenn du mich fragst, bist du eh unterbezahlt.«

Das Thema schon wieder. Riekje wollte sich aber nicht ablenken lassen. Martin wusste ziemlich gut über ihre Finanzen Bescheid, während er seine gern für sich behielt. Vermutlich aus gutem Grund.

Sie atmete tief durch. Sie wollte doch nicht so missgünstig sein.

Statt auf seine Worte einzugehen, drehte sie sich wortlos um und begann die Spülmaschine auszuräumen.

»Alles wieder gut?« Martin legte den Arm um ihre Schultern, als sie im Fahrstuhl standen. »Schau mal, was wir für ein hübsches Paar sind. Das Kleid steht dir echt gut.«

Sie hatte sich für ein Petticoatkleid mit roten Blüten auf weißem Grund entschieden, im Fünfzigerjahre-Stil und mit einem breiten, roten Lackgürtel und Herzausschnitt. Dazu trug sie rote Riemchensandalen. Die dunkelblonden Haare hatte sie zu einem Pferdeschwanz hochgebunden.

Martin trug eine helle Chino, Loafers und einen Pullover mit Blockstreifen locker über dem Polohemd mit hochgestelltem Kragen geknotet. Er schob die Sonnenbrille auf die Nase und strich sich prüfend über die kurzen, zurückgegelten Haare. Sie sah ihn gerne an, merkte sie. Immer noch klopfte ihr Herz aufgeregt, wenn sie diesen gut aussehenden Mann mit dem Grübchen im Kinn und dem zauberhaften Lächeln ansah. »Du siehst toll aus«, sagte sie spontan.

»Danke«, erwiderte er überrascht. Doch für den Rest des Wegs schwiegen sie. Martin hielt Riekjes Hand, bis die Milchbar in Sichtweite kam und er seine Freunde entdeckte, die vor der Tür rauchten.

»Lass uns auf die Terrasse setzen«, schlug Falk vor. Die drei Männer begrüßten sich mit überschwänglichen Umarmungen und knufften einander gegen die Schulter. »Hi, Riekje«, sagte Robert, dann gingen Falk, Martin und Robert voran, und Riekje folgte ihnen.

Auf der Terrasse der Milchbar wehte abends oft ein steifer Westwind, und der heutige Abend bildete keine Ausnahme. Riekje fröstelte, als sie hinter Martin und seinen Kumpels zu einem Tisch direkt an der Balustrade ging. Martin setzte sich neben Falk, und Riekje blieb nichts anderes übrig, als sich neben Robert zu quetschen, schräg gegenüber von Martin. Sie holten sich an der Bar Bier und für Riekje ein Glas Weinschorle, dazu bestellten sie etwas zu essen. Als Riekje sich für die Rosmarinkartoffeln *mit* Krabben entschied, zog Martin nur stumm die Brauen hoch, und Falk grinste. »Ich mag ja Frauen, die gut essen können.«

Sie fühlte sich irgendwie falsch. Die Männer redeten vor allem über ihre neuesten Rekorde, die sie im Gym aufgestellt hatten, über Bekannte, die entweder super peinlich oder krass gut waren. Riekje nippte an ihrer Weinschorle und versuchte, die Aussicht zu genießen. Sie vertrieb sich die Zeit damit, unten auf der Promenade die Urlauber zu beobachten. Ein Rentnerpaar schlenderte vorbei. Er hielt ein Fischbrötchen in der Hand und gestikulierte wild, während er ihr lang und breit etwas erklärte. Sie lächelte nachsichtig und ließ ihn reden. Als er die Hand mit dem Fischbrötchen in die Höhe reckte, um ihr etwas zu demonstrieren, schoss eine Silbermöwe auf ihn zu und schnappte sich das Fischbrötchen. Riekje musste kichern. Auch die ältere Frau konnte sich ein Lachen nicht verkneifen, während ihr Begleiter sich lauthals darüber beklagte, was für widerwärtige Kreaturen diese Möwen doch waren.

Das Essen kam, und Riekje aß schweigend. Sie zog fröstelnd die Strickjacke enger um ihre Schultern. Inzwischen waren sie seit einer Stunde hier, und sie hatte kaum mehr als drei Sätze gesagt. Weil es ihr langsam zu dumm wurde, zog sie ihr Handy hervor und las eine Nachricht von einer Freundin. Sie lächelte und schrieb eine Antwort, ehe sie es wieder einsteckte.

»Alles okay?«, fragte Martin.

»Ja, klar. Wieso denn nicht?«

»Du bist so still.«

»Na ja, eure Bekannten im Gym kenne ich ja nicht.« Sie zuckte unbehaglich mit den Schultern. »Tut mir leid.«

»Aha.« Er wandte sich wieder an Falk. »Hast du mitgekriegt, dass neulich Nora von dem neuen isotonischen Getränk mit Beerengeschmack kotzen musste? Echt übel. Sie ist damit aufs Laufband, und peng, hat einmal quer über die Maschine gespuckt. So eklig.«

»Bah, es gibt Leute, die noch essen.« Falk warf Riekje einen Blick zu, die als Letzte noch in ihrem Gericht stocherte. Sie schob den Teller von sich weg. Ihr war der Appetit vergangen, aber das lag nicht an Martins Erzählung.

Selten hatte sie sich so sehr fehl am Platz gefühlt. Falk und Robert steckten sich direkt eine Zigarette an, und Martin holte noch eine Runde Bier. Riekje zog ihre Sonnenbrille aus der Handtasche und setzte sie auf. Sie blinzelte ein paarmal gegen die Tränen an, die ihr in die Augen stiegen.

War 'ne Scheißidee gewesen, mitzukommen. Sie beschloss, nach Hause zu gehen, sobald Martin zurück war.

»Gehst du schon?«, fragte er überrascht, als sie aufstand. Er stellte die Bierflaschen auf den Tisch.

»Ja, tut mir leid. Ich bin müde, und ich glaube …« Sie verstummte. … *ihr habt ohne mich mehr Spaß,* brannte ihr auf der Zunge, aber das wäre unfair. Sie hatte nicht mal versucht, sich am Gespräch zu beteiligen. »Na, viel Spaß noch.«

»Danke. Zahlst du drinnen, oder soll ich das später für dich übernehmen?«

»Das wäre lieb, wenn du es übernimmst.« Sie wollte schon gehen, aber Martin griff nach der Speisekarte und klappte sie auf.

»Ja warte, du hattest die Rosmarinkartoffeln mit Krabben und 'ne Weinschorle, richtig? Ich rechne dir das rasch aus.«

Riekje begriff. Er lud sie also nicht ein. Okay. »Gib dir keine Mühe«, sagte sie frostig. »Ich zahle drin.«

So weit kam es noch, dass sie ihm bis auf den Cent das Geld hierlassen musste. Vermutlich würde er noch mit ihr diskutieren, dass sie beim Trinkgeld zu knauserig war. War sie gar nicht. Aber er gab sich immer besonders generös. Vor allem bei den jungen und hübschen Kellnerinnen.

Sie bezahlte und lief danach schnell heim. Sie fühlte sich mies. Irgendwie war heute alles schiefgegangen, und ihre einzige Aufmunterung war die Nachricht von ihrer Freundin Jule, die sie vorhin bekommen hatte. Jule war schwanger, inzwischen im siebten Monat – und im siebten Himmel noch dazu, denn ihr Freund und sie waren noch gar nicht so lange zusammen. Das Baby war ein Unfall gewesen, über das sich aber Jule und Casper vom ersten Tag an so sehr gefreut hatten, als wäre es ein Wunschkind. Casper gehörte der kleine Buchladen in der Innenstadt, und Jule arbeitete bis zur Geburt im Laden mit. Sie hatte Riekje zu ihrer Babyparty am übernächsten Wochenende eingeladen. Das war schön. Eine Feier, bei der Riekje sich nicht komisch vorkommen würde, obwohl vermutlich viele Mütter mit ihren Babys und kleinen Kindern kommen würden.

Riekje wünschte sich ja auch Kinder. Manchmal. Dann wieder: Das Thema musste sie bei Martin gar nicht erst anschneiden, er bügelte es mit einem unwirschen »Dafür haben wir keinen Platz, und wir haben es so doch auch schön« ab. Als wäre ein Kind etwas, mit dem man das Leben noch ein wenig ausschmückte. Riekje wusste schon, dass die Sache mit dem Kinderkriegen eine echt anstrengende Kiste war. Das hatte sie schon ein paarmal bei Freundinnen beobachtet. Obwohl diese dann immer lachend erklärten, dass Riekje sich nicht vorstellen konnte, *wie* anstrengend das war. Sie erlebte es ja noch nicht. Das versetzte ihr immer einen kleinen Stich der Eifersucht.

Aber die meiste Zeit konnte sie sich für Jule und die anderen ehrlich freuen. Die konnten eben nicht abends noch auf eine

Weinschorle in die Milchbar und anschließend zwei Folgen von der Lieblingsserie gucken, während sie selbst das Sofa vollkrümelten.

Es war noch nicht ganz neun Uhr, und außerdem brauchte sie gerade jemanden zum Quatschen. Deshalb wählte sie Jules Nummer.

»Hi, wie geht's?«, meldete sich ihre Freundin fröhlich. »Warte mal, ich geh rein, dann störe ich Casper nicht beim Lesen. Super, dass du anrufst, wir haben uns nämlich gerade noch was für die Babyparty überlegt, und da kommst du ins Spiel.«

Riekje lächelte. Mit Jule plaudern, das war immer so heilsam! Ihre Freundin war so oft fröhlich und bestens gelaunt, dass sie es schaffte, Riekje mit wenigen Sätzen aus ihrem Trübsinn zu reißen.

»So. Jetzt kann ich mir noch einen total gesunden Brennnesseltee gegen die Wassereinlagerungen kochen. Schwanger sein ist echt nichts für Feiglinge.«

»Brennnesseltee?« Unwillkürlich verzog Riekje das Gesicht. »Und das schmeckt?«

»Überhaupt nicht«, gab Jule lachend zu. »Aber meine Hebamme Nela hat ihn mir empfohlen, und ich bilde mir ein, dass er hilft.« Riekje hörte sie im Hintergrund hantieren und stellte sich vor, wie Jule mit den pink gefärbten Haarspitzen und den schwarzen Locken das Smartphone zwischen Ohr und Schulter geklemmt in der Küche stand. Barfuß (weil sie am liebsten barfuß war, selbst bis weit in den Herbst hinein), mit einer Latzhose, die sich über dem wachsenden Bauch spannte.

»Also, Babyparty, ne? Ich wollte ja keine, aber Casper hat gesagt, er hat auch keinen Bock aufs Babypinkeln, deshalb machen wir Babyparty für alle. Ja, die Männer werden auch eingeladen. Alles in einem Aufwasch, Baby gucken könnt ihr dann, wenn wir uns irgendwann eingegroovt haben. Jedenfalls habe ich keinen Bock, vorher tagelang in der Küche zu stehen, und wir haben beschlossen, dass wir jetzt einfach Geld auf das Problem werfen. Und da kommst du ins Spiel. Wir brauchen Cupcakes! Und wenn das möglich ist, auch noch einen Gender Reveal Cake.«

»Ähm …«, machte Riekje. Sie erreichte das Wohnhaus und stieg die Treppe hoch. »Also klar, kann ich machen. Das ist dann eben mein Geschenk zu eurer Babyparty.«

»Nee, umsonst sollst du das nicht machen!«, plapperte Jule weiter. »Ich meine, deine Kuchen und Törtchen sind immer der Hammer, und darum wollen wir dich dafür bezahlen, wenn du für uns backst. Deal?«

Riekje blieb mitten auf der Treppe stehen. »Bezahlen?«, stotterte sie.

»Ja, klar! Ob ich dich bezahle oder einen Konditor, macht für mich keinen Unterschied. Und du steckst so viel Arbeit in deine Törtchen.« Jule seufzte. »Man, bin ich froh, wenn ich diese Schwangerschaftsdiabetes los bin. Versprichst du mir, dass du mir zur Geburt ein Dutzend von den Cupcakes mit der Himbeercreme machst?«

Riekje lachte. »Versprochen.« Doch die Sache mit der Babyparty ließ ihr keine Ruhe. »Ich hab aber noch nie Geld für meine Törtchen genommen.«

»Dann wird's echt Zeit. Überleg's dir, ja? Und denk mal drüber nach, wie viel uns das kostet. Drei Dutzend Cupcakes, dazu der Gender Reveal. Das wird toll!«

»Ich überleg's mir«, sagte Riekje schwach. Sie schloss die Wohnungstür auf und ließ sich im Wohnzimmer aufs Sofa plumpsen. Jule verabschiedete sich, und Riekje war mit ihren Gedanken und den letzten zwei Lime-Baisers allein.

Ach, was soll's, dachte sie und legte beide auf einen Kuchenteller. Martin fand sie eh schon fett, darauf kam's nun echt nicht mehr an.

Kapitel 3

Am nächsten Morgen wachte Riekje auf, als Martin schon weg war. Seine Bettseite war verwühlt, und er hatte seine Schmutzwäsche vor den Stuhl geworfen, auf dem er sonst die Sachen ablegte, die er noch mal tragen wollte. Riekje schüttelte die Betten auf, lüftete und brachte seine dreckigen Socken in den Wäschekorb.

Als sie aus der Dusche stieg, hörte sie ihr Handy brummen. Es war Asja.

»Ich muss dir was erzählen«, flüsterte ihre Freundin. »Aber das muss unter uns bleiben, du darfst es niemandem erzählen, ja?«

»Okay …?«

»Ich bin gerade bei dem Katzenmann.«

»Wer ist denn der Katzenmann?«

»Na, der Typ aus der Pension *Friesenrose*, dem mein Kater in den Garten kackt.«

»Wieso bist du morgens um sieben schon bei der Arbeit?«

»Weil ich nicht arbeite.«

Sie machte eine Pause, damit Riekje begriff, was sie damit sagen wollte. Aber Riekje verstand es nicht.

»Das heißt …?«

»Ich war gestern da. Und der war gar nicht so ein Stiesel, ganz im Gegenteil. So ein echt netter Typ. Bisschen komisch, aber er hat mich sehr freundlich begrüßt. Er fand's total lustig, als ich ihm erzählt habe, dass Beethoven halt ständig in die Gärten kackt. Ich find's ja nicht witzig, aber wir haben uns so gut verstanden …« Asja machte wieder eine Pause.

Riekje ging in die Küche und klemmte sich das Handy zwischen Ohr und Schulter, während sie ihre Kaffeemaschine bediente.

»Ich bin über Nacht geblieben.«

»Asja!« Vor Schreck fiel ihr das Handy in die Kaffeebohnen. Schnell fischte sie es heraus.

»Ja, ich weiß! Aber Lotti war bei ihrem Vater, und na ja. Es ist übrigens nichts passiert, ehrlich. Nur ein bisschen Händchenhalten und Knutschen. Ich glaube nämlich, er ist ein bisschen altmodisch. Also wie in *sehr* altmodisch.«

»Und du bist jetzt noch bei ihm?«, erkundigte Riekje sich und füllte die Bohnen in die Mühle. »Oder wieso flüsterst du die ganze Zeit.«

»Er will Frühstück für uns machen. Ernsthaft, das ist doch total cringe, Riekje. Er trägt Hemden! Mit Streifen! Und er hat so eine ganz feine Art …«

Asja verstummte. Riekje hörte, wie ihre Freundin mit jemandem redete. Das sollte der stieselige Herr Lüdenscheid von gestern sein? Riekje hatte gedacht, dass es sich um einen älteren Herrn handelte, der schon bald in Rente ging und …

Moment. Hatte er gestern nicht von *wir* gesprochen? Sie war auch davon ausgegangen, dass er mit seiner Frau in der Pension *Inselrose* abgestiegen war. Alles sehr mysteriös. Sie fragte sich, ob Asja sich eventuell in der Tür geirrt hatte.

»Da bin ich wieder. Er hat gefragt, ob ich seine Eltern kennenlernen möchte, die wohnen nämlich nebenan. Ist das nicht süß? Er fährt noch mit seinen Eltern in den Urlaub.«

»Ich finde das eher beängstigend«, murmelte Riekje.

»Sei doch nicht immer so.«

»Wie bin ich denn?«

»Na, so negativ. Ich gebe ihm jedenfalls 'ne Chance. Sehen wir uns heute Abend?«

»Sind wir verabredet?«

»Du wolltest mit Jule und mir ins *Möwennest.* Aquarellmalen oder so.«

Ach ja, das hatte sie fast vergessen. Seit letztem Herbst gab es auf Norderney eine Begegnungsstätte, die neben einem Hofladchen, wo Honig, Sanddornspezialitäten und Schafskäse von der Schäferei im Osten der Insel verkauft wurden, auch Kursräume bot. Dort konnte man sich beim Töpfern, Malen, Weben und vielen anderen Kunsthandwerken ausprobieren. Riekje und Asja hatten Jule einen Malkurs zum Geburtstag geschenkt. Und weil Jule ungern allein gehen wollte, machten sie einen Mädelsabend daraus.

»Entschuldige, habe ich verdrängt.« Sie dachte an die Kursgebühr. Hätte sie vor Jules Geburtstag gewusst, dass es bei ihr bald so knapp werden würde, hätte sie vermutlich Asja und Jule allein losgeschickt.

»Muss Schluss machen, mein Frühstück kommt.« Klick, hatte Asja schon aufgelegt. Riekje startete die Siebträgermaschine und machte ihr Frühstück. Dann schrieb sie an Jule: *Willst du immer noch für die Cupcakes und den Kuchen bezahlen? Ich kann das gern kalkulieren, weiß aber echt nicht, wie viel man da so nimmt …*

Jule antwortete prompt: *Shut up and take my money!*

Nicht hilfreich. Aber vielleicht ging es so, wenn sie von Jule ein wenig Geld fürs Backen nahm. Und dann konnte sie immer noch ihren Chef um eine Gehaltserhöhung bitten.

»Hmmm«, machte Herr Rüter. »Eine Gehaltserhöhung?«

»Nun ja, ich arbeite schon so lange bei Ihnen. Und ich mache das auch gerne. Was man bestimmt merkt. Also, ich mache auch *gute* Arbeit«, stotterte Riekje. Verflixt. Sie hatte sich in Gedanken so viele gute Argumente zurechtgelegt, und jetzt war ihr Kopf wie leer gefegt.

»Stimmt alles.« Theodor Rüter breitete die Hände auf der Schreibtischunterlage aus. »Aber genügt es Ihnen nicht, was Sie verdienen?«

»Norderney ist sehr teuer«, platzte es aus ihr heraus.

»Weshalb Sie und Ihre Kolleginnen eine Zulage bekommen.«

Riekje starrte ihn unverwandt an. Herr Rüter lehnte sich zurück. »Wenn ich Ihnen mehr bezahle, müsste ich auch Ihren Kolleginnen eine Gehaltserhöhung anbieten«, erklärte er. »Das gebietet die Fairness.«

Sie schwieg.

»Andererseits zeigen Sie wirklich außergewöhnlich viel Einsatz.« Seine Finger trommelten auf den Tisch. Er gab sich einen Ruck. »Ich denke darüber nach, Frau Johannsen.«

Riekje schluckte. »Okay«, sagte sie leise. Sie stand auf. Irgendwie hatte sie kein gutes Gefühl bei der Sache. Sie hatte ihren Chef heute Früh direkt angesprochen, dass sie Gesprächsbedarf hatte. Und er war durchaus aufgeschlossen gewesen, hatte sie über den grünen Klee für ihre Arbeit gelobt – bis Riekje sagte, angesichts ihrer guten Leistung stünde ihr doch nach den letzten Jahren mal eine Gehaltserhöhung zu.

Sie wollte schon gehen, doch Herr Rüter war noch nicht fertig. »Ich würde Ihnen wirklich gerne mehr bezahlen, Frau Johannsen. Allein schon, weil Sie wirklich gute Arbeit leisten. Aber im Moment ist das schwierig.«

»Okay«, wiederholte sie, ohne nachzufragen. Mit gesenktem Kopf schlich sie aus seinem Büro zurück in ihres. Sie starrte auf den Bildschirm, ohne tatsächlich etwas zu sehen.

Herr Rüter würde ihr also nicht mehr bezahlen. Sie könnte sich einen anderen Job suchen. Aber auf der Insel begegnete man sich ja immer zweimal. Und Riekje mochte ihren Job, sie wollte gar nicht wechseln. Und so ein bisschen Geld für Jules Cupcakes würde den Karren auch nicht aus dem Dreck ziehen, da konnte sie es gleich bleiben lassen. Sie hatte ihr Handy bereits gezückt, um Jule zu schreiben, und steckte es doch wieder ein. Das wollte sie ihrer Freundin lieber persönlich beim Malkurs heute Abend sagen.

Am Abend radelte Riekje von der Arbeit direkt zur alten Mühle, in der das *Möwennest* untergebracht war. Sie stellte ihr Fahrrad zu den anderen und sah sich suchend um. Es war schon länger her, dass sie hier gewesen war; die Mühle lag etwas versteckt in einer Seitenstraße. In ihrer Erinnerung war das Gebäude etwas baufällig gewesen. Inzwischen erstrahlte es wieder in altem Glanz. Das Nebengebäude war frisch mit Reet eingedeckt, die Wände weiß verputzt, und die Sprossenfenster wurden von dunkelgrünen Fensterläden eingerahmt. Richtig hübsch, fand Riekje.

»Da bist du ja!« Jule schob ihr Rad neben das von Riekje und schloss es ab, bevor sie ihre Freundin umarmte. Unter der Latzhose wölbte sich ihr Bauch. Das Ringelshirt, das sie trug, spannte schon ordentlich.

»Will der Bauch immer so weiterwachsen?«, erkundigte Riekje sich.

Jule lachte. »Irgendwann platze ich bestimmt. Und ehrlich, das klingt tausendmal reizvoller als so 'ne Geburt mit stundenlang Wehen. Plöpp, Baby da, alle glücklich.«

»Ach, wie bei *Alien?*«

Jule kicherte.

Wenn es eines gab, das Riekje bei Menschen bewunderte, dann waren es unerschütterlicher Optimismus und unendliche Fröhlichkeit. Jule vereinte beides in ihrer Person, und es war immer schön zu sehen, wie ihre Freundin das Leben mit all seinen Höhen und Tiefen nahm, wie es eben kam.

»Ich hoffe nur, dass mein Baby nicht ganz so hässlich wird. Dann bin ich schon zufrieden. Wo bleibt Asja?«

»Keine Ahnung.« Also, natürlich hatte Riekje eine Ahnung, aber sie wollte es lieber Asja überlassen, von ihrem neuen Freund zu erzählen. Ihr Handy war tagsüber jedenfalls erstaunlich still geblieben; sonst versäumte Asja es nicht, sich mehrfach zu melden und irgendwas zu erzählen.

»Wollen wir schon reingehen?«, schlug Jule vor. Riekje nickte. Sie betraten den großen Vorraum, von dem mehrere Kursräume abgingen. Ein langer Tisch stand hier, an dem einige Frauen saßen und Blumen zu Kränzen banden. Eine stand am Tisch und kam auf die beiden zu.

»Hi, wir sind für den Aquarellkurs da.« Riekje verzog das Gesicht. »Ich glaub, wir sind etwas zu früh.«

»Hi. Ich bin Ruth.« Ruth und Jule umarmten sich zur Begrüßung. Jule hatte Riekje erzählt, dass Ruth seit gut einem Jahr auf der Insel lebte, und in der Zeit hatte Jule sich mit Ruth angefreundet.

»Macht nichts, wenn ihr zu früh seid. Ihr könnt euch drüben im Lädchen umschauen, wenn ihr mögt. Oder ihr geht schon in den Kursraum.«

»Lädchen klingt gut.« Riekje und Jule folgten Ruth durch eine Tür in den kleinen Laden. In der Luft hing der Geruch nach Bienenwachs, nach Schafswolle und Kräutern. Während Jule sich mit Begeisterung auf die bunte Strickwolle stürzte, die in einem Regal lag, stöberte Riekje bei den Honigspezialitäten.

Ihr gefiel das Lädchen und alles drum herum. Man sah, mit wie viel Liebe die Frauen alles eingerichtet hatten. Auf der Fensterbank stand ein wunderschöner Trockenblumenstrauß, darunter lagen auf einer Bank mehrere Lammfelle. In einem Regal gab es Seifen und kleine Tiegel mit Propoliscreme und Handcreme.

»Oh, guck mal, die Lammfelle.« Jule bekam leuchtende Augen. »So eins wäre toll für unser Baby, findest du nicht auch?« Sie strich mit einem verzückten Grinsen über die Felle. Riekje nickte abwesend. »Was da wohl eins kostet?« Jule sah sich suchend nach Ruth um, die gerade telefonierte. Als sie auflegte, wirkte sie zerknirscht. »Unsere Aquarelllehrerin verspätet sich leider«, sagte sie. »Sie hat die Fähre nicht erwischt.«

»Oh, wie schade. Kommt sie heute denn noch?«, fragte Jule.

»Ja, aber erst in einer Stunde.«

»Kein Problem, wir warten so lange. Habt ihr hier ein Café?« Jule war gewohnt souverän. Riekje bewunderte sie dafür. Sie konnte das ja nicht. Jede Planänderung brachte sie erst mal aus dem Konzept und machte sie ganz unruhig. So auch in diesem Fall.

»Leider nicht. Ich suche schon länger nach einer Pächterin, aber ich habe ganz genaue Vorstellungen.« Ruth seufzte. »Ich kann euch aber einen Kaffee oder Tee machen, wenn ihr mögt.«

»Voll gerne«, sagte Jule, während Riekje ein »Nicht nötig« einwarf.

»Doch nötig!«, protestierte Jule. »Ich soll doch viel trinken.«

»Kommt ihr momentan ohne mich klar? Dann koche ich euch eine Kanne Tee. Wir haben bestimmt auch noch irgendwo 'ne Tüte Sanddornkekse oder so.«

»Jetzt hätte ich gern einen deiner Cupcakes«, murmelte Jule. Das erinnerte Riekje wieder daran, dass sie ja noch mal über die Cupcakes reden wollte.

»Hör mal. Ich will kein Geld für die Cupcakes nehmen. Das ist mein Geschenk an euch.«

Jule studierte gerade das Etikett von einem Knäuel roter Wolle. »Echt? Schade. Wir hätten dich wirklich gern dafür bezahlt.« Sie merkte, dass Riekje die ganze Sache unangenehm war, und legte das Knäuel zurück ins Regal. Sie blickte Riekje prüfend an. »Hey. Sorry, ich wollte dir mit der Frage auch gar nicht zu nahe treten. Ich dachte wohl, es wäre 'ne gute Idee.«

»Schon okay. Ist ja nicht so, als könnte ich das Geld nicht gut brauchen.«

»Und wieso machst du es dann nicht einfach?«

Riekje schwieg betreten.

»Ich dachte, Martin verdient ordentlich?«, fuhr Jule fort.

Finanzen, das war ein privates Thema, und Riekje redete ungern darüber. Sie fühlte sich eh schon so unwohl, weil sie heute versucht hatte, eine Gehaltserhöhung zu bekommen. Wieso war sie eigentlich so? Was hinderte sie daran, für ihr Recht auf gute Bezahlung einzustehen? Oder Martin gegenüber mal klar zu sagen, dass sie die aktuelle Regelung unfair fand?

»Habt ihr etwa Probleme?« Jule legte den Arm um Riekjes Schulter. »Ach Mensch, das wusste ich nicht! Ich wollte dich mit meinem Angebot auch nicht in Verlegenheit bringen.«

»Ach, Quatsch. Schon gut.« Riekje atmete tief durch und nahm nun selbst ein Knäuel Wolle aus dem Regal, einfach um was in der Hand zu haben. Hellblaue, dünne Schafswolle, wunderschön. Ein bisschen kratzig, aber die Färbung war so ein bisschen meliert, rauchblau hin zu grau.

»Das würde dir gut stehen. Ein Tuch oder so?«

Hastig legte Riekje das Knäuel zurück. »Ich kann ja gar nicht stricken.«

»Ich bring's dir bei!« Jule war sofort Feuer und Flamme.

»Nee, lass mal.«

Riekje wartete, bis Jule ihre Wolle bezahlt hatte. Dann gingen sie in den Hauptraum, wo auf einem kleinen, wackligen Tischchen zwei Becher Tee auf sie warteten.

»Geht aufs Haus«, sagte Ruth betont fröhlich. »Solange wir noch kein Café haben …« Sie zuckte mit den Schultern.

Riekje nippte an dem heißen Tee. Sie war in Gedanken schon wieder ganz woanders, während Jule vor sich hin plapperte.

»Hörst du mir überhaupt zu?«

»Entschuldige, nein. Was hast du gesagt?«

»Eure Geldsorgen müssen ja wirklich beunruhigend sein, wenn du so abwesend bist.«

»Jetzt hör doch endlich auf, darüber zu reden!« Riekje verdrehte die Augen. Bevor sie mehr sagen konnte, entdeckte sie zum Glück Asja, die hereinkam. Riekje winkte. Asja würde bestimmt für Ablenkung sorgen, wenn sie nach ihrem neuen Freund fragte. Hoffentlich kam die Kursleiterin bald. Sie hätte sich am liebsten eingegraben, so mies fühlte sie sich gerade. Ständig ging es nur ums Geld, das nervte sie!

Asja setzte sich zu ihnen und wandte sich mit leuchtenden Augen an Riekje. »Und? Wo ist er?«

»Wo ist wer?«

»Na, der dicke Klunker?!« Asja wollte nach Riekjes Hand greifen, doch sie zog sie schnell zurück und verbarg sie unter dem Tisch.

»Dicker Klunker?« Jule horchte auf. »Was habe ich nicht mitbekommen? Und da sitzt du hier ganz friedlich und sagst nichts?«

»Weil es nichts zu erzählen gibt.« Riekje ließ den Kopf hängen. Wie sollte sie ihren Freundinnen auch erklären, dass Martin an seinem Geburtstag lieber mit seinen besten Freunden abhing, statt mit ihr schick essen zu gehen? Oder dass er nicht im Traum daran dachte, ihr einen Antrag zu machen? So fühlte es sich inzwischen an. Noch dazu die Diskussion ums leidige Geld, das gab ihr das Gefühl, mit ihm eher in einer WG zu leben und nicht zusammen als Partner auf Augenhöhe.

»Er soll sich was schämen«, schnaubte Asja. »Im Ernst, worauf wartet er noch? Du bist eine klasse Frau, ihr seid schon so viele Jahre zusammen …«

»Na ja.« Jule starrte in ihren Teebecher. »Theoretisch könnte auch Riekje ihm einen Antrag machen.«

»Geschenkt. Könnte sie. Aber sie macht ja sonst auch schon alles«, bemerkte Asja.

»Erzähl uns lieber, wer dich abgekriegt hat«, versuchte Riekje abzulenken. Asja fiel prompt drauf rein. Ihre Augen bekamen einen entrückten Glanz, sie seufzte und legte das Kinn auf die übereinandergelegten Hände.

»Hach. Wenn ihr wüsstet …«

»In einer halben Stunde kennen wir alle Details«, bemerkte Jule trocken. Aber auch ihre Augen blitzten vergnügt. »Ich hoffe, er ist ein anständiger Kerl? Sonst darfst du ihm gern ausrichten, dass er's mit mir zu tun bekommt.«

»So weit wird's nicht kommen. Er ist ein richtig toller Mann. So … kann's gar nicht richtig beschreiben. Aufmerksam. Liebevoll. Und ein richtig guter Küsser, obwohl er Hemden mit Streifen trägt.«

Jule prustete, und Asja knuffte sie in die Seite. »Lach nicht! Ich mein's ernst.«

»Klar. Für dich kann ein gebildeter Kerl ja nix sein.«

»Nun, ich hab's ja schon versucht, mit einem auszukommen, der wie ich im Blaumann rumläuft und Abflüsse repariert.« Asja zuckte mit den Schultern. »Hat nicht funktioniert, wie wir alle wissen.« Ihr Ex Ole war eigentlich ein netter Kerl. Betonung lag auf *eigentlich*. Er hatte leider die unangenehme Angewohnheit, sich von jeder Urlauberin, die ihm schöne Augen machte, zu gewissen Aktivitäten hinreißen zu lassen, die mit Asjas Vorstellung von einer monogamen Beziehung nicht vereinbar waren. Irgendwann hatte Asja ihm erklärt, so funktioniere das mit ihr nicht. Sie trennten sich im Guten, denn es gab ja immer noch die gemeinsame Tochter Lotti. Ole war ein super Vater, aber als Partner taugte er nicht für fünf Pfennig.

Jetzt aber hatte Asja einen gefunden, der auf den ersten Blick der sprichwörtliche Sechser im Lotto war.

Riekje lehnte sich zurück und versuchte, das kleine Neidhörnchen auf ihrer Schulter zum Schweigen zu bringen, während Asja erzählte, wie Fridolin und sie einander nähergekommen waren. Sie gönnte ihrer Freundin dieses neue Glück von ganzem Herzen, denn Asja hatte mit ihrem Ex einen Haufen Scheiße durchgemacht. Sie hatte das große Glück verdient, jawohl.

Trotzdem war da dieses blöde Neidhörnchen, von dem Riekje nicht wusste, ob es da nur auf ihrer Schulter hockte, weil das Gras woanders eh immer grüner aussah oder weil ihre Beziehung tatsächlich gerade den Bach runterging.

Kapitel 4

»He, Sie Grobian! Sie können mir doch nicht den letzten Platz wegnehmen!«

Yanis drehte sich um. Er sah die kleine Frau an, die sich mit in die Hüften gestemmten Fäusten vor ihm aufbaute. »Reden Sie mit mir?«, fragte er höflich.

»Jawohl! Oder sehen Sie hier sonst noch jemanden, der sich mit seinem blöden Campervan vordrängelt, sodass meine Knutschkugel nicht mehr auf die Fähre passt?«

Yanis verkniff sich ein Grinsen. »Entschuldigen Sie, ich habe Sie wohl übersehen.«

»Ja, Mist. Und jetzt stehen Sie da, und ich komm nicht mit. Dabei hat vor 'ner Viertelstunde mein Aquarellkurs auf der Insel angefangen. Uff.« Sie ließ die Arme sinken und wirkte auf einmal ziemlich bedröppelt. »Könnten Sie nicht vielleicht morgen früh rüberfahren? Mit der ersten Fähre?«

Jetzt verstand er ihr Problem. Diese Fähre war die letzte, die vor der Nacht nach Norderney fuhr.

»Ich habe vorhin schon keinen Platz bekommen«, fügte sie hinzu. »Ich habe die Fähre nur um zwei Minuten verpasst.«

Yanis blickte aufs Meer. Ach, was soll's, dachte er. Wozu habe ich einen Van, den ich überall parken kann? Zeit habe ich auch. Und sein Gegenüber wirkte tatsächlich so, als sei sie in Nöten.

»Also gut. Fahren Sie ein Stück zurück, dann schere ich aus.«

»Danke, danke, danke!« Sie hüpfte fast vor Freude. »Sie haben einen gut bei mir. Wenn Sie auf der Insel mal Hilfe brauchen, fragen Sie im *Möwennest* nach Gudrun, ja?«

»Okay«, sagte er lachend und dachte zugleich *auf gar keinen Fall.*

Er scherte aus, der knallorange, vollelektrische Fiat 500 bretterte an ihm vorbei, und Gudrun winkte. Yanis konnte sich ein Grinsen nicht verkneifen.

Er brauchte nun also für die Nacht einen Ort, wo er seinen Van abstellen konnte. Nichts leichter als das, dachte er ironisch. Nordseeküste kurz vor der Hauptsaison, bestimmt würde er sich vor Angeboten nicht retten können.

Er stieg in die Fahrerkabine und lenkte den Ford Transit, den er in den vergangenen zwölf Monaten in jeder freien Minute mühsam in einen Campervan umgebaut hatte, zurück auf die Zufahrtstraße zum Fähranleger. Weiter oben konnte er auf dem Seitenstreifen parken und im Handy nach dem nächstgelegenen Campingplatz suchen.

Die Internetrecherche ergab, dass es vier Campingplätze im Umkreis von zwölf Kilometern gab. Drei davon auf Norderney. Ja, witzig. Wäre er nicht so ein verdammter *people pleaser*, der sich von fremden Frauen mit Fiat 500 bequatschen ließ, wäre er schon fast da. So blieb ihm wohl nur wildcampen oder der Campingplatz südöstlich von Norddeich. Hoffentlich bekam er dort einen Platz.

Bevor er losfahren konnte, piepste sein Smartphone. Eine Nachricht von Romy.

Es tut mir leid, Yanis. Können wir reden?

Er schaltete das Handy aus und lenkte den Campervan auf die Straße.

Zehn Minuten später parkte er vor dem Campingplatz. Und tatsächlich: Er bekam einen Platz für die Nacht. Yanis ließ sich von dem Platzwart zeigen, wo er hinmusste, bezahlte für die Nacht und lenkte den Bus geschickt auf den Stellplatz. Dann schaltete er den Motor aus und blieb einfach ein paar Minuten sitzen.

Es tut mir leid. Glaubte Romy wirklich, dass sich mit einer lahmen Entschuldigung per WhatsApp alles wieder einrenken würde?

Nun, bisher hatte es erstaunlich oft geklappt. Romy und er, das war die letzten drei Jahre ein Glück und Unglück zugleich gewesen. Sie hatte ihn gepusht, und als er sich nicht länger diesem Diktat unterwerfen wollte, hatte sie ihn fallen gelassen. Aber ihr ging es wie ihm; sie kam nicht von ihm los, weshalb sie in den letzten zwölf Monaten mehr oder weniger eine On-off-Beziehung geführt hatten. Yanis hatte lange mit sich gerungen, ob sie es noch mal miteinander versuchen sollten. Diesmal so richtig. Mit Ring und allem. Aber so weit war es dann nicht gekommen, denn an dem Abend, als er ihr den Antrag machen wollte, war sie nicht gekommen. Und als er zu ihr fuhr, weil er sich ernsthaft Sorgen um sie machte, war sie nicht allein gewesen.

Genug. Er wollte auf keinen Fall länger an Romy denken. Das Thema war abgeschlossen. Finito.

Er inspizierte seine Vorräte, die allerdings eher deprimierend waren. Ein bisschen trockener Toast, eine Dose Hering in Tomatentunke und ein welkes Bund Radieschen. Morgen musste er dringend noch was einkaufen, bevor er nach Norderney übersetzte.

Und dann – endlich ein bisschen Ruhe. Er wusste selbst nicht so genau, was er sich von der Insel erhoffte. Er hatte gelesen, man könne dort gut surfen, und surfen, das machte seinen Kopf immer so angenehm leer. Danach würde er weitersehen. Er hatte sich einen groben Plan zurechtgelegt. Über Holland und Belgien Richtung Frankreich, dann immer weiter nach Süden, Spanien, Portugal. Die schönsten Strände, die größten Wellen – er sehnte sich danach, sein bisheriges Leben zu vergessen, denn das hatte ihm immer nur Probleme gemacht. Und das mit den Frauen, na ja. Das ließ er lieber erst mal bleiben. Zu kompliziert. Er war nun erst mal damit beschäftigt, seine Wunden zu lecken.

Mit einem Campingstuhl vor dem Camper, einer Bierkiste mit Brett darauf als Tischchen, so machte er es sich bequem. Der Kühlschrank hatte auch noch zwei Flaschen Bier bereitgehalten, vermutlich für irgendeinen Ausflug mit Romy gekauft. Was soll's, dachte er. Einfach noch ein bisschen in dieser Wunde herumwühlen, wenn er schon mal dabei war. Der Fisch schmeckte erstaunlich gut auf dem Toast, und so blieb er sitzen, bis es dunkel wurde.

Das hier war's, dachte er, als er schließlich alles in den Camper räumte und sich für die Nacht fertig machte. So ein einfaches Leben, bei dem man nichts *musste,* danach hatte er sich gesehnt. Nur dass er dabei allein war, hatte nie zu seiner Lebensplanung gehört. Er war nicht gern allein. Da, hatte er's ausgesprochen. Oder gedacht.

Aber nun war es eben so. Und er wollte versuchen, das Beste draus zu machen. Denn in den Monaten vor der Trennung hatte er sich auch oft genug allein gefühlt, obwohl er nicht allein war.

Kapitel 5

Musst du schon wieder backen?« Martin verdrehte die Augen. Riekjes Antwort ging in dem Getöse unter, mit dem er eine neue Tüte Klemmbausteine auf dem Tisch auskippte.

»Was hast du gesagt?« Aber er sah sie gar nicht an, sondern beugte sich wieder über das dicke Anleitungsbuch. Sie war komplett abgemeldet, und das ärgerte sie.

»Ich sagte, ich backe für Jules Babyparty, zu der wir morgen Nachmittag eingeladen sind.«

»Hmhmmmm … Du erwartest hoffentlich nicht, dass ich zu so einem Quatsch mitkomme. Ich habe Besseres zu tun.«

Wie zum Beispiel mit Klemmbausteinen spielen?

Seit einer Woche war die Stimmung gereizt. Riekje wusste gar nicht, wie ihr geschah; sie hatte lediglich – bestärkt von ihren Freundinnen, denen sie von ihrem Dilemma mit den Lebenshaltungskosten erzählt hatte – noch einmal das Gespräch mit Martin gesucht. Ihren Vorschlag, dass sie einander offen sagten, was sie verdienten, und basierend darauf dann die Zahlungen auf das gemeinsame Konto neu zu berechnen, hatte Martin ebenfalls als »Quatsch« tituliert. Seitdem herrschte dicke Luft, und so langsam bekam sie das Gefühl, dass er allen Ernstes von ihr erwartete, sie müsse den ersten Schritt zur Versöhnung machen.

Und das hätte sie auch gern getan, aber die Sache mit dem Geld lag ihr immer noch wie ein Stein im Magen. Sie konnte nicht noch mehr beitragen. Sie hatte hin und her gerechnet, aber es ging nicht. Seit sie ihm das erklärt hatte, herrschte bei ihnen eine regelrechte Eiszeit.

»Jule und Casper sind unsere Freunde«, versuchte sie es noch einmal. »Sie freuen sich total auf ihr Baby, und ich dachte …«

»Vergiss es. Sie sind *deine* Freunde. Ich hoffe, du hast die Zutaten für die Cupcakes und den Gender Reveal Cake«, die letzten drei Worte betonte er, als hielte er so einen Kuchen für den größten Unsinn, »nicht vom gemeinsamen Konto bezahlt.«

»Keine Angst, ich würde es *nie* wagen, mein Geld dafür auszugeben.« Sie zögerte. War jetzt der richtige Moment, um Martin mit einer unangenehmen Wahrheit zu konfrontieren? Sie wusste inzwischen nämlich, weshalb es am Ende des Monats immer so knapp wurde. Hatte auch nur einen Moment gedauert, bis sie drauf gekommen war.

»Wieso dein Geld?«, fragte er gedankenverloren. »Es ist doch unser Geld.«

Sie atmete tief durch. »Weil du seit Monaten nichts mehr aufs gemeinsame Konto überwiesen hast.«

Stille. Nur das leise Klicken der Klemmbausteine war zu hören.

Riekje drehte sich wieder um und begann, den Kuchen mit einer Buttercreme zu überziehen. Sie arbeitete schnell und geschickt; die regelmäßigen Bewegungen beruhigten sie sogar ein wenig. Martins Baugeräusche jedoch wurden immer lauter, und dann fing er auch noch an zu fluchen.

Sie ignorierte ihn. Schließlich ignorierte er sie auch seit einer Woche bei jeder Gelegenheit, nicht wahr? Aber insgeheim fragte sie sich auch, wie lange das mit ihnen beiden noch gut gehen würde. Im Moment fühlte sie sich nicht mehr wohl in dieser Wohnung, dieser Beziehung. Alles wurde ihr zu viel. Und dass Martin seine Zahlungen aufs gemeinsame Konto eingestellt hatte, machte ihr auch Bauchschmerzen. Wieso tat er das?

»Hast du meine Hemden schon gewaschen?«

Ach, er redete also doch noch mit ihr? Sie drehte sich zu ihm um. »Die hängen schon wieder im Schrank.«

»Wieso das denn?«

»Weil sie fertig waren?«

Martin seufzte theatralisch. Dann lehnte er sich zurück. »Sorry. Wollte nicht so in die Luft gehen. Ich habe nur gerade irre viel Stress bei der Arbeit.«

»Oh. Inwiefern?«

»Mein Vater macht Druck. Ich soll schneller verkaufen.« Martin starrte finster auf das halb fertige Camp Nou. »Der Immobilienmarkt ist komplett überhitzt, es müsste eigentlich einfach sein, was zu verkaufen. Aber die Leute sind zuletzt eher vorsichtig gewesen. Und ein Teil meines Gehalts ist eben eine anteilige Provision. Da fließt im Moment nicht mehr so viel.«

»Hm«, machte Riekje. Sie hatte keine Lust, sich weiter mit ihm über seine Probleme zu unterhalten. Sie vermutete, dass er nach wie vor ein Vielfaches von dem verdiente, was sie mit ihrem kleinen Bürojob bekam. Die Immobilien auf Norderney gingen zu Höchstpreisen weg, das wusste sie zufällig, weil sie immer mal wieder auf den einschlägigen Portalen nachschaute. Beim letzten Mal hatte sie auch – natürlich rein interessehalber – nach Einzimmerwohnungen geguckt. Zur Miete.

Es gab keine.

Jedenfalls keine, die sie sich leisten konnte.

»Na ja, und darum habe ich erst mal nichts eingezahlt. Wäre super, wenn du das vorübergehend komplett übernehmen könntest. Schaffst du das?«

Riekje straffte die Schultern. In ihr regte sich Widerstand. Sie führten ja nicht zum ersten Mal eine Diskussion ums Geld oder darum, dass sie mehr beitragen sollte, während sein Gehalt komplett in den Abtrag der Kredite floss, die er damals günstig hatte finanzieren können.

»Wenn dein Geld nicht reicht, musst du vielleicht deine Hobbys einschränken?«, schlug sie vor.

Martin runzelte die Stirn. »Willst du mir jetzt noch das Einzige wegnehmen, was mir Spaß macht?«

Riekje legte behutsam den Buttercremespatel auf einen Teller und stützte sich mit beiden Händen auf die Arbeitsplatte. »Wollen wir weiter so passiv-aggressiv streiten oder wollen wir ein richtiges Gespräch führen?«, fragte sie behutsam. »Ich glaube, Letzteres wäre zielführender.«

Martin schob das halb fertige Klemmbaustein-Stadion von sich weg und stand auf. Er holte sich eine Flasche Bier aus dem Kühlschrank und ging wortlos auf den Balkon. War das jetzt ein Ja oder ein Nein? Riekje räumte die Torte in den Kühlschrank, weil sie nicht wusste, wie lang dieses Gespräch dauern würde. Dann folgte sie ihm mit einer Flasche Rhabarberschorle in der Hand.

Martin hatte sich im Strandkorb breitgemacht. Jawohl, breitgemacht, denn für sie war nicht genug Platz, wenn sie ihn nicht aufforderte, beiseitezurücken. Sie zog einen Stuhl vom Tisch und setzte sich.

»So. Und was schlägst du stattdessen vor?«, fragte Martin herausfordernd.

»Ich habe nicht so viel Geld«, sagte sie betreten. »Vielleicht könntest du deinen Vater bitten, wenn's bei dir zu knapp ist …«

Martin schnaubte. »Ich geh sicher nicht zu meinem Vater, damit der mich verspottet, weil ich erfolglos bin.«

Riekje dachte an Jules Angebot, ihr was für die Cupcakes zu bezahlen.

»Und wenn du noch einen Job annimmst?«, schlug sie vor.

»Wann soll ich das denn machen? Und vor allem: Was? Außerdem könntest du ja auch noch was arbeiten, wenn dein Geld so knapp ist. Was hat dein Chef denn zum Thema Gehaltserhöhung gesagt, hm?«

»Leider nicht viel«, gab sie zu und zuckte hilflos mit den Schultern. Sie könnte Jule fragen, ob sie samstags im Buchladen aushelfen könnte. »Hast du denn gar keinen Notgroschen?«

Martin starrte sie an. »Der heißt aber schon so, weil man da nur im Notfall drangeht.«

Sie nickte nachdenklich. Klar. Sie würde auch nur ungern an ihre Rücklagen gehen.

»Wie viel hast du denn gespart?«, wollte er wissen.

Riekje rutschte unbehaglich auf ihrem Stuhl herum. Sie kannte die Summe ziemlich genau, weil sie regelmäßig auf ihre Konten schaute. Aber es war nicht viel. Sie legte jeden Monat eine feste Summe zurück. Normalerweise hätte sie kein Geheimnis daraus gemacht. Aber bisher hatte Martin ihr auch nie gesagt, wie viel er gespart hatte.

»Vielleicht sollten wir uns was Kleineres suchen«, sagte sie deprimiert. »So wie's aussieht, können wir uns die Wohnung ja nicht leisten.«

Martin starrte sie an. »Ist das dein Ernst?«, fragte er leise.

Sie zuckte unbehaglich mit den Schultern. »Wir wissen ja, wie teuer Norderney ist.« Sie waren beide Kinder der Insel, sie waren damit aufgewachsen, dass alles teurer war als auf dem Festland. Riekje hatte bei ihren Eltern zusehen müssen, wie sie fast alles verloren hatten, durch einen dummen Fehler ihres Vaters. Seitdem war sie in finanziellen Belangen vorsichtig geworden.

»Es muss doch irgendeine Lösung geben«, murmelte er. »Zur Not könnte jeder von uns einen Betrag X von seinem Notgroschen zuschießen. Und dann hoffen wir auf bessere Zeiten.«

Riekje zögerte. Sie wollte gern noch einmal darauf hindeuten, dass Martin ja mit der Finanzierung der Wohnung sein Eigentum mehrte. Oder dass er bestimmt finanziell besser dastand, als er ihr gegenüber darstellte. Aber es kam ihr auch kleinlich vor, immer auf diesem Thema herumzureiten.

»Das könnten wir überlegen«, sagte sie leise und knibbelte am

Etikett ihrer Flasche herum. Martin lächelte. Er rückte ein Stück beiseite und klopfte neben sich aufs Polster. »Na komm her«, sagte er. »Übers Geld will ich mit dir echt nicht streiten.«

Riekje kuschelte sich zu ihm in den Strandkorb. »Ich doch auch nicht«, sagte sie friedlich.

Sie hoffte, das Thema habe sich damit erledigt. Und insgeheim wünschte sie Martin, dass er bald aus seiner beruflichen Flaute herauskam.

»Boah, wenn ich noch einen von diesen Cupcakes esse, platze ich leider.« Nela schnappte sich den nächsten kleinen Kuchen von der Platte und grinste Riekje an. »Ernsthaft, deine Kuchen sind die besten. Wahnsinn!«

Riekje wurde rot. »Danke«, murmelte sie.

Jules und Caspers Babyparty war ein wimmeliges, buntes und ein bisschen chaotisches Fest mit einem Dutzend Familien und Freunden. Riekje schaute sich in dem Garten um. Schön hatten es Jule und Casper, dachte sie. Die beiden bewohnten eine wunderschöne Erdgeschosswohnung im Osten der Insel. Hier standen die Häuser nicht ganz so dicht, und dadurch, dass hinter ihrem kleinen Garten unter Obstbäumen direkt die Dünen anfingen, stieß der Blick nicht direkt an das nächste Hochhaus. Doch, hier würde sie sich auch wohlfühlen.

Das Wetter meinte es gut mit ihnen. Über den Himmel zogen einzelne Schäfchenwolken, die Sonne strahlte, und ein leichter Wind wehte. Perfektes Sommerwetter auf der Insel. Unter den alten Kirschbäumen stand das Büfett mit Schnittchen, Obstspießen und Salaten, dem dreistöckigen Gender-Reveal-Kuchen und den Platten mit den Cupcakes. Gerade bewachte Riekje vor allem den Kuchen mit Argusaugen, denn Opa Wolfram, der Vater von Jule, strich schon die ganze Zeit wie ein Raubtier um das Büfett herum und hatte sogar schon aus lauter Neugier versucht, die

Buttercreme vom Kuchen zu kratzen, weil er unbedingt wissen wollte, welches Geschlecht sein erstes Enkelkind haben würde. Jule hatte ihn dabei erwischt und ihn ermahnt.

»Du wirst es schon noch früh genug erfahren!«, hatte sie ihren Vater geneckt, und er hatte daraufhin ein bisschen gebrummelt, sich dann aber mit einem Glas Waldmeisterbowle beruhigen lassen.

Jule sah wunderschön aus. Sie trug ein langes, weißes Maxikleid und lief barfuß durch den Garten. Riekje konnte nicht verhindern, dass sie sich in Gedanken mit ihrer Freundin verglich, die so hübsch und strahlend aussah.

»Na, du Geheimnisträgerin?« Asja gesellte sich zu ihr. »Oh man, so viele glückliche Menschen. Ist ja kaum auszuhalten. Nur du siehst irgendwie unglücklich aus.« Sie legte den Kopf schief. »Wieder Stress mit Martin?«

Riekje zuckte mit den Schultern. So ganz hatte sie die Diskussion von gestern noch nicht abstreifen können. »Wo ist dein schöner Freund?«

»Dasselbe könnte ich dich fragen. Wo ist Martin?«

»Ach, er mag solche Partys nicht.«

»Meinst du mit ›solche Partys‹ Feste, bei denen seine Fitnessbuddies nicht anwesend sind? Oder Feiern, bei denen Kinder für ordentlich Stimmung sorgen?« Asja nickte zu einem Tisch, an dem Jules Hebamme Nela mit ihrem Sohn Jonte saß. Nela hatte ein Armband ums Handgelenk, ein dickes Gummi, an dem ungefähr ein halbes Dutzend quietschbunte Greiflinge baumelte. Sie spielte mit dem Kleinen, während zwei andere Kleinkinder versuchten, mit den gefrorenen Acrylfarben am Stiel auf einer Plakatwand zu malen. Es sah bunt, fröhlich und ziemlich anstrengend aus. Trotzdem konnte Riekje sich ein Lächeln nicht verkneifen.

»Also? Was ist wichtiger, als dich heute hierher zu begleiten und endlich zu begreifen, wie toll Familie sein und haben ist?« Asja stupste Riekje gegen die Schulter.

»Und das von dir?« Riekje grinste schief.

»Nun ja, Ole und ich haben das Elternsein gut hinbekommen. Dass wir nicht füreinander die Richtigen waren, dafür kann keiner was. Familie sind wir ja trotzdem noch.«

Riekje nickte nachdenklich. So hatte sie das noch nie betrachtet. Martin hatte sich damit rausgeredet, dass er mit Falk und Robert zu so einer Art Team-Workout verabredet war. So ganz hatte sie das nicht verstanden, aber es ging wohl darum, eine Meile zu rennen, danach hundert Klimmzüge, zweihundert Liegestütze und dreihundert Kniebeugen zu machen, bevor man noch mal 'ne Meile lief – und danach vermutlich tot umfiel. Also, Riekje würde ja spätestens nach zwei Klimmzügen von der Stange plumpsen, aber Martin war da irgendwie anders drauf. Zumal die drei zusätzlich noch Gewichtswesten trugen, wie verrückt ging's denn noch?! Das Ganze hatte auch noch einen Namen, den sie wieder vergessen hatte, Murphy oder so, und man machte es jedes Jahr Ende Mai. Aha. Und natürlich ging das nur heute, eh klar.

Asja wählte einen der Cupcakes aus. Riekje hatte die Buttercreme eingefärbt und zu kleinen, grünen Kakteen auf die Cupcakes gespritzt. Die Kakteen hatten jeweils kleine rosa und hellblaue Blüten. Sie hatte darauf geachtet, dass es auf keinen Fall von einer Farbe mehr gab. Das war Jule wichtig gewesen.

»Also? Wo ist dein Wunderknabe?«, versuchte Riekje abzulenken.

»Er kommt später nach. Ich glaube, ihm ist so viel Familienanschluss auf einmal unheimlich.«

»Kann ich verstehen«, murmelte Riekje. Martin war ja nach so vielen Jahren Familienanschluss zu viel.

Vorne bei der Hüpfburg klatschte Jule in die Hände. Sofort

war Opa Wolfram neben ihr. »Erfahren wir nun endlich, was es wird?«, rief er, und alle lachten.

»Bevor mein Papa noch die Torte entführt, ist es jetzt an der Zeit, dass wir das große Geheimnis lüften«, verkündete Jule. »Casper, kommst du?«

Gemeinsam schritten die beiden zum Büfett. Riekje reichte ihnen ein Messer. Casper überließ es Jule, den ersten Schnitt zu machen. Die versammelten Gäste hielten die Luft an, als Jule ganz langsam den Kuchen anschnitt. Nela und ein anderer Gast filmten die Szene. Riekje sah, wie Nelas Mundwinkel zuckten. Aha, sie wusste also auch schon Bescheid, vermutete sie …

Mit dem Tortenheber hob Jule das erste Stück aus dem Kuchen. »Und unser Baby wird ein …!«

Stille.

Nur Opa Wolfram konnte sich natürlich nicht zurückhalten. »Ein pastellfarbener Regenbogen?«

Man hörte ihm die Enttäuschung an. Casper hielt den Teller, auf den Jule das Kuchenstück ablegte. Sie gab es ihrem Vater und umarmte ihn. Dabei flüsterte sie ihm etwas ins Ohr, und er wischte sich eine Träne aus dem Augenwinkel. Vermutlich hatte sie sich bei ihm für die kleine Scharade entschuldigt.

»Es wird ein hoffentlich gesundes Kind«, erklärte Casper. »Ehrlich gesagt haben wir bisher keine Ahnung, ob es ein Mädchen oder ein Junge wird. Und wir würden uns gerne erst zur Geburt überraschen lassen.«

Die Spannung löste sich. Einige Gäste applaudierten, andere lachten. Riekje stellte fest, dass die meisten Beteiligten kein Problem damit hatten, wenn dieses Geheimnis wohl erst nach der Geburt gelüftet wurde.

Nun wollte jeder ein Stück vom Kuchen haben, und Riekje hatte erst mal alle Hände voll zu tun. Als Letzte kam Nela mit ihrem Teller zu ihr. »Wenn der Kuchen nur halb so gut schmeckt, wie er aussieht, werde ich mich reinlegen müssen«, schwärmte sie. »Die Cupcakes sind ja schon 'ne Wucht. Wo hast du so gut backen gelernt?«

»Habe ich mir selbst beigebracht«, sagte Riekje.

»Wahnsinn. Du backst nicht zufällig auch im Auftrag oder so? Ich bräuchte nämlich dringend jemanden, der mich entlastet.«

Riekje lachte. »Du bist schon die Zweite in kürzester Zeit, die mich das fragt.«

»Nicht ohne Grund! Köstlich.« Nela hatte vom Kuchen probiert und verdrehte die Augen. »Also, wie sieht's aus? Kann ich so eine Art Abo bei dir abschließen? Zwei Rumgugelhupfe pro Woche frei Haus geliefert? Omama Alma liebt ihren Rumgugelhupf, aber sie kriegt's leider so langsam nicht mehr hin, sie selbst zu backen mit ihren sechsundachtzig Jahren.«

»Hm«, machte Riekje. Das klang verlockend. Mit einem regelmäßigen Auftrag könnte sie tatsächlich überlegen, ob sie nicht ein kleines, nebenberufliches Gewerbe aufziehen könnte.

»Ich kann es mir überlegen«, sagte sie schließlich.

»Nicht überlegen. Machen!« Nela lachte. »Nee, alles gut. Überleg's dir. Ich fresse mir derweil ein Kuchenbäuchlein an.« Sie stach ein Stück vom Regenbogenkuchen ab und steckte die Gabel in den Mund. »Mhhhh! Ruth! Geh weg von diesem Kuchen, der muss für mich bleiben!«

Ruth stellte sich neben Nela und knuffte sie in die Seite. »Wenn du noch mehr futterst, werden wieder alle fragen, ob du ein Baby bekommst.«

Nela strich mit der freien Hand über ihren Bauch. »Weil diese Frage ja mal so gar nicht übergriffig ist, ne?«

»Nee, gar nicht.« Beide lachten.

»Okay, du *musst* den Kuchen probieren. Auch wenn ich dann ein Stück weniger bekomme.«

»Na dann …« Ruth ließ sich ebenfalls ein Stück Kuchen geben. Auch sie verdrehte verzückt die Augen.

»Denkst du, was ich denke?«, fragte Nela.

»Ich kann gerade nicht denken, ich muss *genießen*«, murmelte Ruth. »Verflixt, ist der lecker. Den hast du gebacken?«

Riekje nickte.

»Du solltest ein Geschäft daraus machen.«

»Genau meine Worte!«, rief Nela. »Norderney braucht solche Kuchen. Die Bäckereien, schön und gut, aber solche Torten und Törtchen? Ey, die Leute würden dir die Bude einrennen, Riekje. Und damit meine ich nicht nur die Touristen.«

Bevor Riekje antworten konnte, dass sie dafür schlicht keine Zeit hatte, kam Opa Wolfram zu ihr und wollte unbedingt noch ein Stück von der Torte, »bevor die beiden Grazien hier den heimlich wegfuttern«, meinte er mit einem Augenzwinkern. Riekje gab ihm ein großes Stück.

»Geht's wieder?«, fragte Nela ihn mitfühlend.

»Ach.« Er machte eine wegwerfende Handbewegung. »Alles gut. Hätte ich mir ja denken können, dass meine Tochter mich reinlegt, als ich ihr gesagt habe, ich bezahl ihr die Babyparty, wenn sie mir dafür verrät, ob's ein Junge oder ein Mädchen wird. Jule hatte schon immer ihren eigenen Kopf. Na ja. Der Apfel, ne?« Er grinste. »Aber dieser Kuchen ist echt super lecker. Wo kann ich den kaufen, wenn mir wieder danach ist? Meine Skatbrüder hätten da bestimmt auch mal Bock drauf.«

Nela und Ruth sahen sich an und prusteten los. Riekje konnte sich ein Grinsen ebenfalls nicht verkneifen.

»Was denn? Auch Skatbrüder mögen Kuchen.«

»Wir haben nur gerade versucht, Riekje davon zu überzeugen, ihre Kuchen als kleinen Lieferdienst aufzuziehen«, erklärte Ruth. »Oder noch besser: Du machst ein Café auf!« Sofort bekam sie glänzende Augen. »Ich weiß auch den idealen Platz für dich. Die

Küche ist eingerichtet, man müsste nur den Gastraum und so weiter renovieren, dann könntest du sofort loslegen.«

Nela stimmte begeistert zu. »Im *Möwennest* wärst du ideal aufgehoben. Dort ist richtig was los, es liegt zentral, du könntest also auch Kuchen ausliefern …« Sie geriet ins Schwärmen.

»Stopp!«, rief Riekje.

Opa Wolfram schob sich eine Gabel Kuchen in den Mund. »Seh's schon, das wird 'ne längere Diskussion«, mümmelte er. »Aber sag Bescheid, wenn du Kuchen lieferst. Will dein erster Kunde werden!«

»Da hättest du früher aufstehen müssen, ich hab mir nämlich schon den Rumgugelhupf für Omama gesichert«, rief Nela ihm nach.

»Entschuldige«, sagte Ruth. »Du wirkst etwas überrollt.«

»Etwas ist gut«, murmelte Riekje. »Für euch scheint das ja beschlossene Sache zu sein, aber mir fehlt es am Geld, und meine Zeit ist auch nicht unendlich. Ich arbeite Vollzeit beim Zimmerservice.«

»Autsch. Vor allem im Sommer bestimmt anstrengend.«

»Geht schon. Trotzdem weiß ich nicht, wo ich neben Haushalt und Hauptjob noch die Zeit für ein Kuchenbusiness hernehmen soll. Und Geld, na ja.« Sie senkte den Kopf.

Da war wieder das leidige Thema.

»Überleg's dir. Ich schreib dir meine Nummer auf, okay? Also, wenn das mit dem Rumgugelhupf für dich passt, melde dich einfach.«

»Mach ich«, sagte Riekje und dachte doch, dass sie es vermutlich nicht tun würde, weil es zu viel Mut erfordern würde.

Kapitel 6

»Scheiße, ist das schön.«

Yanis schüttelte den Kopf. Er konnte es einfach nicht glauben, *wie* schön die Insel war. Er hatte einen Stellplatz direkt am Rand des Campingplatzes bekommen, mit Blick auf die Dünen. Seit er sich am ersten Abend in seinem Campingstuhl vor den Camper gesetzt hatte, beobachtete er nun jeden Abend die Kaninchen, die auf der Wiese aus ihren Löchern hoppelten und die weißen Bäuche in die Sonne hielten. Die hatten echt die Ruhe weg.

Und während er sie beobachtete, wurde auch Yanis ganz ruhig. Das hatte ihm noch gefehlt. Dieses Runterkommen, Entschleunigen. Man konnte tausendmal drüber reden, dass man weniger machen wollte und so weiter – aber wirklich gelingen wollte es ihm nicht. Bis jetzt.

Das Einzige, was er wirklich tun *wollte,* war surfen gehen. Und das hatte er seit seiner Ankunft regelmäßig gemacht. Morgens mit dem Board raus aufs Wasser. Es gab eine Surfschule im Süden der Insel, dort hatte er sich erst gestern umgeschaut und ein paar Knoten geknüpft. Im Moment zog es ihn nicht in die Welt hinaus. Er wollte erst mal hierbleiben und warten, was ihm die Insel erzählte.

Portugal konnte auch noch ein wenig warten, fand er.

Yanis stand auf und streckte sich. Die Sonne ging langsam unter, höchste Zeit für seine abendliche Runde. Er schnürte die Laufschuhe, schloss die Tür vom Camper und hüpfte ein paarmal auf und ab, bevor er loslief. Erst ganz langsam und entspannt. Er schlug den Dünenweg Richtung Naturschutzgebiet ein. Die Kaninchen beobachteten ihn. Als er zu dicht an ihren Höhlen vorbeilief, sprangen sie auf und verschwanden blitzschnell in den Löchern.

Yanis lächelte. Er streckte sich und genoss, wie seine Muskeln langsam warm wurden. Er verfiel in den Atemrhythmus und das Tempo, mit denen er ewig so laufen könnte. Schon bald erreichte er die Dünen im Norden der Insel und blieb kurz stehen. Der Sandstrand erstreckte sich vor ihm schier unendlich in beide Richtungen. Das Meer glänzte wie ein dunkelblaues Band, gekrönt von winzigen Wellen, die in der Sonne glitzerten. Er spürte den Wind, der von Westen kam und ihm die Haare ins Gesicht wehte. Yanis wandte sich nach links. Er wollte sich ein wenig treiben lassen, direkt am Wasser entlanglaufen. Dort trug der feuchte Sand ihn; weiter oben zu den Dünen hin war er trocken, und man sank tief ein.

Im Rhythmus atmen. Den Wind spüren. Nicht denken. Romy fand ja immer, es sei albern, acht oder zehn Kilometer durch die Gegend zu rennen. *Nicht denken!* Er konzentrierte sich auf die nächsten Schritte, Atemzüge, auf das leise, quatschende Geräusch seiner Schuhe im Sand. Sie hätte ihn verspottet, weil er es nicht mal hinbekam, zu seiner groß angekündigten Europatour aufzubrechen, sondern stattdessen auf so ’ner Tourifalleninsel gestrandet war. Noch dazu mit dem Camper. Romy hatte den Camper gehasst, seit Yanis ihr von der Idee erzählt und ihr die Bilder von dem abgerockten Ford Transit im Internet gezeigt hatte. »Wenn du nichts Besseres zu tun hast …« Das war ihre erste Reaktion gewesen. Vielen Dank für nichts. Er hätte sich manchmal von ihr etwas mehr Wertschätzung gewünscht. Hatte sich manchmal nicht von ihr gesehen gefühlt. Und die Trennung dann …

Mist. Jetzt bekam er Seitenstechen. Falsch geatmet, aufgeregt, egal, irgendwas passte gerade nicht, und prompt bekam er die

Quittung. Yanis lief langsamer, atmete bewusst tief und hob die Arme. Nichts half, es wurde nur noch schlimmer. Er ging nun schnell, atmen, Arme hoch, tief Luft holen und langsam ausatmen, verdammt.

Er merkte, dass er sich übernommen hatte. Oder dass er einfach zu unaufmerksam gewesen war. Manchmal gab's so Tage, an denen man einfach nicht bei sich war beim Laufen. Frustriert blieb er stehen und blickte am Strand rauf und runter.

Etwas Rötliches schimmerte im Sand vor seinen Füßen, und er bückte sich danach. Ein Bernsteinsplitter. Er strich mit dem Daumen darüber, staunte über die Schönheit dieses winzigen Stücks Baumharz, das viele Millionen Jahre alt werden musste, bevor es an diesem Strand von ihm gefunden wurde.

Auf einmal fühlte er sich ziemlich klein.

Yanis drehte um und machte sich auf den Heimweg. Sein Blick blieb am Boden, er suchte nach weiteren Bernsteinsplittern. Doch jedes Mal, wenn er sich nach einem rötlichen Schimmern bückte, wurde er enttäuscht. Meist war es ein Muschelstück, einmal sogar die Schere eines Krebses, die halb vom Sand überspült war.

Als er die Dünen erreichte, war das Seitenstechen längst verschwunden, und kurz überlegte er, noch mal loszulaufen. Aber er war müde. War wohl doch alles ganz schön viel gewesen in den letzten Monaten.

Und damit meinte er nicht die Trennung. Die war hässlich gewesen, jawohl. Darüber wollte er nicht länger nachdenken. Basta.

Als er fast schon wieder am Campingplatz war, passierte es. Im Halbdunkeln dachte er allen Ernstes, es sei eine gute Idee, die Kaninchenwiese zu überqueren und über die halbhohe Hecke zu flanken, hinter der schon die Solarlichterkette leuchtete, die das Vordach seines Campers erhellte. Er übersah eines der Kaninchenlöcher, landete mit dem linken Fuß darin und knickte so übel um, dass er sogar glaubte, ein leises »Knack« zu hören.

»Au, scheiße!«, fluchte Yanis. Er hüpfte auf dem rechten Fuß weiter, aber nach wenigen Schritten musste er stehen bleiben, weil der Schmerz so heftig in seinem linken Bein nach oben schoss. Er setzte sich ins Gras. Leider mitten in die kleine Senke, die von der Kaninchengroßfamilie als Karnickelklo auserkoren war. Unter seinen Händen, mit denen er sich abstützte, spürte er die Köttel, einige noch schön feucht und ein bisschen warm, weil ein Karnickel vor Kurzem drübergepieselt hatte.

»Großartig«, murmelte er. Mühsam kam er wieder auf die Beine und humpelte jammernd das letzte Stück bis zur Hecke. Drüberflanken war nun keine Option mehr, er musste einen kleinen Umweg von etwa dreißig Metern nehmen, dort war eine Lücke in der Hecke.

Als er sich vor dem Camper auf den Stuhl fallen ließ, pochte der Knöchel, und nur unter Schmerzen konnte Yanis den Laufschuh ausziehen. Der Fuß verfärbte sich schon dunkel. Es wurde immer besser. Nicht nur, dass er sich den Fuß vertreten hatte. In einem Kaninchenloch! Nein, jetzt brauchte er vermutlich einen Arzt, und wie er mit dem Fuß in den kommenden Tagen surfen sollte …

Na, gar nicht, dachte er deprimiert.

Auf einmal hatte Norderney seinen ganzen Zauber verloren. Nur wegen der blöden Karnickel.

Martin war noch unterwegs, als Riekje am Abend nach Hause kam. Sie wusch die Tortenplatten und die Hauben ab, verstaute alles im Flurschrank und räumte gerade die Küche auf, als Martin nach Hause kam.

Er warf seine Sporttasche vor die Waschmaschine und verschwand im Schlafzimmer.

»Schön, dass wir so erwachsen mit unseren Problemen umgehen«, murmelte Riekje. Sie stand in der sauberen Küche. Eigentlich war es viel zu spät, um jetzt noch zu backen. Andererseits hatte sie auch keine Lust, schon ins Bett zu gehen. Dorthin hatte sich ja Martin zurückgezogen.

Sie klopfte an die Schlafzimmertür. »Alles okay?«, fragte sie leise.

»Nein!«, hörte sie dumpf von der anderen Seite. Sie öffnete die Tür einen Spaltbreit.

»Was ist denn los?«

Martin lag auf dem Bett, die Arme hinter dem Kopf verschränkt. Er starrte sie finster an. »Nichts«, behauptete er. »Ich brauch einfach mal meine Ruhe.«

Sie zögerte. *Soll ich auf dem Sofa schlafen?*, hätte sie fast gefragt. Aber so weit musste sie es mit der Selbstaufgabe nun auch wieder nicht treiben. Er hatte außerdem den ganzen Tag seine Ruhe gehabt.

»Wie war dein Murphy?«

»Es heißt Murph und war echt beschissen. So lahm war ich nie. Und ich möchte nicht mehr darüber reden, okay?«

»Kann ich noch was für dich tun?«

Er starrte finster an die Decke und schüttelte knapp den Kopf.

Okay, nicht cool. Aber im Moment auch nicht zu ändern.

Sie kannte das ja schon. Erst knurrte und brummte er vor sich hin, dann kam er irgendwann wieder hervorgekrochen aus seiner Höhle und erzählte ihr, was gerade schieflief. Vermutlich war er beim Klimmzug von der Stange abgerutscht und hatte nicht die neue Bestmarke geknackt, Falk aber schon. Manchmal war sein sportlicher Ehrgeiz schwer auszuhalten.

Sie ging zurück in die Küche und begann, einen schnellen Cookie-Teig zu rühren. Cookies gingen immer, die konnte sie im Schlaf backen. Schon eine Dreiviertelstunde später zog ein köstlicher Duft durch die Wohnung. Sie hörte Martin nebenan rumoren. Dann kam er aus dem Schlafzimmer gestapft, die Kopfhörer bereits auf den Ohren, die er immer trug, wenn er sie mit dem Zocken nicht stören wollte. Er startete die Playstation und setzte sich aufs Sofa.

Na, immerhin, dachte Riekje. Das war schon mal der erste Schritt. Sie kniete vor dem Backofen und behielt die Cookies im Auge.

»Backst du schon wieder für andere Leute?«, fragte Martin.

»Was?«

»Ob du schon wieder für Fremde backst. Für deinen Chef und so.«

»Mein Chef ist kein Fremder.«

»Für mich schon.«

Riekje versuchte zu atmen, doch es ging nicht. Immer diese abwertenden Kommentare, diese Bemerkungen, die ihr zeigten, wie wenig Martin sie und ihre Hobbys wertschätzte. Sie fragte ihn doch auch nicht, ob er unbedingt schon wieder Orks metzeln musste.

»Weißt du, es kann dir doch egal sein, ob ich für andere Leute backe. Du sagst ja immer, meine Küchlein passen nicht in deine Diät. Ich backe aber gerne. Kann das Zeug ja nicht direkt wegwerfen, nur weil du es nicht essen magst.« Sie fügte etwas leiser hinzu: »Außerdem überlege ich gerade, ob ich mich damit selbständig machen soll. Also mit Cupcakes und so. Heute haben alle gesagt, wie lecker mein Kuchen ist und dass Norderney so was braucht.«

»Wie bitte?« Martin hielt den Blick auf den Fernseher gerichtet. »Mist, ey.« Irgendein Ork hatte ihn gerade abgeschlachtet.

»Ich sagte, dass ich überlege, mich selbständig zu machen. Damit noch etwas mehr Geld reinkommt. Was denkst du?«

»Aber nicht in meiner Küche, oder?« Jetzt hob er doch mal den Blick und starrte sie völlig verständnislos an. »Ey, hier war in den letzten drei Tagen so viel Chaos mit diesem albernen Regenbogenkuchen, ernsthaft. Das halte ich nicht ständig aus.«

»Du bist ja kaum da«, murmelte Riekje.

Martin fluchte, weil er sich offenbar gerade beim Orkmetzeln in eine ausweglose Lage manövriert hatte. Er warf den Controller auf den Couchtisch. »Man ey, so ein Scheiß! Musst du ausgerechnet heute damit kommen?«

»Wann denn sonst?«, murmelte sie. Der Wecker am Backofen piepste, und sie schaltete ihn aus. Die Cookies waren noch nicht ganz fertig, ihnen fehlte noch ein bisschen die karamellisierte Kruste. Jetzt durfte sie die kleinen Köstlichkeiten keine Sekunde aus den Augen lassen.

»Wie bitte?«

»Ach nichts.« Sie merkte, dass sie inzwischen auch keine Lust mehr hatte, sich mit Martin auseinanderzusetzen. Aber das war etwas, das sie von ihm schon länger genau so signalisiert bekam.

Martin beugte sich vor und griff nach dem Controller. »Also, ich hoffe, wir verstehen uns. In meiner Küche wird das nicht laufen.«

»Es ist auch meine Küche«, sagte sie leise. »Oder nicht?«

Martin antwortete nicht. Aber er warf ihr einen Blick zu, der das Gegenteil verhieß.

So ist das also, dachte sie. Seine Wohnung, seine Küche. Wenn ihm nicht passte, wie sie sich in diesen vier Wänden verhielt ... Ihr wurde schlecht, und sie musste sich kurz gegen die Anrichte lehnen. Auf einmal begriff sie, dass Martin und sie schon seit Langem nicht mehr an einem Strang zogen. Diese elende Diskussion übers Geld, das hätte ihr spätestens zeigen müssen, dass Martin und sie nicht mehr in einer Partnerschaft lebten.

»Bist du da bald fertig?«, erkundigte Martin sich. Er versuchte nicht mal mehr, die Feindseligkeit aus seiner Stimme herauszuhalten. Riekje drehte sich zum Backofen um. Der letzte Wortwechsel hatte keine zwei Minuten gedauert, trotzdem waren die

Cookies so sehr nachgebräunt, dass sie schleunigst aus dem Backofen mussten.

Sie riss die Backofenklappe auf und griff nach dem Backblech. Im selben Moment schrie sie auf. Nackte Hand auf heißem Backblech. Sie hatte vergessen, den Ofenhandschuh anzuziehen.

»Scheiße!«, schrie Riekje. Sie knallte den Ofen zu, war mit zwei Schritten am Spülbecken und ließ eiskaltes Wasser über die Handinnenfläche laufen. Es bildeten sich schon Brandblasen. Verflixt! »Scheiße, scheiße, scheiße«, murmelte sie. Martin stand auf. »Zeig her«, sagte er leise. Auf einmal wieder ganz der liebe, zugewandte Freund. Sie hielt ihm ihre Hand hin.

»Das sieht übel aus. Wollen wir rasch ins Krankenhaus fahren?«

»Ja, wird wohl besser sein«, sagte sie kläglich. »Kannst du die Cookies rausholen?«

»Klar.«

Sie blieb am Spülbecken stehen und kühlte die Hand, während Martin ungeschickt mit dem Ofenhandschuh hantierte und das Blech auf den Herd stellte. Sie dachte müde: Bitte nicht ins Krankenhaus. Denn das Letzte, was sie jetzt wollte, war stundenlang in der Notaufnahme des Norderneyer Krankenhauses warten, während Martin neben ihr hockte.

»Ruf an, wenn ich dich abholen soll, okay?«

Er setzte sie vor dem Eingang zum Krankenhaus ab. Riekje hielt ihre Hand mit einem feuchten Handtuch umwickelt fest und sah den Rücklichtern seines schnittigen Teslas nach.

Hatte sie ihn da gerade richtig verstanden? Er blieb nicht bei ihr, während sie wartete?

Fast hätte sie ihm irgendwas sehr Unfreundliches nachgerufen. Okay, sie hatte vorhin noch gedacht, dass sie keinen Bock hatte, mit ihm zusammen in der Notaufnahme zu warten, aber dass er sie einfach so stehen ließ, fand sie bezeichnend für ihre Beziehung. Seufzend drehte sie sich um und betrat das Krankenhaus.

An der Anmeldung wurde sie von einem sehr netten, jungen Krankenpfleger begrüßt, der ihre Gesundheitskarte entgegennahm und ihre Personalien aufnahm. »Sie haben Glück«, meinte er. »Heute Abend ist nicht viel los. Haben Sie Schmerzen?«

Riekje wollte erst den Kopf schütteln. Doch dann nickte sie.

»Verständlich. Sie können da drüben warten, wir rufen Sie bald auf. Ich bringe Ihnen was gegen die Schmerzen.«

Er zeigte auf den Wartebereich. Riekje ging langsam dorthin und sank auf einen freien Plastikstuhl. Drei Stühle weiter saß ein Surfertyp. Grimmiger Blick, vor der Brust verschränkte Arme.

Na, keine Sorge, dachte sie. Ich bin nicht hier, um Freundschaften zu schließen.

Sie hatte in der Eile nichts mitgenommen, um sich irgendwie abzulenken. Nicht mal ihr Handy.

Der Surfertyp wurde aufgerufen. Er griff nach einem Paar Krücken mit türkisen Griffen, das neben ihm an der Wand lehnte, und humpelte in einen Behandlungsraum.

Kurz darauf wurde auch sie aufgerufen. Eine Ärztin schaute sich Riekjes Hand an. »Das muss aber ein heißes Backblech gewesen sein. Haben Sie es denn nicht sofort losgelassen?«, fragte sie.

Riekje schüttelte den Kopf. »Ich hab's zurückgeschoben. Sonst wären doch die Cookies auf den Boden gefallen.«

»Okay, das verstehe ich.« Die Ärztin lächelte mitfühlend. »Also, das sieht für mich wie eine Verbrennung zweiten Grades aus. Aber Sie haben richtig reagiert, dass Sie die Hand sofort gekühlt haben. So konnte sich die Verbrennung nicht weiter ausbreiten. Ich werde die Hand verbinden, und dann kommen Sie morgen wieder. Bis dahin dürfen Sie sich großzügig mit Schmerzmitteln versorgen. Und das nächste Mal nehmen Sie wieder den Ofenhandschuh, versprochen?«

»Auf jeden Fall«, versicherte Riekje, und zugleich dachte sie daran, dass sie vermutlich nie wieder in dieser Küche ein Backblech aus dem Ofen ziehen würde. Zumindest, wenn es nach Martin ging.

Während die Ärztin die Brandwunden reinigte und desinfizierte, versuchte Riekje sich abzulenken. Dank des Schmerzmittels spürte sie nicht zu viel von der Behandlung.

Trotzdem zuckte sie ein paarmal zusammen und wurde aus ihren Überlegungen gerissen, die mindestens so schmerzhaft waren wie die Brandwunde, die inzwischen angefangen hatte zu pochen.

Martin hatte ihr vorhin ziemlich deutlich gezeigt, dass er nicht bereit war, sie auf irgendeine Weise zu unterstützen. Während sie versuchte, mit ihm Kompromisse zu finden, wurde sie immer wieder ausgebremst, weil es um *sein* Geld, *seine* Wohnung, *seine* Freiräume ging. Sie war nur gut genug, dass es schön ordentlich war, oder was? 'ne bessere Putzfee, die in seinem Bett schlafen durfte und mit ein paar Komplimenten zufriedenzustellen war?

Sie merkte, dass sie ungerecht war. Martin und sie hatten auch gute Zeiten erlebt, aber in den letzten Monaten hatte es zunehmend geknirscht, und seine Erfolglosigkeit im Job genügte da einfach nicht mehr als einzige Erklärung. Irgendwas lag da im Argen, und sie hätte gerne gewusst, was es war.

»So, fertig.« Die Ärztin verschloss den Verband. »Morgen am späten Nachmittag können Sie noch mal vorbeischauen. Vorn an der Anmeldung bekommen Sie ein Rezept für die Schmerzmittel.«

»Danke«, flüsterte Riekje. Sie wollte jetzt schleunigst nach Hause und ins Bett. »Ich brauche noch ein Taxi.«

»Der Pfleger ruft Ihnen eins.«

Könnte ich auch selber machen, dachte Riekje. Aber die Ärztin begleitete sie an den Tresen und gab dem Pfleger Anweisungen. Er nickte und übernahm. Die Ärztin verabschiedete sich von Riekje und ermahnte sie, in den nächsten Tagen nicht zu viel in der Küche zu werkeln.

»Na, bei Ihnen sind es wenigstens nur ein paar Tage.«

Neben Riekje tauchte der Surfertyp auf Krücken auf. Er lehnte sich ebenfalls gegen den Tresen und klopfte mit der Krücke gegen einen Schiene, die seinen Unterschenkel bis zum Fuß umschloss. Er lächelte. Das Grimmige war komplett verschwunden, er wirkte direkt sympathisch. »Schick, oder? Surfen kann ich damit jedenfalls für die nächsten Wochen vergessen. Auto fahren wohl auch.«

Riekje konnte sich ein Grinsen nicht verkneifen, dass der Surfertyp tatsächlich surfte.

»Tut mir leid«, sagte sie. »Wo müssen Sie hin? Wir können uns ein Taxi teilen.«

»Tja, mein Orientierungssinn …« Er lachte verlegen. »Wo müssen Sie hin? Ich kann Sie absetzen.«

»Oh.« Riekje wollte schon ablehnen. Aber sie mochte sein Lächeln, und wo bitte war das Problem, sich mit einem anderen Menschen ein Taxi zu teilen?

»Ist gerade eh nur eins verfügbar«, meldete sich der nette Pfleger, der zeitgleich telefonierte. »Sie können es sich teilen, oder einer muss warten.«

»Na dann?« Wieder das Grinsen, und Riekje verspürte so ein ganz zartes, kleines Flattern in der Magengrube. *Er ist nur nett,* dachte sie.

»Na dann!«

Der Surfertyp streckte ihr die Hand entgegen. »Ich bin übrigens Yanis.«

Riekje starrte erst auf die Hand, dann auf ihre, die in einem dicken Verband steckte. »Riekje«, sagte sie.

»Hi, Riekje. Sorry.« Jetzt mussten sie beide lachen. »Wollen wir draußen warten? Wenn ich noch länger diesem Geruch nach Desinfektionsmittel ausgesetzt bin, könnte es sein, dass ich dir vor die Füße kotze.«

»Das wollen wir ja nicht.« Sie grinste. Er ging so locker zum Du über, das fühlte sich sehr schön an. »Was ist mit deinem Bein passiert? Surferunfall?«

Yanis humpelte neben ihr nach draußen. Er verzog das Gesicht. »Schön wär's. Karnickelloch.«

»Karnickelloch?«, echote sie.

»Reingetreten, umgeknickt, Fuß gebrochen.«

»Ach du Schande, das geht?«

»Hätte ich auch nicht gedacht.«

Der Klinikeingang wurde von Parkbänken flankiert, und Yanis steuerte erleichtert auf eine zu und ließ sich stöhnend draufplumpsen. »So ein Mist«, fluchte er. »So habe ich mir den Urlaub echt nicht vorgestellt.«

Riekje setzte sich neben ihn.

»Warst du schon häufiger auf Norderney?«, fragte er sie.

Riekje schüttelte den Kopf. »Mein erstes Mal«, log sie. Okay, war nicht ganz gelogen, denn tatsächlich war sie ja noch nie von der Insel runtergekommen.

»Meins auch.« Er strahlte sie an. »Ich habe es mir nicht so schön vorgestellt. Dachte, es gefällt mir nicht.«

»Und wieso bist du trotzdem hier?«

»Wegen der Wellen.« Er sagte das, als wäre es doch total logisch, man kam wegen der Wellen auf die Insel, nichts sonst. »Aber damit ist es nun vorbei.«

»Brichst du den Urlaub dann ab?«

Er zögerte. »Kann ich nicht«, gab er zu. »Mein Camper steht auf dem Platz am Leuchtturm, und um von der Insel runterzukommen, brauche ich jemanden, der mich fährt.«

»Oh.«

»Aber ich brauche genauso wen, der für mich einkauft oder so. Hm.« Er fuhr sich mit beiden Händen durchs Gesicht. »Ich habe das wohl nicht zu Ende gedacht. Muss ich wohl meine Ex anrufen und bitten, dass sie mich abholt.«

Das Taxi fuhr vor und unterbrach ihre Unterhaltung. Als Riekje einstieg, erkannte sie den Fahrer, der sie mit einem fröhlichen »Moin, Riekje!« begrüßte.

»Was machst du denn hier?«

»Moin, Mack«, antwortete sie und wurde rot, denn sie merkte, wie Yanis sie von der Seite musterte. »Hand verbrannt, musste verbunden werden.«

Da war sie wohl mit ihrer kleinen Flunkerei direkt aufgeflogen.

Während Yanis sich mit den langen Beinen und Krücken hinter dem Beifahrersitz zusammenfaltete, versuchte Riekje, sich hinter Macks Fahrersitz möglichst klein zu machen.

»Na, wie war die Babyparty bei Jule und Casper? Wäre ja auch voll gern dazugekommen, aber hab Dienst. Weißt ja, wie das ist.« Mack lenkte das Taxi vom Parkplatz. »Nach Hause, oder wollt ihr zwei noch woanders hin?«

»Nach Hause«, murmelte Riekje.

»Danach zum Campingplatz am Leuchtturm«, fügte Yanis hinzu.

Die Fahrt verbrachten sie schweigend. Mack guckte im Rückspiegel zu Riekje, sein Blick war fragend. *Wer ist der Surfertyp neben dir?*

Sie schaute weg, denn sie hatte keine Lust, sich mit ihm zu unterhalten. Er war der Schwager von Casper und lebte allein auf der Insel, seit seine Frau Ines sich vor einem Jahr von ihm getrennt hatte.

Da, schon wieder musste Riekje über Trennungen nachdenken. Sie blinzelte die Tränen weg.

»Tut's sehr weh?« Yanis beugte sich etwas zu ihr rüber, sein Blick deutete auf ihre bandagierte Hand.

»Geht schon«, flüsterte sie.

Wenn sie gleich nach Hause kam, würde Martin sie entweder mit eisigem Schweigen strafen oder hatte sich schon hingelegt. Die Küche wäre immer noch das Schlachtfeld, als das sie sie vorhin überstürzt verlassen hatte, und falls er noch wach war, würde er genau das monieren. Dass sie nicht aufgeräumt hatte. Dass sie immer so viel Unordnung machte. Dabei war sie diejenige, die kochte, putzte, abwusch und die Einkäufe erledigte. Während er sich in diesem Leben gut eingerichtet hatte, mit seinen Klemmbausteinen baute, mit der Spielekonsole zockte oder ins Gym ging.

Es hatte eine Zeit ganz am Anfang ihrer Beziehung gegeben, da hatte Riekje sich mit ihm gern mehr vorgestellt. Da hatte es sie bei ihren vielen Erledigungen regelrecht beflügelt, wenn sie sich vorstellte, wie das wäre: gemeinsam ein Kind bekommen oder sogar zwei. Heiraten, sie ganz in Weiß. Mit einem Oldtimer zum Standesamt und anschließend ins Surfcafé, wo die ganze Insel die beiden feierte. Das waren schöne Tagträume gewesen, und sie hatte sich gern darin verloren.

Inzwischen hatte die Wirklichkeit sie eingeholt. Realistisch betrachtet würde der von ihr erhoffte Heiratsantrag niemals kommen. Das sollte sie endlich einsehen. Und wenn sie ganz ehrlich mit sich und ihrer Situation war – selbst wenn so ein Antrag jetzt käme, würde sie ihn nicht annehmen.

Yanis neben ihr rutschte unangenehm berührt hin und her, und Riekje wischte sich hastig die Tränen von den Wangen. Im Taxi war es dunkel, doch sie wollte ihn nicht in Verlegenheit bringen, weil sie heulte.

Er zog ein Stofftaschentuch aus der Hosentasche und hielt es ihr hin. »Ist leider nicht gebügelt«, murmelte er.

Da musste sie unter Tränen lachen.

Das Taxi bog in die Straße am Westend ein, in der sich Riekjes Wohnung befand. Sie wischte sich die Tränen von den Wangen und hielt das Taschentuch linkisch in der Hand. Zurückgeben kam nicht in Frage, aber behalten …

»Gib's mir bei Gelegenheit wieder.« Er grinste. »Wenn ich das richtig verstanden habe, bist du ja schon länger hier.«

»Wo finde ich dich?«

»Campingplatz am Leuchtturm. Also, falls mich niemand abholt, weil ich so ja kaum zurechtkomme. Sonst behalt das Taschentuch einfach.«

»Nein, ich kann es dir zurückbringen. Kein Problem.«

»Okay.« Yanis nickte ernst. Er blickte auf seiner Seite aus dem Fenster und gab Riekje damit den Raum, dass sie sich verstohlen die Augen betupfen konnte.

Mack hielt vor dem Haus an, und sie zog ihren Geldbeutel aus der Handtasche und bezahlte die aufgelaufene Summe auf dem Taxameter. Dann verließ sie fluchtartig das Taxi. »Schönen Abend noch! Gute Besserung«, rief sie Mack und Yanis zu. Dann trat sie in den Hauseingang, ignorierte den Fahrstuhl und ging langsam die fünf Treppen hoch.

Ihr Herz fühlte sich wund und zerrissen an. Das konnte keiner mehr flicken.

Kapitel 7

Da bist du ja endlich!« Martin kam ihr im Flur entgegen. Er runzelte die Stirn. »Was hat denn so lange gedauert im Krankenhaus? Alles okay?«

Er legte den Arm um ihre Schultern und führte sie ins Wohnzimmer. Die offene Küche war komplett aufgeräumt und geputzt. Sie blieb kurz stehen, blinzelte und konnte gar nicht glauben, was sie sah. Alles blitzte und blinkte.

»Wollte gerade schon losfahren und dich abholen.«

»Ich habe mir ein Taxi genommen.«

Er runzelte die Stirn, aber dann überging er ihre Bemerkung. »Na, jedenfalls dachte ich, du willst bestimmt gleich ins Bett. Oder willst du noch was trinken? Ich mach uns 'ne Cola mit Eis.«

Ich mag keine Cola.

Das sollte er eigentlich wissen.

Riekje zögerte. Sie hatte sich etwas überlegt auf dem Weg nach oben. Etwas komplett Abwegiges, aber sie wusste, dass sie an diesem Punkt nicht weitermachen konnte wie bisher. Irgendwie musste sie Martin dazu bekommen, dass er sich zu ihrer Beziehung bekannte. Das fühlte sich einerseits mies an, aber sie konnte diese Verzweiflung, die sie beim Gedanken an ihre Beziehung regelmäßig erfasste, diese Müdigkeit und Resignation, nicht länger ertragen.

»Heirate mich!«, stieß sie hervor, bevor sie es sich anders überlegen konnte.

Martin, der gerade den Kühlschrank öffnen wollte, hielt in der Bewegung inne. »Wie bitte?«, fragte er.

»Ja! Lass uns heiraten.« Riekje plapperte weiter. »Ich habe da schon länger drüber nachgedacht. Das wäre doch ideal, findest du nicht? Wenn einem von uns was passiert, ist der andere besser abgesichert. Wir könnten dann auch endlich unser Geld zusammenlegen, also nicht mehr mit dem Dreikontenmodell, bei dem jeder was aufs gemeinsame Konto überweist. Wir könnten aus einem Topf wirtschaften und sind beide dafür verantwortlich, dass es reicht. Außerdem, wenn wir erst ein Kind haben und wir beide Elternzeit nehmen, wäre es doch gut, um die Steuerklassen zu optimieren und …«

»Halt, stopp!«, schnitt Martin ihr das Wort ab. Er hob die Hand. Dann stützte er sich mit der anderen an der Kücheninsel ab. Mit gesenktem Kopf sagte er leise: »Du willst heiraten.«

»Ja.« Riekje strahlte ihn an, obwohl sie sich überhaupt nicht so fühlte. Seine Reaktion war so verräterisch.

»Ein Kind? Ich meine … Darüber haben wir nie gesprochen. Also, dass du ein Kind willst.«

Riekjes Stimme wurde ganz sanft. Sie trat ebenfalls an die Kücheninsel und suchte seinen Blick, doch Martin schaffte es nicht, ihr in die Augen zu sehen. »Doch, haben wir. Früher immer mal wieder. Als wir uns die Zukunft ausgemalt haben. Und ich finde, die Zukunft ist jetzt. Ich will nicht länger warten.«

»Ähm …« Mehr fiel ihm dazu tatsächlich nicht ein, und Riekje spürte, wie ihr Herz schwer wurde. Er versuchte nicht mal, mit ihr darüber zu diskutieren oder einen Kompromiss zu suchen.

»Ich halte das für keine gute Idee«, sagte er schließlich. »Alles daran. Du willst dich doch gerade selbständig machen! Wie passt da ein Kind rein? Du hättest doch keine Zeit, dich zu kümmern.«

Sie lächelte. »Du könntest ja auch in Elternzeit gehen. Wenn du eh gerade nicht genug verdienst …«

»Auf keinen Fall!«, fuhr er ihr dazwischen. »Wenn du ein Kind willst, meinetwegen, aber dann kümmerst du dich auch drum.«

Er verstummte. Drehte sich zum Kühlschrank um und holte Eis aus dem Tiefkühlfach. Während er zwei Gläser mit Eis und Cola befüllte, sprachen beide kein Wort. Martin reichte ihr das Colaglas, und sie setzten sich aufs Sofa.

»Und heiraten …?«, fragte sie vorsichtig.

»Weißt du, ich glaube, wir könnten es so machen.« Er stieß sein Glas gegen ihres, bevor er einen großen Schluck trank. »Erst mal gucken wir, ob du schwanger wirst. Und dann denken wir noch mal übers Heiraten nach. Okay?«

»Nachdenken.«

Sie stellte das Glas auf den Couchtisch, ohne einen Schluck genommen zu haben. Martin fluchte, er stand auf und holte einen Untersetzer aus dem Schrank.

»Was spricht gegen Nachdenken?«

Sie versuchte, es möglichst diplomatisch zu formulieren. »Ich fühle mich nicht mehr sicher bei dir, Martin.«

Er runzelte die Stirn. »Verstehe ich nicht.«

»Das glaube ich.« Sie suchte nach den richtigen Worten. »Weißt du, früher hatten wir gemeinsame Pläne. Eine genaue Vorstellung davon, wie unsere Zukunft aussehen soll. Und seitdem hat sich gar nicht so viel geändert, dachte ich. Aber du führst dein Leben ganz unabhängig von mir, du kümmerst dich um deine Hobbys, deine Freunde. Nicht aber um die Dinge, die uns beide betreffen. Unser Haushalt, unsere Finanzen, unsere Liebe – das alles soll ich bitte am Laufen halten. Und das kann ich nicht mehr.«

Sie stand auf.

»Es ist deine Wohnung, darum wird es wohl das Beste sein, wenn ich ausziehe. Ich würde gern noch ein paar Nächte auf dem Sofa verbringen, bis ich mein Zeug zusammengepackt habe. Aber ich glaube, du wirst mir zustimmen, wenn ich sage, dass es vorbei ist, Martin. Das sollten wir uns einfach eingestehen. Spätestens seit heute.«

Sie stand auf und ging ins Schlafzimmer. Tränen liefen ihr übers Gesicht. Martin folgte ihr nicht.

Sie sank aufs Bett. Jetzt konnte sie weinen, und es schüttelte sie ordentlich durch. So viele gemeinsame Jahre, die warf man nicht leichtfertig weg. Selbst wenn man doch feststellte, dass es so nicht mehr ging, war es trotzdem mit Schmerzen verbunden. Es war nichts vorgefallen, was zu einem großen Knall hätte führen können, kein großer Streit, kein Fremdgehen, keine Gewalt. Und das machte es so merkwürdig. Riekje fragte sich, während sie weinte, ob sie nicht übertrieb. Ob sie nicht voreilig handelte, wenn sie jetzt die Beziehung beendete.

Aber wir haben unterschiedliche Ziele. Und er ist nicht aufrichtig zu mir.

Schon das genügte, oder? Zugleich vermisste sie schon jetzt dieses Leben, die Wohnung, die ruhigen Abende mit Martin, wenn sie die Küche aufräumte und das Bad putzte, während er zockte …

Okay. Sie merkte selbst, dass ihre Vorstellung von einem ruhigen Abend ein bisschen was anderes war als das, was andere Paare darunter verstanden. Sie hatte immer versucht, es ihnen so schön wie möglich zu machen. Martin hingegen hatte sich ins gemachte Nest gesetzt.

Riekje wischte sich mit dem Stofftaschentuch die Tränen vom Gesicht.

Stofftaschentücher, wer benutzte eigentlich so etwas noch?

Da lachte sie schon wieder. Sie musste richtig kichern, albern und erleichtert. Oh man, diese Schmerzmittel aus dem Krankenhaus, die konnten was! Sie fühlte sich plötzlich federleicht und voller Tatendrang.

Aber erst wollte sie schlafen. Morgen war Sonntag; sie musste ihre Sachen zusammenpacken und vor allem möglichst schnell eine neue Bleibe finden.

Und das dürfte auf Norderney eine etwas größere Angelegenheit werden.

Mit dem kaputten Bein von der Insel runterzukommen, war leider nicht so leicht, weshalb Yanis zurück auf dem Campingplatz zu seinem Camper humpelte, sich drin auf sein Bett fallen ließ und erst mal eine von diesen Schmerztabletten einwarf, die die Ärztin ihm mitgegeben hatte.

»Ein glatter Bruch«, hatte sie ihn getröstet. »In vier Wochen kann die Schiene mit etwas Glück schon wieder ab.«

Vier Wochen! Und ohne Glück?

»Sechs Wochen könnten es dann schon werden«, hatte sie gesagt. »Aber lassen Sie das von Ihrem Arzt zu Hause noch mal kontrollieren.«

Das Problem war: Er hatte so recht kein Zuhause mehr, und er hatte auch wenig Bock, jetzt bei seiner Ex auf der Matte zu stehen. Klar, er hatte Freunde, aber sein Freundeskreis hatte sich in den letzten Jahren vor allem aus gemeinsamen Freunden zusammengesetzt. Es würde sich kaum verheimlichen lassen, wenn er nun reumütig nach Düsseldorf zurückkehrte. Sofort wäre Romy wieder zur Stelle, um sich um ihn zu kümmern …

Nein, Schluss. Keine weiteren Gedanken mehr daran, dass er sich Hilfe holen könnte.

Er würde es schon irgendwie schaffen. Hier auf dem Campingplatz gab es einen Kiosk, bei dem er sich einigermaßen versorgen konnte. Dann lebte er eben ein paar Wochen von Buttertoast und Flutschfinger, wo war das Problem?

Leider gingen die Probleme direkt am nächsten Morgen los, als er duschen gehen wollte. Er hatte sich morgens im Bett liegend alles ganz genau zurechtgelegt. In seinen Rucksack wollte er Handtuch, Duschsachen und frische Wäsche zusammenpacken, dann rüber zum Waschhaus humpeln und eben duschen.

Er schaffte es bis zur nächsten Parkbank, die auf dem Campingplatz verstreut standen. Dort musste er komplett verschwitzt und außer Atem eine Pause machen. Sein Bein schmerzte, dass es nicht mehr feierlich war, und vor seinen Augen tanzten kleine Sternchen. Eventuell hätte er vor diesem Abenteuer eine Schmerztablette nehmen sollen. Dafür hätte er aber frühstücken müssen, und *davor* hätte er gern die Zähne geputzt.

Hätte, hätte, Fahrradkette. Nun saß er völlig erledigt auf der Parkbank, es gab kein Vorwärts zum Waschraum, kein Zurück zum Camper, denn von dort käme er vermutlich nicht mehr weg. Außerdem müsste er mal dringend aufs Klo.

So fand ihn wenig später Riekje.

Dass sie Riekje hieß, das hatte er sich gemerkt, wenngleich von gestern Abend und der Taxifahrt ansonsten nicht mehr so viel in Erinnerung geblieben war.

Aber ihr Lächeln, das hatte er auch nicht vergessen. Ein bisschen zurückhaltend, aber zugleich mit diesen süßen Grübchen in den Wangen. Gestern Abend im Taxi hatte sie den Blick gesenkt, als sie anfing zu weinen. Die dunkelblonden Locken waren ihr ins Gesicht gefallen, und ihre runden Wangen hatten sich gerötet, während die Tränen darüberliefen. Hatte er natürlich nur aus dem Augenwinkel beobachtet, aber seitdem hatte es ihm keine Ruhe gelassen. Er hatte gespürt, dass sie nicht nur wegen ihrer verletzten Hand weinte. Aber nachgefragt hatte er lieber nicht. Immerhin hatte er ihr etwas linkisch sein Taschentuch aufgedrängt, und als er heute Nacht wach lag, hatte er gegrübelt, ob er das Taschentuch – und damit Riekje – wohl wiedersehen würde.

Mit diesem Lächeln, das ihn heute Nacht nicht losgelassen hatte – etwas traurig, aber durchaus energisch –, kam sie nun auf ihn zu und wedelte mit einem Ziplockbeutel.

»Moin! Ich wollte nur kurz das Taschentuch zurückbringen«, sagte sie. »Und gucken, wie's so geht.«

Sie duzte ihn nicht, als wäre sie unsicher, ob das Du noch angemessen war. Er nahm ihr diese Unsicherheit.

»Moin. Wie nett von dir, danke.« Er nahm es entgegen. Sie stand vor ihm. Zu der weiten Stoffhose trug sie eine ärmellose Streifenbluse. Die Sonnenbrille im Haar, das zu einem unordentlichen Knoten auf dem Kopf hochgesteckt war. Süß, fand er. Vor allem dieses Lächeln!

»Also dann, ich muss los.« Sie zögerte.

»Musst du?«

»Leider. Ich muss meine Sachen packen.«

»Ach, ist der Urlaub schon zu Ende?« Er zwinkerte ihr zu.

Sie wurde tatsächlich ein bisschen rot. »Das hast du gestern mitgekriegt, oder? Dass ich ... also, ist zwar mein erster Aufenthalt hier, aber ...«

»Ganz so beduselt war ich nicht vom Schmerzmittel, dass ich das nicht mitbekommen hätte.« Er grinste. »Dein erster Aufenthalt dauert schon ein paar Jahre, stimmt's?« Sie nickte. »Wieso hast du das erzählt?«

»Dass ich nicht auf der Insel lebe? Keine Ahnung. Gewohnheit? Manchmal werden Leute komisch, wenn sie erfahren, dass ich hier lebe. Also, einmal ist mir das passiert, ist aber schon ewig her.« Ihre Miene verfinsterte sich kurz. Dann aber schüttelte sie den dunklen Gedanken rasch ab. »Jedenfalls: Ich ziehe gerade um. Aus«, fügte sie hinzu.

»Ach so. Hast du eine schöne neue Bleibe?«

Sie antwortete nicht. Yanis runzelte die Stirn. Auf einmal wirkte Riekje seltsam abwesend. »Alles okay?«, fragte er behutsam.

Sie schüttelte den Kopf. Ihre Unterlippe bebte, und dann fing sie an zu weinen.

Wortlos hielt Yanis ihr das Taschentuch im Ziplockbeutel hin. »Ich glaube, das brauchst du noch«, sagte er sanft.

Riekje konnte vor Tränen nichts sehen, während sie versuchte, den Ziplockbeutel aufzumachen, in dem sich das rettende Stofftaschentuch befand. Sie fluchte leise vor sich hin.

Yanis beugte sich vor. Wortlos nahm er ihr den Beutel aus der Hand, öffnete ihn und drückte ihr das frisch gewaschene und gebügelte Taschentuch in die Hand. Rasch fuhr sie damit über ihre Augen. Vergebens. Offenbar hatte er mit seiner Frage, ob sie eine schöne neue Bleibe gefunden hatte, ihre mühsam zusammengehaltene Fassung zum Einstürzen gebracht.

Sie stand vor ihm, drückte das Taschentuch vors Gesicht und schämte sich unendlich. Weil sie vor einem Fremden weinte. Weil sie alles verloren hatte. Weil sie in ihrer Verzweiflung sogar darüber nachgedacht hatte, ob sie sich mit Martin wieder vertragen könnte. So schlimm wäre es doch nicht, ihm den Haushalt zu führen, wenn sie dafür …

Nein. Auf keinen Fall durfte sie so weit denken. Sie hatte sich von Martin getrennt, weil es nicht länger so weiterging. Weil er sich sonst irgendwann von ihr getrennt hätte, davon war sie nach längerem Nachdenken überzeugt. Und zwar nach seinen Regeln. Es ging doch schon lange nicht mehr um irgendwelche Gefühle. Sicher, irgendwann war da mal Liebe gewesen, vielleicht sogar der gemeinsame Wunsch, die Zukunft zu gestalten.

Gestern Abend hatte sie ihm ihren Standpunkt klargemacht. Dass sie sich vom Leben etwas anderes erhoffte als das, was sie derzeit an seiner Seite war. Über Nacht waren ziemlich viele Zweifel und Ängste hervorgekrochen, und die größte dieser Ängste war die um ihre Existenz. Ihr Leben auf der Insel. Denn Norderney verlassen zu müssen, weil sie keine Wohnung fand, das wäre das Schlimmste.

Na ja. Das Zweitschlimmste. Sie könnte immer noch bei ihren Eltern einziehen.

Brrr. Nein. Auf gar keinen Fall.

»… setzen?«

»Wie bitte?«, stammelte sie, denn nur das letzte Wort drang zu ihr durch. Yanis wiederholte seine Frage langsam, schaute ihr dabei unverwandt in die Augen. Wie fies. Er hatte verflixt grüne Augen, und jeder wusste doch, dass sie von grünen Augen wackelige Knie bekam. »Ich fragte, ob du dich zu mir setzen willst. Du siehst echt müde aus.«

»Bin ich auch«, murmelte sie.

Und weil ihr nichts Besseres einfiel, sank Riekje neben Yanis auf die Bank. Er räumte die Krücken beiseite, die in ihre Richtung zu kippen drohten. »Geht's der Hand besser?«, fragte er.

»Die? Ach ja. Schon.«

Dann schwiegen sie, und das war gar nicht unangenehm, sie hätte ihn jederzeit irgendwas fragen können. Schön war das. Da war einer, der einfach neben ihr schwieg. Bis sie mit dem Weinen aufhören konnte, und das dauerte eine ganze Weile. Schließlich schnäuzte sie sich ins Taschentuch.

»Besser?« Er klang mitfühlend.

Erst wollte sie nicken, schüttelte dann aber den Kopf.

»Das tut mir leid. Ich würde jetzt gern was Tröstendes sagen, aber du hast mich quasi in einer ziemlich prekären Situation erwischt.« Er grinste sie von der Seite an. »Ich war auf dem Weg zum Duschen, und na ja. Als ich hier vor ein paar Tagen ankam, mochte ich, dass der Camper etwas ab vom Schuss steht. Jetzt ist es mir zu weit für alles.«

»Versteh ich. Du brauchst also einen anderen Stellplatz?«

»Und jemanden, der mir den Camper umparkt. Oder ein Golf Cart, mit dem ich überall hinjuckeln kann.« Er starrte auf sein Bein. »Vermutlich wärs das Beste, wenn ich meiner Ex sage, dass sie mich abholen soll. Ist das Letzte, was ich wollte. Aber na ja.«

»Ich könnte helfen«, hörte Riekje sich sagen.

»Was?«

Sie überlegte. »So ein Golfwägelchen? Das könnte ich vermutlich drüben beim Golfplatz organisieren. Da kenne ich jemanden.«

Er lachte leise. »So, so. Zum ersten Mal auf der Insel, aber überall kennst du wen.«

Sie wurde rot. »Damit wirst du mich jetzt in alle Ewigkeit aufziehen, richtig?«

»Allerdings.« Das hieße ja, dass sie bis in alle Ewigkeit Kontakt haben würden. Das gefiel ihr. »Also, wäre echt super, wenn du da für mich was organisieren könntest. Sonst bin ich aufgeschmissen.«

»Kein Problem.« Sie atmete tief durch, zog ihr Handy aus der Hosentasche und wählte die Nummer von Falk. Der arbeitete nämlich als Golflehrer drüben auf dem Golfplatz.

Er meldete sich nach dem zweiten Klingeln. »Hej, Riekje! Wie geht's? Sag mal, stimmt das, was Martin mir erzählt hat? Er hat dich vor die Tür gesetzt? Ist ja ein Ding. Also … lustig, dass du mich anrufst. Wollte mich auch dringend bei dir melden.«

Riekje hielt das Handy vom Ohr weg und runzelte die Stirn. »Bist du das, Falk?«

Er lachte. »Klar, wer sonst? Hör mal, wenn das mit Martin und dir vorbei ist, vielleicht hast du ja Lust, dass wir uns mal treffen. Ich mag dich ganz gerne. Versteh gar nicht, was für ein Problem Martin mit dir hatte.«

Riekje legte auf, ohne ihm zu antworten.

Was für ein Problem Martin mit ihr hatte?

Was zur Hölle stimmte denn nicht mit den Männern? Offensichtlich hatte Martin tatsächlich ein Problem! Nämlich damit, zuzugeben, dass *sie* die Beziehung beendet hatte. Und Falk? Dem brannte ja wohl der Helm, wenn er glaubte, sie würde sich direkt nach der Trennung mit *ihm* treffen, weil sie es nicht aushielt, auch nur einen Tag allein zu sein.

Nein, danke.

»Kein Golfcart?«, erkundigte sich Yanis vorsichtig.

Ach ja. Den hatte sie fast vergessen.

»Wir lassen uns was anderes einfallen«, versprach sie. Falk um einen Gefallen zu bitten, das kam jedenfalls nicht in Frage.

Zuerst musste sie mit dem Platzwart vom Campingplatz sprechen.

»Okay.« Yanis griff nach den Krücken. »Ich versuche dann mal, bis zum Waschraum zu kommen. Bis später vielleicht?«

»Ich bleibe noch etwas hier sitzen und grüble. Vielleicht hast du Glück.«

Riekje blickte Yanis nach, wie er Richtung Waschräume davonhumpelte. Ein leises Lächeln stahl sich auf ihre Lippen, weil es ihr unerklärlicherweise gutgetan hatte, mit ihm zu reden. Und zu schweigen. Das besonders. Kaum dass sie allein war, wurde es nämlich schon wieder unangenehm laut in ihrem Kopf.

Die Wohnungssuche sollte sie wirklich dringend angehen. Stattdessen verpulverte sie ihre Energie damit, einem Fremden zu helfen. Sie überlegte und tippte sich dabei mit dem Zeigefinger gegen das Kinn.

Ob sie auf dem Campingplatz Unterschlupf fand? Fragen kostete nichts. Sonst könnte sie Jule oder Asja fragen. Obwohl, Letztere war frisch verliebt und Jule vollauf mit ihrem Nestbautrieb beschäftigt. Wohnraum war knapp auf Norderney, nirgendwo sonst wohnte man so beengt und machte das Beste aus der Situation. Außerdem wäre ihr mit einem Zimmer nicht geholfen, denn die Sache mit den Cupcakes und Kuchen ging ihr nicht aus dem Kopf. Heute Nacht, als sie nicht schlafen konnte, hatte sie sich im Internet informiert, was sie alles regeln müsste, bevor sie sich selbstständig machte. Klang gar nicht so wild.

Aber sie brauchte eine Küche. Einen guten Backofen. Platz zum Lagern von Zutaten und frischen Kuchen, bevor sie diese auslieferte. Wenn sie jetzt ein Gästezimmer bei einer Freundin bezog, half ihr das nicht.

Es war wohl an der Zeit, das Norderneyer Netzwerk anzuzapfen. Insulaner halfen Insulanern, wo sie nur konnten. Und Riekje gab es nicht gern zu – aber das hier war ein Notfall. *Sie* war ein Notfall.

Yanis war am Ende des Wegs hinter den Hecken verschwunden.

Riekje zog ihr Handy wieder hervor und wählte eine Nummer.

»Hej, Asja.« Sie seufzte.

»Moin, Riekje!« Ihre Freundin klang ungewöhnlich munter. »Was gibt's?«

»Ich habe mich von Martin getrennt.«

»Na endlich!«, rief Asja. »Wurde auch mal Zeit.«

Riekje musste tief durchatmen, um nicht sofort wieder loszuheulen. »War es so schlimm mitanzusehen, ja?«

»Süße, du weißt, ich liebe dich. Wir alle lieben dich. Und es hat echt wehgetan zu sehen, wie du dich von ihm hast herumschubsen lassen. Und jedes Mal, wenn ich nur ganz vorsichtig versucht habe, dich darauf aufmerksam zu machen … na ja. Du warst da nicht sonderlich aufgeschlossen. Du wolltest 'nen Ring, also habe ich deinen Wunsch nach einem Ring unterstützt, und ich habe mich auf diesen Tag vorbereitet. Was brauchst du von mir? Bist du schon ausgezogen? Ich hoffe, du hast ihm ordentlich Bescheid gegeben, dass er niemals was Besseres finden wird.« Asja verstummte, und Riekje musste lachen.

»Herrje, hast du diese Rede schon lange vorbereitet?«

»Könnte sein.« Asja klang kleinlaut. »Aber es ging ja schon 'ne Weile nicht mehr so richtig gut, oder?«

»So war das wohl, ja.« Riekje schniefte. »Jedenfalls brauche ich jetzt 'ne Bleibe. Hast du was gehört?«

»Leider nicht. Guck doch bei uns in die Datenbank.«

»Ja, mach ich später bestimmt.« Riekje starrte zu den Waschräumen. »Muss jetzt erst mal ein paar Dinge hier regeln.« Sie beschloss, dass es sie vortrefflich von ihren eigenen Problemen ablenken würde, wenn sie Yanis half. »Ich komme heute später.«

»Tu, was du tun musst. Du hast vermutlich mehr Überstunden als wir alle zusammen.«

Es dauerte noch ein paar Minuten, bis Yanis wieder auf sie zu humpelte, mit nassen Haaren und dem Handtuch über der Schulter. In der Zeit hatte Riekje im Büro angerufen, um ihre Verspätung anzukündigen, und noch mindestens drei Gedankenschleifen an all ihren Problemen vorbei gedreht. Allein sein Anblick unterbrach sie dabei, und sie war dankbar dafür. Es fühlte sich gut an – genau wie die offensichtliche Freude auf seinem Gesicht, dass sie tatsächlich noch da war.

»Wollen wir?«, fragte sie.

Er lächelte überrascht. »Was genau?«

»Na, dich hier einrichten. Ich helfe dir. Wenn das okay ist.« Sie merkte, wie ihre Wangen heiß wurden.

»Klar.« Er grinste. »Ich kann ja nicht weglaufen.«

»That's the spirit.« Aber sie konnte, und zwar wenigstens für ein paar Stunden, vor ihren Problemen weglaufen. Genau das hatte sie auch vor.

Kapitel 8

Hast du von der Sache mit Riekje und Martin gehört?«, fragte Jule.

Nela runzelte die Stirn. Sie versuchte gerade, gleichzeitig ihre Notizen zu lesen und mit Jule zu reden, das war natürlich zum Scheitern verurteilt. »Nee, was ist denn da los?«

Jule seufzte. »Riekje hat sich von Martin getrennt. Sie sucht jetzt eine neue Wohnung, aber das ist natürlich schwierig.«

»Hmhmmm«, machte Nela. Jule war für die regelmäßige Vorsorge ins Geburtshaus Storchennest gekommen. Sie hatten sich in das Geburtszimmer zurückgezogen. Während Nela ihre Notizen durchging, tranken sie einen Kräutertee und naschten Kekse. Eigentlich ging es bei dem Termin um Jules Wohlbefinden, um ihre Schwangerschaft und alle Ängste und Sorgen, die sie bewegten. Aber Jule war mit Riekje befreundet, und offenbar war Riekjes drohende Obdachlosigkeit gerade ihre drängendste Sorge. Nela blickte von den Notizen auf und konzentrierte sich auf ihre Freundin.

»Bei uns will sie nicht einziehen«, fuhr Jule fort. Sie schob ihr Shirt über dem Bauch nach oben, damit Nela den Bauchumfang messen und die Lage des Babys ertasten konnte. »Asja schwebt gerade mit ihrem Fridolin auf Wolke sieben, das ist also auch keine Alternative. Tja, wer bleibt denn sonst? Weißt du nicht jemanden? Du bist doch so gut vernetzt in der Gemeinde.«

Nela murmelte »Hundertdrei Zentimeter«, hangelte nach der Patientenakte und schrieb auf. Dann tastete sie den Fundus und die Lage. Jule stöhnte, und Nela hob den Kopf. »Alles okay?«, fragte sie besorgt.

»Ja, ach. Riekje.«

Okay. Wenn sie heute auch nur ansatzweise mit Jule über die Schwangerschaft reden wollte, musste das Thema Riekje vorher abgehakt werden.

»Habt ihr bei Ruth und Hanno gefragt? Die haben doch draußen in der Schäferei eine kleine Einliegerwohnung. Hast du ihre Nummer?«

Jules Miene hellte sich auf. »Klar hab ich die. Wir haben doch wegen des Aquarellkurses geschrieben. Und wegen der Babyparty, und was weiß ich noch.« Während Nela die Befunde notierte, rief Jule direkt an.

Ruth war Nelas beste Freundin aus ihrer Münchner Zeit, und letztes Jahr war sie nach einer Weltreise auf der Insel gestrandet – und bei Hanno und seinen Kindern Leni und Noah in der kleinen Schäferei hatte sie erst Arbeit, dann die Liebe und schließlich eine neue Berufung gefunden, denn nachdem Hanno sich dagegen gewehrt hatte, dass Ruth die Schäferei komplett umkrempelte, hatte sie mit dem *Möwennest* eine neue Aufgabe gefunden.

Schon kurz darauf legte Jule enttäuscht auf. »Hannos Eltern sind gerade zu Besuch, und nächste Woche kommt wohl ein Mitarbeiter, der den Sommer über bleibt, weil Ruth mit der Mühle so viel zu tun hat.«

»Ach ja, stimmt. Hat sie erzählt. Tut mir leid.«

»Danke fürs Mitdenken.«

»Okay, wollen wir jetzt ein wenig über dich und euren Bauchzwerg reden? Wie geht es dir im Moment?«

Jules Miene hellte sich auf, und sie redeten die nächsten zwanzig Minuten über all die kleinen Zipperlein, über Jules Geburtsplan und darüber, wie lange sie noch im Buchladen helfen wollte, bevor sie in den Mutterschutz ging.

»Mach langsam«, riet Nela ihr. »Es bringt keinem was, wenn du dich verausgabst und die Wehen früher einsetzen.«

»Versprochen.«

Sie umarmten sich zum Abschied. Nela räumte noch ein wenig auf. Mittagspause. Sie ging in die angrenzende Wohnung, in der sie seit inzwischen zwei Jahren mit ihrem Freund Simon und dem gemeinsamen Sohn Jonte lebte. Jonte war gerade mit ihren Eltern unterwegs, die seit gestern auf der Insel weilten. Sonst hätte sie ihr eigenes Gästezimmer für Riekje angeboten. Nachdem das Verhältnis zu Hinnerk und Trudi Westhues sich nach Nelas Rückkehr auf die Insel merklich abgekühlt hatte, waren sie nach Jontes Geburt Schritt für Schritt wieder näher zusammengerückt. Anfangs hatte Nela es ihren Eltern übel genommen, dass sie sich so gar nicht um Omama Alma scherten, als sie nach über dreißig Jahren auf der Insel die Apotheke verkauften und aufs Festland zogen. Simon hatte die Apotheke übernommen, und das zumindest hatte für etwas Entspannung gesorgt, denn auch wenn Nela und Simon immer noch in »wilder Ehe« (wie Mama Trudi es nannte) zusammenlebten, blieb die Apotheke ja doch »inner Familie« (Hinnerks Worte). Inzwischen kamen sie alle paar Wochen mal für einige Tage auf die Insel. Die Entlastung half Nela. Sie hatte sich das Leben mit kleinem Kind nicht so schwierig vorgestellt. Als Hebamme kannte sie die Herausforderungen für junge Familien mit einem Neugeborenen, aber was nach den ersten acht Lebenswochen kam, kannte sie bis zur Geburt von Jonte nur aus den Erzählungen ihrer Freundinnen. Und das hatte sie nicht auf die schlaflosen Nächte, die Fremdbestimmung und die vielen beunruhigenden Sorgen und Gedanken vorbereitet, die Mutterschaft mit sich brachte.

Anfangs hatten Simon und sie auch Probleme gehabt – herrje! Als Paar weiterhin zu harmonieren, wenn mindestens einer permanent unter Schlafmangel litt – und in ihrem Fall wie auch bei vielen anderen Familien war es eher *eine* statt *einer* –, hatte zu Reibereien geführt. Erst als Simon sich bewusst damit auseinandersetzte, wie viel Nela einfach machte, ohne es vorher mit ihm zu besprechen oder Aufgaben zu verteilen, begann er, die Arbeit zu suchen und dann später auch zu sehen, bevor Nela sich kümmern konnte. Seitdem ging es besser. Sie setzten sich einmal in der Woche hin, verteilten die nicht ständig wiederkehrenden Aufgaben, und wenn etwas gemacht werden musste, machten sie. Das klappte im Moment ganz gut.

Nela kochte einen besonders starken Espresso und setzte sich für zehn Minuten auf die überdachte Veranda hinter dem Haus, mit Blick auf den großen Garten mit Obstbäumen und einer Bienenbeute, die seit wenigen Wochen hinten im Garten stand. Sie schlürfte den Espresso und musste trotzdem aufpassen, dass ihr die Augen nicht zufielen.

Sie lächelte. Ihre Hand strich versonnen über das Shirt, unter dem sich – kaum sichtbar – ein winzig kleines Viermonatsbäuchlein rundete. Simon und sie hatten auf ein zweites Wunder gehofft – und das hatten sie bekommen. Eigentlich hätte die anfängliche Müdigkeit langsam mal rum sein sollen, aber ihr Körper hatte da offenbar ganz andere Pläne. Sei's drum. Sie versuchte, möglichst viele Pausen zu machen.

Ihre Gedanken machten sich auf Wanderschaft. Sie dachte an Omama Almas Rumgugelhupf-Sucht, weil gerade aus dem offenen Fenster drüben im Westflügel Roland Kaiser *Santa Maria* schmetterte. Nela holte das Handy aus der Gesäßtasche ihrer Jeans und suchte die Nummer von Riekje heraus. Nelas Finger schwebten über der Tastatur. Riekje hatte derzeit bestimmt keinen Kopf für Rumgugelhupf. Nela könnte ihr ja die eigene Küche anbieten, aber sie mochte es nicht, wenn jemand anderes darin Chaos anrichtete. Das durfte höchstens Simon, und das auch nur, wenn er danach aufräumte. Aber sie wollte so gern helfen.

Und plötzlich hatte sie eine Idee. Die war so gut, dass sie sich am liebsten selbst auf die Schulter geklopft hätte.

»Heute Abend bin ich bei Nela.« Ruth sagte es beiläufig, während sie die letzten Käselaibe abbürstete und zurück ins Regal legte. Hanno, der auf der anderen Seite des Käsekellers gerade die frischen Laibe in das Regal sortierte, die sie heute gemeinsam hergestellt hatten, brummelte.

»Nicht gut?«, fragte sie.

»Doch, klar. Mach ruhig. Bleibst du über Nacht in der Mühle?« Er klang ein wenig enttäuscht. Ruth legte den Besen in die Schüssel mit Salzlake und ging zu ihm.

»Hey«, sagte sie. »Hör mal gerade auf zu arbeiten, ja? Ich muss dir was sagen.«

»Was denn?«

Sie legte ihm die Arme um die Schultern, stellte sich auf die Zehenspitzen und küsste ihn auf den Mund. »Ich komme natürlich nach Hause, wenn du das möchtest.«

»Ich möchte gern, dass du nach Hause kommst«, sagte er mit einer Roboterstimme, die sie zum Kichern brachte.

»Siehst du. War doch gar nicht so schwer.«

Er brummelte noch mal vor sich hin. Bevor Ruth zu ihrem Käse zurückkehren konnte, umfing er ihre Taille und zog sie an sich. »Du weißt doch, dass ich dich am liebsten bei mir hier draußen habe.«

»Du kannst es aber auch einfach *sagen,* alter Brummbär«, neckte sie ihn.

»Was gibt es denn so Wichtiges bei Nela?«, rief er quer durch den Käsekeller, sobald sie wieder auf die andere Seite des Regals zurückgekehrt war.

»Ich habe keine Ahnung. Sie schrieb nur, sie müsste sich mal wieder mit mir treffen und hätte eine super Idee.«

»Bitte fang nicht noch ein Geschäft an, ja? Mit der Schäferei und dem *Möwennest* sind wir ausgelastet.«

»Kann ich nicht versprechen!«

Aber sie grinste. Er hatte ja recht.

Als sie sich nach dem Abendessen mit einer Flasche Sanddornsirup im Fahrradkorb auf den Weg machte, trat Ruth gut gelaunt in die Pedale. Sie grüßte die Touristen, die ihr mühelos rollend auf ihren E-Bikes entgegenkamen. »Moin, moin!«, riefen die Rentner fröhlich, und sie lachte in sich hinein, denn *moin, moin*, so geschwätzig war nun wirklich kein Norderneyer.

Dabei war sie selbst auch nur zugezogen. Letztes Jahr hatte die Verzweiflung sie nach Norderney geführt, weil die Mitbewohner in ihrer Münchner WG sie nach ihrer zwei Jahre dauernden Weltreise einfach vor die Tür gesetzt hatten. Mit Nela unter einem Dach hatte sich auch nicht als besonders praktikabel erwiesen, was weniger an Nelas kleiner Familie als vielmehr an den Babys nebenan im Geburtshaus gelegen hatte. So war sie bei Hanno in der Inselschäferei gelandet – und schließlich aus Liebe geblieben. Erst hatte sie die Arbeit mit den Schafen fasziniert. Und schließlich hatte sich ihr mit der alten Mühle und den Kursräumen dort neben der Schäferei ein ganz neues Betätigungsfeld geboten. Sie liebte die Arbeit im *Möwennest*, und sie war irre stolz auf ihre eigene Wolle, die gerade in einer Spinnerei in der Nähe von Lüneburg gesponnen und gefärbt wurde. Wolle von Norderneyer Schafen – hoffentlich gefiel das den Leuten.

Als sie eine Viertelstunde später ihr Rad vor dem Geburtshaus parkte, hörte Ruth durch das offene Fenster im oberen Stockwerk Jonte kreischen. Sie grinste. Schlief er also noch nicht, der kleine Racker. Die Haustür war offen, und Ruth ging schon mal in die Küche. Auf dem Tisch stand ein Tablett mit Schüsselchen: Gummitiere, Salzcracker, frische Erdbeeren und gesalzene Nussmischung. Das Schreien von Jonte steigerte sich zu einem empörten Kreischen. Ruth zog den Kopf zwischen die Schultern. Das Weinen von Babys oder das Gekreische von kleinen Kindern zerrte weiterhin regelmäßig an ihren Nerven, obwohl sie durch die Heirat mit Hanno auch zur Mutter von Leni und Noah geworden war. Anfangs hatte sie das fertig gemacht. Bis Nela ihr versicherte, dass niemand, wirklich niemand auf der Welt Kindergeschrei *toll* fand. »Mir klingeln nach einem Tag, an dem Jonte nur kreischheult, auch die Ohren. Das ist normal.«

Umso erstaunlicher fand Ruth ja, dass ihre Freundin offenbar noch ein zweites Kind wollte. Und nun auch im November bekam, wenn alles gut ging …

»Oh, ich hab dich gar nicht reinkommen gehört!«

Ruth bugsierte das Tablett mit Knabbereien, Sanddornsirup, einer Flasche Sprudel und zwei Gläsern ins Wohnzimmer und quiekte auf. Nela war nämlich nicht gerade oben bei dem heulenden Jonte, wie sie gedacht hatte, sondern saß, die nackten Füße auf dem Polster, auf ihrem Sofa und las ein Buch!

»Was machst du denn hier?« Ruth stellte das Tablett ab.

»Ich wohne hier!«, stellte Nela klar.

»Aber doch nicht, wenn Jonte weint?«

»Der wird heute von Oma und Opa ins Bett gebracht.« Nela legte den Kopf schief und lauschte. Das Kreischen war verstummt. »Ich glaub, zuletzt haben sie irgendwas sehr Merkwürdiges gespielt, bei dem er durch alle Räume flitzt, während meine Eltern so tun, als würden sie ins Bett gehen. Irgendwann wird er dann ganz ruhig, lässt sich von Opa die Zähne putzen und von Oma in den Schlafanzug stecken. Danach kuscheln sich alle drei in das Bett meiner Eltern, und Jonte liest ihnen vor.«

Ruth lachte. Sie umarmten sich zur Begrüßung. »Und das ist okay für dich?«

»Warum denn nicht? Sie haben ihre eigenen Rituale, und solange ich hier unten sitzen und lesen darf, werde ich ’nen Teufel tun, ihnen zu erklären, wie sie Jonte ins Bett zu bringen haben.«

»Du bist sehr, sehr klug.«

Nela grinste.

»Wo steckt dein Mann?«

»Erstens ist er nicht mein Mann. Nicht alle haben es so eilig, sich auf ewig zu binden wie Hanno und du.«

Ruth verzog das Gesicht. »Ach komm.«

»Scherz. Simon hat mir mal vorgerechnet, wie kompliziert eine Heirat mit zwei Selbständigkeiten und dem Haus auf Tinis und meinen Namen und so weiter ist. Da habe ich dann anerkannt, dass keine Romantik der Welt uns so viel wert ist.«

»Aber du bist nicht abgesichert!«, rief Ruth. »Was ist, wenn Simon morgen früh mit dem Rad stürzt?«

»Darüber möchte ich lieber nicht nachdenken. Wir haben beide unser Testament und Vorsorgevollmachten gemacht, nachdem Jonte zur Welt kam. Ich werde nicht mittellos dastehen, wenn ihm was passiert. Und er ebenso wenig.«

»Was für ein beruhigender Gedanke«, murmelte Ruth.

»Du hast doch immer darauf beharrt, du wärst nicht fürs Heiraten gemacht.«

»Ja, und sieh nur, wohin es mich geführt hat. Andere Frauen hoffen jahrelang auf einen Antrag, bekommen ihn nicht und sind deshalb kreuzunglücklich.«

»Das trifft auf mich jedenfalls nicht zu«, erwiderte Nela fest. »Aber ich habe gehört, dass Riekje wohl …« Sie verstummte. »Ach hm, ich will nicht irgendwie lästern. Aber sie hat sich ja von ihrem Freund getrennt.«

»Tut mir leid, dass sie nicht bei uns unterkommen kann.«

»Ach, wäre ein schöner Zufall gewesen. Ich weiß auch gerade nichts. Simon meinte noch, sie könnte eventuell auf einem der Campingplätze nachfragen, er hat da ja mal eine Weile gelebt vor drei Jahren. Aber da hat sie dann keine Küche.«

»Wozu braucht sie denn eine Küche?«, fragte Ruth gedankenverloren.

»Also echt. Das hast du bei der Babyparty nicht mitbekommen? Sie *backt,* Ruth. Und zwar so köstliche Cupcakes und Kuchen, dass man ganz glücklich und kugelig wird davon.« Wie um ihren Worten Nachdruck zu verleihen, strich sich Nela über ihren winzigen Babybauch. »Das macht eine ja nicht in einer Campingküche.«

»Okay, das sehe ich ein.« Ruth runzelte die Stirn. Sie war ja nicht dumm und wusste ziemlich genau, worauf Nela anspielte. »Eine Küche hätte ich ja«, sagte sie gedehnt.

»Ich weiß.« Nela grinste. »Sogar eine ziemlich geräumige. Mit zwei Backöfen in Übergröße.« Sie beugte sich vor und nahm eine Handvoll salzige Nüsschen aus der Schale. »Sie würde für Omama Rumkuchen backen, ich habe sie auf der Babyparty gefragt. Wenn ich sie richtig verstanden habe, denkt sie über ein kleines Gewerbe neben ihrem Job beim Vermietungsservice nach. Da kann man natürlich nicht sofort große Investitionen tätigen.«

»Natürlich nicht.« Auch Ruth konnte sich ein Grinsen nicht verkneifen. »Ich entnehme dem, dass sich deine Superidee um Riekje dreht?«

»Muss ich sie aussprechen, oder weißt du auch so, was ich vorschlagen möchte?«

»Denkst du an meine Suche nach einer Cafépächterin?«

Nela spitzte die Lippen. »Zum Beispiel.«

»Hast du schon mit Riekje darüber gesprochen?«

»Ich glaube, sie hat im Moment was anderes im Kopf. Aber wenn sie eine Bleibe gefunden hat, könntest du ja mal bei ihr anklopfen.«

»Das werde ich vielleicht tun.« Ruth lehnte sich zurück. Sie starrte auf den niedrigen Couchtisch.

Seit sie letzten Herbst die Begegnungsstätte *Möwennest* eröffnet hatte, war sie auf der Suche nach einer Person, die das Café übernehmen wollte. Dank dem alten Pächter gab es eine komplett eingerichtete Küche. Den Rest müsste man noch renovieren, aber das war noch ihr geringstes Problem.

Ruth hatte bisher keine geeignete Kandidatin gefunden, weil für sie wichtig war, dass eine Cafébesitzerin – oder ein Cafébesitzer, inzwischen war sie da aus lauter Verzweiflung nicht mehr so festgelegt – ins Team des *Möwennests* passte. Die Künstlerinnen, die dort ihre Kurse anboten, hatten ein gewisses Mitspracherecht. Bisher hatte es nicht gepasst.

Es wäre eine Lüge gewesen, wenn Ruth behauptet hätte, dass sie das Thema nicht nervte. Auch jetzt merkte sie, wie sich sofort Widerstand bei ihr regte.

»Ich hätte einfach gerne mehr als eine, die ›sich nebenher selbständig macht‹«, brummelte sie. »Ein Café, das nur an den Wochenenden öffnet, bringt mir nichts.«

»Hm, lass mal überlegen. Wer steht nur sporadisch im Lädchen, weil sie das zeitlich nicht hinbekommt?« Nela tippte sich an die Nase.

»Das ist was anderes! Ich habe noch die Kurse und die Wolle und Schafe und … alles!«

»Ja klar. Und Riekje – also, wenn sie überhaupt will …« Nela verstummte. »Doof, oder?«

»Was? Dass wir über Riekje reden und nicht *mit* ihr?«

Nela nickte.

»Dann frag sie halt. Du weißt, ohne das Votum der anderen Möwenschwestern wird das nix.«

Nela machte ein Gesicht wie eine Katze, die den Topf mit Sahne ausgeschleckt hatte. »Das lass mal meine Sorge sein. Fragst du sie?«

Ruth gab nach. Wenn Nela sich etwas in den Kopf setzte, bekam sie es auch. »Lass sie erst mal zur Ruhe kommen. Wenn sie sich wegen der Rumkuchen für Omama bei dir meldet, kann ich sie gern mal fragen, ob sie unsere Küche benutzen will. Alles Weitere … mal sehen.«

Aber Ruth machte sich keine allzu großen Hoffnungen, dass es klappen würde.

Kapitel 9

»Okay, danke. Ja, verstehe ich natürlich, schade. Nein, schon gut, ihr müsst nicht auf dem Boden schlafen, damit ich bei euch unterkommen kann.«

Riekje legte auf. Sie scrollte durch das Telefonbuch auf ihrem Handy und überlegte bei jedem Namen, ob sie denjenigen bitten konnte, sie zumindest für ein paar Nächte bei sich aufzunehmen. Sie hockte im Schlafzimmer auf der Bettkante, vor sich eine Reisetasche und den gepackten Koffer.

Martin saß im Wohnzimmer und wartete, dass sie verschwand.

Als er vorhin nach Hause gekommen war, war die Stimmung eisig gewesen. »Bist du noch lange da?« Mehr hatte er nicht gesagt.

Riekje steckte das Handy ein, nahm die Tasche und zog den Koffer hinter sich her. Martin lehnte in der Tür zum Wohnzimmer und sagte keinen Ton.

»Also dann«, sagte sie leise. »Ich bin jetzt weg.«

Er verschränkte die Arme vor der Brust und nickte. »Ja.«

Mehr hatte er ihr offenbar nicht zu sagen.

Sie legte den Wohnungsschlüssel auf die schmale Kommode. Ein letzter Blick in den runden Spiegel. Mit so viel Liebe hatte sie die Wohnung nach ihren gemeinsamen Vorstellungen eingerichtet. Sie musste an sich halten, um nicht aufzuschluchzen.

»Alles okay, Riekje?«

Sie hatte sich schon weggedreht, die Wohnungstür geöffnet. Drehte sich noch mal zu ihm um. »Klar. Was soll denn nicht okay sein?«, erwiderte sie scharf.

»Es tut mir leid.«

Da wurde sie innerlich ganz weich. »Mir auch«, erwiderte sie.

»Wollen wir uns wieder vertragen?«

Sie schüttelte den Kopf. »Das ist vorbei, Martin«, flüsterte sie und verließ rasch die Wohnung, bevor sie es sich anders überlegte. Ihm vorschlug, sie könnten noch mal reden. Es gab nämlich nichts mehr zu sagen.

Sie verließ die gemeinsame Wohnung, ohne so genau zu wissen, wohin sie nun gehen konnte. Mit Rollkoffer und einer Reisetasche über der Schulter stand sie an der Straßenecke. Der Strand war nur einen Steinwurf entfernt, aber vermutlich wär's unbequem, den Koffer bis ans Meer hinter sich herzuziehen. Außerdem: Was dann?

Sie wusste, dass es weit draußen an der Weißen Düne Schlafstrandkörbe gab, aber die waren erstens schweineteurer Luxus und zweitens eben: weit weg. Vermutlich ohnehin ausgebucht. Sie könnte schauen, ob sie in einer Pension noch ein Zimmer für die Nacht bekam. Aber was dann?

Okay, sie musste sich wohl eingestehen, dass ihr Auszug aus Martins Wohnung etwas überstürzt erfolgt war. Aber sie hätte es auch keinen Tag länger dort ausgehalten, weil ihr die ganze Zeit seine Vorwürfe durch den Kopf gingen. Dass sie sich nicht genug einbrachte. Dass sie auf seine Kosten lebte. Das wollte sie auf keinen Fall länger aushalten müssen.

In der Ferne grummelte es. Ein Gewitter zog von Westen kommend herauf. »Na bravo«, murmelte Riekje.

Das hatte ihr gerade noch gefehlt.

Sie zog den Rollkoffer hinter sich her. Wenn alle Stricke rissen, konnte sie immer noch bei ihren Eltern unterkommen … Nein. Auf keinen Fall würde sie ihre Eltern um Hilfe bitten. Dann schlief sie schon lieber auf der Fußmatte vor Martins Wohnung, das wäre weniger erniedrigend.

Auch nach so vielen Jahren bewirkte allein der Gedanke an ihr Zerwürfnis, dass sich ihr Magen verengte. Ausgerechnet die Menschen, denen sie als Heranwachsende am meisten vertraut hatte, hatten sie in finanzielle Nöte gebracht. Danach war jedes Vertrauen zerstört gewesen, und Riekje war selbst über ein Jahrzehnt später nicht bereit, sich noch einmal auf ihre Eltern zu verlassen.

Die ersten Tropfen fielen. Riekje blieb stehen. Sie hatte heute bei der Arbeit in die Vermieterdatenbank geschaut, ob es irgendwas Bezahlbares gab. Aber Herr Rüter hatte sich auf Ferienwohnungen spezialisiert, da fand sie natürlich nichts für eine Nacht, die Mindestmietdauer betrug sieben Tage. Sie hoffte, morgen das Problem gelöst zu haben und nur für diese Nacht eine Schlafmöglichkeit zu brauchen.

Sie überquerte die Straße und betrat die Lobby des Apartmenthotels *Nordseeschwalbe*, das auf der Ecke stand. Von hier aus waren es nur noch wenige Schritte bis zur Fußgängerzone.

Am Empfangstresen wurde sie von einer hübschen, hochgewachsenen Blondine mit einer türkisfarbenen Bluse begrüßt. »Guten Abend«, sagte sie freundlich. »Haben Sie reserviert?«

»Leider nicht«, gab Riekje zu. »Haben Sie zufällig noch ein Apartment für die Nacht?«

»Einen Moment, ich schaue nach.« Die Concierge tippte etwas in den Computer, runzelte die Stirn und starrte auf den Bildschirm. Riekje kannte das schon; ihre Kolleginnen und sie verhielten sich genauso, wenn sie genau wussten, dass nichts mehr frei war.

»Ah ja, tatsächlich. Ein Apartment wäre noch frei. Für zwei Nächte allerdings nur.«

»Das reicht«, sagte Riekje hastig. »Was kostet es?«

Als die Concierge ihr den Preis nannte, dachte Riekje, das sei für beide Nächte und fand es ganz okay. »Pro Nacht«, fügte ihr

Gegenüber dann jedoch hinzu, schob ihr ein Anmeldeformular über den Tresen und legte einen ebenfalls türkisfarbenen Kuli obenauf.

Riekje zögerte. Vielleicht gab es woanders noch freie Zimmer? Oder doch Martins Fußmatte …?

»Möchten Sie es sich noch überlegen?«

»Nein.« Riekje gab sich einen Ruck. Scheiß aufs Geld, draußen regnete es inzwischen in Strömen, und sie hatte absolut keine Lust mehr, länger herumzuirren. Sie brauchte einen Platz für die Nacht, nachdem sie die letzten beiden Nächte kaum geschlafen hatte vor lauter Grübeln. Und zwei Nächte, die konnte sie sich leisten. Basta!

Sie füllte das Formular aus, bevor sie es sich anders überlegen konnte. Die Concierge gab ihr eine Schlüsselkarte und wies ihr den Weg zum Fahrstuhl.

Im zweiten Stock am Ende des Gangs befand sich das kleine Apartment mit einem Doppelbett, einem Duschbad, einer Pantryküche und einem winzigen Balkon. Riekje sank auf die Polsterbank am Fußende des Betts und starrte einen Moment lang einfach ins Leere. Dann trat sie auf den Balkon und starrte in den Regen. Es duftete nach Sommerregen, und sie seufzte. Sie liebte den Geruch nach Petrichor. Die Balkontür ließ sie offen stehen, zog die Vorhänge zu und kroch ins Bett. Keine fünf Minuten später war sie eingeschlafen.

Der blöde Fuß tat weh, und weil er ihn in der Gemeinschaftsdusche auch mehr schlecht als recht hatte waschen können, fing er nun auch noch an zu jucken. Yanis lag in seiner Koje wach und fand eigentlich alles, was ihm in den letzten vierundzwanzig Stunden passiert war, maximal beschissen.

Okay, nicht *alles*. Die hübsche Norderneyerin, die ihm das frisch gewaschene Stofftaschentuch zurückgebracht und es direkt wieder vollgeweint hatte. Die war ein Lichtblick gewesen. Auch wenn es ihm leidtat, wie traurig sie war und dass er gar nichts hatte tun können, um sie zu trösten.

Jedenfalls lag er wach, und weil er nichts Besseres zu tun hatte, scrollte er auf seinem Smartphone das Gastgeberverzeichnis von Norderney durch. Er wusste nämlich eine Sache mit ziemlicher Gewissheit: Er wollte auf Norderney bleiben.

Leider wusste er auch, dass ihm das mit dem kaputten Fuß und im Camper vermutlich nicht gelingen würde.

Er stieß auf die Seite des Vermietungsservice Norderney, wo man in der Datenbank die Unterkünfte nach bestimmten Kriterien durchforsten konnte. Er kam mit seinen dicken Fingern aber irgendwie auf einen anderen Link, und statt die Unterkünfte nach WLAN und barrierefreiem Zugang zu filtern, landete er auf der Seite »unser Team«. Und stellte fest, dass das ein formidabler Zufall war, denn von der Seite lächelten ihn fünf Frauen und ein älterer Herr mit Einstecktüchlein und Weste an.

Und eine der fünf Frauen kannte er.

Sie war die hübsche Neyerin, die sein frisch gebügeltes Stofftaschentuch wieder nass geheult und mitgenommen hatte, um es ein zweites Mal zu waschen.

»Frau Johannsen, soso«, murmelte er und überflog die Zeilen. Frau Johannsen sei, so gab die Webseite bereitwillig Auskunft, als »waschechte« Insulanerin für den Vermietungsservice tätig. Sie koordinierte Reparaturen und gab bereitwillig Auskunft zu den Wohnungen und der Insel.

Yanis konnte sich ein Grinsen nicht verkneifen. Hmmm … Wenn er also morgen beim Zimmerservice anrief und sich als der Taschentuchtyp mit kaputtem Fuß vorstellte, würde sie ihn vermutlich für einen Stalker halten. Unangenehm, denn er wollte auf keinen Fall den Eindruck erwecken, so ein Creep zu sein. Andererseits würde er sie gern wiedersehen. Sie hatte ihm heute spontan geholfen. Erst hatte sie versucht, ihm ein Golfcart zu organisieren, und als das nicht klappte, hatte sie ihm geholfen, den Camper einzuräumen, und sich schließlich hinter das Steuer des Ford Transit gesetzt, als hätte sie noch nie was anderes gemacht. Ein bisschen bange war ihm auf dem Beifahrersitz ja schon geworden, als sie den Campervan vom Stellplatz lenkte und ihn durch die schmalen Gassen zu einem anderen manövrierte, der ebenfalls ganz am Rand lag, aber diesmal viel näher an den Waschräumen und dem Campingplatz-Kiosk. Seine Mission »Toastbrot-und-Flutschfinger-Diät« konnte also ihren Lauf nehmen. Und er konnte immer noch mit Blick auf die Karnickel seine Feierabendschorle trinken.

Er würde sich wirklich gern bei ihr dafür erkenntlich zeigen, dass sie ihn so toll unterstützt hatte.

Irgendwann schlief er ein, und als er am Morgen aufwachte, immer noch das Handy in der Hand auf seiner Brust, hatte er auch immer noch die Homepage vom Zimmerservice aufgerufen. Wenn das mal kein Zeichen war, dachte er.

Allerdings würde er um sechs Uhr in der Früh dort wohl niemanden erreichen. Yanis rollte sich aus dem Bett, hangelte mit eingezogenem Kopf zwischen der Nasszelle und der Küchenzeile nach vorne und stieß die Seitentür des Campers auf. Er hatte unter dem Vordach Tisch und zwei Stühle stehen – was Quatsch war, er bekam ja keinen Besuch – und ließ sich recht unelegant auf den einen Stuhl plumpsen.

Ein Kaffee wäre jetzt toll. Oder überhaupt irgendwas, das den Namen Frühstück verdiente. Er legte das Bein auf den zweiten Stuhl und schloss die Augen. Die Geräusche rings um ihn waren so angenehm leise, da konnte er noch ein wenig vor sich hin dösen.

Der Wind strich über das Gras, streichelte seine Haut. Irgendwo auf dem Platz weinte ein Säugling. Ein paar Leute gingen auf dem Weg zum Kiosk vorbei und redeten leise. Eine Katze maunzte und kam immer näher. Eine *Katze?*

Er riss die Augen auf. Tatsächlich. In drei Metern Entfernung hatte sich ein ziemlich moppeliger Kater auf den Weg gesetzt und musterte ihn nun sehr interessiert.

Yanis stöhnte auf. Schon wieder ein Katzentier, das ihn, den bekennenden Katzenhasser, als *best buddy* auserkoren hatte.

»Verschwinde«, knurrte er.

Der Kater maunzte und kam auf ihn zu. Nicht direkt, sondern in einem Bogen, als wäre es nur Zufall, dass er sich gerade in diese Richtung bewegte. *Keine Sorge, Kumpel. Komme nur zufällig vorbei.* Dabei maunzte er weiter und setzte sich direkt vor Yanis' Campingstuhl.

»Ich habe nichts für dich. Nada. Niente. Habe ja nicht mal Kaffee für mich.«

Der Kater putzte seine Pfote. Hübsch war er ja, musste Yanis insgeheim zugeben. Rotes Fell, knallgrüne Augen, die jede von Yanis' Bewegungen genau beobachteten. Als Yanis sich vorbeugte und am Knie kratzte, kam der Kater noch etwas näher. Yanis ließ die Hand nach unten hängen, der Rote gab Köpfchen und fing auch noch an zu schnurren.

»Nee, Kumpel. Das wird nix mit uns beiden. Zieh mal ein Häuschen weiter, von mir bekommst du nichts.«

Der Kater sah ihn vorwurfsvoll an und stolzierte davon.

Na puh. Das hätte auch anders ausgehen können.

Yanis daddelte auf dem Handy herum, bis es Zeit war, in der Zimmervermittlung anzurufen. Er wählte die Nummer. Sein Herz machte einen kleinen Hüpfer, als sich eine vertraute Stimme meldete.

»Vermietungsservice Norderney, Sie sprechen mit Riekje Johannsen, moin!«

»Moin, hier ist Yanis.«

Stille in der Leitung. »Berger«, fügte er hinzu. »Also, ich … ähm … bist du das, Riekje?«

»Yanis?«

Er lachte, als wäre das jetzt ein komischer Zufall, dabei hatte er ja gewusst, dass sie dort arbeitete. Sofort kniff ihn das schlechte Gewissen, und er plapperte drauflos.

»Ja, hi, ich bin's tatsächlich. Der Mann mit dem kaputten Fuß, dem du gestern aus der Patsche geholfen hast. Eigentlich wollte ich mir nun doch eine Ferienwohnung suchen, aber dann habe ich auf der Homepage gesehen, dass du dort arbeitest. Und ich dachte, witziger Zufall. Ich wollte mich ohnehin noch mal bei dir bedanken und wusste nicht so recht, wie.«

»Bedanken?«, echote sie.

»Weil du mir gestern mit dem Camper geholfen hast. Also … möchtest du mit mir essen gehen?«

»Essen gehen?«

Yanis grinste. »Entschuldige, ich will dich gar nicht so überrollen. Tue ich das?«

»Bisschen«, nuschelte sie. »Entschuldige, Yanis … Es ist hier gerade total stressig. Kann ich dich gleich zurückrufen? Erreiche ich dich unter dieser Nummer?« Sie las seine Handynummer vom Display ab.

»Ja klar. Ich laufe nicht weg.«

Darüber mussten sie beide lachen.

»Dann bis gleich.«

Klick machte es in der Leitung, und schon saß er allein mit seinen Gedanken da.

Nun ja, und mit dem roten Kater, der zurückgekehrt war und sich in drei Metern Entfernung hingesetzt hatte, den Schwanz sorgfältig um die weißen Socken der Vorderpfoten gewickelt.

»Das kannst du vergessen«, erklärte Yanis ihm. Doch dann stemmte er sich mit den Krücken hoch und humpelte Richtung

Kiosk. Ob sie dort Katzenfutter hatten? Oder zumindest Naturjoghurt oder Thunfisch?

Er will mit mir essen gehen. Das ist doch verrückt.

Riekje starrte auf ihr Handy. Sie hatte Yanis' Nummer bereits darin eingespeichert.

Irgendwie war sein Anruf komisch. Suchte er jetzt eine Ferienwohnung, oder hatte er ihretwegen angerufen? Oder beides? Sie starrte auf den leeren Raum hinter dem Tresen. Heute früh war noch gar nichts los, ihre Kolleginnen plauderten in der Teeküche, und sie hatte für die erste halbe Stunde den Dienst am Empfang übernommen, weil Karin etwas später kam. War also nur eine Ausrede gewesen, dass gerade so viel zu tun war. Seine Einladung hatte sie total überrumpelt.

»So, ich übernehme jetzt.« Dorte kam mit einem Becher Kaffee herein. »Alles ruhig?«

»Ja, alles gut.« Riekje schlüpfte an ihrer Kollegin vorbei und lief in ihr Büro. Sie schloss die Tür hinter sich, ignorierte den blinkenden Anrufbeantworter und wählte Yanis' Nummer.

»Yanis Berger?«

»Hi, hier ist Riekje.« Wieso flüsterte sie überhaupt.

»Hey. Cool, danke für den Rückruf. Moment …« Sie hörte, wie er mit jemandem sprach, eine Kasse piepte. Dann hörte sie ein Rascheln und Knacken. »So, musste gerade die Kopfhörer reinmachen. Sorry, bin gerade zum Kiosk gehumpelt. Brauchte Thunfisch und Joghurt.«

Riekje kicherte. »Schmecken der Toast und die Flutschfinger schon nicht mehr?«

»Doch. Aber dem Kater vielleicht nicht.«

»Wieso hast du denn einen Kater? Gestern zu viel Friesengeist getrunken?«

Es fühlte sich ganz leicht an, mit ihm so zu plaudern. Als würden sie sich schon ewig kennen. Yanis schaffte das. Er hatte so eine lässige, gut gelaunte Art. Nicht mal der Fuß hatte ihn aus der Ruhe bringen können.

»Friesengeist? Das klingt, als müsste ich es ausprobieren. Nein, ich meine so einen dicken roten Kater. Der streunt über den Campingplatz und hat mich heute Früh angebettelt.«

»Ach sooo!«

»Und der sieht aus, als würde er auf mein Ableben spekulieren, um mich dann genüsslich zu verspeisen. Da füttere ich ihn lieber.«

Riekje kicherte. »Da wäre ich an deiner Stelle auch ängstlich. Jeder weiß doch, wie gefährlich die Norderneyer Katzen sind.«

»Nicht wahr? Der Kater sah aus, als hätte er meinen Nachbarn zum Frühstück gehabt.«

»Und du willst nicht länger auf dem Campingplatz bleiben?«

»Wollen schon! Aber es ist auch zu anstrengend. Ich bräuchte einen Pflegedienst.«

»Die vermitteln wir leider nicht. Ich schaue mal, ob ich stattdessen eine Ferienwohnung für dich finde.« Sie startete das Buchungsprogramm und gab ein paar Parameter ein. »Hm, sieht schlecht aus. Also, für spontane Unterkunftswechsel. Für die Gastgeber ist das natürlich gut …« Sie klickte sich durch die kurze Liste. »Also … Ich hätte noch ein Apartment in einem Komplex direkt am Weststrand, allerdings fünfter Stock ohne Aufzug.«

»Da wäre ich dann ungefähr so eingesperrt wie hier draußen.«

»Womit wir wieder beim Pflegedienst wären.«

»Eine Marktlücke, eindeutig.«

Sie lachten.

»Okay, also bleibe ich erst mal hier. Aber das bringt mich zu der anderen Frage. Was meinst du? Gehst du mit mir essen?«

Riekje spürte ihr Herz bis zum Hals klopfen. »Wann?«, fragte sie atemlos.

»Keine Ahnung, heute Abend? Bin leider nicht besonders gut zu Fuß ...«

»Ich kann dich abholen«, schlug sie vor. »Hab allerdings kein Auto.«

»Oh, klemmst du mich auf den Gepäckträger deines Hollandrads?«

»So ungefähr.«

»Okay, und wohin darf ich dich ausführen?«

»Ins Surfcafé.«

Bloß nicht in die Milchbar. Das Surfcafé war sicheres Terrain, dachte sie. Dorthin ging Martin nie, weil er »die Surfertypen ganz abscheulich« fand.

»Klingt, als wäre es der richtige Ort für mich.«

Sie verabredeten sich für halb acht am Abend. »Ich hole dich ab«, versprach Riekje, bevor sie auflegte.

»Ist das ein Date?!« Asja riss die Augen auf. »Sag mal! Das ist ein Date, oder?«

»Quatsch.« Riekje verdrehte die Augen. »Er hat mich nur eingeladen, weil ich seinen Camper umgeparkt habe.«

»Du hast was gemacht? Du hast doch nicht mal 'nen Führerschein!«

»Aber ich kann Auto fahren«, widersprach Riekje. »Ich hatte damals Fahrunterricht.«

»Ja, bis der blöde Fahrlehrer dich begrapscht hat.«

»Auf dem Campingplatz interessiert der Führerschein keinen Menschen«, erklärte Riekje unbeirrt. »Hey, lass mir auch noch was übrig!«

Sie hatte Asja direkt nach dem Telefonat geschrieben, sie müssten sich dringend zur Mittagspause treffen, und Asja hatte sich nicht lumpen lassen. Pünktlich um halb eins stand sie mit einem Topf Milchreis vor der Tür des Vermittlungsservice. Sie setzten sich in Riekjes Büro und streuten großzügig Zimtzucker über ihre Portionen. Asja kratzte gerade die letzten Reste aus dem Topf und verteilte sie auf die friesisch blauen Schüsseln.

»Das ist ein Date«, murmelte sie. »Kannst mir erzählen, was du willst, aber wenn du ein fünfzigjähriger, vollbärtiger Griesgram wärst, hätte er dich nicht ins Surfcafé eingeladen.«

Darüber musste Riekje nachdenken. »Hm, stimmt«, sagte sie und leckte den Löffel ab. Sie konnte sich nicht helfen, Milchreis mit Zimtzucker war einfach ihr Trostessen in allen Lebenslagen. Es war gerade mal drei Tage her, dass Martin und sie sich getrennt hatten. Und jetzt hatte sie ein Date?

»Kommt das komisch?«, überlegte sie.

»Gar nicht. Wer soll sich denn daran stören?«

Riekje sah ihre Freundin stumm an.

»Ach komm. Martin? Der hatte seine Chance. Es geht ihn nix mehr an, oder? Ihr seid auseinandergegangen, Ende der Geschichte. Zeit für ein neues Kapitel.« Asja beugte sich vor. »Und jetzt erzähl doch mal. Was ist er für ein Typ, dieser Yanis?«

»Er ist witzig.«

»Klar. Niemand will mit 'ner Spaßbremse abhängen.«

»Hat grüne Augen.«

Asja schnurrte verzückt wie Beethoven, wenn er sein Lieblingsfutter bekam.

»Außerdem einen gebrochenen Fuß und einen ausgebauten Campervan.«

»Du könntest ihn fragen, ob er ihn dir überlässt, solange er in irgendeinem Hotel wohnt. Also, wenn das mit seinem Fuß nicht mehr auf dem Campingplatz geht.« Ihre Freundin dachte mal wieder gewohnt praktisch.

»Ich kann doch kaum heute Abend da hingehen, ihm erklären, dass er am besten in einem völlig überteuerten Hotelzimmer logiert, damit ich den Camper kriege?«

Asja zuckte mit den Schultern und wechselte das Thema. »Was ziehst du an?«

»Keine Ahnung.« Sie war ja nur mit Koffer und Reisetasche ausgezogen, da hatten nicht alle Kleider reingepasst. Vor allem ihre Lieblingskleider mit Petticoat und die passenden Schuhe hatte sie noch im Schrank hängen lassen. Später, hatte sie gedacht. Wenn sie irgendwo angekommen war, konnte sie die Sachen immer noch holen.

»Außerdem ist das mein erstes Date seit … ewig, und ehrlich gesagt habe ich keine Ahnung, wie man das überhaupt macht. Also, daten.«

»Das ist wie Fahrradfahren«, bemerkte Asja trocken. »Also, bei mir jedenfalls.«

»Fahrradfahren.« Das konnte sie ja.

»Ja! Hab ich bei Fridolin gemerkt. Bisschen Augenaufschlag hier, bisschen Lächeln da, peng.« Asja ließ zweimal die Fäuste zusammenschlagen. »So einfach ist das.«

»Einfach«, wiederholte Riekje.

»Wenn du ihm auch immer alles nachplapperst, wird das schon. Nennt man aktives Zuhören.« Asja kippte mehr Zimtzucker über ihren Milchreisrest. »Und beim Rest hilft die Leidenschaft.«

»Ach so, dieeee«, sagte Riekje gedehnt. »Ähm. Meinst du, dazu kommt es?«

»Was, zu irgendwas Leidenschaftlichem?« Asja grinste. »Keine Ahnung, du. Möchtest du denn gerne?«

»Ich komme gerade aus einer Beziehung, die zum Schluss ziemlich leidenschaftslos war«, sagte Riekje nachdenklich. Sie fühlte sich unwohl bei dem Gedanken an Leidenschaft oder … Sex. Puh, war es das? Wollte Yanis Sex mit ihr haben? Der blonde, braun gebrannte Surfergott mit grünen Augen wollte mit ihr Sex haben? Der runden, blassen, um nicht zu sagen farblosen …

»Glaub mir, Süße. Männer wollen *immer* Sex. Klingt unromantisch, ist aber so.« Asja leckte ihren Milchreislöffel ab. »So what? Wenn er Bock hat und du auch – lass dich fallen. Du hast es definitiv verdient.«

»Nur kein Druck«, murmelte Riekje.

»Lass es einfach auf dich zukommen«, riet Asja ihr. »Manchmal kommt es ganz anders. Einfach nix erwarten, dann wirst du bestimmt positiv überrascht.«

Kapitel 10

Nix erwarten, dann konnte sie auch nicht enttäuscht werden. Das passte schon eher zu Riekje. Jedenfalls hatte sie die letzten Jahre damit ganz gut ihr Leben bestritten.

Das dachte sie, als sie an diesem Abend noch mal einen prüfenden Blick in den Spiegel warf. Sie war nie eine von den Frauen gewesen, die sich viel mit Make-up aufhielten, aber für heute hatte sie sich mit Lipgloss, Mascara und vor allem ordentlich Concealer ein Gesicht gemalt. Letzterer war nötig, weil man ihr die schlaflosen Nächte inzwischen deutlich ansah.

Die Haare trug sie offen. Sie hatte in ihrem Koffer ein dunkelblaues Viskosekleid mit Bindeband um die Taille gefunden, das sie mit ein bisschen Dampf aus dem Wasserkocher einigermaßen glatt bekommen hatte. Dazu trug sie die goldenen Zehenschläppchen, die Martin immer so »muttig« gefunden hatte. Riekje liebte die flachen Treter, und sie fand, dass sie mit dem kurzen Kleid und den Schuhen nicht zu schick war. Aber auch nicht so aussah, als hätte sie sich keine Gedanken gemacht. Perfekt also. Sie packte ihre Sonnenbrille zur Geldbörse und zum Handy in die kleine Wassermelonenclutch und griff nach dem breitkrempigen Sonnenhut, der im Sommer ihr wichtigstes Accessoire war.

Als sie aus dem Hotel trat, stand schon ein Taxi am Bordstein. Sie stieg ein. »Kein Wort zu niemandem«, sagte sie streng zu Mack, der hinter dem Steuer saß. Er hatte sich halb zu ihr umgedreht und wollte schon etwas sagen, verkniff es sich dann aber und grinste nur. Auf dem Weg zum Campingplatz schwiegen die beiden.

»Warte hier, okay?«

»Wie du wünschst.« Mack zog ein zerlesenes Taschenbuch aus der Seitentasche der Fahrertür und schlug es auf. Riekje lief über den Campingplatz. Ihr Herz klopfte aufgeregt. Sie konnte es kaum erwarten, Yanis wiederzusehen, und zugleich fürchtete sie, dass sie einem riesigen Irrtum aufgesessen war. Hatte er sie wirklich zum Essen eingeladen? Oder hatte sie sich verhört, und er würde gleich aus allen Wolken fallen?

Sie umrundete eine hohe Lebensbaumhecke. Dahinter lief sie direkt auf seinen Camper zu.

Yanis saß entspannt in einem Campingstuhl unter dem Vordach. Er trug eine kurze, helle Hose und darüber ein Hemd. Schick, aber leger. Riekje merkte, wie sich ihre Schultern entspannten, denn als er sie entdeckte, erhellte ein strahlendes Lächeln sein Gesicht. Er hangelte nach den Krücken und stand auf. »Die passen leider nicht so gut zu meinem Outfit«, entschuldigte er sich und hielt anklagend eine der türkisen Krücken hoch.

»Das macht nichts. Stilbrüche sollen ja gerade Trend sein«, tröstete Riekje ihn. Sie blieb ein paar Schritte vor ihm stehen. Yanis humpelte auf sie zu und umarmte sie linkisch zur Begrüßung. Eine Krücke segelte ins Gras. Riekje schloss für einen winzigen Moment die Augen. Yanis roch gut. Nach Seife, nach Vanille und irgendwas Herbem, das sie nicht genau benennen konnte.

»Hi«, sagte er leise. »Schön, dass du da bist.«

»Danke für die Einladung.«

»Konntest du ein Auto organisieren?«

»Leider nicht, ich besitze nämlich keins. Und keinen Führerschein«, fügte sie hinzu.

Yanis hob die Augenbrauen. »So, so«, sagte er, und sie lachte. »Also klemmst du mich doch auf deinen Gepäckträger. Okay.«

»Ich habe uns ein Taxi organisiert.«

»Organisiert, das klingt so, als müsste man auf Norderney Kontakte haben. Aber mir ist alles recht, solange ich nicht über die Insel laufen muss. Oder auf den Gepäckträger geklemmt werde.«

Sie mochte seine selbstironische, lockere Art. Es fiel ihr leicht, darauf einzusteigen.

»Ich hätte mir auch ein Lastenrad leihen können. Dann hätte ich dich vorne reingesetzt.«

»Dann lieber Gepäckträger.«

Sie erreichten den Ausgang. Mack rollte vor, damit beide einsteigen konnten. Yanis kämpfte ein wenig mit den Krücken, aber dann hatten sie sich auf der Rückbank sortiert.

»Wohin darf's gehen, ihr zwei Hübschen?«, fragte Mack.

»Zum Surfcafé«, sagte Riekje und versuchte, Macks hochgezogene Augenbrauen zu ignorieren. Sie hatte ja bewusst ihn angefragt bei der Taxizentrale, denn alle anderen waren genauso schwatzhaft, es würde sich ohnehin unter den Insulanern herumsprechen, dass Riekje Johannsen mit einem Surfertyp vom Campingplatz essen ging, keine Woche nachdem sie bei Martin ausgezogen war. Ach, sie war bei ihm ausgezogen? Es hieß doch, er habe sie vor die Tür gesetzt, und so weiter, sie konnte sich schon vorstellen, wie einige Leute sich über sie das Maul zerrissen.

Dann lieber Mack. Der redete zwar auch, aber wenigstens blieb er bei der Wahrheit.

Die Fahrt verlief schweigend. Nur gelegentlich blickte Riekje Yanis von der Seite an, und dann lächelte er, und sie musste auch lächeln. Zum Glück dauerte die Fahrt nicht lange. Yanis zahlte wie selbstverständlich das Taxi, und bevor Riekje protestieren konnte, erklärte er ihr: »Ich lade dich ein, schon vergessen? Das betrifft auch das Verkehrsmittel.«

»Na gut.« Sie wollte auch nicht kleinlich sein.

Vorab hatte sie einen Tisch reserviert, direkt am großen Panoramafenster mit Blick auf die Dünen und aufs Meer, wo sich zu dieser späten Stunde noch ein paar Surfer tummelten. Yanis humpelte zum Fenster, und sie sah, wie er schluckte. Wie er sehnsüchtig auf die schaumgekrönten Wellen starrte, bewundernd auf die Surfer, die in ihren Neoprenanzügen und mit den bunten Surfbrettern und Segeln die Wellen ritten.

»Schön?«, fragte sie leise.

Er riss sich von dem Anblick los. »Sehr. Kann's kaum erwarten, bis ich wieder loskann.«

Sie setzten sich an den Tisch. »Wollen wir eine Flasche Wein bestellen?«, schlug Yanis vor, und Riekje nickte atemlos. Wein, das war eine gute Idee. Er gab der Kellnerin ein Zeichen und bestellte Rosé und dazu eine Flasche Wasser. »Was kannst du hier empfehlen?«

»Puh, keine Ahnung. Ich gehe so selten essen.«

Sie fühlte sich kurz unwohl, aber Yanis grinste nur. »Ich auch. Aber vermutlich ist alles besser als Dosenfisch auf Toast. Kulinarisch bin ich nicht allzu anspruchsvoll.«

Sie entschieden sich für Burger und stießen mit dem Wein an. Der schmeckte richtig lecker, und Riekje entspannte sich langsam. Nicht wegen des Weins, sondern weil es mit Yanis so angenehm unkompliziert war.

»Hat dir der Kater nicht den Dosenfisch weggefressen?«

»Der Kater! Ja, der. Ich nenne ihn Obi Wan Kenobi, glaube ich.«

Riekje grinste. »Du weißt schon, wenn du ihm einen Namen gibst, gehörst du schon fast ihm.«

»Ist das so?«

»Er hat dich erzogen. Erst fütterst du ihn, dann gibst du ihm einen Namen. Wenn du ihn einfängst und zum Tierarzt schleppst, hat er gewonnen.«

»Ich weiß nicht, ob sich dieses Vieh überhaupt je einfangen lässt«, murmelte Yanis. »Aber du kennst dich ja offenbar aus.«

»Nur aus zweiter Hand. Meine Freundin Asja hat vor zwei

Jahren einen pechschwarzen Streuner aufgenommen.« Sie hätte immer gern eine Katze gehabt, aber Martin war dagegen gewesen. In der Wohnung eingesperrt? Das war doch nichts für ein Tier. Riekje hatte das Argument verstanden, aber sie war zugleich immer traurig darüber gewesen. Vielleicht kam das jetzt auch nach der Trennung gerade wieder hoch, weil ihr ganzes Leben im Umbruch war.

»Okay, was ist, wenn ich ihm … sagen wir … eine Obstkiste mit Handtuch auspolstere, damit er es etwas bequemer hat, wenn er mich den ganzen Tag so durchdringend anstarrt?«

»Du hast schon verloren.« Riekje kicherte, als Yanis gespielt verzweifelt die Hände in die Luft warf. Die Vorspeise wurde serviert, und die nächsten Minuten waren beide damit beschäftigt, von all den kleinen Köstlichkeiten zu probieren.

»Das war schon mal gut«, meinte Yanis. »Man ey, ich merke jetzt erst, wie ausgehungert ich bin.« Er lachte. »So langsam wird ein Hotel für mich immer reizvoller. So mit Frühstücksbüfett? Ich bin dabei.«

»Soll ich mich für dich erkundigen?«

»Hast du besondere Kontakte, ja?«

»Eventuell.« Riekje konnte nicht nur auf die Datenbank vom Vermittlungsservice zugreifen, sondern kannte auch viele Hotelbesitzer persönlich.

»Klingt verlockend. Aber eigentlich mag ich meinen Camper.«

»Schade. Sonst hätte ich direkt fragen können, ob du mir deinen Camper für die Dauer des Hotelaufenthalts überlässt«, platzte es aus Riekje heraus. Sie schlug die Hand vor den Mund.

»Was?«

»Was?«

Yanis runzelte die Stirn. »Entschuldige, ich dachte, du lebst auf Norderney.«

»Mache ich auch. Aber …« Riekje zögerte. Sie wollte Yanis

ungern von der Trennung und dem ganzen Drumherum erzählen. Aber warum eigentlich nicht?

»Ich habe mich gerade von meinem Freund getrennt, und die Wohnung gehört ihm. Darum suche ich was Neues. Was noch mal schwieriger ist, als wenn man ein Hotelzimmer sucht.«

»Autsch.« Er schenkte Wein nach und hob sein Glas. »Auf den schlimmsten Immobilienmarkt des Landes?«

Sie hob ihr Glas ebenfalls. »Darauf trinke ich ungern. Mein Ex profitiert davon.« Sie lachte. »Er ist Makler.«

»Guck, und mit jedem Detail, das du über ihn erzählst, wird er ein bisschen unsympathischer.«

Darüber lachte Riekje herzlich. Sie wollte noch etwas sagen, doch nun kamen die Burger.

»Boah, sieht das lecker aus.« Yanis starrte verzückt auf seinen Burger. »Ich glaube, ich werde einfach *hier* einziehen. Meinst du, es stört jemanden, wenn ich auf der Bank schlafe? Und mich in der Küche wasche?«

Riekje kicherte. »Da mache ich mit. Mein kleines Apartment habe ich nur bis morgen, danach … na ja.«

»Bitter. Hast du keine Freunde, bei denen du unterschlüpfen kannst?«

»Ich *habe* Freunde. Aber die haben entweder Verwandtschaftsbesuch über den Sommer oder sind anderweitig gerade nicht in der Lage, eine backwütige Freundin zu beherbergen.« Wehmütig dachte Riekje an ihre Geschäftsidee. Solange sie kein neues Zuhause hatte, konnte sie die jedenfalls vergessen. Das war fast noch das Schlimmste an der ganzen Situation. Und es zeigte ihr nur, wie sehr sie sich emotional bereits von Martin entfernt hatte. Sie vermisste ihn gar nicht. War das jetzt gut oder schlecht?

Gut – sie war ja nun von ihm weg.

Schlecht – wie lange, bitte schön, hatte sie sich mit etwas zufriedengegeben, das sie nicht glücklich machte? Das sollte ihr eine Lehre sein. Sie würde sich nie, nie wieder so sehr in die Abhängigkeit von einem anderen Menschen begeben. Und deshalb stand für sie fest, dass dieses Date mit Yanis von ihrer Seite ein Nicht-Date war. Sie genoss seine Gesellschaft, und wenn er sie anlächelte, wie jetzt gerade, mit einem Spritzer Mayonnaise am Mundwinkel, da klopfte ihr Herz schon etwas zu unkontrolliert.

»Du hast da was.« Sie tippte sich an den Mundwinkel, und er wischte erschrocken über seinen Mund, aber der Mayorest blieb da. »Immer noch.«

Yanis wischte gespielt hektisch über seine Mundwinkel. »Jetzt?«

Riekje lachte. Jetzt hatte er die Mayonnaise breitflächig verschmiert. »Du machst es nur noch schlimmer!«

Er zückte die Serviette und wischte sich über den Mund.

»Jetzt!«

»Ja, jetzt.« Sie bekamen beide nicht das Grinsen aus dem Gesicht. Wegen einem kleinen Mayofleck.

»Mit dir ist es so … leicht«, sagte Riekje leise.

»Inwiefern?«, fragte Yanis interessiert.

»Na ja … wir können lachen. Auch wenn irgendwas Peinliches passiert.« Das hatte sie zuletzt vermisst.

»Na, wer nicht über sich selbst lachen kann, hat schon ein wenig die Kontrolle über sein Leben verloren, findest du nicht? Sich nicht so ernst nehmen. Ich finde, das ist wichtig. Damit lässt man für andere Menschen Raum. Wenn man signalisiert, dass niemand perfekt ist.«

Riekje nickte und dachte an Martin, der sein ganzes Leben unter Kontrolle haben musste. Seine Tage waren strikt getaktet, morgens Gym, dann Arbeit, dann nach Hause. Da war kein Platz für einen Mayofleck. Und wehe, jemand machte sich über ihn lustig, und sei es noch so gut gemeint.

Während sie aßen, unterhielten sie sich weiter über die Insel und das Leben hier. Über ihre Träume. Yanis berichtete von seinem Plan, in Portugal zu surfen, sobald er wieder Camper fahren und surfen konnte. »Was hast du für Träume?«, erkundigte er sich.

»Gar keine!«, sagte Riekje sofort, doch dann fiel ihr ein, dass das nicht stimmte. »Also, meist ist kein Platz für Träume. Ich arbeite, treffe Freundinnen und backe gerne.«

»Du backst.« Yanis hob die Augenbrauen. »Das wird ja immer besser. Wenn du mit mir im Surfcafé kampierst, könntest du uns Brot backen?«

»Kuchen«, korrigierte sie. »Cupcakes, Macarons, Lime-Baiser, Stachelbeertorte …«

»Sprich nur immer weiter. Ich träume derweil in Kalorien.«

»Letztes Wochenende habe ich für die Babyparty einer Freundin gebacken. Und danach wurde ich von einigen Leuten gefragt, ob ich das beruflich mache.« Sie malte mit dem Zeigefinger Kreise auf die Tischplatte. »Na ja, ich habe dann überlegt, mich selbständig zu machen. Aber dann habe ich mich mit meinem Ex verkracht, und ohne Küche …«

»Verstehe …«

»Ich weiß auch nicht.« Auf einmal fühlte Riekje sich mutlos und müde. Die letzten Tage forderten wohl doch ihren Tribut. Außerdem stieg ihr der Wein zu Kopf. Sie hatten die Burger aufgegessen, und gleich würde Yanis bezahlen, sie würden ein Taxi bestellen, und dieser wunderschöne Abend wäre dann zu Ende …

»Wollen wir noch einen Nachtisch?«, fragte Yanis. »Oder bist du schon satt? Möchtest du lieber nach Hause? Du wirkst gerade nicht besonders glücklich …«

»Aber doch nur, weil der Abend so schnell rumgegangen ist«, sagte sie leise. »Es war sehr schön mit dir.«

Yanis lächelte. »Das Kompliment kann ich zurückgeben. Und wenn es nach mir geht, muss der Abend noch nicht zu Ende sein …«

Er lernte einfach nicht aus seinen Fehlern. Stürzte sich in ein neues Abenteuer, dabei hatte er das alte, das ihm fast das Genick gebrochen hätte, noch nicht mal halb verdaut. Das Abenteuer Langzeitbeziehung, fünf Jahre auf dem Buckel, und dann vorbei mit einem Knall.

Eigentlich – und das hatte er ja erst gemerkt, als er auf Norderney ein paar Tage so vor sich hin gelebt hatte, ohne etwas anderes zu tun, als surfen, laufen, schlafen, essen – also, eigentlich hatte er hier erst gemerkt, wie kaputt ihn das alles gemacht hatte. Die Intrigen, die Romy zum Schluss um ihn gesponnen hatte, um ihn um jeden Preis bei sich zu halten. Nicht, weil sie ihn liebte. Das hätte er eventuell noch verzeihlich gefunden. Sondern weil sie liebte, was Yanis und sie zusammen waren. Ein Glamourpaar, so hatte sie es mal bezeichnet. »Wir sind doch so ein tolles Glamourpaar!« Ihre Worte. Und er? Hätte sich schon in dem Moment umdrehen und gehen sollen, denn Glamour und er, das passte ungefähr so gut wie Currywurst und Eselreiten.

Aber er war geblieben, bis zur ultimativen Eskalation. Bis zum letzten Moment hatte er gehofft, Romy könnte zur Besinnung kommen. War sie nicht. Und das tat am meisten weh. Sie hätten wirklich miteinander glücklich sein können. Bleiben können. Aber sie hatte sich dagegen entschieden.

Und dann lief er in der Notaufnahme des Inselkrankenhauses einer etwas verschlossenen, aber sehr süßen Frau über den Weg, die ihn erst ein bisschen anflunkerte und der das so dermaßen peinlich war, dass sie ihm fast nicht mehr in die Augen blicken konnte. Das war fast schon absurd, er war von Romy jahrelang belogen worden, so oft, dass er irgendwann nicht mehr in der Lage war, Lüge und Wahrheit zu unterscheiden.

Das hatte ihm anfangs an Riekje gefallen. Ihre Aufrichtigkeit. Neben ihrem Lächeln, denn wenn sie das tat, bekam sie so ganz winzige Grübchen. Er konnte sich nicht helfen, aber Grübchen waren das falsche Wort, die klangen nach Babyspeck. Dann lieber das englische Wort: *dimples.* Sie hatte wunderschöne *dimples,* wenn sie lächelte, und dann verliebte er sich fast ein bisschen in sie.

Aber Riekje hatte zugleich ein Bollwerk aus »ich habe mich letzte Woche getrennt« und »mein Ex war ein Arsch, nein danke« um sich errichtet. Außerdem erzählte sie gerade, dass sie kurz vor der Trennung überlegt hatte, sich mit ihren Cupcakes selbständig zu machen. Der Nachtisch im Surfcafé überzeugte sie nämlich nicht, und sie legte enttäuscht die Gabel beiseite, mit der sie an dem Apfelstrudel herumgestochert hatte, nachdem sie den ersten Bissen genommen hatte.

»Nicht gut?«, fragte er.

»Ach, weiß nicht.«

»Kannst du es besser?« Er lachte.

»Nein, gar nicht. Mir ist nur gerade aufgefallen, dass ich in einer ziemlich ausweglosen Situation bin. Na ja, und der Abend mit dir ist das Beste, was mir seit Langem passiert ist.«

»Das tut mir leid«, sagte er automatisch, und weil er merkte, dass seine Worte irgendwie nicht so rüberkamen, richtete er den Blick auf ihr Gesicht und ihre hübschen braunen Augen, die ihn groß ansahen. »Also, dass ein Abendessen mit mir das Beste ist. Ich meine …« Er geriet ins Stottern und verstummte. Passierte ihm auch nicht oft.

»Schon okay. So schlimm ist es gar nicht.« Sie kicherte, und Yanis stimmte ein. Humor hat sie auch, dachte er staunend. Sie nahm sich nicht so ernst.

Ihr Weinglas war fast leer, er nahm die Flasche aus dem Kühler und neigte sie fragend in Richtung ihres Glases. Sie nickte. »Immer rein damit«, murmelte sie. »Ab morgen bin ich obdachlos, dann kann ich mich dem Alkoholismus hingeben und gucken, wie viele Sterne die Brücken von Norderney so kriegen.«

»Hast du Familie auf der Insel?«, fragte er.

Über den Rand ihres Weinglases sah sie ihn streng an. »Ich *habe* Familie auf der Insel, aber die kommt in einer Rangliste, wo ich unterschlüpfen könnte, ungefähr ziemlich weit hinter den Brücken. Aus Gründen«, fügte sie hinzu und hickste. Da musste sie schon wieder kichern. »Himmel, habe ich erwähnt, dass ich sonst nie trinke? Ich fürchte, ich habe einen mittelschweren Schwips.«

Yanis legte den Kopf schief. »Nach einer halben Flasche Wein? Gut möglich.«

»Aber der issssso lecker«, nuschelte sie. »Und wärmt schön.«

Yanis betrachtete sie nachdenklich. Ihm war gerade eine ziemlich verwegene Idee gekommen, und er fand es irgendwie unfair, sie Riekje vorzustellen, während sie beschwipst war. Andererseits war er auch ein bisschen beschwipst, und dann durfte man durchaus mal verwegen sein.

»Wo stünde ich in der Rangliste?«, wechselte er das Thema.

»Wie bitte?«

»In der Rangliste, wo du unterschlüpfen könntest. Wo stehe ich da? Vor der Brücke? Oder zwischen Brücke und Verwandtschaft?«

»Das ist nicht nett«, sagte sie beleidigt. »Du spielst mit meinen Gefühlen.« Dann wurde sie ernst. »Ich bin angetrunken und zu verzweifelt, dass du so was fragst, ohne es auch ernst zu meinen.«

Er lächelte. »Ich meine es ernst.«

Riekje richtete sich etwas auf. Sie nahm einen großen Schluck Wasser, bevor sie antwortete. Auf einmal wirkte sie wieder vollkommen nüchtern. »Falls du das wirklich ernst meinen würdest. So rein theoretisch. Wenn ich eine Rangliste aufstellen sollte.«

Er nickte geduldig.

»Dann stündest du weit vor der Brücke.« Sie atmete tief durch. »Ich habe nur einen Campervan.«

»Ja gut, Campervan schlägt Brücke. Klare Sache.« Sie nickte bekräftigend.

»Okay, aber es gibt nur ein Bett.«

Sie runzelte die Stirn.

»Ein Bett.«

»Es ist ein breites Bett«, fügte er hinzu. Merkte selbst, wie komisch das klang. Er kannte sie kaum, sie war in Nöten, und er bot ihr *sein* Bett an. Schlimmer ging es kaum. »Ach, vergiss es«, sagte er hastig. »Doofe Idee.«

»Ja, total doofe Idee«, bekräftigte sie, doch irgendwie … wirkte sie nachdenklich. Enttäuscht?

»Man könnte es ja ausprobieren«, fügte er hinzu. »Oder ich schlafe unter dem Vordach. Solange es trocken bleibt, geht das.«

»Kommt nicht in Frage.« Riekje schüttelte den Kopf. »Wenn, dann schlafe ich da.«

»Damit Obi Wan Kenobi dich auffrisst? Auf keinen Fall.«

Sie kicherte wieder. Und dann lachten beide, und sie wechselten das Thema.

Doch es ließ ihn nicht los. Sie bestellten noch einen Espresso, bei dem beide sich einig waren, dass sie ihn bereuen würden, weil sie nicht schlafen konnten, wenn sie so spät noch was mit Koffein tranken. Zugleich waren beide nicht bereit, den wunderschönen Abend vorzeitig zu beenden, und einen Spaziergang durch die Dünen konnten sie aus nachvollziehbaren Gründen ja nicht machen.

Eine Stunde später brachen sie auf. Es war bereits dunkel, und vor dem Surfcafé mussten sie ein paar Minuten auf das Taxi warten. Riekje hüpfte ein wenig auf und ab, und Yanis ließ sie nicht aus den Augen. Er überlegte, wie er das Thema ihrer drohenden Obdachlosigkeit noch einmal aufbringen konnte, ohne dass es komplett komisch klang.

Aber ihm fiel nichts ein, und als das Taxi vor dem Campingplatz hielt, platzte es aus ihm heraus: »Willst du dir den Camper wenigstens mal angucken?«

Sie warf ihm einen Blick zu, als wollte sie sagen: Spinnst du?

Aber dann antwortete sie: »Ich kenne den Camper doch schon.«

»Ja, aber …«

»Ich komme gerne noch mit«, fügte sie hinzu. Der Taxifahrer, der sie schon zum Surfcafé gefahren hatte, warf Riekje im Rückspiegel einen komischen Blick zu.

Yanis bezahlte, und sie stiegen aus. Das Taxi brauste so schnell los, dass Kies aufspritzte. Sie blickten gemeinsam den roten Rücklichtern nach, bis sie um die Kurve verschwunden waren.

»Weiß morgen die ganze Insel Bescheid?«, fragte er.

»Und wenn schon.« Sie straffte die Schultern. »Ist jetzt auch egal.«

Ihm war das nicht egal, aber er sagte nichts dazu. Riekje lief vor, sie kannte den Weg ja, und er ließ sie. Auf den Krücken kam er eben nicht so schnell voran.

Sie wartete an der nächsten Ecke auf ihn. Im Rhododendron raschelte es, sie zeigte auf den kleinen Igel, der eifrig über den Weg tapste. Yanis lächelte, und sie gingen weiter. Riekje passte ihr Tempo seinem an. Sie erreichten seinen Camper. Die Solarlichterkette, die er um das Vordach geschlungen hatte, verbreitete ein sanftes, goldenes Licht. Als er den Camper aufschloss und drinnen das Licht einschaltete, ließ Riekje sich in den Stuhl davor sinken und schlang fröstelnd die Arme um ihre Schultern.

Wortlos reichte Yanis ihr einen seiner Hoodies aus dem Camper. »Danke«, sagte sie leise und schlüpfte hinein. Sie kuschelte sich in den weichen Sweatstoff und vergrub die Hände in der Bauchtasche. Yanis öffnete den Kühlschrank. Dank der Nähe zum Kiosk hatte er inzwischen eine veritable Sammlung verschiedener Limos angeschleppt. »Rhabarberlimo, Cola oder was anderes?«

»Limo!«, rief Riekje.

Auf einem Bein hüpfend bewegte er sich mit eingezogenem Kopf im Camper vorwärts. Das klappte prima, er konnte sich ja überall festhalten. Er brachte zwei Flaschen Rhabarberlimo nach draußen und stellte den zweiten Campingstuhl neben Riekjes. »Musst du morgen nicht früh raus?«

»Doch«, gab sie zu. »Das Apartment räumen und dann zur Arbeit. Aber …«

Sie sprach nicht weiter. Mit dem Daumennagel knibbelte sie am Etikett der Flasche herum.

»… es ist gerade so schön?«, vollendete er ihren Satz.

Riekje nickte.

»Find ich auch.«

Sie schwiegen ein wenig, und auch das fühlte sich so gut an, dass er gar nicht erst krampfhaft versuchte, ein Gespräch in Gang zu bringen. Riekje lächelte ihn von der Seite an, und da lächelte er auch. So einfach war das. Es fühlte sich leicht an.

Irgendwann räusperte sie sich. »Diese Schlafgelegenheit, von der du gesprochen hast …«, fing sie an.

»Ja?«

»Könnte ich mir die … eventuell …«

»Ansehen?«

Sie nickte.

»Klar.« Er stand auf und hüpfte zur Seitentür. Riekje folgte ihm etwas langsamer. »Es ist etwas … eng.« Er zog sich hoch. Links und rechts waren jeweils ein Gaskochfeld und ein Spülbecken verbaut. Dahinter zum Heck des Vans gab es die große Liegefläche, auf der eine Tagesdecke und mehrere Kissen lagen. »Voilà. Manche sagen, es sei unbequem. Ich find's gemütlich.«

Er machte ihr Platz, und Riekje schob sich an ihm vorbei. Sie setzte sich probehalber aufs Bett und wippte zweimal auf und ab. »Bequem«, fand sie.

»Sehr sogar. Ich schlafe da seit zwei Wochen drauf.«

»Hm«, machte sie. »Also, dein Angebot …«

»Ja?« Er blieb stehen, obwohl er in der gekrümmten Haltung langsam Nackenschmerzen bekam.

»Gilt das noch? Eventuell für ein, zwei Nächte? Bis ich was anderes gefunden habe.«

Er schluckte. Schon allein sie da auf seinem Bett sitzen zu sehen, ließ ihn wünschen, dass sie nicht nur für »ein, zwei Nächte« bei ihm blieb.

Hör endlich auf, so needy zu sein. Du kannst auch mal ein paar Monate allein sein!

Aber ihr Lächeln. Und wie sie den Kopf schief legte. Ihn beobachtete. Sie biss sich auf die Unterlippe. Wenn er es nicht besser wüsste …

Sie kommt gerade aus einer langen Beziehung und hat sicher was Besseres zu tun, als mit dir was anzufangen.

Er wollte das können.

»Ich könnte auch für uns kochen. Also wenn du magst. Backen kann ich zwar besser, aber du hast ja leider keinen Backofen eingebaut.«

»Klar. Du kannst auch bleiben, wenn du nicht kochst.«

Er hüpfte bis zu dem Sessel, der zwischen Küchenzeile und dem Fußende des Betts eingebaut war, und ließ sich ächzend drauffallen. Riekje rückte hastig mit ihren Beinen beiseite, damit er den Fuß ausstrecken konnte.

»Sollen wir lieber wieder rausgehen?«

»Nee, wieso?«

»Ich sollte vielleicht nach Hause«, sagte sie leise. »Jetzt bin ich nämlich echt müde.«

»Ja«, antwortete Yanis. Aber beide bewegten sich nicht.

»Miau!« Ein roter Katerkopf erschien vor der Schiebetür. »Miau!« Mit einem Satz sprang Obi Wan Kenobi herein und lief zielstrebig aufs Bett zu. Mit einem Satz sprang er auf Riekjes Schoß und rollte sich sofort ein. Sie lachte. »Ähm …«

»Darf ich vorstellen? Obi Wan.«

Sie streichelte den Kater, der sofort anfing zu schnurren. »Guten Abend, Obi Wan. Wieso hast du ihn eigentlich so genannt?«

»Kennst du die Szene, wo Obi Wan Kenobi im ersten *Star Wars*-Film die Macht demonstriert, indem er seinem Gegenüber das Gegenteilige von dem einredet, was dieser tatsächlich tun will?«

Riekje schüttelte den Kopf. »Bei *Star Wars* bin ich raus«, gab sie zu. »Hat mich nie interessiert.«

»Dann wird's Zeit. Also, wenn du magst, schließen wir diese Wissenslücke.«

Er zeigte auf den Bildschirm, der über dem Bett an einem Schwenkarm montiert war.

»Jetzt?«, fragte sie entgeistert. »Es ist mitten in der Nacht.«

»So wie ich das sehe, kannst du ohnehin gerade nicht weg, oder? Der Kater sieht nicht so aus, als würde er dich heute noch weglassen.«

Sie blickte auf den roten Tiger, der inzwischen die Augen geschlossen hatte. Yanis war dem Kater dankbar, denn durch sein Auftauchen hatte er vermutlich verhindert, dass sich Riekje schließlich verabschiedete.

»Okay, wo fängt man da an? Und wie viele Teile gibt's denn so?«

»Von den Filmen? Viele.« Er grinste. »Wir fangen mit den ganz alten Filmen aus den Siebzigern an, okay?«

»Okay.« Sie rückte ein wenig beiseite. Yanis zog eine Schublade unter dem Bett auf und holte einige Kissen heraus, die sie sich hinter den Rücken stopfen konnten. Riekje streifte ihre Sandaletten ab und rutschte langsam nach hinten, bis sie mit dem Rücken am Kopfteil lehnte. Der Kater öffnete ein Auge halb. *Wer stört hier meine Nachtruhe?*, schien er zu sagen.

»Ist ja schon gut.« Riekje kraulte ihn zwischen den Ohren, während Yanis alles einschaltete und sich zu ihr aufs Bett schob. Er legte fürsorglich eine Wolldecke über ihre nackten Beine. Durch die offene Seitentür strömte kalte Nachtluft herein. Während die Filmmelodie losging, rutschte Riekje noch etwas nach unten.

»Dass du nicht einschläfst!«, ermahnte er.

»Wäre das schlimm?«, murmelte sie.

Er drehte den Kopf in ihre Richtung. »Gar nicht«, sagte er leise. Sie lächelte, und er sah, dass ihre Lider schon ziemlich schwer wurden.

»Aber wenn ich einschlafe, weckst du mich, okay?«

»Sicher.«

Einen Teufel würde er tun.

Keine fünf Minuten später war Riekje neben ihm eingeschlafen.

Yanis machte den Film etwas leiser, hob Obi Wan Kenobi von ihrem Schoß herunter und zog die Decke etwas höher. Der Kater maunzte und strampelte so lange, bis Yanis ihn auf den Boden setzte. Schwups, stand das rote Vieh wieder auf dem Bett, stieg mit einem verächtlichen Blick über Yanis hinweg und rollte sich vor Riekjes Bauch ein.

»Verstehe dich gut, Kumpel«, murmelte Yanis. Er verschränkte die Hände hinter dem Kopf und schaute den Film alleine.

Als sie aufwachte, wusste Riekje sofort, wo sie war. Sie kniff die Augen zu und atmete erst mal ein bisschen ruhig weiter, als würde sie noch schlafen. Sie lag auf der Seite, Yanis zugewandt, wenn er denn noch neben ihr lag und den Film schaute. Sie spürte das warme Fellknäuel vor ihrem Bauch, und neben sich hörte sie jemanden regelmäßig und tief atmen. Riekje schlug die Augen auf.

Yanis schlief. Und auf dem Bildschirm lief der Abspann vom Film.

Sie richtete sich halb auf, aber sofort war Obi Wan Kenobi neben ihr wach und starrte sie an. *Wage es nicht, dich zu bewegen,* sagte ihr dieser Blick.

»Aber ich muss nach Hause«, flüsterte sie.

»Musst du nicht«, murmelte Yanis neben ihr. Er schlug die Augen auf und sah sie an. Grüne Augen, peng. Sofort schlug ihr Herz wieder schneller.

»Scheiße, hast du mich erschreckt!«, rief Riekje leise. »Ich dachte, du schläfst?«

»Damit du dich mitten in der Nacht wegschleichen kannst? So weit kommt es noch. Da draußen könntest du von einem Wildtier angefallen werden.«

Riekje setzte sich auf und zog Obi Wan Kenobi auf ihren Schoß. »Da draußen gibt es doch nur Kaninchen und Fasane.«

Er starrte sie an. »Kaninchen«, wiederholte er. Dann schaute er seinen Fuß in der Schiene an.

Riekje lachte. »Okay, okay.«

»Ich meine ja nur. Dass ich jetzt hilflos in meinem Camper hocke und fremde Frauen mit Katerkrallen und *Star Wars*-Filmen hier festhalten muss, um nicht vor Langeweile zu sterben, habe ich einem Karnickelloch zu verdanken.«

Riekje musste so sehr lachen, dass sie einen Schluckauf bekam. Sie konnte sich nicht erinnern, wann sie das letzte Mal so viel Spaß gehabt hatte, unabhängig davon, ob es ein Date oder Nicht-Date war.

Musste schon eine ganze Weile her sein.

Yanis wuchtete die Beine aus dem Bett und humpelte zum Waschbecken. Er brachte ihr ein Glas Wasser. »Sieben Schlucke.«

Riekje trank gehorsam, dann hielt sie die Luft an, atmete in den Bauch und wartete, bis der Schluckauf weg war. »Ich glaube, ich bin *immer noch* beschwipst«, meinte sie schließlich matt.

»Geht mir auch so.« Yanis setzte sich auf die Bettkante und

schaltete den Fernseher aus. »Und was machen wir nun mit der angebrochenen Nacht?«, wollte er wissen.

Obi Wan Kenobi, der Riekje während ihres Schluckaufs vorwurfsvoll beobachtet hatte, machte einen Katzenbuckel und sprang vom Bett. Er strich an den Möbeln entlang und verschwand in der Nacht.

»Wir fanden's auch schön mit dir!«, rief Yanis dem Kater hinterher. »Das nächste Mal kannst du auch was zu essen mitbringen.«

»Also, da der Kater mich nicht länger festhält, kann ich ja jetzt nach Hause gehen«, sagte Riekje und wollte sich vom Bett schieben.

»Oder du bleibst.«

Sie hielt inne. Sah ihn an. Er blickte unverwandt zurück.

Was soll schon passieren? Wir haben ja gerade schon nebeneinander geschlafen, und das war … schön. Friedlich.

»Also, wenn du magst.« Er räusperte sich. »Aber ich vermute, du willst jetzt nicht da draußen noch … keine Ahnung … in Kaninchenlöcher treten oder von tollwütigen Fasanen gejagt werden? Fahren nachts um halb zwei noch Taxis auf dieser Insel?«

»Keine Ahnung.« Riekje überlegte. Es war verlockend. Alles daran. Hierbleiben, sich neben Yanis ins Bett kuscheln. Nicht allein sein. Nicht draußen herumlaufen, ein Taxi rufen, eventuell bei Mack landen, der sie dann wieder so angucken würde im Rückspiegel, als wüsste er mehr über sie. Das Bett war bequem. Yanis war nett. Grüne Augen. Sie war müde.

»Ich müsste morgen aber echt früh los«, sagte sie zögernd.

»Kein Problem. Wir stellen uns 'nen Wecker oder lassen die Schiebetür offen. Habe festgestellt, dass ich sofort hellwach bin, sobald die ersten Vögel zwitschern.«

»Und das ist für dich okay?«

Er lachte. »Sonst würde ich es nicht anbieten.« Und nach

einem Moment fügte er hinzu: »Wenn ich dich nicht bei mir haben wollte, hättest du es gemerkt.«

Sie gab nach. »Okay. Aber ich hab kein Nachthemd. Und keine Zahnbürste.«

»Tja, hm. Das sind jetzt natürlich zwei Probleme auf einmal.« Er zwinkerte ihr zu. Dann zog er die zweite Schublade unter dem Bett heraus, die ihm offenbar als Kleiderkommode diente. Er wühlte ein wenig darin herum, dann zog er ein graues T-Shirt heraus. »Meinst du, das geht?«

Sie biss sich auf die Unterlippe.

»Also, als Nachthemd. Als Zahnbürste eher untauglich, sehe ich ein. Aber warte …« Er tauchte noch mal ab. »Ha!« Stolz, als hätte er den Heiligen Gral gefunden, reckte er eine Bambuszahnbürste in der Verpackung hoch. »Ich schwöre, an der habe ich noch nicht geleckt.«

»Wie beruhigend.« Riekje wollte lieber nicht darüber nachdenken, was es bedeutete, dass Yanis originalverpackte Zahnbürsten vorrätig hielt.

»Ich benutze selbst solche. Die kriegt man nicht überall, darum habe ich sie gehamstert«, erklärte er.

»Danke.« Sie sah sich um.

»Ich putze mir die Zähne auch mal über dem Spülbecken.«

»Praktisch.« So mittelpraktisch jedenfalls, denn eigentlich musste Riekje nach Wein, Wasser, Kaffee und Limo dringend mal aufs Klo.

»Du kannst aber auch rüber ins Waschhaus gehen. Ich habe ja dank einer freundlichen Insulanerin einen Stellplatz bekommen, der selbst für Lahme in Laufweite liegt. Oder für sehr müde Leute.«

»Dann werde ich das mal machen. Darf ich mir etwas Zahnpasta mitnehmen?«

Er drückte ihr Zahnpasta auf die Bürste. Riekje verließ den

Camper. Draußen war inzwischen tiefe Nacht, und in den umstehenden Wohnwagen und Campern war alles ruhig. Sie huschte zum Waschraum. Auf dem Rückweg hörte sie etwas im Gebüsch rascheln und erschrak sich fast zu Tode. Sie rannte zurück zu Yanis' Camper.

In ihrer Abwesenheit hatte er sich umgezogen und trug nun einen Pyjama mit langärmeligem Oberteil und Shorts. Das Bett war aufgeschlagen, es gab zwei Bettdecken und einen ganzen Kissenberg. Während er im Waschraum war, zog Riekje sich rasch um und schlüpfte unter die Decke. Ein Miauen, schwups, lag Obi Wan Kenobi schon wieder auf ihrer Bettdecke und trittelte hektisch, bevor er sich in ihrer Armbeuge einrollte und zufrieden schnurrte.

»Ich bin ein bisschen neidisch.« Yanis hüpfte zum Bett und räumte seinen Waschbeutel in die Schublade, bevor er unter die zweite Decke schlüpfte.

»Auf den Kater oder auf mich?« Riekje biss sich auf die Unterlippe. Sie konnte es echt nicht bleiben lassen, kleine Anzüglichkeiten einfließen zu lassen …

»Auf beide.« Yanis rutschte etwas tiefer. Seine Knie stießen gegen Riekjes Oberschenkel. »Sorry. Muss mich ein bisschen zusammenfalten bei meiner Größe.«

»Bist du sicher, dass das funktioniert?« Sie rückte etwas von ihm ab.

»Ja.« Er sah sie ernst an. »Wir sind zwei erwachsene Menschen, die ein Bett teilen. Easy. Früher hat niemand allein geschlafen, wusstest du das? Da lagen ganze Familien zusammen. Auch dass wir Babys heute in ihr Bettchen legen und allein lassen, hat die Natur so nicht vorgesehen.«

Was weißt du schon über Babys?, dachte Riekje. Na ja, sie wusste auch nichts darüber. Darum fragte sie: »Was weißt du noch so über Babys?«

»Ach …« Seine Miene verdüsterte sich schlagartig. »Nicht viel.«

»Wollen wir schlafen?« Sie war aber leider nach dem Ausflug zum Waschhaus wieder hellwach.

»Mach ruhig. Ich kann nicht schlafen«, antwortete er.

Riekje grinste. »Ich auch nicht.«

»Möchtest du noch reden?«, schlug er vor.

»Sehr gerne. Worüber?«

»Über deine Träume«, schlug er vor.

Riekje überlegte. »Da bin ich gerade nicht so sicher.« Sie drehte sich auf die Seite, ihm zugewandt. Obi Wan knurrte im Schlaf, und sie streichelte ihn beruhigend. »In meinem Leben verändert sich so viel, ich komme da noch nicht mit.«

»Die Trennung«, mutmaßte er.

»Komischerweise ist die noch das geringste Problem. Ein neues Zuhause finden. Und dann hatte ich Pläne. Ich wollte einen Lieferdienst für Cupcakes und Torten aufmachen. Jetzt fehlt mir ziemlich viel dafür. Eine Küche, der Mut, alles.«

»Aber du kannst nicht aufhören, darüber nachzudenken.«

»Stimmt.«

Er sah sie schweigend an. Wieder dieses angenehme Schweigen, in dem sie ihre Gedanken ausbreiten konnte, ohne sie auszusprechen. Yanis war wie der perfekte Resonanzboden für ihre Träume, auf dem sie erste Tanzschritte wagen durfte.

»Aber …«

Er blickte sie an. Unverwandt.

Und als sie nicht weitersprach, fragte er leise: »Würdest du es nicht bereuen, wenn du es nicht machst? Wenn du nicht deinem Herzen folgst, sondern wartest, bis es passt?«

Sie schluckte.

»Ich habe die Erfahrung gemacht, dass Mut belohnt wird. In den allermeisten Fällen wird man nicht enttäuscht.«

»Zum Beispiel?«, fragte sie. Ohne es zu merken, war sie etwas zu ihm hinübergerückt. Oder er zu ihr? Oder waren sie beide einander näher gekommen, unbewusst, weil sie einander nahe sein wollten?

»Zum Beispiel …« Er blickte sie unverwandt an. Dann hob er die Hand und streichelte den Kater. Riekje, die unwillkürlich die Luft angehalten hatte, weil sie dachte, er würde sie berühren, lachte verlegen. »Also, wenn ich jemanden mag. Sehr gerne mag. Dann sage ich das. Oder zeige es irgendwie.« Seine Stimme war ein Flüstern, das Riekje bis ins Innerste berührte. Wie konnte das sein, dass ein Mann, der ihr im Grunde fremd war, so tiefe Gefühle in ihr weckte? War sie einfach nur ausgehungert nach Liebe und Zuneigung, nachdem sie offensichtlich beides in den letzten Jahren so schmerzlich vermisst hatte? War sie deshalb bereit, all ihre Grundsätze über Bord zu werfen, und war mit einem Fremden in seinem Campervan gelandet, mitten in der Nacht und in seinem Bett?

»Erzähl mir von dir«, flüsterte sie rau. Sie musste mehr über Yanis erfahren. Wollte ihn kennenlernen. Irgendwas an ihm musste doch mindestens komisch oder schräg sein, damit sie sich nicht Hals über Kopf in ihn verliebte …

»Da gibt es nicht viel zu erzählen.«

»Das sagen sie alle«, warf Riekje ein.

»Also gut. Yanis Berger, zweiunddreißig Jahre alt. Abitur, Studium, beruflich total erfolgreich, bis ich vor gut einem Jahr die Schnauze voll hatte. Ich habe den Camper gekauft und komplett ausgebaut. Und nun bin ich hier.«

»Was hast du studiert?«, fragte sie.

»Jura. Danach in einer Kanzlei angefangen, aufgestiegen, das Übliche. Habe mich ordentlich geschunden, habe aber dabei mich vergessen. Und als mir das aufging, habe ich es keinen Tag länger im Job ausgehalten. Ich musste dringend da raus.«

»Hm, und jetzt?«

»Keine Ahnung.« Er lachte. »Im Moment lebe ich noch von meinen Ersparnissen.«

Er sagte das, als wären seine Ersparnisse – nun ja – deutlich mehr als das, was Riekje sich im Laufe der Jahre mühsam zusammengespart hatte. Sie kniff den Mund zusammen. Seine Sorglosigkeit könnte unsympathisch wirken, dachte sie – wenn er nicht direkt hinterhergeschoben hätte: »Aber irgendwann muss ich mir was Neues suchen, das ist mir schon klar. Keine Ahnung, was das sein wird. Ich möchte einfach etwas machen, das sinnvoll ist. Auf jeden Fall sinnvoller, als irgendwelche Unternehmensverkäufe zu managen, bei denen die wichtigste Frage ist, wie viele Mitarbeitende entlassen werden müssen, damit die Firma für den Käufer attraktiv wird.«

»Klingt nicht so schön.«

»Ist es auch nicht. Man muss sich wirklich hart abgrenzen. Wenn man die Zahlen an sich heranlässt und merkt, dass Menschen dahinterstecken … Ja. Blöd.«

Für einen Moment schwiegen beide.

»Ich war ein ganz schönes Arschloch«, fügte er hinzu. »Aber ich hab meine Lektion gelernt, und jetzt warte ich mal, was da so kommt.«

»Ich stelle mir das toll vor«, sagte Riekje nachdenklich. »Wenn man sich einfach eine Weile treiben lassen kann.«

»Ist es. Wenn man gern alleine ist.«

Sie sahen einander lange an.

»Ich bin nicht gern allein.« Yanis räusperte sich. »Aber das ist nicht der Grund, weshalb ich dich … also …«

»Verstehe.« Sie lächelte.

»Ich mag dich«, fügte er hinzu. »Dein Lächeln. Deinen Humor. Du hast so was ganz … Besonderes. Ich bin gern mit dir mitten in der Nacht wach.«

Riekje legte die Hände unter die Wange und blickte ihn lange an. »Ich …«

»Ja?«, fragte er sofort.

»Ich fühle mich wohl bei dir. So sicher.«

»Das ist schön.«

»Aber ich merke …« Sie gähnte hinter vorgehaltener Hand. »Jetzt werde ich doch müde.«

»Das ist okay.«

Sie lächelte still. Schloss die Augen und lauschte. Der Kater schnurrte, und ein leises Klopfen auf das Dach des Campervans verriet ihr, dass es angefangen hatte zu regnen. Und in dieser friedlichen, stillen Stimmung konnte sie endlich wieder einschlafen.

Er beobachtete sie. Wie sie neben ihm lag und schlief. Yanis blieb wach. Er hatte viel zum Nachdenken nach diesem Abend mit Riekje.

Vor allem eine Frage ließ ihn nicht los.

Er spürte, wie verletzlich sie nach der Trennung war. Wie sehr sie noch taumelte und ihren Platz in der Welt suchte. Er hatte ihr instinktiv angeboten, sie könne auch bei ihm wohnen. Weil er helfen wollte. Weil er tatsächlich ungern alleine war. Aber auch aus einem ganz anderen Grund.

Weil er sie kennenlernen wollte.

Er wollte nicht, dass sie wieder aus seinem Leben verschwand. Darum hatte er sie zum Essen eingeladen. Zum Filmgucken. Zum Bleiben.

Aber war es nicht zu früh dafür? Nicht nur für sie. Sondern auch für ihn. Er hatte gerade eine ziemlich scheußliche Trennung hinter sich. Deshalb war er losgefahren. Um Romy zu vergessen. Nicht um sich direkt in ein Abenteuer zu stürzen.

Aber das Leben hatte andere Pläne mit ihm. Erst führte es ihn auf die Insel, dann in die Notaufnahme des Inselkrankenhauses, und nun lag er neben einer hübschen jungen Frau in seinem Campervan. Eigentlich hatte er sich das Unterwegssein genauso ausgemalt. Nicht einsam, auf sich gestellt, allein mit seinen Gedanken. Sondern gemeinsam.

Durfte er sich in ein Abenteuer stürzen? Durfte er Riekje mit sich in dieses Abenteuer reißen?

Nun, wenn sie sich mitreißen ließe – sie waren beide erwachsen. Hoffentlich konnten sie auch erwachsen damit umgehen.

Kapitel 11

»Du hast *was* gemacht?«

»Pssst! Muss doch nicht jeder gleich mitkriegen.« Riekje spürte, wie ihre Wangen warm wurden. Bestimmt bekam sie eine knallrote Birne. Asja schüttelte den Kopf. Sie schwang sich auf Riekjes Schreibtisch und trank einen Schluck Kaffee.

»Hör mal, Süße, wenn meine allerbeste, liebste Freundin nach einer langjährigen Beziehung mit so einem gefühlskalten Lappen sofort mit einem süßen Surfertyp die Nacht in seinem Camper verbringt, darf ich ja wohl mal ein bisschen ausrasten, oder?« Sie stellte den Kaffeebecher beiseite und stützte das Kinn in beide Hände. »Erzähl mir *alles*. Jedes noch so kleine Detail, ja?«

»Da gibt es gar nicht so viel zu erzählen. Er hat mich ins Surfcafé eingeladen, und danach haben wir bei ihm noch einen Film geguckt. Dabei bin ich eingepennt. Ende der Geschichte.«

»Und am nächsten Morgen?«

»Dann haben wir Kaffee getrunken, und ich bin zum Apartmenthaus gelaufen, weil ich meine Sachen holen musste.« Riekje zeigte auf Koffer und Reisetasche, die sie in der Büroecke geparkt hatte.

»Also ziehst du bei ihm ein?«

»Nein. Wieso?«

»Und es ist nichts weiter passiert? Ihr habt geschlafen?«

»Asja.« Riekje seufzte.

»Okay, ich stelle die Frage anders, und entschuldige, wenn ich etwas zu neugierig bin, aber: Hättest du gerne *nicht* geschlafen? Nur 'ne Frage!«, fügte sie direkt hinzu, und beide mussten lachen.

»Wie geht's eigentlich Fridolin?«, versuchte Riekje das Thema zu wechseln.

»Lenk nicht ab!« Asja seufzte. »Er fährt am Samstag nach Hause. Unfair, oder?«

»Werdet ihr euch wiedersehen?«

»Das hoffe ich sehr. Und du mit Mr. Surfer? Was habt ihr als Nächstes vor?«

Riekje zuckte mit den Schultern. »Keine Ahnung«, gab sie zu.

»Möchtest du denn gerne was mit ihm vorhaben?«

Riekje musste darauf nicht antworten.

»Ah, ich sehe dir die Antwort an der Nasenspitze an.«

»Aber ich kann doch nicht einfach zu ihm gehen und sagen ›hier bin ich, wollen wir‹?«

»Genau das kannst du tun«, bekräftigte Asja. »Er hat doch einen Mund?«

Riekje nickte.

»Dann kann er Nein sagen. Aber für mich klingt es so, als hättet ihr einen richtig tollen Abend verlebt, und die Nacht scheint auch schön gewesen zu sein. Was hindert euch daran, euch fallen zu lassen?«

»Ich habe mich gerade erst getrennt.«

»Papperlapapp. Martin war ein rückgratloser Lump, du kannst froh sein, dass du ihn los bist.«

»Letzte Woche klang das noch ganz anders«, gab Riekje zu bedenken.

»Du meinst, an seinem Geburtstag? Jaaa, da dachte ich auch noch, er hätte endlich mal den Arsch in der Hose, dir einen Antrag zu machen. Hat sich ja nun herausgestellt, dass er gar nicht die Absicht hat, mit dir bis an sein Lebensende glücklich zu werden. Und du musst ja diesen Yanis nicht sofort heiraten. Das muss auch nichts Längerfristiges werden. Habt Spaß! Und seht, was daraus wird. Kein Grund, es total verkopft anzugehen.«

»Ich kann das nicht«, jammerte Riekje.

»Du kannst. Ich bin mir ganz sicher. In dir steckt mehr, als du denkst.«

»Das ist toxische Positivität, was du da betreibst«, murrte Riekje. »Fehlt nur noch, dass du mir erzählst, jeder kann alles erreichen. Das stimmt einfach nicht. Ich bin gerade echt nicht in der Stimmung, irgendwas Neues zu beginnen. Geschweige denn in der Lage.«

»Tut mir leid, Süße. Also kein zweites Date mit Mr. Campervan?«

Riekje schüttelte den Kopf.

»Aber seine Handynummer hast du? Also, nur für den Fall.«

»Ja. Aber ich werde sie nicht benutzen.« Sie hatte ihn gestern von ihrem Handy aus angerufen. Theoretisch hatte er damit auch ihre Handynummer. Dabei ging es ihr nicht darum, dass er sich bei ihr melden musste, weil er der Mann war und sie sich wünschte, dass er ein bisschen um sie warb. Das Spielchen hatten Martin und sie damals auf die Spitze getrieben, bevor sie zusammenkamen. Aber sie war gerade schlicht zu müde, um sich auch noch wegen einer neuen Beziehung den Kopf zu zerbrechen.

»Erst ein Dach über dem Kopf. Dann alles andere«, murmelte sie.

»Ich frag noch mal rum«, versprach Asja. »Nicht, dass du heute in deinem Büro übernachten musst.«

»Das wäre echt blöd«, seufzte Riekje.

»Muss wieder los. Beethoven aus den Gärten pflücken, verstopfte Abflüsse reinigen, Waschmaschinen ans Laufen bringen, bei denen die Gäste es mit ihrem Weichspüler zu gut meinen.« Asja umarmte Riekje zum Abschied. »Wenn du partout nichts findest, kannst du heute Abend Lotti babysitten, und ich übernachte bei Fridolin.« Sie zwinkerte Riekje zu. Dann war sie weg und ließ Riekje mit ihren düsteren Gedanken allein.

Und mit einer Horde Schmetterlinge, die seit heute Früh in ihrem Bauch tanzten. Unangenehm. Also, ein bisschen nur. Denn eigentlich war alles, was sie mit Yanis verband, angenehm. Sogar richtig schön.

Riekje bearbeitete ein paar Mails. Doch schon bald schweiften ihre Gedanken wieder ab. Daran, wie es sich angefühlt hatte, heute Früh neben Yanis aufzuwachen. Er lag mit offenen Augen neben ihr, und als sie wach wurde, drehte er sich zu ihr um. »Guten Morgen«, sagte er leise.

»Guten Morgen.«

»Hast du gut geschlafen?«

Sie nickte. Erstaunlicherweise. Sie hatte die Nacht davor im Hotel ja kein Auge zugetan. Das hatte ihr vermutlich geholfen.

»Kaffee?«

»Voll gerne.«

»Bleib liegen, wenn du magst.«

Er schlüpfte aus dem Bett und hüpfte durch den Camper. Obi Wan Kenobi blinzelte müde, und Riekje kraulte den Kater und zauste seine Ohren. Er ließ es sich erstaunlich langmütig gefallen.

»Kaffee im Bett, das hatte ich lange nicht«, sagte sie, als Yanis ihr den Becher reichte.

»Freu dich nicht zu früh.«

Sie nahm einen Schluck und verzog das Gesicht.

»Siehst du?«

»Der schmeckt leider scheußlich«, räumte sie ein.

»Zu viel Kaffeepulver und zu wenig Milch.« Yanis nahm einen Schluck aus seinem Becher. Er hockte auf der Bettkante. »Leider bin ich nicht gut darin, für mich zu sorgen. Pflegedienst, ich sag's ja.«

»Und ich lasse mich von dir bedienen.«

»Schon okay. Schwierig sind so Sachen wie einkaufen, Wäsche waschen. Der alltägliche Kram. Bisschen herumhüpfen und Kaffee kochen belastet mich nicht. Aber wie ich meinen Kühlschrank füllen soll und so. Das ist halt … blöd.«

»Verstehe.« Sie trank noch einen Schluck Kaffee, aber so sehr sie es auch versuchte – er war wirklich widerlich und untrinkbar.

Sie hätte ihm gern ihre Hilfe angeboten. Einfach so. Aber sie spürte, dass er das nicht annehmen wollte. Aus gutem Grund – er wusste ja, wie es ihr gerade ging.

»Ich geh dann mal so langsam.« Riekje schob sich vom Bett. »Danke für das Dach über meinem Kopf heute Nacht.«

»Jederzeit wieder«, murmelte er. Sie raffte ihre Sachen zusammen und lief zum Waschraum. Als sie zurückkam, saß er immer noch auf der Bettkante. Irgendwas hatte die gute Stimmung zerstört. Hatte sie was falsch gemacht? Sie legte das T-Shirt aufs Bett und war schon halb draußen, als Yanis sie noch mal rief.

»Hey, klingt vielleicht komisch. Aber wenn du Hilfe brauchst. Oder noch mal ein Dach überm Kopf für eine Nacht … Sag Bescheid, ja?«

»Klar.« Ihre Stimme klang belegt. Sie spürte einen dicken Kloß im Hals, denn sie wollte bei ihm bleiben und nicht jetzt wieder da raus, wo ihr Leben in Scherben lag.

Sie wusste vor allem eins: dass sie ihn nicht um Hilfe bitten konnte.

Riekje war zu Fuß bis in die Innenstadt gelaufen. Sie hatte ihre Sachen gepackt, das teure Apartment bezahlt und war zur Arbeit gegangen. Nun standen Koffer und Reisetasche anklagend in der Ecke ihres Büros. Bis heute Abend musste sie eine Lösung finden, sonst drohte ihr tatsächlich eine Nacht im Strandkorb. Oder schlimmer noch: bei ihren Eltern.

»Kommt nicht in Frage«, murmelte sie. Ein bisschen Würde hatte sie noch.

Sie machte sich an die Arbeit. Als mittags Dorte in ihr Büro schaute und fragte, ob sie Riekje was vom Bäcker mitbringen könne, stimmte sie erleichtert zu. Sie schaute noch mal in der Datenbank nach, ob irgendein Vermieter eine kurzfristige Vakanz zum Schnäppchenpreis anbot. Keine Chance.

Sie kochte eine Kanne Ostfriesentee und zog sich mit ihrem Käsebrötchen in ihr Büro zurück, weil sie in Ruhe telefonieren wollte. Ihre Kolleginnen hatten inzwischen mitbekommen, dass Riekje und Martin sich getrennt hatten. Neben ein bisschen Trost hatten sie ihr signalisiert, sie könne jederzeit mit ihnen reden, wenn sie etwas auf dem Herzen hatte. Aber sie ließen Riekje in Ruhe. Auch dafür war sie dankbar. Sie mochte es nicht, ständig daran erinnert zu werden, dass sie gerade in einer »schwierigen Situation« steckte.

Sie starrte auf ihr Handy. »Ach, was soll's,«, murmelte sie, wählte Yanis' Nummer und wartete mit klopfendem Herzen, dass er ans Telefon ging.

»Riekje?!« Er klang atemlos. Sie hörte ihn fluchen, im Hintergrund andere Stimmen.

»Ja, hey. Ich wollte fragen, ob dein Angebot noch steht.«

»Scheiße, ja. Natürlich steht das noch. Autsch!«, er schrie, und sie hielt das Handy vom Ohr weg.

»Alles okay?«, wollte sie wissen.

»Nichts ist okay. Der gebrochene Fuß? Ist irgendwie komplizierter als gedacht. Ich bin wieder im Krankenhaus.«

»Oh.«

»Sie sagen, ich müsste länger bleiben. Die Mittelfußknochen sind doch etwas kaputter als gedacht. Ich muss operiert werden.«

»Oh man.« Und sie kam ihm mit ihren kleinen Problemchen … »Vielleicht sollte ich dann lieber nicht …?«

Yanis lachte. »Spinnst du?«, fragte er, und sie schloss die Augen, war ja klar, dass er es nicht ernst meinte, natürlich hatte sie sich vertan, als er heute Morgen bekräftigte, sie könne bei ihm im Camper unterkommen, alles nur ein Scherz.

»Natürlich pennst du im Camper! Ich muss nur jetzt zwei Nächte hierbleiben. Aber dann kannst du Obi Wan füttern. Dem wird's nicht gefallen, dass ich weg bin.«

»Okay …« Sie zögerte. »Und es ist echt okay für dich?«

»Klar.«

»Ich könnte mit ihm durchbrennen.«

»Glaub ich nicht. Ich weiß, wo du arbeitest, und mein Camper fällt auf jeder Fähre auf. Außerdem hast du keinen Führerschein.«

Was sie auch nicht am Umparken gehindert hatte.

»Komm einfach nachher rum, ich geb dir die Schlüssel. Und wenn sie mich wieder laufen lassen – haha, als könnte ich *laufen,* wenn sie mich rauslassen –, also, ich wäre total froh, wenn du dann auch noch weiter bei mir wohnst. Ich kriege nach der Operation einen Gips und darf danach wohl ungefähr gar nix machen, außer gelegentlich aufs Klo gehen.«

»Okay …« Irgendwie klang Yanis anders als noch vor ein paar Stunden. Richtig redselig. »Alles okay?«

»Na ja, soweit man okay sein kann, wenn man gerade zum zweiten Mal in ein Kaninchenloch getreten ist. Ich sag's dir, wenn das hier vorbei ist, kaufe ich mir 'ne Schrotflinte und knalle alle Norderneyer Karnickel ab.«

Riekje starrte ihr Handy an. »Ich frage, weil du so … merkwürdig klingst.«

»Das liegt an den Schmerzmitteln. Ziemlich geiles Zeug. Ich kann's empfehlen.«

»Ach so.« Riekje lachte. »Soll ich dir noch was mitbringen?«

»Obst und Schokolade wären super. Aber nein, ich brauche nix. Also nur, wenn es nichts ausmacht.«

»Es macht mir nichts aus«, bekräftigte Riekje. »Ich bin ja froh, dass ich bei dir unterschlüpfen kann.«

»Da bin ich auch froh …«, nuschelte Yanis. Riekje merkte,

dass er durch das Schmerzmittel gerade nicht so ganz Herr seiner Sinne war. Sie verabschiedete sich und versprach, ihm ein paar Dinge mitzubringen. Er sollte ihr einfach eine Nachricht schreiben, wenn ihm noch was einfiel.

»Du grinst ja so.« Dorte steckte den Kopf in Riekjes Büro. »Das ist schön. Also, dich lächeln zu sehen.«

»Ja, schön.« Mehr sagte Riekje nicht. Es ging nämlich niemanden etwas an, warum sie so grinste. Schon gar nicht Dorte, die Königin des Kaffeeklatsches.

Nach der Arbeit radelte Riekje mit der Reisetasche auf dem Gepäckträger zur Buchhandlung. Sie erwischte Jule dabei, wie sie auf einer Leiter balancierend versuchte, ein paar bunte Lampions als Dekoration an der Decke zu befestigen.

»Wenn du da runterfällst!«, tadelte Riekje.

»Werde ich schon nicht.« Jule stieg die Leiter herunter und umarmte Riekje. »Hey, ich hab's schon gehört. Wie geht es dir?«

»Beschissen«, gab Riekje zu.

»Wenigstens ehrlich. Hat Nela sich bei dir gemeldet?«

Kurz keimte bei Riekje die Hoffnung auf, Nela hätte wie durch ein Wunder ein Quartier für sie. Doch gleich mit ihrem nächsten Satz machte Jule ihre Hoffnung zunichte. »Ich hab ihr gesagt, dass du aktuell keine Möglichkeiten hast, für sie zu backen, aber sie meinte, das wollte sie doch erst mal sehen.« Jule zuckte mit den Schultern. »Ich habe ihr deine Nummer gegeben.«

»Schon okay.« Sie würde es schon schaffen, sich von Nela abzugrenzen, falls sie sich meldete. »Kannst du mir was empfehlen? Ich brauche Krankenhauslektüre für einen Mann.«

»Okay, weißt du, was er gerne liest?«

Riekje schüttelte den Kopf. »Er ist Surfer. Früher mal Anwalt.«

»Mh, lass mal schauen … Krimi? Science-Fiction?«

Riekje zuckte mit den Schultern. »Wenn ich das wüsste …«

»Okay, dann schlag ich dir drei Bücher vor, die passen alle

irgendwie. Du kannst dann blind zugreifen, wenn du dich nicht entscheiden kannst.«

So machten sie es. Zehn Minuten später zog Riekje mit dem Science-Fiction-Thriller *Der Astronaut* von Andy Weir ab. Sie fuhr auf dem Weg zum Krankenhaus im Supermarkt vorbei, kaufte Nektarinen, Weintrauben und Äpfel, dazu eine Tafel Oreo-Schokolade in Jumbogröße und eine Tüte Chips. Als sie ihr Fahrrad vor dem Krankenhaus in den Fahrradständer schob, war sie unsicher, ob das nun zu viel oder zu wenig war?

Yanis hatte ihr inzwischen seine Zimmernummer geschickt. Sie fand die Station und das Zimmer, klopfte an und betrat leise den Raum. Yanis lag im einzigen Bett im Zimmer, sein Fuß steckte in der Schiene, und sein Grinsen war ein bisschen verrutscht. Als er sie erkannte, zog er sich am Griff über seinem Bett hoch.

»Meine Rettung! Oder zumindest die von Obi Wan.«

»Hi. Wie geht's dir?«

Er zuckte mit den Schultern. »Morgen komme ich unters Messer. Also geht's mir leider nicht so gut. Ich finde Narkosen ziemlich beängstigend. Solange sie mich mit dem geilen Zeug versorgen, rede ich wie ein Wasserfall, und das finden die Schwestern total witzig. Jedenfalls gucken sie oft nach mir und haben sich mehrfach erkundigt, ob mir das beigefarbene Abendessen schmeckt.« Er zeigte auf das Tablett, das auf seinem Nachttisch stand. Zwei Scheiben Graubrot, Käse, Jagdwurst, Tee. Riekje verzog das Gesicht.

»Was würde ich für ein Stück Kuchen oder so geben«, murmelte er.

»Du nun auch schon.« Riekje packte ihre Geschenke aus.

»Was?«

»Ach, nichts. Alle jammern heute, sie wollen Kuchen essen. Und ich backe doch so gerne. Aber ohne Küche …« Sie seufzte.

»Ist das alles für mich?«

Yanis zeigte staunend auf Buch, Obst und Snacks.

»Damit dir nicht langweilig wird. Oder du verhungerst.«

»Wow, danke.« Er beugte sich zum Nachttisch und holte seinen Schlüsselbund aus der Schublade. Nach kurzem Zögern drückte er ihr den ganzen Schlüsselbund in die Hand. »Hier. Mit den anderen Schlüsseln kannst du eh nichts anfangen, oder?«

»Ich habe natürlich deinen Namen bei Google eingegeben. Ich weiß, wo du wohnst, und kenne all deine kleinen Geheimnisse«, neckte Riekje ihn.

Yanis starrte sie entsetzt an.

»Das war ein Scherz!«, rief sie und schlug lachend die Hand vor den Mund. »Entschuldige. Ich bin wohl auch etwas durch den Wind. Dabei hatte ich nicht mal Schmerzmittel.«

»Ich wäre fast drauf reingefallen. Also, *my home is your home*. Obi Wan mag am liebsten das Futter mit Huhn.«

»Mit Huhn«, echote sie. Yanis ließ den Schlüssel in ihre Hand fallen. »Du hast ihm *Katzenfutter* gekauft?«

Er zuckte hilflos mit den Schultern. »Was hätte ich denn tun sollen?«

Riekje schüttelte den Kopf. »Heißt das, ich muss auch das Bett mit ihm teilen?«

»Gestern wirktet ihr beide sehr zufrieden mit dieser Konstellation«, neckte Yanis sie.

»Touché.« Sie steckte den Schlüssel in ihre Umhängetasche. »Sonst noch was?«

»Nein. Morgen Früh bin ich wohl direkt als Erster dran. Niemand ist so ungeschickt, mit einem bereits gebrochenen Fuß noch mal in ein Karnickelloch zu treten.« Er verzog das Gesicht.

»Wie konnte das überhaupt passieren?«

»Interessiert dich das wirklich, oder willst du dich an meinem Elend weiden?«

Sie mussten beide grinsen. Riekje zog einen Stuhl heran und setzte sich. Müde war sie; eine Nacht ohne Schlaf, eine mit viel zu wenig Schlaf.

»Ich dachte, es ginge ja schon viel besser.«

»Und da bist du joggen gegangen.«

Wenn er lächelte, bekam er so ein süßes Grübchen am Mundwinkel. Riekjes Herz klopfte. Sie mochte, wie seine Augen strahlten, wenn er sie ansah. Als gäbe es niemanden sonst auf der Welt außer sie.

Hör auf damit, sagte sie sich.

»Spazieren.«

»Okay …«

»Ja, ich weiß. Dumme Idee. Aber ich wollte nachdenken, und das geht am besten, wenn ich in Bewegung bin.«

Riekje blieb noch eine halbe Stunde bei Yanis. Sie merkte, wie er sich entspannte, zugleich aber klarer wurde. Gelegentlich verzog er das Gesicht, wenn er sich im Bett bewegte. Schließlich verabschiedete sie sich. »Schlaf dich aus.«

»Schickst du mir ein Bild von Obi Wan? Damit ich weiß, dass es ihm gut geht.«

»Versprochen.«

Sie ging mit einem Lächeln auf den Lippen und dem unbestimmten Gefühl, als hätte diese halbe Stunde mit Yanis sie ein wenig aufgeladen. Auf jeden Fall war sie froh, dass sie für ihn etwas tun konnte – und dass sie heute Nacht ein Dach über dem Kopf hatte.

Mit Kater.

Kapitel 12

Obi Wan schoss aus dem Gebüsch, als Riekje sich dem Camper näherte, und er maunzte so laut und fordernd, dass sie fürchtete, einer der Nachbarn könnte den Tierschutz informieren. Sie schloss ihr Fahrrad ab und den Camper auf. Schwups, saß Obi Wan neben dem Spülbecken und maunzte, gab Köpfchen und sprang wieder runter. Auf dem Boden vor dem Bett stand auf einem Handtuch ein Schüsselchen, das er ausleckte, um ihr zu zeigen, dass das nun wirklich komplett leer sei, und so ginge das mal gar nicht, er hatte den ganzen Tag gehungert!

»Bin ja schon da.« Riekje fand unter der Spüle eine Auswahl an kleinen Katzenfutterbeuteln und öffnete einen für den roten Kater. Er stürzte sich wie verhungert darauf und leckte die Schüssel bis auf das letzte Krümelchen aus.

»Ich freue mich auch, dich zu sehen«, murmelte Riekje. Sie musste lachen, weil Obi Wan sie kurz ansah, als wüsste er gar nicht, was sie meinte. Dann sprang er auf das Bett und begann sich zu putzen.

Riekje packte ihre Sachen aus. Sie hatte erst mal nur alles Nötige in die Reisetasche gepackt, und im Supermarkt hatte sie sich ein paar Lebensmittel besorgt, weil sie nicht wusste, wie gut Yanis' Kühlschrank gefüllt war. Sie machte sich ein Käsebrot mit Tomatensalat und setzte sich mit dem Teller vor den Camper. Obi Wan kam auch nach draußen; er sprang auf den zweiten Campingstuhl und rollte sich ein.

»Na, hast du's bequem?«

Er schnurrte und schloss die Augen.

Riekje atmete tief durch. Zum ersten Mal fühlte sie sich heute nicht gehetzt von irgendwelchen Aufgaben. Sie genoss ihre Mahlzeit, beugte sich gelegentlich zu Obi Wan hinüber und kraulte ihn zwischen den Ohren. Dann machte sie mit ihrem Smartphone ein Foto von ihm und schickte es an Yanis. *Jemand war sehr hungrig und empört, als ich kam.*

Keine zwei Minuten später leuchtete seine Antwort auf.

Dann ist es ja gut, dass du jetzt da bist. Alles gefunden?

Ja, alles bestens.

Dann schlaf gut! Mir haben sie gerade noch mal was gegen die Schmerzen gegeben, bin schon ganz duselig. Wenn ich nicht mehr antworte, penne ich wohl endlich.

Sie wünschte ihm eine gute Nacht und wollte das Handy schon beiseitelegen, als sie bemerkte, dass sie eine Nachricht von Nela hatte.

Kuchen-Notfall! Kannst du für Omama backen? In meiner Küche? Morgen Abend eventuell?

Riekje zögerte. Sie schaute auf die Uhr – halb acht.

Konnte sie da noch anrufen? Sie versuchte es einfach.

Nela meldete sich sofort nach dem ersten Klingeln.

»Hey, super, dass du zurückrufst, so geht es sicher einfacher. Also, kannst du zufällig morgen Abend für Omama backen? Sie gibt übermorgen ein Kaffeekränzchen für ein paar Freundinnen, aber Tini und ich haben überhaupt keine Zeit zum Backen, und wehe, wir kommen Omama mit gekauftem Kuchen, dann ist aber was los.«

»Ich weiß nicht … Was für Kuchen braucht ihr denn?«

»Also, sie liebt wie gesagt Rumgugelhupf. Dazu vielleicht Cupcakes oder Törtchen? Es ist ein absoluter Notfall, ich würde mich ja selbst in die Küche stellen, bin aber morgen auf dem Festland für ein Seminar. Du kannst meine Küche benutzen, die Zutaten bezahle ich dir natürlich und die Arbeitszeit auch.«

Das klang sehr verlockend. Riekje spürte, wie ihre Finger kribbelten.

»Ich habe aber noch kein Gewerbe angemeldet. Du weißt ja, was bei mir los ist.«

»Hm. Hast du das denn vor?«

Riekje atmete tief durch. »Vielleicht«, sagte sie.

»Vielleicht-ja? Also, dann könntest du schon Aufträge annehmen und erledigst die Formalitäten demnächst.«

Riekje dachte daran, wie viel Spaß sie beim Backen hatte. Wie sehr es sie erfüllte. Sie könnte morgen früher Schluss machen, in Nelas Küche backen und danach Yanis besuchen … »Kann ich auch was für mich backen? Wenn ich schon da bin?«

»Klar. Also bist du dabei?«

»Ja«, sagte Riekje ruhig. »Ich bin dabei.«

Sie besprachen noch ein paar Details. Als Riekje auflegte, spürte sie ihr Herz klopfen. Endlich wieder backen! Es kam ihr vor, als hätte sie ewig nicht backen können, dabei war das letzte Mal gerade fünf Tage her. Aber sie merkte, dass sie nicht nur wegen der ganzen Trennung, der Wohnungssuche und den damit verbundenen Sorgen so unausgeglichen war. Die Aussicht auf ein paar Stunden in einer Küche, durch die der köstliche Duft von Mürbeteiggebäck, Stachelbeerbaiser oder Rumgugelhupf zog, ließ sie lächeln. Sie freute sich auf morgen Nachmittag!

Ihr Chef war nicht besonders begeistert, als Riekje ihm am nächsten Morgen erklärte, sie müsse früher weg. Aber selbst in der Hauptsaison stand jeder Angestellten ein freier Nachmittag zu, und nur weil Riekje diesen in den letzten Wochen nicht wahrgenommen hatte, hieß das nicht, dass ihr Anspruch verfiel.

Sie hatte ausgezeichnet im Camper geschlafen, und als sie morgens die Augen aufschlug, stand Obi Wan auf ihrem Bauch und starrte sie an. Bevor er sie zum Frühstück verspeiste, stellte sie ihm das Schälchen mit Katzenfutter hin und machte sich einen Kaffee. Yanis meldete sich.

Gleich geht's los.

Aufgeregt?, schrieb sie zurück.

Sehr.

Wenn du heute Abend einigermaßen fit bist, kann ich dich besuchen. Wenn du magst.

Immer.

Sie lächelte. Die paar Zeilen mit Yanis beflügelten sie, und sie räumte im Camper auf, bevor sie eine halbe Stunde später mit dem Rad losfuhr. Im Büro konnte ihr niemand die gute Laune verderben. Heute Nachmittag konnte sie endlich wieder backen!

Als sie bei Nela klingelte, voll bepackt mit Backzutaten und frischem Obst, machte ihr Simon die Tür auf. Er strahlte sie an. »Die Bäckerin!«, freute er sich. »Nela hat gesagt, ich soll dich einfach in der Küche werkeln lassen. Brauchst du noch was?«

Er zeigte Riekje die Küche. Es gab eine Küchenmaschine, genug Schüsseln, Backformen und auch sonst alles, was ihr Bäckerinnenherz höherschlagen ließ. »Ich komme zurecht.«

»Super. Ich muss wieder rüber in die Apotheke. Wenn was ist, einfach melden.« Er schrieb ihr seine Handynummer auf. Rums, die Haustür fiel hinter ihm ins Schloss.

Riekje wunderte sich nicht. Insulaner waren so. Sie vertrauten einander in der kleinen Gemeinschaft. Du brauchst eine Küche zum Backen? Hier hast du sie. Was möglich gemacht werden konnte, machten sie möglich.

Riekje packte aus. Sie fing mit dem Mürbeteig an; geplant war ein kleiner Käsekuchen mit Beeren obenauf, dazu der Rumgugelhupf, über den keiner mit sich handeln ließ. Im Supermarkt hatte sie wunderschöne, frische Stachelbeeren bekommen, die waren ideal für eine Stachelbeer-Baiser-Torte.

Schon bald zog ein köstlicher Duft nach gebackenem Kuchen

durch die Küche. Nachdem sie den Biskuitteig für die Torte gebacken hatte, kam der Marmorkuchen in den Ofen. Den Abschluss bildete der Käsekuchen mit Mürbeteigboden. Während der backte, machte Riekje noch den Teig für ihre Lieblingscookies. Das Rezept konnte sie inzwischen auswendig, und die Cookies kamen als krönender Abschluss in den Backofen. Sie merkte, wie sie komplett in dieser Tätigkeit aufging, und als Nela Stunden später hereinkam, erschrak sie gewaltig, weil der Nachmittag wie mit einem Fingerschnipsen vergangen war.

»Wow, das sieht alles so köstlich aus!« Nela stibitzte eine Johannisbeerrispe aus der Schüssel, die Riekje bereitgestellt hatte, um den Käsekuchen nach dem Abkühlen zu dekorieren. »Und wie das duftet!« Sie verdrehte verzückt die Augen.

Riekje lächelte. Sie freute sich riesig, dass sie Nela einen Gefallen tun konnte – und dass sie bei der Gelegenheit auch für sich hatte backen können. Nela verschwand in ihrem Büro, während Riekje die Küche aufräumte und den Käsekuchen dekorierte. Die Cookies lagen auf dem Kuchengitter und kühlten aus, Stachelbeerbaiser und Rumgugelhupf waren auch fertig.

»Wollen wir die Kuchen zu Omama Alma bringen? Sie freut sich bestimmt, dich kennenzulernen.«

»Voll gerne.«

Gemeinsam trugen sie die Kuchen von Nelas Wohnung über die hintere Veranda zu ihrer Oma. Nela klopfte an die Terrassentür. Die rüstige alte Dame in Rüschenbluse und einer dunklen Hose mit exakter Bügelfalte, die ihnen kurz darauf öffnete, machte auf Riekje gar nicht den Eindruck, als könnte sie nicht selbst für sich sorgen. Sie hatte bereits Platz in ihrem Kühlschrank für die Kuchen geschaffen, die bis morgen gekühlt werden mussten.

»Mijn Deern, was für 'ne Freude! Da werden meine Kränzchendamen morgen staunen, was ich so auffahre.«

»Bedank dich bei Riekje. Sie hat mir die Arbeit abgenommen.«

»Ach, hat Nela mir ja erzählt. Da werden meine Freundinnen aber Augen machen. Wo kann ich sie hinschicken, wenn sie auch Kuchen bestellen wollen?«

»Äh«, machte Riekje.

»Ich geb dir ihre Nummer. Riekje macht sich gerade selbständig«, verriet Nela.

Das war nur so halb richtig, aber Riekje lächelte tapfer. Sie stellten die Kuchen in den Kühlschrank, und sie ging mit Nela zurück in ihre Wohnung.

»Deine Omama wirkt gar nicht so … verwirrt?«, fragte sie vorsichtig.

»Ja, stimmt. Aber an den Herd lassen wir sie trotzdem nicht mehr. Sagt sie selbst. Wenn sie den einschaltet, vergisst sie ihn. Sonst hat sie ihre Sinne noch einigermaßen beisammen, wenn sie regelmäßig ihre Tabletten nimmt, Gehirnjogging und Sitzgymnastik macht. Körperlich topfit, aber manchmal setzt es hier oben aus.« Nela tippte sich an die Stirn. »Ich hoffe, es war okay, dass ich ihr deine Nummer versprochen habe? Sonst sag's. Bis morgen hat sie das vielleicht vergessen.«

Riekje blickte sich in Nelas Küche um. Sie war nicht so hochmodern wie die von Martin, und die Küchengeräte waren auch nicht speziell fürs Backen ausgerichtet. Aber alles war zweckmäßig. Wenn sie nur erst wieder eine Küche hätte, dann … ja. Dann könnte sie wirklich darüber nachdenken, ihren Traum zu verwirklichen. Ein Lieferservice für Cupcakes, Törtchen und Kuchen. Das klang immer verlockender. Und wenn sie sich schon einen kleinen Kundenstamm unter den Norderneyern aufbaute, würden bald mehr Aufträge eingehen, und sie könnte ernsthaft darüber nachdenken …

Sie dachte an Ruth, die ihr beim Malkurs erzählt hatte, sie suche jemanden für das Café vom *Möwennest*. Bisher sei sie nicht fündig geworden, weil diejenige auch zu den anderen Frauen passen sollte, die das *Möwennest* gemeinsam gestalteten. Riekje hatte keine Ahnung, ob sie da reinpassen würde. Oder ob sie als Cafébesitzerin taugte? Im Moment wollte sie vor allem wieder mehr backen. Für sie war backen immer ein Trost gewesen, ein bisschen wie Therapie.

»Ich glaube, ich muss nachdenken«, sagte sie leise. »Meinst du, Ruth sucht noch jemanden fürs Café?«

»Willst du es übernehmen? Frag sie ruhig! Sie ist sehr aufgeschlossen und hört sich deine Ideen bestimmt gerne an.«

Riekje hatte jedenfalls was zum Nachdenken, als sie sich auf den Weg zu Yanis machte. Er hatte sich im Laufe des Nachmittags zweimal gemeldet, doch beide Male hatte er länger nicht geantwortet, nachdem Riekje ihm zurückschrieb. Das Krankenhaus lag ohnehin auf halbem Weg zum Campingplatz, und sie beschloss, wie versprochen bei ihm reinzugucken.

»Hi!« Yanis strahlte, als sie sein Zimmer betrat. Riekje starrte auf seinen Fuß, der inzwischen in einem verdrahteten Gips steckte. »Oh man, toll, dass du vorbeischaust. Ich hab schon gedacht, ich sehe dich heute nicht.«

»Hi.« Sie ließ den Fuß nicht aus dem Blick, als sie ihre Tasche auf den Stuhl legte. »Wie geht es dir?«

»Es ist anstrengend und tut weh.« Er verzog das Gesicht. »Bin froh, wenn ich übermorgen hier rausdarf.«

»Übermorgen erst?«

»Du hast also noch zwei weitere Nächte Ruhe von mir.«

Riekje hielt ihm stumm die Dose mit den Cookies hin.

»Wow, die riechen köstlich. Und irgendwie umgibt dich ein Hauch von Käsekuchen und Rum?«

Sie lachte. »Das weißt du nur, weil ich dir die Fotos geschickt habe. Die du vorhin nur mit einem merkwürdig die Augen verdrehenden Smiley kommentiert hast.«

»Das war der Sabber-Smiley!«, empörte er sich.

»Nee, das war der mit x statt Augen.«

Yanis nahm einen Cookie und biss hinein. »Hammer. Hat dir heute schon jemand gesagt, dass du dich damit selbständig machen solltest?«

»Tatsächlich. Mehrfach.« Sie setzte sich auf die vordere Stuhlkante und knabberte ebenfalls an einem Cookie. Nachdem sie den ganzen Nachmittag Teig probiert und von den verschiedenen Cremes und Baiser probiert hatte, stand ihr der Sinn gerade eher nach einem Schinkenbrot. Aber diese Cookies konnten was. Zartschmelzende Karamellkruste, dreierlei geschmolzene Schokostückchen und köstliche Pekannusssplitter. Perfekt!

»Dann mach doch.«

Sie schüttelte den Kopf. »So einfach ist das nicht.«

»Hm«, machte er.

»Ich hab keine Küche, kein Geld, keine Kundschaft.«

»Letzteres scheint nicht das Problem zu sein, die Kunden kommen ja trotzdem.«

»Hm, haste recht.« Riekje überlegte. »Aber ohne Küche?«

»Zugegeben, schwierig. Im Camper kann man definitiv nicht backen. Der hat nicht mal 'nen Toaster. Sonst stünde er dir selbstverständlich zur Verfügung.«

»Habe ich dir von Ruth erzählt? Sie sucht jemanden für das Café in ihrer Begegnungsstätte. Bisher hat sie niemanden gefunden, der zu dem Team passt und das nötige Kleingeld hat. Ich habe übrigens auch kein Geld«, fügte Riekje hinzu. Was gelogen war. Ein bisschen hatte sie in den letzten Jahren ja sparen können. Sie war nur nicht bereit, da ranzugehen.

»An Geld ist dranzukommen«, sagte Yanis nachdenklich.

Riekje schüttelte den Kopf. »Ich werde nicht zu einer Bank gehen. Oder mir was bei wem leihen.« Die Ersparnisse waren für schlechte Zeiten. Okay, vielleicht waren die Zeiten gerade nicht besonders rosig. Aber das Geld würde keine drei Monate reichen. Und dann hätte sie nichts mehr.

»Dann müsstest du es erst mal nebenher machen. Wäre das möglich? Neben deinem Vollzeitjob? Während der Hauptsaison?«

Riekje lachte. »Sicher nicht. Das will Ruth auch nicht, wenn ich sie richtig verstanden habe.« Sie schwieg nachdenklich. Nebenberuflich einen kleinen Lieferdienst aufziehen, das wäre ihr Plan gewesen, wenn sie sich nicht von Martin getrennt hätte. Aber sie wollte auch nicht von einem Mann abhängig sein, sobald sie sich an die Umsetzung ihres Traums machte.

»Whatever«, murmelte sie.

Yanis lachte. »Wie bitte?«

»Ach, ist doch egal. Ich habe im Moment nicht die Kapazitäten.« Sie nahm noch einen Cookie. Yanis kaute schon am dritten.

»Das ist so viel besser als das Krankenhausessen«, murmelte er. »Kann ich ein Abo haben?« Er zwinkerte ihr zu.

»Wenn ich eine Küche finde, könnte ich ja meine Untermiete in Cookies begleichen«, schlug sie vor. Nicht ganz ernst gemeint, doch Yanis' Augen blitzten vergnügt. »Das würdest du machen? Also, dann kannst du bleiben, solange du willst.«

Riekje lachte. »Sicher nicht. Ich will dir nicht zur Last fallen.«

»Machst du nicht. Ohne dich wäre mir total langweilig, und niemand würde mich mit Obst und Cookies versorgen.«

»Mach ich gerne.« Riekje gähnte hinter vorgehaltener Hand. Der Tag war lang gewesen, und jetzt merkte sie die Müdigkeit.

Sie verabschiedete sich. Als sie den Campingplatz erreichte, kam ihr Obi Wan schon entgegen und schrie sie auf unnachahmliche Art an. »Ich weiß, du hast Hunger. Klar.« Sie sprach mit dem Kater, fütterte ihn, machte sich ein Schinkenbrot und fiel dann völlig erledigt aufs Bett. Was für ein Tag! Keine fünf Minuten später war sie eingeschlafen.

Yanis konnte nicht schlafen. Ihm ging eine Menge durch den Kopf, und eventuell hatte er ein paar Cookies zu viel gegessen. Riekje hatte ihm die Keksdose dagelassen, und er hatte sich reichlich bedient, bis ihm ein bisschen übel wurde.

Er steckte in einem Dilemma.

Als Riekje von ihrem Traum erzählte, das Café im *Möwennest* zu übernehmen, hatte er nur mühsam den ersten Impuls unterdrückt. *Du kannst mein Geld haben!* Er hatte mehr als genug. Zum Glück hatte er sich zurückhalten können, denn er merkte, dass es ihr sehr wichtig war, sich abzugrenzen. Sie wollte es allein schaffen. Aus eigener Kraft.

Das musste er akzeptieren.

Was er aber tun konnte: sie ermutigen. Ihr Wege aufzeigen, wie sie ihren Traum doch verwirklichen konnte. Sie hatte so gestrahlt, als sie heute Abend das Krankenzimmer betrat. Und die Cookies waren echt der Hammer! Ob er nicht doch noch einen essen könnte …? Der Pfleger hatte ihm vorhin gesagt, er müsse auf jeden Fall was essen, bevor er die Schmerztablette für die Nacht nahm. Das rief doch nach einem Cookie, oder?

Sein Handy brummte. Es brummte schon den ganzen Abend, und bisher hatte Yanis es geschafft, das Brummen zu ignorieren. Er ahnte allerdings, dass es nicht lange dauern würde, bis erste besorgte Anrufe eintrudelten. Vorhin, als er aus dem Aufwachraum zurück ins Krankenzimmer kam, hatte er, noch etwas beduselt vom Propofol, durstig und insgesamt leicht unleidlich, ein Foto von seinem frisch operierten Fuß in den WhatsApp-Status gestellt. Er hätte es auch einfach löschen können, aber das war dann auch egal, nachdem sowohl seine Mutter als auch Romy den Status gesehen hatten. Beide übrigens innerhalb von zehn Minuten, was schon sehr viel darüber verriet, wie oft sie nach einem Lebenszeichen von ihm forschten.

Seine Mutter schrieb gewohnt kühl.

Das wird schon wieder.

Romy hingegen …

Yanis hangelte das Smartphone vom Nachttisch und starrte auf die kleine rote Zahl neben dem Nachrichtensymbol, die seit Stunden ständig hochzählte. Siebzehn Nachrichten.

Sein kompletter Freundeskreis meldete sich besorgt. Darum konnte er sich später kümmern.

Romy aber. Romy musste er irgendwie ablenken, sonst würde sie vermutlich Himmel und Hölle in Bewegung setzen, damit sie morgen bei ihm sein konnte.

Yanis, was ist passiert?!?!?!

Ja, sie benutzte wirklich so viele Satzzeichen.

Geht es dir gut??? Soll ich kommen??? Wo bist du????? Wir machen uns solche Sorgen um dich!!!!!!!

Er seufzte und verdrehte die Augen. Klar, Romy machte sich Sorgen um ihn. Dabei hatte sie kein Problem damit gehabt, ihm wochenlang eine Scharade vorzuspielen, von der sie von vornherein gewusst hatte, dass sie ihm damit das Herz brechen würde.

Statt auf ihre Nachrichten zu antworten, schrieb er seiner Schwester und zwei Kumpels, dass es ihm gut ginge, er sei beim Joggen gestürzt. Mit Ella schrieb er ein paarmal hin und her; ihr verriet er auch, dass er auf Norderney war. Sie würde Romy nicht verraten, wo er sich befand. Bei Torben und Luca war er da schon zurückhaltender. Er kannte Romy. Wenn sie etwas wissen wollte, setzte sie alles daran, es in Erfahrung zu bringen. Und das fehlte ihm noch, dass sie ihn im Krankenhaus besuchte und die reumütige Ex vorspielte. Er hatte endgültig mit ihr abgeschlossen. Basta.

Kapitel 13

Weil sie sich nicht traute, Ruth anzurufen, schrieb Riekje ihr am nächsten Morgen eine Nachricht.

Steht dein Angebot mit dem Café noch?

Sie hätte am liebsten noch dazugeschrieben, dass sie sich ein komplettes Café derzeit nicht zutraute, dass sie aber so verzweifelt war, dass sie nach jedem Strohhalm griff, der sich ihr bot. Aber Ruth antwortete prompt: *Wollen wir uns heute im Möwennest treffen? Abends um fünf oder so?*

Riekje schrieb zurück, das passe ihr sehr gut. Dann schwang sie die Füße aus dem Bett. Ihr linker Fuß landete in etwas Weichem, Kaltem, das zwischen den Zehen hervorquatschte und, sobald es in Bewegung geriet, verdächtig nach Kotze roch …

»Obi Wan!«

Der Kater saß in der Spüle und guckte weniger schuldbewusst als vielmehr interessiert zu, wie Riekje versuchte, ihren Fuß und anschließend den Holzfußboden von seinem Erbrochenen zu reinigen. Sie war noch nicht ganz fertig, als er bereits sein Maunzkonzert wieder aufnahm. Hunger!

»Ja, ja.« Sie hätte auch gerne mal 'nen Tee getrunken oder gefrühstückt, aber nach Katzenkotze aufwischen war ihr ein bisschen der Appetit vergangen. Sie riss die Schiebetür und das Fenster über dem Bett auf, damit hoffentlich der Kotzgeruch abzog. Dann ging sie zum Waschraum.

Als sie zurückkam, hatte Obi Wan sich im Bett eingerollt und schlief. Hm. Eigentlich setzte sie ihn tagsüber immer vor die Tür. Aber als sie ihn hochhob, knurrte er unwillig.

»Na komm. Du kannst auf einem Campingstuhl unter dem Vordach kuscheln. Ich leg dir auch 'ne Decke hin.«

Sie musste über sich selbst lachen. Noch vor zwei Wochen hatte sie in einer schicken Dreizimmerwohnung über dem Weststrand gelebt, und das Aufregendste an ihrem Tag war die Frage gewesen, ob Martin lieber abends zockte oder mit ihr zusammen eine Serie schaute. Jetzt wurde sie morgens vom Kater begrüßt, lebte in einem Campervan und plante ihre Selbständigkeit. Als hätte sie jemand aus dem Dornröschenschlaf geweckt.

Das habe ich selbst geschafft, dachte sie zufrieden, als sie sich auf ihr Hollandrad schwang und Richtung Innenstadt radelte. Es war an diesem Morgen noch erfrischend kühl, und sie hatte ihre Regenjacke im Korb auf dem Gepäckträger. Auf Norderney wusste man ja nie, wann die nächste Regenwolke um die Ecke kam.

»Okay, dann lass mal hören, was du dir so vorstellst.« Ruth kam direkt zur Sache. Sie war ungeduldig; zu lange stand das Café schon leer. Aber sie bezweifelte zugleich, ob Riekje die Richtige war. Hatte sie nicht gesagt, sie wollte sich nur nebenberuflich selbständig machen? »Die Küche ist ja im Grunde komplett fertig. Du müsstest nur noch das mitbringen, was fürs Kuchenbacken fehlt. Dann müsste der Gastraum noch renoviert werden, aber das kriegen wir schon irgendwie hin. Und dann kann es auch schon losgehen.«

»Hm«, machte Riekje. Ruth folgte ihr durch die Küche in den Gastraum. Hinter einer Kuchentheke stand eine große Siebträgerkaffeemaschine, daneben ein großer Kühlschrank für kalte Getränke. Tassen, Gläser, Teller, Besteck – alles vorhanden. Trotzdem wirkte Riekje nicht begeistert.

Dabei hatte Ruth so sehr gehofft, dass es diesmal klappte! Im Grunde war Riekje die ideale Kandidatin für das Café. Sie war eine Neyerin, die anderen im Team kannten sie zumindest flüchtig, und alle waren von der Idee begeistert gewesen, dass Riekje dazustoßen könnte. Außerdem waren ihre Cupcakes und Kuchen der Hammer!

Sie hatten die Führung beendet, und Ruth holte tief Luft. »Okayyyy«, sagte sie gedehnt. »Wollen wir uns zusammensetzen und die verschiedenen Möglichkeiten durchsprechen?«

Riekje zögerte. »Können wir schon machen«, sagte sie zurückhaltend. »Aber ich fürchte, das ist eine Nummer zu groß für mich. Ich suche doch nur einen Ort, wo ich backen kann.« Sie wirkte ziemlich bedröppelt. »Ich glaube, ich hätte da schon Lust zu.« Sie ließ den Blick durch den Gastraum schweifen. Ruth sah, dass da so ein Funkeln in Riekjes Augen war, als überlegte sie schon, wie sie hier alles auf links drehen könnte, damit es *ihr* Café wurde. »Ich wüsste nur nicht, wie ich das finanziell stemmen soll. Und außerdem …« Sie verstummte.

Ruth verstand sie. »Mir ging es letztes Jahr ähnlich«, sagte sie leise. »Vielleicht hörst du dir erst mal an, was ich mir überlegt habe, ja?«

Riekje nickte. Sie folgte Ruth zu einem Tisch, auf dem Ruth vorhin bereits ihre Mappe abgelegt hatte. Darin waren alle Unterlagen, die sie Riekje aushändigen wollte – falls sie ernsthaft Interesse hatte. Sie holte zwei Flaschen Zitronenlimo aus dem Kühlschrank und gab eine Riekje.

»Also«, sagte Ruth. »Falls du wirklich das Café übernehmen möchtest …«

»Aber ich habe kein Geld für das Café«, unterbrach Riekje sie. »Tut mir leid, falls du gedacht hast, ich könnte das alles …« Ihr Blick glitt durch den hellen Raum. Es gab noch eine Sonnenterrasse, auf der weitere Gäste Platz fanden. »Das Café ist wunderschön«, flüsterte Riekje. »Ich seh's schon vor mir, wie meine Kuchen in der Theke stehen und wie die Gäste ihren Kaffee und

Ostfriesentee bestellen. Und ich wünschte wirklich, ich könnte das machen. Aber im Moment sehe ich da keine Möglichkeit.«

Ruth schluckte. Sie musste an sich halten, um ihre Enttäuschung nicht allzu offen zu zeigen. Heute Früh hatte sie mit Hanno noch darüber gesprochen, wie wichtig ein Café für das *Möwennest* war. Und ja, vielleicht war es ein bisschen zu optimistisch von ihr gewesen, dass sie geglaubt hatte, sie könnte Riekje überzeugen.

Die Kursteilnehmerinnen blieben gern nach den Kursen noch etwas länger oder kamen früher, um sich im Lädchen umzugucken. Außerdem würde ein Café viel für die Bekanntheit des *Möwennests* tun und sogar neue Kurse ermöglichen. Inzwischen wäre sie fast bereit, es an einen geldgierigen Investor vom Festland zu verpachten, der die Mitarbeiterinnen ausbeutete und nur aufgetaute Benjamin-Blümchen-Torte anbot. Also bereit wie in verzweifelt.

»Hm, du wolltest also nur die Küche fürs Backen?«, fragte sie. »Ich meine, warum nicht alles wagen? Ich habe deine Cupcakes gegessen, und Nela hat mir von Omama Almas Kaffeekränzchen erzählt, die alten Damen waren wohl alle ganz aus dem Häuschen …«

»Ich müsste dafür an meine Ersparnisse gehen. Das möchte ich ungern.« Riekje wurde rot. »Die reichen vermutlich auch nicht. Ich brauche einfach ’ne Küche, damit ich meinen Lieferservice aufziehen kann. Nach meiner Trennung …« Sie sprach nicht weiter.

»Ach so.« Ruth blickte auf die Mappe. Sie hatte alle Unterlagen zusammengestellt, weil sie wirklich gehofft hatte, Riekje sei die Richtige fürs Café. Aber wenn sie nicht zuschlug, würde es auch diesen Sommer wieder keine Waffeln, Torten und Kaffeespezialitäten im *Möwennest* geben. Es sei denn …

»Also, verstehe ich dich richtig? Du würdest gern die Küche nutzen. Aber für das Café fehlen dir der Mut und das nötige

Kleingeld? Wenn ich das mit dem Geld gelöst bekomme, dann denkst du noch mal darüber nach?«

Riekje wurde auf ihrem Stuhl immer kleiner und verzagter. »Aber ich will auch keinen Bankkredit.«

Ruth nickte. »Kein Kredit bei einer Bank. Okay.«

»Ich kann mir das wirklich gut vorstellen«, sagte Riekje ruhig. »Aber ich müsste meinen sicheren Job kündigen. Dabei habe ich im Moment ja nicht mal einen festen Wohnsitz.«

So langsam verstand Ruth, wie groß die Sorgen waren, die Riekje umtrieben. Das erinnerte sie sehr daran, wie es ihr vor einem Jahr ergangen war. Damals hatte sie auch geglaubt, sie hätte keine Perspektive, und dann hatte Nela sie unterstützt.

»Ich habe eine Idee«, sagte sie langsam. »Allerdings müsste ich dafür telefonieren. Hast du einen Moment Zeit?«

»Ja, klar.«

Ruth stand auf und ging in die Küche. Sie wählte aus ihrem Telefonbuch Nelas Nummer.

»Hej, Nela. Ich glaube, wir haben jemanden, die alle Voraussetzungen für unser Geld auf Bäumen erfüllt.«

Als Nela vor drei Jahren nach ihrer Zeit in München auf die Insel zurückkehrte, hatte sie lange mit sich gerungen. Auch sie hatte nicht den finanziellen Hintergrund, um sich ihren Traum zu verwirklichen – für sich, aber auch für Norderney. Ein Geburtshaus sollte es den Familien der Insel ermöglichen, ganz entspannt in das Familienleben zu starten. Als Hebamme mit einer Immobilie im Familienbesitz hatte sie die besten Voraussetzungen. Doch die zusätzlichen Investitionen scheute sie.

Damals hatte sie unter anderem Simon gegenüber gewitzelt, Geld wachse ja nicht auf Bäumen. Er hatte daraufhin begonnen, heimlich im Obstgarten der Familie Briefumschläge mit Geld in die Kirsch- und Pflaumenbäume zu hängen. Denn Geld wuchs *doch* auf Bäumen, und manchmal war ein Wunder nur so weit entfernt, bis sich jemand fand, der an eines glaubte.

Nela verwendete das Geld für das Geburtshaus. Es dauerte nicht lange, bis sie Simon das Geld zurückzahlen konnte. Doch er wollte es nicht und schlug stattdessen vor, Nela solle es bei nächster Gelegenheit einer weiteren Frau zur Verfügung stellen, die ein eigenes Unternehmen gründen wollte und dafür Geld brauchte.

So kam Ruth letztes Jahr in den Genuss dieses Darlehens, das ihr als Startkapital für das *Möwennest* diente. Auch sie war mit ihrem Projekt überraschend schnell in der Gewinnzone. Und nun lag das Geld herum. Schon länger hatten die beiden Freundinnen darüber diskutiert, wie sie es sinnvoll einsetzen könnten.

Als Ruth Nela an diesem Abend anrief, saß sie gerade mit Simon und Jonte beim Abendessen. Der Einjährige matschte vergnügt mit Banane und Joghurt, Simon erzählte, wie er die Apotheke behutsam modernisieren wollte, und Nela merkte, dass ihr Tag zu anstrengend gewesen war, denn bei ihr zogen Kopfschmerzen auf. Untrügliches Zeichen, dass sie zu viel Stress hatte, und normalerweise hätte sie sich nach dem Abendessen zurückgezogen und Simon das Feld überlassen, damit er Jonte ins Bett brachte. Ein bisschen dösen im abgedunkelten Schlafzimmer würde ihr sicher helfen.

Aber Ruths Nachricht elektrisierte sie, und die Kopfschmerzen waren wie weggeblasen. Sie stürzte ein großes Glas Wasser hinunter, gab Jonte zum Abschied einen Kuss und schwang sich auf ihr Fahrrad. Simons mahnende Worte, sie solle auf sich aufpassen, wischte sie beiseite.

»Bin doch schwanger, nicht krank!« Schon war sie unterwegs. Sie radelte fröhlich zur alten Mühle, stellte ihr Fahrrad ab und stürmte mit einem »Moin, ich habe gehört, ihr braucht mich?« in das leere Café.

Ruth blickte auf. Riekje, die gerade einen Wust Zettel vor sich liegen hatte, hob nur kurz den Kopf. Nela umarmte Ruth zur Begrüßung. »Hej, Riekje.«

»Hallo, Nela.« Riekje wirkte seltsam … bedrückt? Jedenfalls nicht so fröhlich, wie es dem Anlass angemessen wäre, wenn es nach Nela ging. Sie wandte sich an Ruth. »Hast du Riekje schon unseren Vorschlag unterbreitet?«

»Hat sie. Und ich halte nichts davon«, sagte Riekje leise.

»Tut mir leid. Ich fürchte, du bist umsonst hergekommen.«

Nela fiel aus allen Wolken. »Aber wieso? Das Geld löst doch all deine Probleme. Du hast ein Startkapital, das du zurückzahlst, wenn du es kannst. Und …«

»Ich will keine Schulden machen«, erwiderte Riekje leise. »Gar keine.«

»Es sind keine Schulden«, wandte Ruth ein. »Es ist einfach ein bisschen Geld, das dir den Start erleichtert.«

Riekje warf ihr einen langen Blick zu. »Und wenn ich es nicht zurückzahlen kann, weil … keine Ahnung? Weil das Café gar nicht läuft? Außerdem wollte ich nicht sofort meinen Job kündigen. Ich sehe einfach nicht, wie das funktionieren soll.«

Nela verstand. Sie zog einen Stuhl heran und setzte sich neben Riekje. »Okay. Dann überlegen wir noch mal ganz von vorne.« Sie warf Ruth einen strengen Blick zu, die betreten den Kopf senkte. Nela konnte sich schon denken, was da schiefgelaufen war. Ruths Enthusiasmus, weil sich mit Riekje eine Lösung fürs Café abzeichnete, hatte Riekje wohl ziemlich überrollt. So war Ruth eben – schnell zu begeistern, und wenn man nicht sofort mitzog, genauso schnell enttäuscht und eingeschnappt.

»Du willst das Café?«, fragte Nela behutsam.

»Eigentlich will ich nur die Küche«, gab Riekje zu. »Gestern bei dir zu backen, das war … herrlich. Ich träume davon, mit dem Lieferservice für Törtchen und Kuchen anzufangen. Das bekomme ich auch neben meinem Job hin. Aber ein ganzes Café? Puh.«

»Okay, für den Lieferservice. Brauchst du da Startkapital?«

Riekje schüttelte den Kopf.

»Du willst es nicht, stimmt's?«

Riekje nickte. »Frag bitte nicht, wieso.«

»Okay.« Nela streichelte behutsam Riekjes Schulter. »Also gut. Könntest du dir vorstellen, fürs *Möwennest* ein paar Kuchen zu backen? Falls Ruth die gerne haben möchte?« Nela warf Ruth einen fragenden Blick zu. Die hatte auf der anderen Seite des Tisches die Arme verschränkt und guckte eher finster. Als Nela sie fragend ansah, seufzte Ruth demonstrativ. »Das wäre ein Anfang.«

»Und wenn es gut läuft, also richtig, richtig gut. Vielleicht wäre das Café dann doch eine Option für dich?«, wandte Nela sich wieder an Riekje.

Sie blickte sich im Café um. Ihre Augen glänzten. »Das wäre ein Traum«, flüsterte sie.

»Dann träume ihn. Und wir geben dir das Startkapital, sobald du dafür bereit bist. Pass auf.« Nela erzählte ihr die Geschichte vom Geld auf Bäumen, das schon ihr und Ruth den fehlenden Mut geschenkt hatte. Als sie fertig war, musste sie nach einem Taschentuch suchen, denn die Erinnerung daran, wie das alles vor drei Jahren begonnen hatte – nicht nur ihr Traum vom Geburtshaus, sondern auch ihre Beziehung mit Simon –, machte sie ziemlich sentimental.

»Scheiß Hormone«, murmelte sie und musste unter Tränen lachen. »Also, wollt ihr es wagen? Riekje nutzt die Küche, und wenn's läuft, kann sie das Café übernehmen?«

»Solange ich bis dahin niemanden dafür habe.« Das war Ruths einzige Bedingung. »Aber ehrlich gesagt, glaube ich nicht, dass sich da so schnell jemand findet …«

Kapitel 14

Auf dem Heimweg war Riekje ziemlich durch den Wind. So sehr, dass sie automatisch zum Krankenhaus abbog. Sie musste ihre Gedanken sortieren, und am besten gelang ihr das, wenn sie mit jemandem redete.

Hoffentlich war Yanis noch wach. Und hoffentlich hatte er nichts dagegen, wenn sie so überraschend bei ihm hereinplatzte.

Sie brauchte Lösungen. Für die nächsten Monate. Antworten. Für so viele Fragen! Warum war ihr Leben auf einmal so kompliziert? Und wo war der Held, der diesen Knoten in ihrem Hirn, in ihrem Herzen mit einem Schwert durchschnitt?

Aber nein. Sie atmete tief durch, legte den Kopf in den Nacken und hielt das Gesicht in den Wind. Sie war die Heldin ihrer eigenen Geschichte. Der erste Schritt war vollzogen – die Trennung von Martin. Jetzt musste sie die nächsten Schritte wagen. Und irgendwann würde sie sich auch nicht mehr so verloren fühlen. Das war es nämlich, was ihr gerade so viel Kummer bereitete. Dass sie nicht wusste, wohin sie gehörte.

Yanis war noch wach. Als sie klopfte und auf sein munteres »Herein!« das Zimmer betrat, schaltete er sofort den Fernseher aus.

»Hej, da ist ja meine Lieblings-Neyerin!«, begrüßte er sie.

Sofort musste sie lächeln. Yanis hatte ein so sonniges Gemüt, ihn schien gar nichts aus der Ruhe zu bringen. Er half ihr, wo er konnte, und sie mochte ihn wirklich gern. Dass ihr Herz jedes Mal so unkontrolliert hüpfte, wenn sie ihn sah, war doch wirklich unnötig, oder?

»Wie viele Neyerinnen kennst du denn?«, erkundigte sie sich, und er grinste.

»Erwischt. Aber wenn ich unter hundert auswählen dürfte, wärst du immer noch meine Nummer eins. Komm, setz dich.« Er klopfte neben sich aufs Bett, und sie überraschte sich selbst, dass sie seiner Aufforderung nachkam. Zu viel Nähe? Bei Yanis konnte es nicht zu viel Nähe geben.

»Nummer eins, soso.«

»Du fütterst meinen Kater und versorgst mich mit Keksen. Mehr geht nicht.« Er wurde schlagartig ernst. »Außerdem mag ich, wie du mich anlächelst.«

Riekje legte den Kopf schief. »Wie viel gab's denn heute von dem geilen Schmerzmittel?«, wollte sie wissen. »Nur, damit ich deine Aussage einordnen kann.«

Mit ihm gewann sie die Leichtigkeit zurück, die ihr in allen anderen Lebensbereichen abhandengekommen war.

»Gar nichts, aber ich habe alle Cookies verputzt. Wenn ich blaues Fell bekomme, liegt es daran.«

Sie lachte. »Okay, ich muss also neue backen?«

»Du *musst* nicht, aber es würde mir die Entscheidung, ob du längerfristig im Camper wohnen kannst, schon etwas … hm, erleichtern.«

»Das ist Erpressung!«, rief sie gespielt entsetzt.

»Ich würde es Mietzins nennen, aber ich kenne mich da nicht so aus. Also, was meinst du? Zwei Dosen von diesen oder vergleichbaren Keksen pro Woche? Und dafür rücken wir ein bisschen zusammen?«

Riekje atmete tief durch. »Das würdest du für mich machen?«

»Oh, ich tue das vor allem für mich.« Yanis sah sie konzentriert an, und einen Moment fürchtete sie, er habe doch wieder so einen Schmerzmitteldusel. »Wenn sie mich morgen hier rauslassen, werde ich ganz schön viel *nicht* allein können. Und ich will jetzt nicht so *needy* rüberkommen, aber … also.« Er hüstelte.

Riekje sah ihn an. »Du weißt, dass ich gerade quasi eine Nacht vor der erneuten Obdachlosigkeit stehe«, sagte sie ernst.

»Es wäre für uns beide doch 'ne Win-win-Situation.«

»Okay.« Sie atmete tief durch. »Aber nicht, weil es eine Win-win-Situation ist.«

»Sondern?«

Sie sah ihn an. Grüne Augen. Leichter Bartschatten. Seine dunkelblonden Haare fielen ihm ins Gesicht. Ihr Herz hämmerte in der Brust. Sag's ihm, dachte sie. Dass du …

»Weil ich dich mag«, stieß sie hervor.

Yanis lächelte. »Ich mag dich auch. Also haben wir einen Deal?«

Er hielt ihr die Hand hin, und Riekje schlug ein. »Ich werde ohnehin nur zum Schlafen da sein«, erklärte sie. Dann erzählte sie ihm von der Chance, die sich ihr heute geboten hatte.

»Dann werden *Riekjes Cupcakes* Realität?«, fragte er.

»Oh ja.« Langsam begriff sie, dass sie ihrem Traum ein Stückchen näher gerückt war.

»Wow!« Yanis beugte sich vor, und bevor Riekje wusste, wie ihr geschah, hatte er den Arm um sie geschlungen und drückte sie an seine breite Brust. Sie drehte den Kopf nicht schnell genug und stieß sich die Nase am Schlüsselbeinknochen. Aber statt zu protestieren, ließ sie zu, dass er sie an sich drückte. Sie nahm den sauberen Geruch nach Männerdeo und Seife wahr und schloss die Augen. Auch Yanis machte keine Anstalten, sie aus der Umarmung zu entlassen, legte stattdessen den zweiten Arm um sie und zog sie noch etwas näher an sich heran. »Mhhh«, machte Riekje, und auch er seufzte.

»Ich freu mich so«, flüsterte er, und sie wusste nicht, meinte er nun ihre Pläne für den Kuchenlieferdienst, dass sie sein Angebot angenommen hatte oder die Tatsache, dass sie in seinen Armen lag, einfach so, als gehörte sie dorthin?

»Ja«, antwortete sie.

Für sie traf alles drei zu.

Er hätte sie ewig so festhalten können, aber irgendwann merkte Yanis, dass Riekje sich aus seiner Umarmung löste. Dabei hatte sich alles daran gut angefühlt. Er hatte gemerkt, wie sie im ersten Moment ganz weich in seinem Arm war, und nur deshalb hatte er den zweiten Arm um sie gelegt und sie länger an sich gedrückt.

Riekje setzte sich auf. »Verlockend«, murmelte sie.

»Was denn?«

»Ich bin so müde, wenn ich länger bei dir bleibe, rolle ich mich ein und lasse dir gar keinen Platz.«

Er lächelte. »Versuch's doch.« Er hätte jedenfalls nichts dagegen, wenn sie über Nacht bliebe. Was das Pflegepersonal davon halten würde, wusste er nicht. Musste er auch nicht unbedingt ausprobieren.

»Morgen«, sagte sie, und ihre Stimme klang seltsam belegt.

»Wenn du magst.«

Er war immer noch unsicher, ob sein Angebot so eine gute Idee war. Er mochte Riekje mehr, als gut für ihn war. Deswegen war es komplett egoistisch, wenn er ihr anbot, bei ihm zu bleiben, bis sie was Besseres fand. Er wollte ihr zeigen, dass es auch Männer gab, die anders waren als ihr Ex. Vielleicht 'ne dumme Idee. Er merkte doch, wie verletzt sie war. Wie dicht unter der Oberfläche sie ganz wund war vom Trennungsschmerz. Sie hatte erzählt, dass sie den Schlussstrich gezogen hatte. Aber das hieß ja nicht automatisch, dass es ihr damit gut ging. Eine Trennung bedeutete immer Schmerz. Und wenn es Wachstumsschmerz war, weil man über die Beziehung hinausgewachsen war und sich das nur widerstrebend eingestehen konnte.

Er nahm sich daher fest vor, mit Riekje behutsam umzugehen. Und wenn er merkte, dass die Gefühle auch auf ihrer Seite existierten ... ja, warum eigentlich nicht?

Am nächsten Tag durfte er wieder raus, und Yanis fuhr mittags mit einem Taxi zum Campingplatz. Er hatte Riekje geschrieben, damit sie seinen Schlüssel hinterlegte. Als er auf Krücken zu seinem Campervan humpelte, musste er erst mal stehen bleiben und lachen.

Auf dem Campingstuhl unter dem Vordach lag Obi Wan Kenobi auf einem Handtuch und schlief tief und fest.

»Na, Kumpel. Ist dir das nicht unbequem?«

Der Kater blinzelte müde, stand auf und machte einen Buckel, bevor er sich wieder einrollte. Gerade lang genug, dass Yanis den Schlüsselbund unter dem Handtuch hervorziehen konnte.

Auf der Insel klaut keiner was.

Riekjes Worte. Sie hatte recht behalten. Trotzdem hatte er sie gebeten, ein etwas besseres Versteck als »auf dem rechten Vorderrad im Radkasten« zu finden. Wie sich herausstellte, war »unter dem Handtuch auf dem Campingstuhl« perfekt. Wenn man Herr über einen rot getigerten Kater war, der es liebte, dort die regnerischen Morgenstunden zu verbringen.

Yanis schloss den Camper auf. Drinnen war es aufgeräumt und sauber, als würde niemand hier wohnen. Er sank aufs Bett und entdeckte einen Zettel, der auf der Pantryküche lag.

Welcome back! Auch wenn Obi Wan etwas anderes behauptet, er hatte schon Frühstück. Ich kümmere mich ums Abendessen. Bis später, R

Er hievte seinen Fuß aufs Bett, zog den anderen Schuh aus und zog das Taschenbuch aus der Tasche. Draußen regnete es schon wieder, und Obi Wan, der zunächst laut maunzend im Camper auf und ab gelaufen war, sprang zu Yanis aufs Bett und rollte sich ein.

Perfekt, dachte er. Manchmal schenkte das Leben uns eine kleine Pause von allem, und sie fühlte sich genau richtig an.

Riekje sah schon von Weitem, dass jemand die Solarlichterkette unter dem Vordach angeschaltet hatte. Sie zog die Kapuze ihrer knallroten Regenjacke etwas tiefer in die Stirn und schob ihr Fahrrad für die letzten Meter.

Anfang Juni, und das Wetter gab sich wirklich Mühe, schon einen auf Herbst zu machen. Sie kannte es nicht anders von ihrer geliebten Insel, aber sie hatte im Stillen gehofft, Yanis und sie könnten seine Rückkehr gebührend mit einem Abendessen unter dem Vordach feiern.

Mit dem Jutebeutel in der Hand betrat sie den Camper und streifte ihre mit Schlamm bespritzten Schuhe ab. »Hej, da bin…« Sie verstummte.

Obi Wan blinzelte müde. *Du störst!,* sagte sein Blick. Er lag neben Yanis, der, das halb gelesene Buch auf der Brust, auf dem Bett eingeschlafen war.

Er sah tatsächlich müde aus. Kein Wunder. So ein Krankenhausaufenthalt schlauchte jeden. Ein Glück, dass er sich jetzt erholen konnte.

Hoffentlich. Nicht zum ersten Mal fragte Riekje sich, ob es für Yanis keine Belastung bedeutete, den Camper mit ihr zu teilen.

Auf Socken schlich sie hin und her, öffnete leise den Kühlschrank und räumte die Einkäufe ein.

»Glaub nicht, dass ich bei dem Höllenlärm noch schlafen kann.«

Riekje quiekte. Sie fuhr zu Yanis herum, der ein Auge geöffnet hatte und sie angrinste.

»Hej«, sagte er leise. »Ich wollte dich nicht erschrecken.«

»Weshalb du gewartet hast, bis ich total vertieft war, bevor du mich angesprochen hast.« Sie tat so, als wollte sie ihn mit der Stange Lauch klapsen. Yanis wehrte lachend ab.

»Hilfe, nicht den wehrlosen Rekonvaleszenten hauen!«

Sie lächelten einander an.

»Was gibt's zum Abendessen?« Yanis richtete sich auf.

»Käsesuppe mit Lauch und Hackfleisch. Dazu Brötchen.«

»Ach«, sagte er. »Ich dachte, du wärst Vegetarierin.«

»Bin ich auch. Meistens«, fügte sie hinzu. Zu spät fiel ihr ein, dass Yanis ja Vegetarier sein könnte. »Bist du …?«

»Gelegentlich nicht.« Er bemerkte ihre erschrockene Miene. »Nein, im Ernst! Ich esse Fleisch. Und Fisch. Nur eben nicht täglich.«

»Okay, morgen gibt's Gemüsecurry.«

»Wenn das Wetter so bleibt, keine schlechte Idee. Ich wäre reif für ein Wochenende im Bett mit allen *Star Wars*-Filmen. Soll mich ja schonen.«

»Klingt sehr verlockend, aber morgen bekomme ich den Schlüssel für die Küche, und nach dem Kaffeekränzchen bei Omama Alma haben zwei ihrer Freundinnen mich angerufen und bei mir Torten bestellt. Ich werde also backen, statt endlich die Geheimnisse von irgend so einer Weltraum-Fantasy-Saga zu ergründen.« Sie grinste breit.

»Oho, hat da etwa jemand gegoogelt?«, neckte Yanis sie.

Hatte sie tatsächlich, weil sie es nicht auf sich sitzen lassen wollte, dass sie so gar keine Ahnung von dem Thema hatte.

»Und habe ich das richtig verstanden? Du darfst backen?«

»Es geht los, ja.«

»Bringst du mir auch wieder Cookies mit?« Er machte hungrige, runde Augen wie Obi Wan, wenn er ihr weismachen wollte, dass er noch *gar nichts* zu fressen bekommen hatte.

»Ehrensache. Und Sonntag bin ich wahrscheinlich so müde, dass ich nur rumliegen will. Dabei kannst du mich vollkrümeln und nebenher irgendwelchen lichtschwertschwingenden Jedirittern dabei zusehen, wie sie sich selbst in den Untergang bringen.«

»Das klingt nach einem perfekten Plan.«

Das fand Riekje auch. Sie machte sich ans Kochen, während Yanis liegen blieb und sie mit irgendwelchen witzigen Internet-Memes unterhielt. »Bleib bloß liegen«, ermahnte sie ihn, als er halbherzig versuchte, ihr im Weg zu stehen. »Morgen kannst du dich ums Abendessen kümmern, wenn du magst.«

»Morgen werde ich das Bett mit Cookies vollkrümeln, dass du eine schlaflose Nacht haben wirst«, erklärte er sichtlich zufrieden mit seinem Plan.

Sie drehte sich zu ihm um und drohte mit dem Kochlöffel.

Es fühlte sich so leicht an. Sie beugte sich über ihn, weil er ihr unbedingt ein Katzenvideo zeigen wollte, bei dem ein roter, pummeliger Kater kopfüber in einen Nähmaschinenkarton sprang und leider auf halbem Weg stecken blieb, weshalb man sah, wie er mit ausgebreiteten Hinterbeinen auf der Kante hing. Der prüfende Blick am Ende des Videos, ob ihn auch niemand beobachtet hatte, war das Beste. Riekje prustete los, und Yanis hob die Hand, strich ihr eine Strähne aus dem Gesicht. »Du kitzelst mich«, sagte er.

»Entschuldige!« Rasch richtete sie sich wieder auf.

»Ich habe nicht gesagt, dass es mich stört.«

Sie lächelte ihn an, er lächelte zurück.

Riekje drehte sich hastig wieder zum Herd und rührte den Schmelzkäse in die Suppe. Sie schnitt das Baguette, dann war das Essen fertig.

»Drinnen oder draußen?«, fragte sie.

»Draußen, aber mit Decken«, schlug Yanis vor.

Riekje rückte die beiden Campingstühle direkt vor den Camper, denn inzwischen fiel der Regen schräg unters Vordach. Dann stellte sie eine alte Obstkiste als Tischchen vor die Stühle.

Als Yanis nach draußen humpelte, trug er einen Hoodie und hatte zwei Decken dabei. »Gemütlich«, fand er, während Riekje sich fröstelnd in ihre Decke einwickelte.

»Das tut gut«, sagte Yanis leise.

»Die Suppe oder das Wetter?«

»Beides. Ich liebe so kaltes, ungemütliches Wetter. Sich unter 'ne Decke kuscheln, stundenlang reden ... Und die Suppe, Hammer. Wenn du nicht schon so eine gute Bäckerin wärst, würde ich dir empfehlen, ein Restaurant zu eröffnen.«

»Was denn noch?«, rief sie gespielt verzweifelt.

»Nee, lass das lieber! Es reicht ja, wenn du gelegentlich für mich kochst.« Sie löffelten schweigend, und Riekje merkte, dass sich das merkwürdig anfühlte. Schon wieder war sie damit beschäftigt, einem Mann das Nest schön herzurichten, sie kümmerte sich. Dass sie sich zu Yanis hingezogen fühlte – wem machte sie etwas vor, *natürlich* fühlte sie sich zu ihm hingezogen! –, machte es nur komplizierter. Wie schön wäre es, wenn sie mit ihm befreundet sein könnte. Ohne dieses Herzklopfen. Ohne die kleinen Tagträume, wie er sie anlächelte. Wie er sich zu ihr rüberbeugte und sie küsste. Oder wie er sich nachts an sie schmiegte ...

»Schluss damit«, murmelte sie. Viel hätte nicht gefehlt, dass sie sich mit der flachen Hand gegen die Schläfe klapste, um diese unwillkommenen, aber leider allzu schönen Gedanken zu vertreiben.

»Womit?«, fragte Yanis leise.

»Ach«, sagte sie nur.

Sie aßen schweigend auf, und danach räumte Riekje das Geschirr in die Spüle. Sie setzte sich wieder zu Yanis, der seinen Gipsfuß auf der Obstkiste abgelegt hatte. Riekje reichte ihm eine Flasche Fritz-Limo.

»Mag ich am liebsten«, sagte er.

»Ja«, sagte sie nur.

Es nervte schon ein bisschen, dass sie sich so ähnlich waren, dieselben Dinge mochten und beide viel Kraft daraus zogen, vor einem alten, liebevoll restaurierten Camper zu sitzen und in den Regen zu schauen. »Wir sind wie so Rentner.« Riekje musste kichern.

»Wieso? Weil wir etwas tun, das uns guttut?«

Auch wieder wahr. Riekje zog die Decke etwas höher. Sie warf Yanis einen Seitenblick zu. Seine Hand ruhte lässig auf der Lehne seines Campingstuhls, die ziemlich nah an der Lehne ihres Campingstuhls war. Sie legte ihre Hand auf ihre Lehne, schloss für einen Moment die Augen und lauschte dem Regen.

»Das tut wirklich gut«, flüsterte sie. Abwaschen konnte sie auch später noch.

Zuerst war es nur wie ein winziges Kitzeln. Sein kleiner Finger, der ihren kleinen Finger berührte, und sie zuckte zurück, als hätte sie ein Blitz getroffen. »Sorry«, murmelte Yanis entschuldigend.

»Schon gut«, erwiderte sie. Legte ihre Hand so hin, dass sie seine berührte. Das Herz schlug ihr bis zum Hals. Wenn er seine Hand jetzt zurückzog, war es von seiner Seite tatsächlich nur eine versehentliche Berührung gewesen. Dabei wünschte sie so sehr, dass er es absichtlich getan hatte. Weil er ihre Nähe suchte. »Ich habe mich nur erschreckt.«

Er zuckte nicht zurück, als ihre Finger seine berührten. Ihre Hände lagen einfach nebeneinander, und Riekje fiel es schwer, ruhig zu atmen, weil sie nicht damit gerechnet hatte, dass Yanis ähnlich fühlte. Dass er ebenso ihre Nähe suchte, wie sie sich nach seiner sehnte.

Seine Finger verflochten sich mit ihren. »Ist das okay?«, fragte er leise.

»Ja«, hauchte sie. Mehr als okay. Oder nein – es war zu wenig. Sie wollte mehr, und deshalb drehte sie sich halb zu ihm um, seine Hand weiter in ihrer, sie sah ihn an. »Yanis?«

»Ja, Riekje?« Er drehte sich ebenfalls zu ihr um. Etwas mühsamer, weil sein Fuß hochgelagert war.

»Was machen wir hier?«

Er lächelte. »Ich weiß auch nicht.« Seine Finger umspielten ihre. Sie seufzte und schloss die Augen. Wie konnte es sein, dass etwas so Harmloses wie Händchen halten sie schon völlig aus dem Konzept brachte?

»Soll ich aufhören?«, flüsterte er.

»Auf keinen Fall«, erwiderte sie, ebenso leise. Sie schlug die Augen auf und sah ihn an. Das Grün seiner Augen strahlte so intensiv, und sie konnte den Blick nicht abwenden.

Er beugte sich zu ihr vor. Sie kam ihm entgegen, und Yanis vergrub eine Hand in ihren Haaren. Sein Mund war ganz dicht an ihrem, sie wollte ihn jetzt sofort küssen, darum hob sie ebenfalls die Hand, legte sie auf seinen Hinterkopf, zog ihn zu sich heran.

Ihre Lippen berührten sich. Riekje seufzte. Es fühlte sich so richtig an. Als wären sie unweigerlich seit ihrer ersten Begegnung im Krankenhaus auf diesen Moment zugesteuert. Sie schloss die Augen und ließ sich fallen.

»Wollen wir reingehen?«, murmelte Yanis, als sie sich nach einer halben Ewigkeit voneinander lösten. Riekje nickte stumm, denn reden wollte sie jetzt nicht mehr. Sie wollte genießen. Ihm nahe sein, ihn spüren, sich fallen lassen in dieses wundervolle Gefühl, dass er sie auffangen würde.

Sie nahm seine Hand, und Yanis folgte ihr in den Camper.

Obi Wan musste diesmal draußen bleiben.

Kapitel 15

Die Sonne kitzelte Riekjes Nase, und sie musste niesen. Gestern Abend hatten sie vergessen, die kleinen Vorhänge vor der Heckscheibe zuzuziehen, und nun war sie viel zu früh wach. Ärgerlich, dachte sie.

Bis ihr wieder einfiel, dass sie ohnehin keinen Schlaf brauchte. Dass sie die halbe Nacht wach gewesen war und danach ziemlich glückstrunken und verliebt in Yanis' Armen eingeschlafen war. Sie wandte sich ihm zu und bekam das Lächeln nicht aus dem Gesicht. Er lag neben ihr und schlief noch.

Irgendwie hatten sie beide gestern Abend recht schnell sämtliche Zweifel über Bord geworfen. Es war so einfach gewesen, sich fallen zu lassen. Als hätte sie keine Vergangenheit. Als müsste sie nicht darüber nachdenken, was jetzt richtig oder angemessen war. Sie wollte ihn, er wollte sie. Sie waren beide erwachsen und ungebunden, nichts an dem, was sie wollten und dann auch machten, fühlte sich falsch an.

Zum ersten Mal seit verdammt langer Zeit war Riekje glücklich. So richtig glücklich.

»Bist du schon wach?«, murmelte Yanis neben ihr.

»Schlaf weiter«, flüsterte sie.

»Von wegen.« Yanis streckte die Arme nach ihr aus, er zog sie an sich, und Riekje kicherte atemlos. Sein Unterleib drängte gegen ihren Po, und sie spürte seine Erregung.

Sie drehte sich zu ihm um, und sie küssten sich. Riekje zog dann doch noch mal die Vorhänge zu, nicht, dass die Nachbarn mitbekamen, wie glücklich sie gerade war …

Danach schliefen sie noch mal ein, und als Riekje wieder wach wurde, stand Yanis vor der Küchenzeile und brühte Kaffee auf. »Hallo, Langschläferin«, begrüßte er sie. Er beugte sich über Riekje und küsste sie. »Gut geschlafen?«

»Mhhh«, machte sie und rekelte sich wohlig.

»Ich wollte gleich rüber zum Duschen. Soll ich vom Kiosk Brötchen mitbringen?«

»Kannst du das denn mit deinem Fuß?« Sie setzte sich auf und wischte sich die Müdigkeit aus dem Gesicht.

»Es geht mir blendend.«

»Übernimm dich nur nicht. Soll ich deine Sachen rübertragen?«

»Das kriege ich schon selbst hin. Schau mal.« Er klopfte auf den Jutebeutel, in den er das Waschzeug gestopft hatte. Das Handtuch warf er sich über die Schulter. »Brauchst mir gar nichts abnehmen, ich bin total selbständig.«

Sie biss sich auf die Unterlippe. Gestern, als sie beide nicht schlafen konnten und einfach nur ein bisschen trunken vor Glück im Bett lagen, hatte sie ihm erzählt, wie sehr sie sich davor fürchtete, sich bei einer neuen Beziehung wieder so komplett zu verlieren und dem Partner zu viel abzunehmen.

Er hatte sie auf die Schläfe geküsst und an sich gezogen. »Das wird nicht passieren«, wisperte er. »Wir passen auf dich auf.«

Und schon am nächsten Morgen ertappte sie sich, wie sie ihm alles abnehmen wollte.

Die Schiebetür ließ er offen. Riekje hörte das Maunzen von Obi Wan, der tödlich beleidigt klang, weil er die Nacht draußen auf einem der Stühle statt im warmen Bett hatte verbringen müssen. »Vergiss es, Kumpel. Riekje und ich wollten mal Zeit für uns haben«, hörte sie Yanis.

Sie lachte, rollte sich auf den Bauch und hangelte ihr Smartphone von dem Regalbrett über ihrem Kopf. Sobald sie es aus dem Flugmodus holte, plöppten die Nachrichten auf dem Sperrbildschirm auf. Asja schrieb ihr mit beängstigend vielen Großbuchstaben und Ausrufezeichen.

WO STECKST DU???? ICH RUFE GLEICH DIE POLIZEI!!!!

Riekje überflog die Nachrichten, die Asja ihr seit gestern Abend geschrieben hatte.

Stell dir vor, Fridolin lädt Lotti und mich für zwei Wochen nach Schottland ein, ist das nicht der Wahnsinn? Richtiger Urlaub für uns, endlich! Drück die Daumen, dass ich freibekomme.
Wo bist du?
Wenn wir weg sind, kannst du in meiner Bude wohnen. Montag geht's los. Der Chef war nur so mittelbegeistert. Aber sieht er ein, dass ich Urlaub brauche.

Riekje wählte Asjas Nummer.

»Ich lebe noch.«

»Da bin ich aber erleichtert. Und wo warst du gestern Abend?«

»Bei Yanis.«

»Mr. Surfer-der-dich-im-Camper-schlafen-lässt?«

»Wir haben nicht nur geschlafen«, sagte Riekje.

Kurz verschlug es Asja die Sprache. Aber sie fing sich schnell wieder. »Das ist ja schnell eskaliert mit euch beiden.«

»Mhmh«, machte Riekje.

»Dann brauchst du meine Wohnung gar nicht, solange wir weg sind?«

»Erst mal nicht.«

»Schlüssel kriegst du trotzdem. Kannst meine Blumen gießen.«

»Du meinst die traurig vertrockneten Grünlilien, die sich mit letzter Kraft an ihr Dasein klammern?«

»Genau die.«

»Wie hast du es eigentlich geschafft, zwei Wochen Urlaub zu bekommen?«

»Der Chef hat eingesehen, dass Lotti und ich Urlaub brauchen, wenn sie Ferien hat. Danach geht sie für zwei Wochen zu ihrem Vater, dann kann ich auch mal etwas lockerer beim Thema Überstunden sein.«

»Guter Deal.«

»So, muss jetzt Koffer packen. Morgen geht's schon los. Sehen wir uns vorher, oder soll ich den Schlüssel irgendwo hinterlegen?«

»Du kannst im *Möwennest* vorbeischauen. Ich muss heute noch backen.« Einerseits freute sie sich darauf. Andererseits – es wäre schon schön, wenn sie den ganzen Tag im Bett verbringen könnte. Ja, dafür würde sie auch *Star Wars* gucken.

»Uiuiui. Ganz schön viel in Bewegung bei dir.«

»Das sagt die Richtige.«

Sie lachten beide, und dann verabschiedeten sie sich. Riekje kuschelte sich wieder ins Bett und träumte ein bisschen vor sich hin, bis Yanis zurückkam.

Zum Glück war samstags viel los im *Möwennest,* sie konnte also jederzeit dort aufschlagen, die Küche einrichten und dann mit dem Backen beginnen. Aber ein gemütliches Frühstück musste sein. Obi Wan, der ihnen die Nacht im Freien inzwischen verziehen hatte – aber nur, wenn er dafür bald ein Tütchen Katzenfutter mit Huhn bekam!, wie er ihnen maunzend mitteilte –, rollte sich nach seiner Mahlzeit auf Riekjes Beinen zusammen.

Zu gemütlich. Und sehr verlockend, die Cupcakes Cupcakes sein zu lassen.

»So wird das aber nix mit der Weltherrschaft«, murmelte sie

und sprang aus dem Bett. Sie schlüpfte in Jeans und T-Shirt, doch bevor sie ihre Socken anziehen konnte, kam Yanis schon zurück. Er brachte Croissants und Körnerbrötchen, und die nächste halbe Stunde vertrödelten sie mit frühstücken. Obi Wan hatte es sich erneut auf Riekjes Schoß bequem gemacht und wurde von ihr ausgiebig mit Blätterteig vollgekrümelt. Es fiel ihr schwer, dieses kleine Camperidyll zu verlassen, aber nach dem Frühstück musste sie wirklich los. Nicht ohne sich vorher mehrfach zu versichern, dass Yanis ein paar Stunden ohne sie auskam.

»Ich werde es schon schaffen. Muss mich ja ums Abendessen kümmern.«

»Stell dich bloß nicht stundenlang in die Küche.«

»Keine Sorge.« Er küsste sie zum Abschied. »Das wird schon nicht passieren.«

Ruth hatte ihr schon gestern versprochen, Riekje könne das *Möwennest*-eigene Lastenrad zum Einkaufen nutzen. Sie holte es und fuhr in den Supermarkt. Als sie wenig später die Einkäufe in der Lastenbox des Fahrrads verstaute, sprach sie jemand an.

»Hey, Riekje …?«

Sie hob den Kopf.

Vor ihr stand Martin.

Ausgerechnet.

»Hi, Martin.« Sie richtete sich auf und wischte eine verschwitzte Locke aus der Stirn. Ihr Herz hämmerte. Nichts hatte sie darauf vorbereitet, in naher Zukunft ihrem Ex-Freund über den Weg zu laufen. Aber Norderney war ein Dorf, nicht wahr?

»Wie geht's?« Er spähte neugierig in ihren Einkaufswagen, wo sich Butterpäckchen, Mehl, Zucker und Eier mit einigen anderen Backzutaten stapelten. »Wochenendeinkauf?«

»Nee, gar nicht.« Sie lachte. »Ich backe heute.«

»Sieht nach ziemlich viel Gebäck aus.«

»Mhmh.« Sie hob einen Leinenbeutel vom Einkaufswagen ins Lastenrad, in dem Gläser mit Schlagsahne aneinanderklackten. »Und wie geht's dir so?«

Sie warf einen flüchtigen Blick auf seinen Einkaufswagen.

»Ach, wie soll's schon gehen. Alles prima.«

Er hatte Tiefkühlpizza und Chips drin liegen, und sie musste sich ein Grinsen verkneifen. Schon ein bisschen was anderes als die cleane Ernährungsweise, die er sonst bevorzugte. »Heute Cheat Day?«, neckte sie ihn.

Er runzelte kurz die Stirn. »So was in der Art.«

»Dann noch ein schönes Wochenende.«

Sie ließ ihn stehen. Weil sie mit ihm nicht reden musste.

»Hey!«, rief er ihr nach. »Wann holst du dein restliches Zeug?«

»Das wird noch eine Weile dauern. Ich hab noch keine feste Wohnung.«

Sie stieg aufs Rad und fuhr davon.

Eine Woche. Und alles hatte sich verändert.

Auf dem Weg zum *Möwennest* hätte sie gern ihr Glück in den von weißen Wolken getupften blauen Himmel geschrien. Aber zugleich war ihr merkwürdigerweise zum Heulen zumute.

Erst in der Küche vom Café konnte sie dieses merkwürdige Gefühl abstreifen. Eine Mischung aus Traurigkeit, Übermut und Nostalgie, als hätte sie es in den letzten Monaten an Martins Seite doch ganz gut gehabt.

Hatte sie nicht. Er hatte sich ihr gegenüber verhalten, als wäre sie ein hübsches Möbelstück oder ein nützliches Haushaltsgerät. So eine Art staubsaugender Waschmaschinenschnellkochtopf oder so. Ja, nee. Das war vorbei.

»Huhu! Bist du da?« Ruth steckte den Kopf zur Tür herein. »Alles gefunden?«

Riekje wischte sich rasch über die Nase und beugte sich über die Einkäufe, damit Ruth nicht merkte, dass sie heulte.

»Hey.« Ruth war nicht blind. Sie merkte sofort, dass was nicht stimmte.

»Ich habe vorhin Martin getroffen.«

Mehr brauchte sie nicht zu sagen.

»Brauchst du eine Umarmung?«

Und obwohl sie Ruth nicht besonders gut kannte, hatte die vergangene Woche noch etwas verändert. Riekje hatte sich geöffnet, und jedes Mal, wenn sie ein winziges bisschen aus ihrem Schneckenhaus hervorschaute, war sie mit offenen Armen empfangen worden. Das machte auch irgendwie mutig.

»Ja«, seufzte sie, und Ruth kam in die Küche und umarmte Riekje. Einfach so.

»Danke«, schniefte sie nach einer Minute.

»Geht's jetzt besser?«

»Nicht so richtig.«

»Das braucht Zeit«, sagte Ruth.

»Was?«, wollte Riekje wissen.

»Alles. Als ich mit meinem Hund Neruda herkam, habe ich Monate gebraucht, um mich an die neuen Lebensumstände zu gewöhnen. Deine Trennung ist noch so frisch.«

»Aber du hast doch …« Riekje kannte natürlich inzwischen die Geschichte von Ruth und Hanno. Jule war, wenn es um herzzerreißende Liebesgeschichten ging, nicht nur bei denen zwischen zwei Buchdeckeln eine stetig fließende Quelle. Demnach hatte Ruth erst bei Hanno gearbeitet, aber schon bald hatten sich die beiden ineinander verliebt und letzten Herbst geheiratet.

»Mein Leben damals auf den Kopf gestellt? Oh ja. Rückblickend ging das alles ganz schön schnell. Vielleicht zu schnell?« Ruth zuckte mit den Schultern. »Ich glaube, wir brauchen jetzt beide einen Kaffee. Was meinst du?«

Riekje nickte. Sie folgte Ruth in den Gastraum, wo diese sich an der Siebträgermaschine zu schaffen machte.

»Hättest du rückblickend etwas anders gemacht?«, fragte sie.

»Du meinst, wenn ich gewusst hätte, wie sehr es mich beuteln wird? Sicher. Aber so haben wir unsere Krisen eben nachträglich gehabt. Wir sind sehr glücklich«, fügte Ruth hinzu. »Herrje, das klingt, als wäre alles schiefgelaufen. Dabei war es einfach nur *viel*. Auf einmal mit Kindern leben. Ein Unternehmen gründen, mit allem, was dazugehört. Die Schäferei neu aufstellen. Andere hätten vermutlich einen ausgewachsenen Burn-out bekommen.« Ruth schüttelte über sich selbst den Kopf. »Also, was ich eigentlich damit sagen will: Lass dir Zeit, wenn du das Gefühl hast, es geht zu schnell. Damit meine ich auch das Café. Du musst das nicht diesen Sommer umsetzen, obwohl ich mich natürlich freuen und dich unterstützen würde, wo es nur geht. So eine Trennung, egal, ob vom alten Leben, von einem Partner oder einem Traum – das dauert seine Zeit.«

»Okay.« Riekje nahm den Becher mit Cappuccino von Ruth entgegen. Sie umschloss ihn mit beiden Händen, wärmte sich daran. Auf einmal war nichts mehr leicht, und der Gedanke an das, was aus ihrem Leben in nicht mal zwei Wochen geworden war, ängstigte sie.

»Wenn ich dir einen Tipp geben darf?«, fragte Ruth in das gemeinsame Schweigen hinein. Riekje nickte.

»Dann geh einen Schritt nach dem nächsten. Mach dir keinen Kopf drum, was in einem Monat alles schiefgehen könnte. Und konzentriere dich auf das, was dich brennen lässt. Ich hätte damals zuerst die Wolle machen sollen, statt Wolle und *Möwennest* parallel aus dem Boden zu stampfen. Aber egal. Beides hat geklappt.« Ruth lachte. »Entschuldige. Ich schneide mir ins eigene Fleisch, wenn ich weiterrede, nicht wahr?«

»Nein, nein«, murmelte Riekje.

Ruth ließ sie allein, und während Riekje die restlichen Sachen auspackte, fing es in ihrem Kopf an zu rattern.

Hatte sie zu viel auf einmal vom Leben verlangt? Nein, streng genommen hatte sie gar nichts vom Leben verlangt, und das Leben hatte ihr einfach mal alles auf einmal vor die Füße geworfen: eine Trennung, die Chance auf die Selbständigkeit und eine neue Liebe. Und dass sie die Trennung noch nicht überwunden hatte, wusste Riekje spätestens seit der zufälligen Begegnung mit Martin heute Morgen.

Aber wie sollte sie auch?

Hatte sie ernsthaft gedacht, sie brauchte keine Zeit, um sich von dieser Beziehung zu erholen? Klar, wer rechnet schon damit, sich sofort neu zu verlieben?

War Yanis für sie nur ein Lückenbüßer? Ein schnelles Abenteuer, das sie über die Trennung hinwegtrösten sollte? Eine günstige Gelegenheit, nicht ihre Ersparnisse für eine Ferienwohnung zu verpulvern, während sie was Eigenes suchte? Hatte ihr Unterbewusstsein es einfach so eingerichtet, dass sie sich zu Yanis hingezogen fühlte, weil eine kleine Sommerliebschaft mit ihm so viele ihrer Probleme löste?

Wie gut, dass sie beim Backen der Torten und Cookies heute genug Zeit hatte, über diese Fragen nachzudenken …

»Na, du wirst aber auch immer runder, seit wir dich füttern. Du hattest genug«, schalt Yanis Obi Wan, der sich mal wieder laut maunzend darüber beschwerte, dass es einfach nicht genug zu fressen gab. »Wie lange bist du wohl schon herumgestreunt, dass du so viel Hunger schiebst?«

Jedenfalls war der rote Kater sicher nicht nur von ihm mit Futter versorgt worden, dachte Yanis. Vermutlich bettelte er sich bei vielen Urlaubern auf dem Campingplatz durch. Yanis holte unter der Spüle eins der Tütchen mit Katzenfutter hervor und füllte es in die Schüssel. »Aber verrat uns nicht an Riekje«, flüsterte er.

Obi Wan stürzte sich auf das Futter, als wäre er wirklich in den letzten drei Stunden dem Hungertod nahegekommen. Während er fraß, widmete Yanis sich wieder seinem »Projekt Abendessen«. Gar nicht so einfach mit Gipsfuß und ohne nennenswertes Talent in der Küche. Er hatte sich ein Rezept für Hühnchen in Currysauce mit viel Gemüse rausgesucht. Dazu gab es Basmatireis. So der Plan.

Nur einkaufen müsste er dafür noch. Nur.

Er bestellte sich ein Taxi. Ging ja nicht anders. Bei der Gelegenheit konnte er noch ein paar andere notwendige Dinge besorgen. Obi Wan protestierte, als Yanis ihn aus dem Camper hob und die Schiebetür schloss. »Setz dich halt auf den Stuhl da. Der gehört ohnehin schon fast dir.«

Als er anderthalb Stunden später zurückkam, lag Obi Wan immer noch eingerollt auf der Decke, die er dem Kater fürsorglich dort ausgelegt hatte. Und er machte keine Anstalten, sich wegzubewegen, nachdem Yanis den Camper wieder aufgeschlossen hatte.

Komisch, dachte er. Vor zwei Wochen war er auf die Insel gekommen und davon ausgegangen, dass ihm spätestens nach zehn Tagen das Windsurfen in diesem Revier zu langweilig werden würde. Jetzt wäre er auf halbem Weg nach Portugal, wenn alles so gelaufen wäre, wie er es geplant hatte. Und dann hatte das Leben andere Pläne mit ihm gehabt. Er stand in seiner kleinen Camperküche und bereitete ein Abendessen für sich und Riekje zu. Seine neue Freundin.

Das ist schnell gegangen, dachte er. Nach Romy hatte er geglaubt, es würde eine ganze Weile dauern, bis er sich von dieser hässlichen Geschichte erholt hatte. Bis er wieder vertrauen konnte. Bis er sich einer anderen Person so uneingeschränkt öffnete … okay, streng genommen hatte er sich Riekje noch nicht geöffnet. Von seiner Vergangenheit hatte er ihr wenig erzählt. Sollte er das nachholen? Er war verunsichert.

Ja, vielleicht war Ehrlichkeit das Beste. Keine Ahnung, wohin das hier führte, doch er wollte nicht, dass sie beide irgendwann aus dem ersten Verliebtheitstaumel aufwachten und merkten, dass sie einander etwas vorgemacht hatten.

Den Fehler wollte er kein zweites Mal begehen.

Kapitel 16

Riekje schob ihr Fahrrad hinter den Camper und schloss es ab. Sie holte tief Luft. Okay. Sie hatte einen Plan. Sie wusste nicht, wie hirnrissig dieser Plan war, aber: Sie hatte einen.

Erstens: Kuchen und Cupcakes backen, in jeder freien Minute. Nächste Woche schon wollte sie sich um die Gewerbeanmeldung kümmern, damit »Riekjes Cupcakes« Wirklichkeit werden konnten.

Zweitens: Sie konnte gerade keine Ablenkung gebrauchen. Ja, ganz genau. Nullkommagarnicht. Auf gar keinen Fall würde sie sich jetzt in Yanis verlieben und ihren Fokus verlieren. Sie hatte so lange gezaudert, bis sie sich endlich auf das Abenteuer Selbständigkeit eingelassen hatte. Und diese kleine, zweifelnde Stimme in ihrem Hinterkopf, die ständig zischelte und stichelte, die war ja nicht verstummt, nur weil sie heute einen Frankfurter Kranz und eine Quarksahnetorte im Auftrag gebacken hatte. Oder weil Nela ihr schrieb, Omama hätte Donnerstag wieder Kränzchen mit anderen Damen, ob Riekje dann wieder liefern könnte …? Um diese Stimme zum Schweigen zu bringen, entwarf sie bereits einen Flugzettel, denn der älteren Kundschaft brauchte sie nicht mit einer Homepage kommen, die brauchten den direkten Kontakt und was zum Anfassen.

Zugegeben … mit Yanis zusammen sein, das fühlte sich so leicht an. Aber war er für sie nicht nur die schnelle Lösung für ihr Wohnproblem?

Solange sie mit ihrer Selbständigkeit nicht Fuß gefasst hatte, war in ihrem Leben kein Platz für eine Beziehung. In ihrem Herzen war kein Platz für jemanden, der in wenigen Wochen wieder abreisen und sie in einem jämmerlichen Tal aus Doppel-Liebeskummer zurücklassen würde.

Drittens: Sie wollte es allein schaffen. Ruth hatte recht: Alles auf einmal ging nicht. Und wenn sie sich zwischen Beziehung und neuem Job entscheiden müsste, dann sollte sie eben ihr Herz mal kurz stumm schalten, denn der Kopf war da sehr klar. Er wollte die Selbständigkeit. Er wollte Geld verdienen. Vielleicht wollte dieser Sturkopf auch ein Café, irgendwann in naher Zukunft.

»Hey, da bist du ja.« Yanis saß vor dem Camper. »Essen ist fast fertig.«

»Hi.« Riekje warf sich in den zweiten Stuhl. »Wo ist der Kater?«

»Liegt drin und verdaut hoffentlich den Fressbauch weg. Sag mal, hast du vergessen, ihn zu füttern?«

»Ich? Er hat mich heute früh so lange genervt, bis ich ihm ein zweites Tütchen aufgemacht habe, und auch das hat er komplett gefressen.«

»Man, man, man, dann fällt das Abendessen für ihn aus.« Yanis stand auf. Er stützte sich auf nur eine Krücke und belastete ganz vorsichtig den Gipsfuß.

»Darfst du das?«, fragte Riekje. Da beugte er sich schon über sie, seine Hand lag auf ihrer Wange, seine Lippen berührten ihre. Riekje schloss die Augen. Sie musste sich zusammenreißen, dass sie nicht die Hand in seinen Nacken legte, ihn zu sich herunterzog und den Kuss erwiderte.

Stattdessen wandte sie den Kopf ab. »Was riecht denn hier so lecker?«

Yanis richtete sich auf und runzelte die Stirn. »Alles okay?«, erkundigte er sich.

»Ja, schon. Bin nur müde *und* hungrig.«

»Ach so. Hat alles gut geklappt?«

Sie nickte und sprang auf, weil sie jetzt unbedingt was tun musste. Vor allem: ihm nicht länger so nahe sein, das machte sie ganz rappelig.

»Soll ich den Tisch decken?«

Es gab nämlich einen kleinen Campingtisch, passend zu den beiden Stühlen, in denen man allerdings so tief versank, dass man unmöglich davon reden konnte, dass man *am* Tisch saß. Aber für Gläser und Servietten war er ganz praktisch.

Yanis verschwand im Camper, und sie folgte ihm, nachdem sie den Tisch aufgestellt hatte. Er rührte in einem Topf, aus dem es sehr lecker nach Curry roch. Obi Wan streckte sich auf der Tagesdecke, er riss das Maul weit auf und gähnte, bevor er sich wieder einrollte.

»Siehst du? Das meine ich. Er ist ganz schön rund geworden, seit wir ihn füttern.«

»Ach was. Das ist nur Fell.«

»Ist das für Katzen nicht ungesund, wenn sie fett werden? Und so viel schlafen?«

»Katzen schlafen bis zu dreiundzwanzig Stunden am Tag. Hab ich mal gelesen.« Riekje nahm den Teller entgegen, auf den Yanis Hühncheneintopf und Reis gehäuft hatte. Über Katzen reden, das war sicheres Terrain, da ging es nicht um Gefühle, um Schlafplätze oder darum, dass Yanis' Kuss noch auf ihren Lippen brannte, weshalb sie unbedingt mehr davon wollte.

Schluss jetzt!, schimpfte sie mit sich. *Du hast einen Plan, also halte dich an den Plan!*

»Wer weiß, wo er vorher gelebt hat. Armes Katertier.« Yanis reichte ihr den zweiten Teller. Er holte aus dem kleinen Kühlschrank eine Flasche Wein. »Magst du Sauvignon Blanc?«

»Wer mag den nicht?«

Er grinste. »Weingläser habe ich nicht.«

»In Wassergläser passt eh mehr rein.«

Beim Essen erzählte Riekje von der Küche im *Möwennest.* Sie geriet ins Schwärmen. »Es ist alles da! Ich habe sogar Bagelformen gefunden, zwei Dutzend! Irgendwer muss da vor ein paar Jahren sehr engagiert ein Café geführt haben.« Sie runzelte die Stirn. »Kann mich gar nicht dran erinnern, dass da mal eins war.«

Yanis saß entspannt in seinem Stuhl, der Fuß auf der Obstkiste. Obi Wan kam nach draußen und machte einen kleinen Aufstand, bis er auf Yanis' Schoß auf einem Kissen weiterschlummern durfte. »Eine Menschenkatze«, murmelte er überrascht. »Dabei bin ich kein Katzenmensch.«

»Kein Wunder, dass er sich bei dir so wohlfühlt.«

»Sag, wie's ist, ein Kater hat nie zu meinem Lebensplan gehört.«

»Was denn?« Ihr Herz hämmerte. Über die Zukunft reden, vielleicht sogar über eine gemeinsame – das war dünnes Eis. Aber sie war immer noch ganz wund von dem blöden Zusammentreffen mit Martin heute früh. Sie wollte von Yanis ein paar liebe Dinge hören, auch auf die Gefahr hin, dass sie sich in ihn verliebte. Also: ein bisschen mehr verliebte.

»Hm, kann's gar nicht so genau benennen. Gibt ja Punkte, die man gern irgendwann abhaken möchte. Einen Ort, an dem man bleiben möchte. Eine Familie, ob das nun Wahlverwandtschaften sind oder eigene Kinder mit einer Frau, mit der man versuchen möchte, gemeinsam alt zu werden … Ehrlich gesagt hat mir das Leben im letzten Jahr ein paar üble Streiche gespielt. Seitdem hinterfrage ich alles.« Er zuckte mit den Schultern und beugte sich vor, um den leeren Teller auf den Tisch zu stellen. Obi Wan Kenobi knurrte.

»Ist ja schon gut, Dickerchen.« Er kraulte den Kater zwischen den Ohren. »Und du? Hast dir das auch anders vorgestellt, oder?«

Riekje nahm einen großen Schluck Wein, bevor sie antwortete. »Gar nicht lange her, da habe ich auf *die Frage* gewartet. Aber die kam nicht, weil Martin und ich nicht zusammenpassten.«

Sie hätte gern gewusst, ob diese Streiche, von denen Yanis sprach, auch mit seiner gescheiterten Beziehung zu tun hatten. »Jedenfalls … Jetzt stehe ich an einem Punkt, da weiß ich gar nichts. Alles ist so neu, entwickelt sich rasant … Ich weiß nicht mal, ob das hier eine gute Idee ist. Mit uns«, fügte sie hinzu.

»Hm«, machte Yanis. »Verstehe.«

»Ich mag dich sehr«, fügte sie rasch hinzu. »Und es ist schön, mit dir einzuschlafen, aufzuwachen, aber …«

Sie verstummte. Es fing mal wieder an zu regnen, aber unter dem Vordach waren sie geschützt. Yanis kraulte weiter die Ohren von Obi Wan Kenobi, der Kater schnurrte, der Regen rauschte und plätscherte. Riekje starrte in ihr Weinglas. Dann stellte sie es auf den Tisch, goss es voll und schenkte auch Yanis nach, der gedankenverloren in den Regen starrte.

»Aber.« Mehr sagte er nicht.

Sie zuckte mit den Schultern, starrte ebenfalls in den Regen. »Ja, aber.«

»Okay. Das verstehe ich. Also, wenn dir das zu schnell geht. Oder …« Er zögerte. »Oder wenn du meinst, ich sei nicht der Richtige. Egal, ob für den Moment oder … mehr.« Er senkte den Blick. Fast hätte Riekje ihre Vorsätze über Bord geworfen, weil er so bedröppelt neben ihr saß. Kein Katzenmensch, aber mit Katze auf dem Schoß. Familienmensch ohne Familie.

Sie gab sich einen Ruck. Für sich einstehen, darum ging es. Und sie würde ihm und sich etwas vormachen, wenn sie ihre Bedenken nicht formulierte. Oder nicht zwei Schritte zurücktrat, bevor sie, kaum aus der einen Beziehung entkommen, sich in die nächste stürzte. Sie wollte wissen, wer sie war. Ohne Partner.

»Ich glaub, ich muss …« Sie stand auf, schwankte einen Moment. *Weg*. Wollte sie nicht sagen, doch das Wort hing zwischen ihnen in der Luft. »… ans Meer.«

Er blickte zu ihr auf. »Hilft das?«

»Manchmal.«

Sie blieb stehen. Er würde nicht mitkommen, aber irgendwie erhoffte sie sich von ihm eine Art Absolution, ein »geh schon, ich bin hier, immer«, doch er starrte weiter vor sich hin, kein Wort von ihm, er war verstummt. Fast erstarrt, aber nur fast, denn seine Hand kraulte den Kater, als würde ihm das Katzenfell ein bisschen Halt geben, nachdem Riekje ihn so abrupt losgelassen hatte.

»Kommst du zurück?«

Sie nickte.

»Der Schlafplatz hier. Der bleibt dir.«

Das war das Letzte, was sie hörte. Und sofort schossen ihr Tränen in die Augen, denn wie lieb konnte jemand sein, dem sie augenscheinlich gerade das Herz gebrochen hatte? Ein bisschen zumindest?

»Danke«, flüsterte Riekje.

Dann lief sie los.

Zum Meer. Weil das Meer nicht alles heil machte. Aber es war da, es brandete beständig gegen den Strand, schwemmte Muscheln und Sand an, und es hörte zu. Immer schon.

Riekje zog sich die Kapuze ihres Sweatshirts über den Kopf. Dass sie nass wurde, war ihr egal. Sie war hier aufgewachsen, nass werden gehörte dazu, immer schon. Ihre Stoffschuhe waren nach der halben Strecke schon durchnässt, auch egal.

Ihre Wangen waren nass von den Tränen. Vom Regen, dem sie trotzig das Gesicht entgegenreckte. Sie stapfte über den Dünenweg, der Richtung Norden hin und her mäanderte, niemand war bei diesem Wetter unterwegs. Riekje stapfte weiter, in Gedanken diskutierte sie mit Yanis weiter, doch immer mit demselben Ergebnis: Es ging nicht.

Sie konnte sich nicht einlassen. Sie fürchtete sich zu sehr! Davor, dass er ein Lückenbüßer wurde. Dass sie von ihm verlassen wurde. Dass er eines Tages in sein altes Leben zurückkehrte. Dass sie das nicht schaffte, mit ihrem alten Job, den Cupcakes und einer neuen Liebe. Dass sie zu spät merkten, wie unterschiedlich ihre Vorstellungen waren, wie es ihr bei Martin passiert war.

Und Yanis? Er hatte verständnisvoll genickt, als hätte er das alles schon einmal gehört. Oder nein. Er wirkte auf sie, als wäre das zwar ein ganz schönes Päckchen, das sie ihm da aufbürdete, aber er wollte trotzdem für sie da sein. Die eine gemeinsame Nacht, die ihnen beiden so gutgetan hatte – die ignorierten sie zukünftig einfach, es war ja nichts Schlimmes passiert, sie waren zwei Erwachsene, die sich geirrt hatten und mit diesem Irrtum erwachsen umgehen konnten.

Warum tat es trotzdem so sehr weh? So sehr, dass es jeden anderen Schmerz überlagerte?

Sie hatte den Strand erreicht, stapfte weiter auf die Wasserlinie zu, blieb stehen und streifte im nassen Sand die Schuhe ab, krempelte die Jeansbeine hoch und ging ins Wasser. Bis an die Knie, bis sie die leichte Dünung spürte, das sanfte Auf und Ab der Wellen, die sich an der Insel brachen. Im Osten liefen ein paar unbeirrbare Wanderer Richtung Siedlung, sie drückten sich die Kapuzen ins Gesicht, der Westwind frischte auf und peitschte ihnen das Regenwasser ins Gesicht. Riekje blickte hinaus aufs Grau des Meers. Auch die Windsurfer hatten es aufgegeben, kein buntes Segel schnellte über die Wellen weiter draußen.

Sie hätte sich einsam fühlen sollen. Wenn sie in sich hineinhorchte, war da vor allem eins: eine klare, kluge Stimme, die ihr erklärte, was sie tun musste, um ihre Ziele zu erreichen. *Ihre* Stimme.

Es war richtig, dass Yanis und sie eine Pause einlegten, auf unbestimmte Zeit. Sie konnte sich auf das konzentrieren, was sie glücklich machte. Was sie *immer* glücklich machen würde, egal, ob sie Single war, in einer Partnerschaft lebte, verheiratet und mit Kind. Etwas, das ihr gehörte und keiner ihr nehmen konnte. Klar, sie konnte scheitern. Wenn niemand bei ihr bestellte, wenn das Café krachend scheiterte, das sie immer in ihre Überlegungen einbezog. Aber wenn sie es gar nicht versuchte? Dann wäre sie schon gescheitert. Und jetzt war der Moment da, es gab so viele, die sich für Riekjes Backkünste interessierten. Wie konnte sie das ignorieren? Wie konnte sie ihr Bedürfnis nach Unabhängigkeit ignorieren, das seit über zehn Jahren in ihr schlummerte?

»Ich schaffe das«, flüsterte sie dem Westwind zu. »Ganz allein.«

Und sie spürte, wie der Wind sie drehte, wie er nun in ihrem Rücken stand, als sie nach Osten blickte. Sie schloss die Augen, den Wind im Rücken, der Regen durchnässte ihren Hoodie, aber alles war gut in diesem Moment, denn sie war ganz bei sich und ihrer Zukunft.

Als sie zurückkam, hatte Yanis aufgeräumt, und fast hätte sie sich kurz geärgert, denn er sollte doch nicht so viel auf seinem gebrochenen Fuß herumhüpfen. Er saß aber brav auf dem Bett, Obi Wan neben sich, der vermutlich inzwischen beschlossen hatte, länger zu bleiben. Noch einer, der Yanis schmerzlich vermissen würde, wenn er nicht mehr da war.

Riekje war nass wie eine Katze, die jemand ins Meer geschubst hatte. Die Locken hingen ihr kringelig feucht ins Gesicht, und sie hatte das Gefühl, keinen trockenen Faden mehr am Leib zu haben.

»Hi!« Yanis schien sich zu freuen, dass sie da war. »Was sagt das Meer?«

»Es grüßt und sagt, die guten Wellen hebt es sich auf, bis du wieder auf ihnen reiten kannst.« Sie lächelte.

»Cool, cool. Willst du erst heiß duschen, damit du dich nicht erkältest? Ich hab Popcorn vorbereitet.« Er zeigte auf den Herd. Dort stand alles bereit, um gleich im Topf Mais zu poppen.

»Voll gerne.« Sie war erleichtert. Schlafplatz und Liebe konnten sie offenbar trennen. Dabei hatte sie sich schon überlegt, was sie machen könnte, wenn er sie fortschickte. Asjas Wohnung stand ja leer. Aber das war auch nur eine vorübergehende Lösung, das war ihr klar.

Als sie vom Duschen zurückkam, trug sie einen Flauschpulli, den sie sich mal vor Jahren gestrickt hatte. Dazu eine Leggings, die sie sonst zum Sport trug. Schick machen musste sie sich ja nicht für die nächste Nacht im Camper, die wohl recht ungemütlich werden würde.

»Ich bin ja echt viel Regen gewohnt«, murmelte Riekje. »Aber das ist selbst mir zu viel.«

Sie schaltete den Gasherd ein, und wenig später verbreitete sich der Duft nach frischem Karamellpopcorn. Sie füllte das Popcorn in eine Schüssel und schlüpfte unter ihre Decke.

»*Star Wars,* der zweite Versuch.« Yanis drückte zufrieden auf die Fernbedienung. »Bist du bereit?«

»Dabei einzuschlafen? Aber so was von!«

»Ich werde dich gnadenlos wecken, damit du dir die Zähne putzen kannst vorm Schlafengehen.«

»Kannst es ja mal versuchen.« Sie kicherte und nahm eine kleine Handvoll Popcorn. »Aber du hast recht, wenn wir das Bett vollkrümeln, schläft hier keiner.«

Kurz dachte sie an die letzte Nacht. Da hatten sie auch kaum geschlafen. Eigentlich hätte sie supermüde sein müssen. Aber sie war so aufgekratzt und, ja, auch ein bisschen glücklich, weil sie nicht sofort wieder in die Beziehungsfalle gestolpert war, sondern sich auf sich konzentrierte. Und dass da jemand war, der ihren Wunsch respektierte. Der trotzdem für sie da war.

Ihr wurde ein bisschen schwindelig vom Nachdenken, und darum konzentrierte sie sich lieber auf den Film.

Kapitel 17

»Nanu, so früh schon in der Küche?«

Riekje strich den Biskuitteig in der Form glatt, als Ruth hereinschaute. Sie warf einen Blick auf die Uhr über der Tür. Halb acht. Das war doch nicht früh!

Für Ruth offenbar schon, denn sie gähnte hinter vorgehaltener Hand. »Kann ich dir 'nen Kaffee mitkochen?«

»Klar, ich bin gleich hier fertig.«

Sie schob den Teig in den Ofen. Jetzt hatte sie dreißig Minuten Zeit. Perfekt für eine kleine Pause. Sie räumte noch ein paar Dinge in die Spülmaschine, bevor sie nach nebenan ging, wo Ruth inzwischen geübt die Siebträgermaschine bediente.

»Geht's gut?«, fragte Ruth.

»Ich glaub schon.« Riekje ließ sich auf einen Stuhl sinken. Klar, sie war müde. Aber das verwunderte nun wirklich niemanden.

Seit drei Wochen hatte sie nun schon die Küche im Café *Möwennest* übernommen. Anfangs hatte sie drei oder vier Torten gebacken, je nachdem, was Omamas Kränzchenfreundinnen brauchten. Aber dieses Wochenende hatte sie schon für eine Konfirmation, eine Hochzeit und ein Kränzchen gebacken, und zwei weitere Torten standen noch an. Darum war sie frühmorgens mit dem Fahrrad hergekommen, um schon mal die Böden vorzubereiten. Später musste sie dann noch einen Berg Cupcakes ausfahren, denn gestern war endlich ihre Homepage online gegangen, und offensichtlich hatten die Neyer und die Inselgäste nur auf diese Gelegenheit gewartet, denn alles, was Riekje für den ersten Verkaufstag geplant hatte, war in nur wenigen Stunden weggegangen.

»Wie läuft es denn?«, erkundigte sich Ruth.

»Viel zu gut. Wenn das so weitergeht …«

»… machst du mich glücklich?«, vollendete Ruth ihren Satz und zwinkerte ihr zu. »Keine Sorge, ich werde dich nicht zu etwas zwingen, was du nicht willst. Aber denk noch mal drüber nach, ja? Die Leute könnten ihre Cupcakes hier mit einem Cappuccino oder Ostfriesentee genießen, du kannst ihnen Waffeln anbieten und so weiter …«

»Aber dann muss ich meinen Job aufgeben«, unterbrach Riekje sie. War ja nicht so, als würde sie nicht pausenlos darüber nachdenken, hin und her rechnen und sich Mut zureden.

Und es war auch nicht das erste Mal, dass Ruth mit dem zinslosen Darlehen winkte, das Nela und sie Riekje gewähren würden. Wenn sie den Mut aufbrachte.

»Worauf wartest du denn noch?«, wollte Ruth wissen. »Deine Cupcakes rennen, du kannst dich vor Aufträgen kaum retten. Ewig wirst du das nicht schaffen, tagsüber im Büro deine Zeit zu verplempern.«

Riekje seufzte. Ruth hatte recht – mit allem, was sie sagte. Trotzdem fiel es ihr so schwer, so schwer …

»Ich meine das ernst«, sagte Ruth sanft. »Wartest du auf etwas Bestimmtes? Wenn du bereit bist, können wir sofort loslegen, ich würde dich unterstützen, wo ich kann.«

»Das ist so lieb von dir.« Riekje spürte, wie ihr Tränen in die Augen stiegen. »Aber ich weiß einfach nicht, was genau …«

Ihr Handy klingelte. Am Klingelton erkannte sie, dass es Yanis sein musste. Als sie mal Probleme mit dem Handy hatte, die er offenbar mit zwei Wischbewegungen lösen konnte, hatte er auch als Klingelton für sich selbst die *Star Wars*-Hymne eingestellt. Was sonst?

»Ich bin backen«, begrüßte sie ihn. Als sie sich heute Morgen auf den Weg gemacht hatte, hatte er noch geschlafen. »Und nein, du brauchst keine Brötchen holen, ich bringe welche mit.«

»Darum geht's nicht.« Yanis klang seltsam verzweifelt. »Riekje, irgendwas stimmt nicht mit Obi Wan. Ich glaube, wir müssen mit ihm zum Tierarzt.«

»Ich komme sofort.«

Sie legte auf, stürzte den letzten Schluck Kaffee hinunter und rief Ruth gerade noch zu, sie solle den Biskuitboden aus dem Backofen nehmen, sobald der Wecker klingelte. Dann schwang sie sich aufs Rad und raste los.

Obi Wan Kenobi war geblieben. Kein Wunder, denn er bekam regelmäßig Futter und durfte seinem großen Schlafbedürfnis auf einem der Campingstühle nachkommen, den Yanis inzwischen mit einem Lammfell aus Ruths kleinem Lädchen im *Möwennest* ausgepolstert hatte. Dabei wurde er immer dicker, und mehr als einmal hatte Riekje die Sorge geäußert, mit dem Kater könnte etwas nicht stimmen. »Vielleicht ein Tumor im Bauch?«, hatte sie gemutmaßt. »Wir könnten ja mal den Tierarzt draufschauen lassen.«

Aber Obi Wan wirkte immer so zufrieden, dass sie es nicht übers Herz brachte, ihn in einen Transportkorb zu stopfen und quer über die Insel zu karren. Yanis war der Meinung, wenn der Kater sterbenskrank war, würde es ohnehin nicht mehr viel bringen, ihn jetzt einer teuren, quälenden Behandlung zu unterziehen.

»Wo ist er?«, rief Riekje. Sie hatte das Fahrrad unters Vordach geworfen und stürzte in den Camper. Obi Wan besaß hier inzwischen auch einen Karton, in dem er nachts gerne schlief – mit Handtüchern ausgepolstert. Und in dem lag er nun auf der Seite und wirkte ziemlich angestrengt. Yanis saß auf der Bettkante und ließ den roten Kater nicht aus den Augen.

»Sie.«

»Sie?!«

»Obi Wan … ist eine Katze.« Er nickte zu dem Karton.

Riekje spähte hinein. Zwei winzige Fellwürste lagen vor Obi Wans Bauch, und gerade fluppte ein drittes Katzenbaby auf die Welt und wurde sogleich von dem Kater, pardon, vermutlich doch eher von der Katzenmutter abgeschleckt.

»Eine Katze.« Riekje staunte. »Er ist also gar nicht krank?« Sie wusste nicht, ob sie lachen oder weinen sollte. Kitten? Sie hatten eine trächtige Katze durchgefüttert und bekamen nun wie viele Kitten? Drei, nein, da kam schon das vierte, Himmel!

»Aber ich dachte, rote Katzen sind immer Kater?«

»Dachte ich auch.« Yanis zückte das Handy. »Aber es gibt wohl den gar nicht mal so seltenen Fall, dass rote Katzen weiblich sind.«

»Ach, guck an.« Riekje hockte sich auf den Boden, hielt aber Abstand von Obi Wans Karton. Die Katze putzte ihre Babys, die blind durch den Karton irrten. »Sie sieht so stolz aus«, flüsterte Riekje.

»Wärst du auch, wenn du gerade vier Babys bekommen hättest.«

Sie guckte in die Kiste und kicherte. »Fünf.«

Yanis stöhnte theatralisch. »So habe ich mir das aber nicht vorgestellt.«

»Wir alle wissen, dass du Katzen hasst, ja, ja! Darum hast du Obi Wan schließlich bei dir aufgenommen.«

»Hör mal, junge Dame! Ich hab nichts gegen Nachwuchs, aber nach dieser Nummer mache ich dir einen Termin beim Tierarzt, und du wirst sterilisiert! Deine Babys übrigens auch!« Yanis drohte der Katze mit dem Zeigefinger.

»Sehr romantisch«, bemerkte Riekje. »Die Arme schwebt gerade auf einer Wolke aus Hormonen und Geburtsschmerz, und du redest von Sterilisation.«

»Ist doch wahr. Es gibt eh zu viele Katzen da draußen. Wo sollen die Babys denn hin?«

»Na ja, erst mal leben sie hier bei uns.«

»Aber wir werden nicht ewig hier campen.«

Darüber wollte Riekje lieber nicht nachdenken. Das hieße nämlich, dass auch sie sich mal ernsthaft um das Wohnungsthema kümmern musste. Nächste Woche hatte Yanis einen Termin im Krankenhaus, bei dem der Gips abgenommen werden sollte. Danach würde er noch zwei bis vier Wochen mit einer Schiene herumlaufen.

»Und dann?«

»Darüber machen wir uns Gedanken, wenn es so weit ist.«

Riekje nickte. Das war Yanis' Antwort auf fast alles. Er konnte Probleme und Schwierigkeiten auf sich zukommen lassen, es würde sich schon eine Lösung finden. Sie wusste nicht, woher dieser unerschütterliche Optimismus kam. Aber sie bewunderte ihn dafür. Für sie musste es immer einen Plan geben. Höchste Zeit, sich mit dem Wohnungsthema auseinanderzusetzen. Und dem Jobthema, dem Caféthema … Sie seufzte. Alles nicht so einfach …

»Schön, nicht wahr?«, sagte Yanis leise. »Tierbabys sind einfach sehr süß.«

»Das ist nur so, damit die Mütter sie nicht auffressen.«

»Wer ist hier jetzt unromantisch?«

Riekje lachte. Verzückt blickte sie auf die fünf winzigen Fellnasen. Inzwischen hatte Obi Wan ihnen geholfen, einen Platz an der Milchbar zu finden, und alle fünf Babys saugten eifrig an ihren Zitzen. Wie hatten ihnen die eigentlich nicht auffallen können, die waren bestimmt nicht seit heute so groß und geschwollen … Riekje schüttelte den Kopf.

»Die Natur ist schon faszinierend«, stellte Yanis fest. »Da werden Muttertiere trächtig, und eines Tages …« Er hatte so ein verzücktes Grinsen auf dem Gesicht. »Nachwuchs haben, das muss schön sein.«

»Möchtest du Kinder?« Die Frage war ihr entschlüpft, bevor sie darüber nachdenken konnte, ob sie ihm damit vielleicht zu nahe trat.

Yanis war ein Freund. Mehr nicht. Da konnte man auch mal so persönliche Fragen stellen.

Es sei denn, die Antwort brachte einen völlig aus dem Tritt.

»Ja«, sagte er ernst. »Kinder sind was Tolles. Und du?«

Sie atmete tief durch. »Ich habe immer gedacht, dass Kinder zu meinem Lebensplan gehören. Jetzt bin ich mir da nicht mehr so sicher.« Sie dachte an Martin. Daran, dass sie dieses blöde Gefühl nicht loswurde, dass er ihr die besten Jahre gestohlen hatte. Sie war mit neunundzwanzig sicher nicht zu alt, um Kinder zu kriegen. Aber sie hätte gern früher schon damit anfangen wollen. Nächstes Jahr wurde sie dreißig. Und auf einmal geriet ihr ganzes Leben so heftig in Bewegung.

Lieber nicht zu genau darüber nachdenken. Weitermachen.

»Ich muss wieder zu den Cupcakes«, sagte sie. »Leider waren die Brötchen noch nicht fertig, ich hätte sie uns sonst zum Frühstück mitgebracht.«

»Dann essen wir sie heute Abend.«

Sie nickte. »Was hast du heute vor?«

»Katzenbabys bestaunen und lesen.« Yanis zuckte mit den Schultern. Er sprach nicht oft darüber, aber beide wussten, wie sehr es ihn inzwischen nervte, dass er so wenig machen konnte. In der vergangenen Woche hatte er sich ganz gut damit beschäftigt, ihre Homepage zu bauen, aber die war nun fertig und bedurfte nur einer regelmäßigen Pflege. »Ach so, soll ich für morgen wieder Cupcakes auf die Webseite stellen?«

»Ich schaffe es unter der Woche nicht, sie auszuliefern.«

»Aber vielleicht kann ich das ja ab Mittwoch übernehmen?«

»Wenn du deinen Fuß belasten darfst, na gut.«

Es fiel Riekje schwer, sich von dem Katzenidyll loszureißen, doch im *Möwennest* wartete reichlich Arbeit auf sie.

»Ich bringe uns Brötchen mit!«

»Und mehr Futter für Obi Wan! Sie braucht es doch gerade.«

Riekje grinste. Vorbei die Diskussionen, ob sie Obi Wan nicht überfütterten. Eine Wöchnerinnenkatze musste gut gefüttert werden, logo!

Als sie Ruth von dem schwangeren Kater erzählte, lachten sie beide sehr herzlich über diesen Irrtum. »Jetzt haben wir aber leider fünf Katzenbabys, die ein Zuhause brauchen.«

»Da wird sich schon was finden. Wir können einen Aushang hier im *Möwennest* machen, sobald sie alt genug sind.«

Ruth hatte ihren Kurs für heute schon beendet. Sie unterrichtete unter anderem Stricken und Weben. Jetzt half sie Riekje, die Cupcakes zu verzieren, die sie später ausfahren musste. »Das sind ganz schön viele Cupcakes«, bemerkte Ruth.

Riekje lächelte still und ging auf Ruths Bemerkung nicht ein.

Stattdessen kümmerte sie sich endlich um die Brötchen. Eigentlich waren das ja eher Frühstücksbrötchen, aber die würden auch zum Abendessen schmecken, beschloss sie.

In einer Schüssel vermischte sie Milch, Öl und Quark. Dann fügte sie einen klein geschnittenen Apfel hinzu. Zum Schluss kamen die trockenen Zutaten: etwas Zucker, Backpulver, Salz, eine ordentliche Prise Zimt, Vollkornmehl, Weißmehl und gemahlene Mandeln. Sie arbeitete schnell und knetete den Teig gründlich, bevor sie zehn Brötchen daraus formte und sie aufs Blech setzte.

»Brauchst du da kein Rezept?«, fragte Ruth, die ihr wieder über die Schulter schaute.

»Das ist hier drin.« Riekje tippte sich an die Stirn. Sie verpackte die Cupcakes. Dabei sah sie, dass ihr in der Zwischenzeit einige

Leute Mails geschrieben hatten. *Keine Cupcakes mehr?! – Wann gibt es wieder Cupcakes? – Kann ich für nächstes Wochenende vorbestellen?*

»Schlechte Nachrichten?«, erkundigte sich Ruth, weil Riekje sich erst mal hinsetzen musste.

Stumm schüttelte sie den Kopf und hielt Ruth das Handy hin. Ruth überflog die Mails. Sie grinste.

»Was sagt uns das?«

Rote Kater konnten Babys kriegen. Und wenn das möglich war, dann konnte sie auch über ihren Schatten springen.

»Dein Angebot mit dem Darlehen und dem Café – das steht noch?«

»Wann immer du willst, Schwester. Die anderen müssen noch zustimmen, aber ich glaube, die hast du in den letzten Wochen schon überzeugt.«

Riekje holte tief Luft. »Na dann«, sagte sie leise. »Dann werde ich wohl morgen meinen Job kündigen.«

Auf einmal fühlte es sich richtig an.

Etwas riskieren. Alles auf eine Karte. Einen Traum erfüllen.

Ihren Traum erfüllen.

Es fühlte sich fast verwegen an. Aber diese Gewissheit, dass sie das Richtige tat. Dass sie es bereuen würde, wenn sie jetzt nicht den Sprung wagte – die blieb.

Sie würde Cafébesitzerin werden.

Kapitel 18

Theodor Rüter war alles andere als begeistert, als Riekje ihm am nächsten Morgen die Kündigung auf den Tisch legte. »Frau Johannsen. Waren Sie denn nicht glücklich bei uns?« Er fiel aus den sprichwörtlichen Wolken.

»Doch. Aber ich habe etwas gefunden, das mich noch glücklicher macht.«

»Liegt es daran, dass ich Ihnen die Gehaltserhöhung verwehrt habe?«

Sie schüttelte den Kopf. »Das hätte auch nichts geändert.« Riekje zögerte. »Ich kündige zu Ende Juli. Können Sie mir bitte ausrechnen, wie viele Urlaubstage mir noch zustehen?« Sie hatte in den letzten Jahren immer ein kleines Urlaubspolster vor sich hergeschoben. Vielleicht reichte es, dass sie schon Anfang Juli mit dem Café anfangen konnte. Pünktlich zur Hauptsaison.

Bis dahin waren es nur noch knapp drei Wochen. Und es wäre so viel zu tun! Ihr wurde ein wenig schwindelig. Aber Ruth hatte ihr versichert, dass sie und die anderen Möwen Riekje helfen würden, wo es nur ging. »Du gehörst jetzt zu uns«, hatte sie erklärt. Für Riekje war das gewöhnungsbedürftig. Aber sie hatte versprochen, dass sie sich schon daran gewöhnen würde, irgendwie. Auf einmal stand sie nicht mehr allein in der Küche. Die anderen Möwen schauten bei ihr auf einen Tee vorbei, schwatzten und ließen sich von Riekje erzählen, welche Pläne sie mit dem Café hatte.

»Und du kannst wirklich nicht mehr Cupcakes backen?«, fragte Sirja, die gerade ein missglücktes Exemplar aß. Riekje vermutete, dass sie vor allem deshalb inzwischen so häufig Besuch in der Küche bekam: Hier gab es immer was zu probieren.

Der Ofenwecker piepte, und sie zog zwei Bleche mit perfekt runden Macarons aus dem Ofen. Sie freute sich; das Experiment war ihr geglückt.

»Ich bräuchte halt jemanden, der die Cupcakes für mich rumfährt. Beides schaffe ich nicht, selbst wenn ich abends backe und verziere.«

»Das ist doch kein Problem, da findet sich wer.«

»Bei dem Mangel an Arbeitskräften?« Riekje bezweifelte es.

»Lass mich nur machen.«

Schon zwei Tage später schob Sirja einen hochgewachsenen und braun gebrannten jungen Mann mit braunen Augen in die Küche. »Das ist Enno. Thores kleiner Neffe. Wenn du immer noch wen zum Ausfahren brauchst, kann er das übernehmen.«

Enno, der Sirja um eine Kopflänge überragte, schaute auf sie herunter. Der Blick genügte, dass alle drei prusteten.

»Klein, ja?«, sagte er nur.

Riekje wechselte rasch das Thema. »Okay, kannst du das?«

»Was denn, Fahrrad fahren und Klingelschilder lesen?« Er hob eine Augenbraue, und Riekje musste wieder lachen.

»Okay, du hast den Job. Du kannst dir die Zeit frei einteilen, ich würde morgens das fertig machen, was ich schaffe, und es wäre super, wenn du es bis zum Nachmittag hinbekommst, die Cupcakes auszuliefern.«

Sie einigten sich darauf, dass er vormittags die Cupcakes ausfuhr, weil er nachmittags in Thores Surfschule jobbte. So kam Riekje zu ihrem ersten Angestellten.

Als sie Yanis abends davon erzählte, gratulierte er ihr und fragte, wie sie die anderen Stellen besetzen wollte.

»Welche anderen Stellen?«, fragte sie.

»Das Café hat wie viele Sitzplätze?«

»Knapp über dreißig. Plus im Sommer die Terrasse.«

»Und das willst du allein schaffen. Neben dem Kuchenbacken, Cupcakesverzieren, Kaffeezubereiten …«

»Okay, okay, ich habe verstanden.« Sie seufzte. »Ich habe doch keine Ahnung vom Geschäft«, gab sie nach kurzem Nachdenken zu.

»Gibt's denn jemanden, der sich da auskennt? Also einschätzen kann, wie viele Aushilfskräfte du zusätzlich brauchen wirst?«

»Hier auf Norderney? Machst du Witze?«

Er grinste.

Sie wurde schlagartig wieder ernst, denn ihr fiel ein, wen sie unter normalen Umständen fragen würde.

Schnell schüttelte sie den Gedanken ab.

»Ich frag mal rum«, wich sie aus. Auf die Schnelle wusste sie niemanden – bis auf die eine Option, von der sie Yanis nicht erzählen konnte, weil er dann sofort sagen würde, natürlich müsse sie ihre Eltern fragen, wieso eigentlich nicht?

Dünnes Eis. Sie war aktuell nicht bereit, ihn an den Komplikationen ihrer Familie teilhaben zu lassen.

»Was gibt's heute Abend zu essen?«

Sie gähnte hinter vorgehaltener Hand. Noch drei Tage beim Vermietungsservice. Danach war sie frei, und eine Woche später wollte sie eröffnen.

Alles verdammt knapp auf Kante genäht. Aber sie wollte das Sommergeschäft so gut wie möglich mitnehmen. Das Café war nicht komplett renoviert, manches würde sie ab November machen. Oder im Februar, falls es das Café bis dahin noch gab und sie nicht schon reumütig winselnd zu Herrn Rüter gekrochen war und ihn um ihren alten Job anbettelte.

»Salade niçoise«, gab Yanis zurück.

»Hm, nehme ich.«

»Setz dich hin, kommt sofort.«

Er hüpfte auf einem Bein und nur mit einer Krücke in den Camper. Inzwischen war er sehr geschickt und kam eigentlich ohne sie zurecht. Aber das sagte Riekje ihm lieber nicht so deutlich. Nicht, dass er auf die Idee kam, dass er sie nicht länger brauchte.

Sie schloss die Augen. Das Leben mit Yanis war schön. Sie genoss es. Und er sagte ihr gelegentlich auch, wie froh er war, dass sie bei ihm war. Anfangs hatte er ihr ja einmal erklärt, er sei nicht gern allein. Wer war das schon? Nur Babys wurden von manchen Leuten gezwungen, allein in ihrem Bettchen zu schlafen.

Sie würde das bei ihren Kindern anders machen. Die sollten so lange bei ihr schlafen, wie sie wollten. Das Leben da draußen war anstrengend genug, niemand sollte dann nachts einsam im Bett liegen. Wobei man sich auch einsam fühlen konnte, obwohl der langjährige Partner daneben schnarchte. Hatte sie gemerkt, nachdem sie das in den letzten Jahren offensichtlich hingenommen hatte.

Das Backen hatte sie gerettet. Es war für sie zu einer Überlebensstrategie geworden. Und das nicht erst, als die Beziehung mit Martin langsam, aber sicher den Bach runterging. Schon direkt nach ihrem Auszug von zu Hause hatte sie begonnen, sich das Backen beizubringen. Wenn man sich schon mit Zucker und Fett tröstete, dann wollte sie wenigstens dafür etwas getan haben. Irgendwie bezeichnend, dass sie geglaubt hatte, sich selbst Trost spenden müsse sie sich durch eine »wertvolle« Tätigkeit erst verdienen.

Aber schon bald war das Backen für sie mehr geworden. Der Prozess selbst hatte sie getröstet. Es fing an, Spaß zu machen, und sie probierte immer kompliziertere Rezepte aus. Sie buk für Freundinnen, für die Kolleginnen im Büro. Als sie Martin traf, war er noch nicht so in seinem Fitnesswahn gefangen, und sie buk auch für ihn regelmäßig. Inzwischen war das Backen mehr als eine Möglichkeit, sich mit Süßem zu trösten. Es entspannte sie. Nur deshalb konnte sie morgens so früh aufstehen und sich vor der Arbeit im Büro in die Küche vom *Möwennest* stellen.

»Schläfst du jetzt schon vor dem Abendessen ein?«

Riekje schrak hoch. Sie war so in Gedanken vertieft gewesen, dass sie nicht bemerkt hatte, wie Yanis den Tisch gedeckt hatte. Er goss Sprudel in zwei große Gläser und reichte ihr eins. Sie merkte erst jetzt, wie durstig sie war.

»Okay, da wir gerade zusammensitzen, habe ich ein paar Fragen.« Yanis ließ sich auf seinen Stuhl sinken.

»Das klingt aber dramatisch«, murmelte Riekje.

»Ist es gar nicht. Ich habe nur meine lange To-do-Liste abgearbeitet, und jetzt hast du eine noch längere To-do-Liste.« Er grinste.

»Okay«, sagte Riekje. »Hast du auch Obi Wan gefüttert?«

»Du meinst, weil sie dir gerade das Essen vom Teller guckt? Natürlich. Die Herrscherin über unser kleines Reich wurde angemessen versorgt. Nicht, dass sie mir nachts die Nase abbeißt.«

Riekje kicherte und fing an zu essen.

»Also, wie weit ist deine Gästeliste für die Eröffnung gediehen?«, fragte Yanis.

»Gästeliste?«

»Du willst am ersten Tag doch nicht allein im Café stehen? Also, nicht, dass ich von diesem unwahrscheinlichen Szenario ausgehe. Ich kenne es aber so, dass man ein paar liebe Menschen einlädt, damit auf jeden Fall jemand da ist. Man stößt an, es gibt ein paar besondere Sachen zu essen, so was. Danach gehen alle ihrer Wege und erzählen überall herum, wie super *Riekjes Cupcakes* sind.«

»Okay, Gästeliste.«

Sie war froh, dass Yanis ihr half. Er hatte sie gefragt. Brauchst du Hilfe? *Willst* du meine Hilfe? Und sie hatte dankbar angenommen.

»Wen lädst du ein?« Er hatte bereits die Notizen-App seines Handys geöffnet. Riekje zählte auf.

»Alle Möwen, meine baldigen Ex-Kolleginnen und Herrn Rüter, Jule und Casper, Asja und Lotti nebst Fridolin …«

Sie verstummte.

Yanis aß eine Gabel vom Salat, dann blickte er auf. »War's das schon?«, fragte er.

»Wie ich die Möwen kenne, bringen sie Familien und Freunde mit. Das ist schon okay.«

»Was ist mit deiner Familie?«

Ihre Miene verdüsterte sich kurz. »Die nicht.«

»Okay …«

»Ach was, schreib sie drauf. Die kommen eh nicht.« Der Gedanke fühlte sich merkwürdig deprimierend an. Wollte sie ihre Eltern denn dabeihaben? Komisch, das Gefühl war neu.

»Oh, warum?« Yanis blickte aufs Handy und tippte, aber Riekje antwortete nicht, und er ließ das Handy sinken.

Sie seufzte. »Sagen wir einfach, ich habe ihnen bei meinem Auszug ziemlich viele Vorwürfe gemacht.«

»Oh, okay.«

»Sie haben Mist gebaut, aber ich war seitdem ziemlich … ungnädig.«

»Soll ich sie lieber nicht einladen?«

»Doch. Schreib sie drauf.« Riekje atmete tief durch. Vielleicht waren zwölf Jahre genug Zeit, dass sie die Verletzungen und den Vertrauensbruch verwunden hatte. Vielleicht war es an der Zeit, dass sie nach vorne blickte und verzieh.

»Sonst noch irgendwelche Verwandte, Bekannte …«

»Stehst du schon mit drauf?«

Er grinste, drehte das Smartphone so, dass sie die Liste lesen konnte. Sein Name stand an erster Stelle.

»Glaubst du wirklich, das lasse ich mir entgehen?«

Yanis entwarf eine Einladung, suchte online eine Druckerei und war schon wieder ganz in seinen Laptop vertieft. Sie bewunderte ihn dafür, wie sehr er sich von solchen Aufgaben absorbieren ließ, die ihr überhaupt keinen Spaß machten.

»Speisekarten«, murmelte er.

»Ja, brauchen wir.«

»Kannst du mir aufschreiben, was da draufstehen soll? Und Getränke, bist du da schon weiter? Außerdem …« Er klickte hier und da. Riekje schwirrte schon wieder der Kopf. Aber tapfer sagte sie ihm alles, was er wissen musste. Sie war ja froh, dass er da war. Dass er half.

»Brauchst du mich noch?« Sie konnte sich das Gähnen langsam nicht mehr verkneifen.

»Nee, geh ruhig ins Bett.«

»Danke.«

»Ich mach das hier fertig, dann kannst du morgen früh drüberschauen.« Er blickte auf und lächelte flüchtig.

»Danke«, wiederholte sie. Und dann stiegen ihr Tränen in die Augen. »Scheiße, mache ich einen Fehler?«, flüsterte sie.

»Hey.« Sofort stellte Yanis den Laptop auf den Tisch zwischen die Teller, zog sich hoch und humpelte zu ihr. »Komm her.« Er breitete die Arme aus, und Riekje war zu müde, um noch irgendeinen Widerstand zu leisten, sie wollte einfach mal festgehalten werden und hören, dass es okay war, wenn sie erschöpft war. Dass sie müde sein durfte, weil sie gerade so viel auf die Beine stellte.

Trotzdem ließ das schlechte Gewissen sie nicht los.

»Tut mir leid, dass ich mich so wenig kümmere.«

»Du kümmerst dich doch.«

Sie standen da, ihr Kopf an seiner Brust, und sie musste

schluchzen, als sie tief Luft holte. »Ja, schon«, flüsterte sie. »Aber nicht um dich.«

Er lachte leise. Sie spürte dem Beben dieses Lachens in seiner Brust nach, es vibrierte bis in ihre Fingerspitzen, die sie auf seinen Rücken gelegt hatte. »Ich kann mich schon gut um mich kümmern. Also, ich versuche es.«

»Und nebenher machst du so viel für mich.«

»Weil mir sonst langweilig wäre.«

»Du musst dich um die Katzen kümmern.«

»Die kriegen das auch gut ohne mich hin.« Tatsächlich war Obi Wan eine hervorragende Katzenmama, und die fünf Babykätzchen wuchsen. Inzwischen hatten sie die Augen geöffnet und machten mit ihrem Maunzen manchmal die Nacht zum Tag. Behauptete Yanis zumindest, denn Riekje verschlief alle Babymaunzkonzerte.

»Geht's wieder?«, fragte Yanis behutsam. Riekje nickte. Nur widerstrebend löste sie sich von ihm. »Ich bin müde«, gab sie zu.

»Und deshalb: husch ins Bettchen mit dir. Was steht morgen an?«

Sie gähnte. »Cupcakes backen, arbeiten, Speisekarte mit dir besprechen?«

Er lächelte. »So sieht's aus. Ich bestell uns morgen Abend was zu essen.«

Sie war sogar zu müde, um zu protestieren, weil er sich wieder ums Essen kümmerte. Das war doch ihr Job. Genauso wie die Wäsche und das Einkaufen …

»Ich geh nur rasch duschen.«

Sie suchte ihre Sachen zusammen und lief zum Waschraum. Als sie frisch geduscht und mit geputzten Zähnen zurückkam, war das Bett aufgeschlagen und die Küche aufgeräumt. Riekje spähte in die Holzkiste, die Yanis als Ersatz für den Karton aufgetrieben hatte und die mit Handtüchern ausgepolstert war. Obi

Wan säugte gerade ihren Nachwuchs und wirkte sehr zufrieden mit sich.

»Langsam sollten wir uns Namen für sie überlegen«, meinte Yanis.

»Wieso? Ich zitiere dich: ›Ich bin kein Katzenmensch‹, was du eindrücklich unter Beweis gestellt hast, als du Obi Wan als dicken Kater verunglimpft hast. Überlassen wir die Wahl der Katzennamen doch den zukünftigen Besitzern.«

Yanis brummelte. Riekje schlüpfte unter ihre Bettdecke und rutschte bis ans Heck. Sie knautschte ihr Kissen zurecht und legte sich so hin, dass sie Yanis beobachten konnte, der auf der Bettkante saß und die Katzen beobachtete.

»Eventuell bin ich doch ein klitzekleines bisschen Katzenmensch. So ein homöopathisches Bisschen«, meinte er. »Geht das?«

»Du willst die Katzen behalten.«

»Nein!«, protestierte er. »Ich kann sie doch unmöglich mit nach Portugal nehmen. Oder?« Yanis runzelte die Stirn.

»Du kannst mit ihnen machen, was du willst, denn Obi Wan ist deine Katze.«

»Aber …«

Riekje gähnte. Verdammt, sie hätte wirklich gern weiter mit Yanis darüber philosophiert, wie aus ihm ein Katzenmensch hatte werden können, aber morgen würde ihr Wecker sehr früh klingeln, und draußen wurde es schon dunkel. Ihr fielen die Augen zu. »Klar kannst du sie mitnehmen. Aber ich lasse euch nicht gehen«, murmelte sie noch, bettete den Kopf auf die Hände und war im nächsten Moment eingeschlafen.

Yanis betrachtete nachdenklich die Katzen. Dann drehte er sich zu Riekje um. Sie konnte so schnell schlafen, wirklich bewundernswert. Wenn sie müde war, legte sie sich hin und schlief.

Es hatte wie ein Vorwurf geklungen. *Du willst die Katzen behalten.*

Dabei wollte er so viel mehr, und er wusste nicht, wie er ihr das anders zeigen konnte als dadurch, dass er da war und sie unterstützte.

Der Gipsfuß war im Grunde ein Glücksfall. Sonst hätte ihn nichts auf der Insel gehalten, er hätte Riekje nicht kennengelernt und ihr angeboten, bei ihm zu wohnen. Er hätte sich nie in sie verliebt …

Da! Hatte er es gedacht. Dabei war dieser Gedanke immer im Hintergrund dabei. Als sie nach der ersten gemeinsamen Nacht einen Rückzieher gemacht hatte, war es ihm schwergefallen, ihre Zurückweisung zu akzeptieren. Seitdem lebten sie in einem merkwürdigen Spannungsverhältnis aus Freundschaft und Begehren auf kleinstem Raum, und dass der Kater nun auch noch fünf Kittens zu ihrer Camper-Wohngemeinschaft hinzugefügt hatte – es fiel Yanis immer noch schwer, Obi Wan als Kätzin zu sehen, obwohl sie sich rührend um ihren Nachwuchs kümmerte –, machte es nicht besser. Sogar ein Streuner durfte eine Familie gründen, wohingegen er …

Nein. Darüber dachte er jetzt lieber nicht weiter nach. Denn das war ein allzu dünnes Eis, auf das er sich kein zweites Mal verirren wollte. Schon mal hatte er gedacht, seine Zukunft als Partner und Vater sei gesichert, nur um dann enttäuscht zu werden.

Yanis seufzte. Er schaltete den Fernsehbildschirm über dem Bett ein. Riekje merkte es nicht, wenn er abends leise noch einen Film schaute. Aber diesmal fand er nichts, das ihn reizte, und genervt schaltete er wieder ab.

Dabei wusste er, warum er *wirklich* genervt war. Weil er zu viel Hoffnung in das Zusammenleben mit Riekje legte. Immer wieder musste er sich bewusst machen, dass sie keine Beziehung mit ihm wollte. Sie hatte sich nicht in eine Beziehung gestürzt, um ein Dach über dem Kopf zu haben, obwohl das, nachdem sie ihren Irrtum bemerkt hatte, doch der logische Schritt hätte sein müssen. Das oder auszuziehen und sich was anderes suchen. Dabei hätte er ihr sogar geholfen.

Aber sie war geblieben. Und er redete sich ein, das sei okay. War es auch. Solange er seine Gefühle im Griff hatte.

Es fiel ihm nur so verflixt schwer, ihr nicht zu erklären, dass er sie liebte. Dass das Zusammenleben wunderschön sei, aber nicht von Dauer sein würde, weil er langsam auch sich selbst schützen musste.

Zugleich wollte er sie nicht im Stich lassen. Nicht jetzt, nachdem sie endlich den Mut gefunden hatte, ihren Lebenstraum zu erfüllen.

Wenn ihr Café eröffnet war. Wenn die Kitten größer waren. Dann würde er gehen. Denn danach konnte sie sicher auf eigenen Füßen stehen.

Und er konnte sich auf den Weg nach Portugal machen. Windsurfen, am Strand sitzen und Bier trinken, in den Sonnenuntergang starren und sie vergessen.

Okay. Klar, Letzteres würde er nicht schaffen.

Aber auf einen Versuch kam es an.

»Fährst du gerne Auto, Obi Wan?«, flüsterte er der Kätzin zu. Sie blinzelte, wandte den Kopf ab und ließ sich auf den Rücken sinken. Sofort waren die Kätzchen zur Stelle, sie maunzten, dockten an und saugten. »Wollen wir die Welt bereisen, du und ich? Was hältst du von Portugal?«

Sie schnurrte. Das war wohl ein Ja.

Riekje schlief tatsächlich sofort ein, aber manchmal wachte sie nach zehn Minuten wieder auf und hörte Yanis, der durch den Camper polterte. Sie stellte sich dann schlafend, und das schien ihr ganz gut zu gelingen. Natürlich konnte er sich auf so beengtem Raum mit Gipsfuß nicht lautlos bewegen, auch wenn er das offenbar *glaubte*.

Heute hörte sie, wie er seufzte, nachdem erst leise eine *Star Wars*-Melodie ertönte. Dann spürte sie, wie die Matratze sich bewegte, weil er sich aufsetzte. Er redete mit Obi Wan.

»Wollen wir die Welt bereisen, du und ich? Was hältst du von Portugal?«

Sie kniff die Augen fest zusammen. Darum ging es also, als er laut darüber nachdachte, die Katzen zu behalten. Sie hatte selbst schon überlegt, ob sie zumindest Obi Wan zukünftig ein Zuhause bieten könnte, aber ohne Wohnung konnte sie das kaum entscheiden. Und Ruth zu fragen, ob im Café Platz für eine Katze mit fünf Katzenbabys war – nein, das traute sie sich nicht.

Außerdem war Obi Wan irgendwie Yanis' Katze. Auch wenn sie es beide nie aussprachen. Sie hatte zuerst ihn angebettelt. Danach war Riekje dazugekommen. Obi Wan gehörte zu ihm. Vielleicht hatte er einfach was an sich, das zerzauste Streuner auf seine Camper-Türschwelle spülte. Erst die Katze, dann Riekje.

Yanis legte sich neben sie, und sie versuchte, möglichst flach zu atmen.

Er machte Pläne für die Zeit nach dem Gipsfuß. Das war okay. Redete sie sich ein. Sein gutes Recht. Alles gut. Sie hatte schließlich auch viel zu tun und ihm erklärt, sie habe kein Interesse an einer Beziehung …

Aber sie konnte nicht verhindern, dass ihr Tränen aus den geschlossenen Augen rannen. Zum Glück lag sie mit dem Rücken zu ihm.

Morgen musste sie sich endlich um eine neue Wohnung kümmern.

Kapitel 19

Aus dem Bett torkeln. Sich wundern, weil Yanis schon aufgestanden war. Die Kittens streicheln, die aneinandergekuschelt schliefen. Waschbeutel, Handtuch und Klamotten greifen, zum Waschraum laufen.

Auf dem Rückweg das Gesicht in den Wind halten. Dankbar sein. Den Kopf über sich selbst schütteln. Sie hatte doch beschlossen, dass sie keine Zeit für eine Beziehung hatte. Keinen Kopf. Keine Kapazität.

Und dann bog sie um die Ecke, lief die letzten Meter zum Camper und sah ihn.

Yanis stand unter dem Vordach. Er trug Shorts und Obi Wan auf dem Arm. Gerade vergrub er das Gesicht im Nackenfell der Katze und flüsterte ihr etwas zu.

Erzählst du ihr wieder von den Reisen, die ihr bald machen werdet?

Sie schluckte die Bemerkung hinunter. Heute war sein Termin im Krankenhaus. Er hoffte vermutlich, dass er vom Gips erlöst wurde und bald schon wieder herumlaufen konnte.

Vor ihr weglaufen. Das war sein nächstes Ziel.

»Darfst du so schwer heben?«, fragte Riekje.

Yanis sah sie überrascht an. »Ich wusste nicht, dass du noch da bist.«

»Ach so, schmust ihr schon länger miteinander, wenn ich nicht da bin?«

Er lachte. Obi Wan erschrak und sprang von seinem Arm. »Jetzt hast du uns erwischt.«

»Ich bin ja zum Glück nicht eifersüchtig.«

Die rote Katze verschwand im Gebüsch hinter dem Camper. Yanis kletterte in den Camper, und weil es da drin immer eng war, wenn sie zu zweit rumwuselten – vor allem, seit die Wurfkiste vor der Spüle stand –, wartete Riekje draußen.

Er kam rausgehüpft und ließ sie vorbei. Während Riekje ihre Sachen in der Schublade unter dem Bett verstaute, die inzwischen *ihre* Schublade war, kam er wieder rein, beugte sich über die Wurfkiste und hob eines der Kätzchen heraus.

»Dass du dich das traust.«

»Obi Wan hat kein Problem damit.«

Das Kitten protestierte, doch sobald es Yanis' T-Shirt roch, wurde es ruhig und kuschelte sich in seine große Hand. Riekje schüttelte den Kopf. »Ihr habt euch alle gegen mich verschworen. Hast du ihnen etwa schon Namen gegeben?«

Yanis lachte. »Ich dachte an R2-D2 für diesen kleinen Kerl hier.«

»Untersteh dich«, murmelte sie.

Sie verließen den Camper.

»Hast du noch Zeit für einen Kaffee?«, fragte Yanis.

»Leider nicht.«

Und übrigens auch keine Lust. Kaffee war sinnlos, inzwischen war's egal, wie viel sie davon in sich reinkippte, sie war *immer* müde.

Nicht mehr lange, redete sie sich ein.

»Dann … bis heute Abend?«

Sie nickte.

»Viel Glück heute im Krankenhaus.«

»Danke.« Er lächelte. »Wird schon schiefgehen.«

Als sie sich aufs Fahrrad schwang, blieb das Bild in ihrem Kopf, das Yanis bot. Vor dem Camper saß er auf dem Stuhl, den Gipsfuß von sich gestreckt und das getigerte Kätzchen auf der

Hand an die Brust gedrückt. Es hatte etwas Friedliches. Als wäre er angekommen in diesem Leben.

Aber sie beide wussten, dass er schon bald wieder verschwinden würde.

Sie seufzte und trat kräftig in die Pedale.

Drei Dutzend Cupcakes backen und zum Auskühlen beiseitestellen. Die Cupcakes vom Vorabend mit bunter Buttercreme, Schokocreme oder Zuckerguss überziehen und verzieren. Die Bestellungen ausdrucken und zuordnen. Noch hatte sie schmucklose Kartons, in die ihre Cupcakes verpackt wurden. Yanis hatte für sie Aufkleber entworfen, auf denen stand in hübscher Schnörkelschrift »Riekjes Cupcakes«. Die kamen zum Schluss auf die Kartons, und die Kartons stapelte sie im Kühlschrank. Enno kam um zehn und fuhr die Cupcakes mit dem Lastenrad vom *Möwennest* aus. Die Kühltasche stand bereit, und er hatte gestern nach seiner Tour die Kühlakkus zurück in den Tiefkühler gepackt.

Das funktionierte schon mal großartig. Riekje putzte die Küche, dann fuhr sie weiter zu ihrem Job. Nur noch drei Tage, dachte sie. Das musste sie schaffen, irgendwie.

Es war drei nach halb neun, als sie ihr Büro betrat, und sofort bekam sie ein schlechtes Gewissen. Der Anrufbeantworter blinkte, und als sie den PC startete, sah sie eine ganze Reihe E-Mails, die über Nacht eingegangen waren. Hochsaison, Ende Juni. Klar, da war 'ne Menge los.

Und sie war in drei Tagen weg.

Ein Klopfen am Türrahmen ließ sie aufblicken.

»Moin, Herr Rüter.«

»Moin, Frau Johannsen. Ähm, ich störe hoffentlich nicht?«

»Nein, nein. Kommen Sie rein.«

Er schloss behutsam die Tür hinter sich und hüstelte. »Ähm, also übermorgen ist ja schon Ihr letzter Tag?«

Sie lächelte flüchtig. »Das stimmt.«

»Ich habe mich in den vergangenen Wochen mal umgehört. Also, nach Ersatz für Sie, obwohl Sie ja nicht ersetzbar sind.« Er hüstelte noch mal. »Wissen Sie, das ist gar nicht so einfach.«

»Das tut mir leid.« Riekje merkte, wie sie innerlich zitterte. Sie legte die Hände auf die Schreibtischunterlage vor sich und hoffte, dass Herr Rüter ihre Unruhe nicht bemerkte.

»Also, ich habe überlegt … Ob sie eventuell etwas länger bleiben können? Ich weiß, Sie haben Pläne«, fügte er hastig hinzu. »Und ich würde Ihnen auch …« Wieder ein Hüsteln und Räuspern, es fiel ihm sichtlich schwer, darüber zu reden. »Eine Gehaltserhöhung?«, brachte er schließlich hervor.

Riekje starrte ihn wortlos an.

»Also, ich dachte an …« Er zog einen Zettel aus der Hemdbrusttasche und schob ihn über den Tisch, als wär's ein unmoralisches Angebot. »Wenn Sie noch drei Monate bleiben. Ich würde Sie am liebsten für immer behalten, aber na ja …«

Sie nahm den Zettel und faltete ihn auseinander, obwohl sie merkte, dass Herrn Rüter die ganze Situation furchtbar unangenehm war.

Die Summe verschlug ihr kurz den Atem. Die hätte ihr vor wenigen Wochen, als sie ihn um eine Gehaltserhöhung gebeten hatte, einiges Kopfzerbrechen erspart.

Aber dann wäre sie auch nicht aus ihrer unglücklichen Beziehung entkommen, sondern hätte weitergemacht wie bisher.

»Herr Rüter.« Riekje atmete tief durch. »Ich bin bereits anderswo eine Verpflichtung eingegangen.«

»Das ist mir auch bekannt. Und ich würde Sie nicht fragen, wenn Sie nicht für unsere Firma von unschätzbarem Wert wären.«

Sie faltete den Zettel zusammen.

»Ich überlege es mir«, versprach sie.

Dabei stand ihr Entschluss längst fest. Aber eines hatte sie gelernt: Nie dem ersten Impuls nachgeben. Immer erst eine Nacht drüber schlafen.

Wie sich herausstellen sollte, würde sie in der kommenden Nacht wirklich einiges zum Nachdenken haben.

Dienstag war immer Rumgugelhupf-Tag. Riekje ließ es sich nicht nehmen, Omama Alma den Rumkuchen persönlich zu bringen. Meist hielt sie bei der Gelegenheit ein Schwätzchen mit der alten Dame, und wenn sie dann noch im anderen Hausflügel bei Nela vorbeischaute, bekam sie einen Kaffee, und sie unterhielten sich ein wenig.

Omama Alma war hocherfreut, Riekje zu sehen. »Meine beste Kuchenbäckerin lässt sich selbst vom Regen nicht abhalten!«

»Das bisschen Wasser von oben kann uns Neyerinnen doch nichts anhaben.« Riekje lachte und schüttelte die Regentropfen aus ihren Locken. Auf dem Weg hierher war sie in einen Schauer geraten.

»Nächste Woche brauche ich wieder was für mein Kaffeekränzchen, mijn Deern. Was kannst du mir empfehlen?«

»Hm, wie wäre es mit einer fruchtigen Quarksahnetorte und einem kleinen Schokokuchen? Dazu passend Macarons?«, schlug Riekje vor.

»Das wird uns schmecken, aber ja! Diesmal haben sich ein paar mehr Freundinnen angekündigt. Hat sich wohl herumgesprochen, dass es bei mir feine Kuchen gibt.« Die alte Dame schmunzelte. Riekje verfrachtete den Rumgugelhupf von der Kuchenbox auf die Kuchenplatte mit Abdeckhaube, die schon auf dem Küchentisch bereitstand.

»Möchtest du 'nen ordentlichen Grog bei dem Wetter?«

»Für mich nicht, danke.«

»Ach ja, stimmt. In deinem Zustand.« Omama Alma nickte wissend.

»In meinem was?«, fragte Riekje zerstreut.

»Na, deinem *Zustand.*« Omama Alma deutete bei sich ein Bäuchlein an. »Hast dieses Leuchten in den Augen, brauchst mir nix zu erzählen. Einer alten Frau fällt das sofort auf.« Omama Alma kicherte und bückte sich. Aus einem Küchenschrank holte sie eine Flasche Rum. »Wehe, du verpetzt mich an Nela. Das ist meine eiserne Reserve!«

Riekje stand da wie vom Donner gerührt. Nein, das konnte nicht … oder doch? Sie überlegte. Sie rechnete. Sie schüttelte den Kopf.

Unmöglich.

Trotzdem hatte sie mit Nela etwas zu besprechen. Sie blieb noch ein wenig bei Omama sitzen, die allerdings merkte, dass Riekje in Gedanken ganz woanders war. »Na, na. Ich verrat's schon niemandem, dein süßes Geheimnis. Ich hab's nachher doch eh wieder vergessen.«

Riekje aber vergaß es nicht.

Sie verabschiedete sich und ging zu Nela. Klingelte, und als sie von drinnen Nelas Stimme rufen hörte, es sei offen, betrat sie den kleinen Flur mit Sisalteppich. Von oben hörte sie Nela, die mit ihrem Sohn Jonte schäkerte. »Ich komme gleich!«, rief die Hebamme.

Riekje ging in die Küche. Hell, friesisch, ein bisschen chaotisch. Wie's so ist mit kleinen Kindern. Eingetrocknete Haferflocken in Joghurt auf der Tischplatte. Eine Kuschelente in einer Pfütze Tee. Riekje nahm die Ente in die Hand und drehte sie hin und her. Aber wie sehr sie auch rechnete und grübelte – es kam immer auf dasselbe hinaus.

»Scheiße«, flüsterte sie.

»Sei-se?«

Unbemerkt war Nela mit Jonte auf dem Arm hereingekommen. Nela verdrehte die Augen. »Hervorragend«, murmelte sie.

»Das werde ich Simon erklären müssen, wenn sein Sohn das Sch-Wort kann, bevor er Papa sagt.«

Jonte aber schien sehr angetan von dem neuen Wort zu sein, denn er murmelte es konzentriert vor sich hin.

»Sag mal Paaapaaa«, sagte Nela. Ohne Erfolg.

Riekje hielt Jonte die Ente hin. »Ente«, sagte sie.

»Ette«, sagte Jonte und strahlte. Er nahm die Ente und strampelte, damit Nela ihn herunterließ. Dann wackelte er auf kurzen Beinen Richtung Wohnzimmer.

»Und was ist nun so scheiße, dass du es in Gegenwart meines Kleinkinds sagen musst?«, erkundigte sich Nela. Sie klang nicht genervt. Zum Glück. Nelas Zorn auf sich ziehen, das wäre nun das Letzte, was Riekje wollte. Gut möglich, dass sie eine Hebamme brauchte.

»Ich brauche dich.«

»Okay …?« Nela setzte sich zu ihr an den Tisch. »Inwiefern?«

»Alma … sie hat mir gerade ziemlich direkt gesagt, dass ich schwanger bin.«

»Oh nein!« Nela schlug die Hände vor den Mund. »Entschuldige! Omama ist manchmal … sehr direkt. Ich meine … also …« Sie geriet ins Stottern. »Als ich vor drei Jahren nach Norderney zurückkam, hat sie mich gefragt, wo denn das Baby und mein Mann seien. Tja, leider hatte Peter sich ein Jahr zuvor kurz vor der Hochzeit von mir getrennt, und ein Baby bekam dann die Next mit ihm. Egal, darum geht's nicht. Also … sorry. Manchmal redet sie Unsinn.«

»Nein«, sagte Riekje. Sie faltete die Hände vor sich auf dem Tisch und hielt den Blick gesenkt. »Sie könnte ja recht haben.«

»Riekje …« Nela streckte die Hand nach ihr aus. »Darf ich?«, fragte sie leise. Riekje nickte. Nela legte die Hand auf ihren Unterarm, strich langsam über den Strickjackenärmel. »Seit wann weißt du es?«, fragte Nela schließlich.

»Seit Alma meinte, in meinem Zustand dürfe ich ja keinen Rum mit ihr trinken. Sie klang so überzeugt. Und dann habe ich angefangen zu rechnen …« Sie verstummte.

Nela hob die Augenbrauen. »Ich habe jetzt mal überhört, dass Omama offenbar einen geheimen Rumvorrat hortet«, sagte sie. »Aber bevor wir jetzt darüber spekulieren, ob du wirklich schwanger bist, möchtest du vielleicht einen Test machen?«, schlug Nela vor.

Riekje nickte. Sie musste eh schon wieder aufs Klo. Sie musste ständig aufs Klo! Vorher griff sie noch mal in die offene Keksdose, und Nela lächelte verständnisvoll. Als wüsste sie, wie das so war, frisch schwanger und ständig gegen die Übelkeit ankämpfend.

Mir war doch gar nicht übel, dachte Riekje, als sie im Gästeklo stand und auf den Schwangerschaftstest starrte. Die erste rosa Linie tauchte sofort beim Durchlaufen auf, aber nur wenige Sekunden später war auch die zweite da …

Sie hatte das Gefühl, ihr würde jemand den Boden unter den Füßen wegziehen. Wie konnte sie nur so naiv sein? Vor allem: Wieso hatte sie das nicht bemerkt?

Der positive Test bestätigte nur das Gefühl, das sie hatte, seit Omama Alma sie darauf gestoßen hatte. Eine Gewissheit, die sie einfach seit Tagen von sich wegschob, obwohl sie doch merkte, dass irgendwas mit ihr anders war.

Klar, sie hatte die Müdigkeit auf die viele Arbeit geschoben. Auf die veränderten Lebensumstände, die Trennung, all das. Aber dass etwas anderes dahinterstecken könnte, noch dazu etwas so Schönes …

»Alles okay?« Nela klopfte leise an die Tür.

Riekje atmete tief durch. Okay war gerade nichts, der Gedanke war so … befremdlich. Beängstigend! Ein Baby? Sie bekam ein Baby? Was hatte sich die Natur denn dabei gedacht?!

Sie öffnete die Tür. Nela sah sie an, sie las die Antwort in Riekjes zittrigem Lächeln und breitete die Arme aus. »Komm her«, sagte sie, und Riekje trat vor, ließ sich von Nela umarmen und schluchzte auf. Sie war komplett überwältigt von ihren Gefühlen.

»Kaffee?«, schlug Nela vor, und Riekje nickte. Sie gingen in die Küche, und während Nela die Kaffeemaschine bediente, setzte Riekje sich auf die Bank. Sie putzte sich die Nase.

»So ein Scheiß«, murmelte sie. Ihre Gedanken rasten. Tausend Möglichkeiten schossen ihr durch den Kopf. Stopp! Eins nach dem anderen.

Erst als Nela ihr den Kaffee hinstellte und sich zu ihr setzte, hatte sie sich langsam beruhigt. Jonte kam aus dem Wohnzimmer und reichte seiner Mama einen eingespeichelten Bauklotz.

»Geht's wieder?«

Riekje schüttelte den Kopf. Dann musste sie lachen. »Wenn man gerade denkt, es kann nicht absurder werden ... Ich wollte immer Kinder. Mit Martin. Und dann haben wir uns getrennt, weil wir einfach unterschiedliche Vorstellungen von der Zukunft haben.«

»Verstehe.« Nela nickte. »Wirst du es ihm sagen?«

»Nein. Wieso?«

»Immerhin ...«

»Er ist nicht der Vater«, unterbrach Riekje sie. Davon war sie ziemlich überzeugt. »Ehrlich, bei uns lief schon seit Monaten nichts mehr.«

»Ach! Das heißt ... Also, entschuldige, ich bin wirklich gerade nicht die Professionellste, ich meine ... Von wem denn dann?«

Riekje schloss die Augen. »Yanis«, flüsterte sie.

»Wer ist Yanis?« Dann begriff Nela. »Ohhh! Der Surfertyp-mit-Gipsfuß-Yanis etwa?«

Anders konnte es nicht sein. Und so langsam setzten sich für

Riekje auch die Details zusammen. Bisher hatte sie mit der Dreimonatsspritze verhütet, und das hatte auch recht zuverlässig funktioniert. Aber vor einem halben Jahr hatte sie keine Lust mehr auf die Hormone gehabt, und da mit Martin ohnehin wenig bis gar nichts lief, hatte sie die Hormone in Absprache mit ihm abgesetzt. Hätten sie Sex gehabt, hätten sie eben anders verhütet.

Nun ja. Und als sie vor drei Wochen mit Yanis ... ganz spontan ... Da hatte sie keinen Gedanken an Verhütung verschwendet. Weil ihre Periode seit dem Absetzen der Hormone ohnehin nicht gerade regelmäßig war.

Bis auf diesen letzten Zyklus. Wenn sie richtig rechnete, hätte ihre Periode vor einer Woche kommen müssen. Dann wäre die Nacht mit Yanis vor drei Wochen nicht ohne Folgen geblieben ...

»Oh man, wie gedankenlos von mir. Ich müsste es doch besser wissen, oder? Kein ungeschützter Sex und so.«

»Das ist aber etwas, das beide angeht«, wandte Nela ein.

»Ja, kluger Hinweis.« Riekje grinste gequält. »Also, wenn man da im Eifer des ... nun ja ... du weißt schon.« Sie bekam rote Ohren.

»Und nun?«, fragte Nela. »Was machst du mit dieser neuen Erkenntnis?«

»Na, was soll ich schon machen?«

Nichts natürlich. Denn sie konnte ja kaum zu Yanis gehen und ihm erklären, dass sie nun schwanger sei, nachdem sie ihm vorher unmissverständlich klargemacht hatte, sie bräuchte Abstand. Denn wie würde er auf diese Eröffnung reagieren? Er hatte zwar neulich gesagt, er hätte gern Familie – aber doch nicht so? Nach einem One-Night-Stand mit einer flüchtigen Bekannten, die er nie wiedersehen würde, wenn er in ein paar Wochen abreiste?

Eine Bekannte, die sich in ihn verliebt hatte. Eventuell. Vielleicht schlug ihr Herz auch vor Aufregung, weil es gar nicht mehr so lange dauern würde, bis ein zweites Herz in ihrem Bauch anfangen würde zu schlagen …

Verflixt. Riekje hatte das Gefühl, dass ihr Leben gerade noch eine Spur komplizierter geworden war. Dabei hätte sie das wirklich nicht für möglich gehalten.

Kapitel 20

Als Yanis am späten Nachmittag aus dem Krankenhaus trat, seufzte er und humpelte zu der Bank, auf der er vor einigen Wochen zum ersten Mal neben Riekje auf ein Taxi gewartet hatte.

Leider war sein Besuch hier diesmal nicht besonders erfreulich verlaufen. Die Ärztin war wieder sehr nett und verständnisvoll gewesen, doch auf seine Frage, wann er denn wieder windsurfen gehen dürfte, hatte sie ihn mitleidig angesehen und eine Orthese hervorgeholt, die er für die nächsten Wochen tragen musste.

Der Bruch war bisher gut verheilt, aber die Ärztin meinte, er müsse Geduld haben und die Orthese tragen. Geduld! Als er fragte, ob er damit wohl Auto fahren dürfe, hob sie nur stumm die Augenbrauen. Also keine so gute Idee. Auch die Krücken hätte sie ihm lieber noch mal mitgegeben. Aber das wollte Yanis nicht. Für ihn musste es irgendwie mal wieder vorangehen.

Außerdem war ihm dieses Rumhocken im Camper langsam regelrecht verhasst.

»Kann ich damit wenigstens Fahrrad fahren?«, fragte er die Ärztin zum Schluss. Fast schon ein wenig verzweifelt.

Sie lachte nur. »Das können Sie gern versuchen, aber ich rate Ihnen dringend davon ab. Nicht, dass Sie stürzen und sich noch das Schlüsselbein brechen oder so.«

Na, das wollte ja keiner. Nicht auszudenken, dass er noch länger auf Riekjes Hilfe angewiesen wäre …

Er bestellte über die Taxi-App ein Taxi und reckte sein Gesicht der Sonne entgegen, die sich heute ausnahmsweise zeigte.

Diesmal fuhr er nicht auf direktem Weg zum Campingplatz, sondern bat den Taxifahrer, ihn so nah wie möglich an die Buchhandlung im Ortskern heranzufahren. Er brauchte Lesenachschub, am besten einen ganzen Stapel Science-Fiction oder blutrünstige Thriller, um sich von seinem eigenen Elend abzulenken.

Eigentlich sollte es ihm egal sein. Dann war er eben noch für ein paar Wochen darauf angewiesen, hier herumzusitzen. Warum konnte er diese Zwangspause nicht einfach genießen?

Weil du dein Herz auf der Insel verloren hast.

Ach ja. Fast hätte er es vergessen.

In der hellen, freundlichen Buchhandlung mit dem blauen Teppich und den Möbeln aus Akazienholz fühlte er sich sofort wohl. Er humpelte um die Tische herum, während eine fröhliche, schwangere Buchhändlerin an der Kasse mit den Kundinnen plauderte. Während Yanis sich ein paar Bücher aussuchte, musste sie viermal die Frage beantworten, wann es denn so weit sei, und jedes Mal antwortete sie gelassen: »Ein Weilchen dauert's schon noch, ich bekomme es nicht heute hinterm Kassentisch«, und Yanis musste über die Antwort schmunzeln.

Zugleich versetzte ihm der Anblick einer glücklichen, schwangeren Frau einen Stich. Er fühlte sich betrogen – um eine Zukunft, die mit Romy ohnehin nie möglich gewesen wäre.

Er trug den Bücherstapel zur Kasse. Gerade war außer ihm niemand im vorderen Teil des Ladens, und die Buchhändlerin hatte sich vom Tresen weggedreht und tippte flink in ihr Handy. Sie hatte hektische rote Flecken auf den Wangen.

Yanis räusperte sich.

Sie fuhr zu ihm herum. »Sorry!«, rief sie. »Entschuldigen Sie, ich musste unbedingt meiner Freundin antworten, bei ihr ist so etwas Schönes passiert. Also …« Sie lachte, schüttelte über sich selbst den Kopf. »Da muss ich mich schon wieder entschuldigen, weil ich gerade zu aufgeregt bin.«

»Hoffentlich ist es eine schöne Aufregung«, sagte er.

»Oh ja.« Sie strahlte ihn an. »Babys sind immer eine gute Nachricht.«

Er schluckte und nickte.

Sie nahm den Bücherstapel und begann, die einzelnen Titel einzuscannen. »Oh, das war gut«, kommentierte sie. »Kennen Sie auch schon die Portugal-Krimis von dem Autor?«

Er schüttelte den Kopf und lächelte gequält.

Das Handy der Buchhändlerin, das hinter ihr auf dem Tisch lag, fing an zu dudeln. Sie wurde hektisch.

»Ihre Freundin?«

Sie warf einen Blick aufs Display und nickte.

»Gehen Sie ruhig dran. Ich habe Zeit.«

»Danke.« Sie nahm das Handy und klemmte es sich zwischen Ohr und Schulter. »Hey Riekje, was gibt's?«

Yanis erstarrte.

»Ja, natürlich kommen wir zu deiner Caféeröffnung. Liebes. Jetzt atme bitte mal tief durch. Ich weiß, wie du dich fühlst. Ging mir auch so. Pass auf, heute Abend kommst du mit Asja zu mir, und dann besprechen wir alles, okay? Das Baby kommt ja nicht schon morgen, du hast genug Zeit, um dich an den Gedanken zu gewöhnen. Ich hab am Anfang auch gedacht, mein Leben wäre vorbei.« Sie lachte.

Stumm reichte er der Buchhändlerin seine Kreditkarte, sie fragte ihn, ob er einen Beutel bräuchte, er schüttelte den Kopf. Sie schob ihm die Bücher mit Kassenzettel und Karte über den Tresen. Er wäre gern länger geblieben und hätte gelauscht, aber sie drehte sich von ihm weg und beendete das Gespräch mit einem »Bis später, Süße!«

Riekje war kein häufiger Name, oder? Und es gab mit Sicherheit keine zwei Riekjes, die gerade ein Café eröffneten …

Er humpelte aus dem Buchladen und weiter zum nahe gelegenen Taxistand. Dort ließ er sich auf der Bank nieder, streckte den Fuß von sich und musste sich erst mal sortieren.

Riekje. *Seine* Riekje, die gar nicht *seine* Riekje sein wollte, sondern ihm vor drei Wochen unmissverständlich klargemacht hatte, dass sie für eine neue Beziehung nicht bereit sei? Die bei ihm wohnte und mit seiner Hilfe ein Café eröffnete? Sie war … schwanger.

Das musste er erst mal sacken lassen. Auf einmal waren da so viele Fragen, auf die er keine Antwort bekommen würde. Weil er sie nicht stellen würde.

Wenn Riekje ein Baby bekam und ihn nicht darüber informierte, hieß das wohl, dass es ihn schlicht nichts anging. Weil es nicht von ihm war. Er runzelte die Stirn. Hatten sie verhütet? Er konnte sich nicht erinnern, und das ärgerte ihn. Er sollte doch aus seinen Fehlern gelernt haben.

Auf dem Rückweg zum Campingplatz merkte Riekje zum ersten Mal, dass irgendwas mit ihr *anders* war. Sie trat kräftig in die Pedale, musste aber ganz schön gegen den Wind ankämpfen, der im Laufe des Tages auf Nordost gedreht hatte. Puh, das machte ihr doch sonst nichts aus.

Nela hatte ihr erklärt, dass ihr Körper sich gerade darauf umstellte, ein kleines Menschenwesen zu bauen, und das sei eben mit großen Anstrengungen verbunden. »Du kannst weiterhin alles machen. Aber hör ruhig auch in dich rein und mach Pausen, wenn du müde bist.«

Sehr witzig. Sie hatte ja nur eine Caféeröffnung in knapp zwei Wochen und noch haufenweise irgendwas zu erledigen bis dahin.

Endlich kam der Campingplatz in Sicht, und Riekje ließ das Fahrrad den sanft geschwungenen Dünenweg hinabrollen. Sie sprang vor dem Eingang zum Campingplatz vom Fahrrad und schob es bis zu Yanis' Parzelle.

Er saß im Schatten des Sonnensegels, eine Flasche Bier neben sich auf dem Tischchen, ein Kitten auf dem Schoß und einen Thriller in der Hand. Sein Fuß steckte in einer Orthese, und er grinste kläglich, als sie um die Ecke bog.

»Das war wohl nichts mit einer schnellen Abreise«, sagte er bedauernd.

»Wusste gar nicht, dass du es so eilig hast wegzukommen.« Riekje schob das Fahrrad hinter den Camper. Sie ließ sich in den freien Stuhl sinken. »Puh, hab ich einen Hunger.«

»Essen kommt um sieben. Ich habe in der Pizzeria bestellt, ich hoffe, das schmeckt gut.«

»Was hast du für mich bestellt?«

»Thunfisch und Salami?«

»Mhhhh«, machte sie. Beste Kombination.

»Dachte ich mir. Willst du auch was trinken? Ich habe den Kühlschrank vorhin aufgefüllt.«

»Darfst du mit diesem Ding da so viel rumlaufen?«

Er grinste. »Ich mache es einfach.«

»Ach so!«

»Bis die Pizza kommt, hätten wir noch Zeit für die Speisekarte …«

Sie nickte und schloss die Augen. Eigentlich hatte sie gerade überhaupt keine Kapazitäten für das Café frei. Die Schwangerschaft hatte ihr so sehr den Boden unter den Füßen weggezogen, dass sie am liebsten geweint hätte. Also, sie hatte schon geweint. Vorhin, als sie ein paar Dutzend Cupcakes gebacken und währenddessen sowohl Asja als auch Jule über ihre Schwangerschaft informiert hatte. Weil sie es keine Sekunde länger aushielt, dieses wunderschöne Geheimnis für sich zu behalten.

»Okay, ich hole mein Tablet, und dann erzählst du mir, was du so für Speisen und Getränke anbieten möchtest. Ich mach dann schon.«

Als er wieder nach draußen humpelte, kam gerade die Pizza. Riekje bezahlte und holte Teller und für sich eine eisgekühlte Limo aus dem Kühlschrank. Sie aßen schweigend, und danach lehnte sie sich zurück, tätschelte zufrieden ihren Pizzabauch und schloss für einen Moment die Augen.

»Alles okay?«, fragte Yanis leise. Riekje schüttelte den Kopf. Sie lächelte müde.

»Grad einfach viel«, murmelte sie.

»Verstehe.«

Sie hätte es ihm gern gesagt. Aber sie konnte es nicht. Sie wollte sich nicht vorstellen, wie er reagieren würde. Wie schon? Er war ein Mann, der gerade seine Unabhängigkeit lieben lernte, der schon bald nach Portugal abreisen würde – sobald sein Fuß es erlaubte. Sie wollte ihn nicht in das moralische Dilemma stürzen, dass er glaubte, er müsse aus Pflichtgefühl bei ihr bleiben. Oder gar nur wegen des Babys mit ihr zusammenkam, damit es »in einer richtigen Familie« aufwachsen konnte. Sie hatte in den letzten Wochen den Gedanken daran, sie könnte mit Yanis zusammen sein, nicht zugelassen, weil es ohnehin komplett unrealistisch war. Yanis und sie kamen nicht nur aus zwei komplett unterschiedlichen Welten, sie machte sich auch nichts vor – er war ein braun gebrannter, sportlicher Surfertyp, so attraktiv, als wäre er aus einer amerikanischen Serie entsprungen. Sie war – nun ja, Riekje eben.

Auch richtige Familien – Vater, Mutter, Kind – konnten nämlich eine Hölle sein. Sie hatte es selbst erlebt. Niemals sollte Yanis sich von ihr so in die Ecke gedrängt fühlen wie ihr Vater, der nur aus Pflichtbewusstsein bei seiner Familie blieb, obwohl sein Unglück so offensichtlich war.

Dann zog sie ihr Kind lieber alleine groß. Sowohl Jule als auch Asja hatten ihr sofort versichert, dass sie niemals mit dem Baby allein sein würde. Wir kümmern uns um euch, das waren ihre Worte gewesen.

Aber was wurde aus dem Café? Riekje musste dringend mit Ruth reden. Nach wie vor war sie entschlossen, das Café zu eröffnen. Der Cupcake-Lieferdienst lief so super, es wäre so schade, wenn sie direkt aufgab.

Andererseits kickte gerade auch wieder ganz gewaltig die Existenzangst. Sobald Yanis abreiste, wäre sie quasi obdachlos, und sie brauchte für dieses Problem dringend eine Lösung. Das Angebot von Herrn Rüter, das sie heute früh nur aus Höflichkeit nicht abgelehnt hatte, klang auf einmal doch ganz verlockend. Drei Monate länger in der Zimmervermietung arbeiten, das Geld so lange wie möglich beiseitelegen und dann im Herbst das Café eröffnen statt schon während der Hochsaison. Aber hätte sie im Herbst genug Cafébesucher, dass es sich lohnte? Durfte sie drei umsatzstarke Monate einfach so wegschenken?

Zu viele Fragen. Ihr schwirrte der Kopf.

»Wollen wir dann die Speisekarte aufsetzen?«

Sie nickte. Aus der Gesäßtasche zog sie drei zusammengefaltete Zettel, auf denen sie heute in aller Eile ein paar Dinge aufgeschrieben hatte. Yanis faltete sie auseinander und überflog ihre Notizen.

»Kannst du was damit anfangen?«, fragte sie.

»Mh. Hast du die Preise schon kalkuliert?«

Sie nickte. Schüttelte dann den Kopf, denn sie hatte nur dort einen Betrag hingeschrieben, wo sie sich dazu durchringen konnte.

»Cupcake zwei fuffzig?« Er hob die Augenbrauen. »Ernsthaft, Riekje?«

»Zu viel?«

Er lachte. »Viel zu wenig. Wann wirst du anfangen, für deinen Wert einzustehen? Sag mir bitte nicht, dass die Cupcakes, die du auslieferst, auch so günstig sind.«

»Nicht ganz«, sagte sie zerknirscht.

Er sah sie über die Blätter hinweg streng an.

»Also, ich muss ja auch Enno bezahlen. Aber im Café trinken die Leute ja auch etwas, damit kann ich ja dann zusätzlich Geld verdienen. Ich dachte …« Sie verstummte. Merkte selbst, dass da etwas nicht passte.

Yanis seufzte, beugte sich vor und nahm den Kuli vom Tisch. »Okay«, sagte er. »Wir fangen noch mal ganz von vorne an, einverstanden?«

Riekje nickte.

Schade, dass das nur für die Speisekarte galt. Wie gern würde sie ihm sagen: *Hej, ich bin Riekje, wollen wir uns kennenlernen? Ich hab echt 'nen Knacks, komme aus einer lieblosen Beziehung mit einem Egoisten und würde gern mehr über dich wissen. Ach so, du bist Katzenmensch? Toll, ich mag auch Katzen …*

Sie beugten sich zusammen über die handgeschriebenen Listen, die Riekje mitgebracht hatte. Bei jedem Muffin, jedem Stück Kuchen und jeder Kaffeespezialität fragte Yanis, wie sie auf die Preise gekommen war, und sie zuckte meist nur mit den Schultern. Sie fühlte sich ziemlich unbedarft, weil sie die Preise mehr so nach Gefühl gemacht hatte.

Yanis schlug ihr vor, sich noch mal mit der Theorie der Preisgestaltung zu befassen. »Möchtest du ein paar Tipps von mir?«, fragte er, und sie nickte dankbar. Sie war den Tränen nahe. Auf einmal schien die Eröffnung übernächste Woche komplett unrealistisch.

»Hey.« Yanis musterte sie von der Seite. »Brauchst du eine Pause?«

»Ja«, rief sie und schlug die Hände vors Gesicht. Sie wurde von einem heftigen Heulkrampf geschüttelt, der sie überkam, als hätten ihre Gefühle nur darauf gewartet, aus ihr hervorbrechen zu dürfen.

»Hey, Riekje. Möchtest du in den Arm genommen werden?«,

fragte Yanis sanft, und sie konnte nur nicken, weil eine Umarmung gerade das war, was sie brauchte, und wie schön war es eigentlich, dass es da einen gab, der sie fragte, ob sie diese Umarmung brauchte, und sie ihr dann auch gab? Sie spürte Yanis' Arme um ihre Schultern, sie wandte sich ihm zu, und weil das ziemlich unbequeme Verrenkungen waren, bei denen sie beinahe vom kippeligen Campingstuhl gefallen wäre, spürte sie, wie er sie hochhob und auf seinen Schoß zog. Riekje barg den Kopf an seiner Schulter, und auf einmal war da dieses Gefühl zurück. Das Gefühl, das sie so lange verdrängt hatte. Sie hatte gedacht, erfolgreich. Ja, von wegen. Schon klopfte ihr Herz wieder bis zum Hals, sie musste schlucken. Schloss die Augen und sog seinen sauberen Geruch ein, etwas erdig, dazu das Shampoo, das er ihr gelegentlich stibitzte, weil seins seit Wochen leer war. Sie hatte ihm ein neues mitbringen wollen, aber auch das hatte sie vergessen, und als sie mit ihren Gedanken an diesem Punkt angelangt war, schüttelte sie das Heulen nur noch mehr.

»Ich weiß«, murmelte Yanis. Dabei hatte er verflixt noch mal überhaupt keine Ahnung! Er sah sich ja nicht von heute auf morgen mit der Realität konfrontiert, ein Baby zu bekommen, mitten in der Gründung eines Cafés. Er wurde nicht von der Verantwortung überwältigt. Seit heute Nachmittag befand sie sich in einem Sturm der Gefühle, und sie ahnte, dass das erst der Anfang war. Denn so richtig *realisiert* hatte sie noch nicht, was da gerade mit ihr passierte.

»Du hast keine Ahnung«, flüsterte sie deshalb, und Yanis, der wirklich keine Ahnung hatte – und von ihr würde er es nicht erfahren! –, drückte sie einfach etwas fester an sich und sagte gar nichts mehr. Und verflixt, auch das war in diesem Moment das Beste, was er tun konnte. Sie genoss es fast schon zu sehr, von ihm festgehalten zu werden, denn wenn sie nicht aufpasste, führte dieses Gehaltenwerden dazu, dass sie ihre Lippen an seinen Hals drückte, ganz zufällig natürlich, weil er sich gerade etwas mehr ihr zuwandte, und er erstarrte unter dieser Berührung. Einen winzigen Moment sah es so aus, als wollte Yanis sie ein wenig von sich wegschieben, dann aber seufzte er, seine Arme hielten sie noch etwas fester umfasst, und Riekje spürte, wie irgendwas in ihm nachgab. Wie er sich ihr öffnete, das konnte sie spüren.

»Yanis«, flüsterte sie an seinem Hals.

Er erschauderte. »Riekje.« Seine Stimme klang rau.

»Soll ich …«

»Nein«, unterbrach er sie, und da mussten sie beide lachen. Sie legte die Stirn an seinen Hals, und das fühlte sich gut an, so gut. Sie empfand eine Geborgenheit, die sie in dieser Form nie bei Martin empfunden hatte. Mit ihm hatte sie Händchen haltend im Strandkorb gesessen, er hatte maximal den Arm um sie gelegt und sie kurz an sich gedrückt, »wir haben es schön, was?« gesagt und dann wieder aufs Meer gestarrt oder in sein Handy. Sie hatte sich da immer etwas verloren gefühlt, weil dieses *Wir*, das er da versuchte heraufzubeschwören, das hatte sie in der Form nie empfunden.

Stopp.

Keine Gedanken an Martin verschwenden. Schon gar nicht Vergleiche anstellen. Bei denen würde er nur verlieren. Sie hatte die Beziehung mit ihm gewollt. Sie waren glücklich gewesen – irgendwie. Nur dass das Glück mit ihm nicht annähernd so schön war wie die Nähe, die Yanis und sie teilten.

»Geht es dir gut, Riekje?«, fragte Yanis. Noch immer lehnte sie an ihm, seine Arme hielten sie umfasst, nicht so fest, dass sie nicht jederzeit hätte entkommen können, aber auch nicht so locker, als wollte er sie im nächsten Moment loslassen.

Und dann stellte er ihr diese Frage. Er klang so aufrichtig, so ehrlich interessiert an ihr. Riekje schluckte.

»Jetzt gerade schon«, murmelte sie. »Entschuldige, dass ich losgeheult habe. Ich war nur so fertig. Ich habe einfach das Gefühl, ich schaffe es nicht. Das mit dem Café und … alles andere.«

Sie presste die Lippen zusammen. Gerade noch mal gut gegangen, fast hätte sie sich verplappert. Aber das wollte sie nicht. Noch nicht. Sie war es gewesen, die vor drei Wochen einen Rückzieher gemacht hatte – mit der Begründung, sie sei noch nicht über die Trennung hinweg. Und das war zum damaligen Zeitpunkt auch richtig gewesen! Wie sie jetzt mit der veränderten Situation umging, wusste sie noch nicht.

Eventuell war es auch keine so gute Idee, Yanis Hoffnung zu machen, indem sie so lange auf seinem Schoß saß. Sie schniefte ein letztes Mal und richtete sich auf.

»Ich muss gleich noch mal los, bin mit meinen Freundinnen verabredet.« Sie lächelte entschuldigend.

»Jetzt noch?« Er sah sie entsetzt an. »Entschuldige, aber …« Er schüttelte den Kopf und murmelte etwas, das verdächtig nach »Stehaufmädchen« klang. Sie knuffte ihn gegen die Schulter.

»Du willst doch eh für den Rest des Tages die Katzen kraulen«, neckte sie ihn.

»Ja, und mein Buch lesen.«

»Hast du Nachschub geholt?«

»Ich war so frustriert … also, ja.«

»Bald kannst du wieder aufs Surfbrett hüpfen.«

Er lachte. »Ich glaube da auch erst dran, wenn's so weit ist. Bis dahin kuschle ich die Katzen.«

Ihr Herz sang leise, als sie Richtung Inseldorf radelte. Yanis blieb noch etwas länger, und sie kamen sich wieder näher. Beides machte sie so froh, obwohl sie sich zugleich ermahnte, nichts davon zu hoch zu hängen.

Kapitel 21

»So, jetzt noch mal zum Mitschreiben oder für die Schwangeren unter den Anwesenden, die schon wieder alles vergessen haben, wenn sie einmal in die Gummibärchentüte gegriffen haben.« Jule beugte sich vor und nutzte die Gelegenheit, um sich noch mal Gummibärchen zu greifen. »Du bist schwanger, aber vor drei Wochen hast du dem Mann, bei dem du untergeschlüpft bist und der mit gebrochenem Fuß auf deine Hilfe angewiesen ist, einen Korb gegeben, *obwohl* der Sex fantastisch ist?«

»Nicht zu vergessen, dass er wirklich süß aussieht und sehr *wholesome* ist«, fügte Asja mit vollem Mund hinzu. »Er ist der Jackpot, Riekje. Und das sage ich, *obwohl* ich gerade selbst den Jackpot gewonnen habe, der meiner Meinung nach deutlich größer ist als deiner.«

»Auf die Größe kommt es nicht an«, murmelte Jule.

Riekje musste gegen ihren Willen lachen. Ihr war immer noch zum Heulen zumute, aber ihre Freundinnen schafften es mit Gummitieren, Chips, Schokolade und der richtigen Dosis Zuwendung, Aufmerksamkeit und Mitleid, sie ein bisschen aus dem Loch herauszuziehen, in das sie gestürzt war.

»Tja, und was mache ich jetzt mit der Erkenntnis?« Riekje knabberte an einem Stück Schokolade mit Keksfüllung.

»Ihm von der Schwangerschaft erzählen?«, schlug Asja vor. »Ich meine, wenn ich dich richtig verstanden habe, hat er dich vorhin in deinem Hormonüberschuss und der Überforderung ganz wunderbar getröstet, oder?«

Riekje machte »hm«, darüber musste sie grübeln. »Ich dachte, es kommt irgendwie … komisch? Also, wenn ich ihm jetzt davon erzähle.«

»Ja, aber wann willst du ihm dann davon erzählen?«

»Nie?«, schlug Riekje zaghaft vor.

Asja wiegte den Kopf. »Kannst du natürlich machen. Wäre allerdings das erste Maternal Gatekeeping. Kein guter Anfang.«

»Was ist Maternal Gatekeeping?«, fragte Riekje.

»Das, was fast alle Frauen machen. Während die Männer sich in erlernter Hilflosigkeit suhlen und sagen, sie könnten das ja gar nicht, Windeln wechseln, Wäsche waschen, *you name it* … sind die Frauen so genervt davon, dass sie die Arbeit sehen und die Männer nicht, dass sie einfach machen. Und den Männern die Dinge, gerade rund ums Kind, direkt aus der Hand nehmen. Das können sie ja oft besser und schon hat man einen Teufelskreis.«

»Verstehe …«, sagte Riekje langsam.

»Martin wäre safe so ein Mann gewesen. Also als Vater. Schon gut, dass er nicht in Frage kommt. Oder doch?«

Riekje schüttelte vehement den Kopf. »Dann müsste ich schon im fünften Monat sein oder so.«

Asja und Jule wechselten einen Blick.

»Was denn?«, fragte Riekje.

»Bist du dir sicher, dass …«

»Ja.« Sie schüttelte den Kopf. »Ich *bin* mir sicher. Als Vater kommt Yanis in Frage oder keiner.«

»Na, das wäre mal eine Wendung«, murmelte Jule. Dann mussten sie alle drei lachen.

»Ich seh's schon vor mir, wie die Gläubigen nach Norderney pilgern, um die Jungfrau Riekje und ihr Baby zu sehen.«

»Na ja, Jungfrau …« Jule zwinkerte Riekje zu. »Okay, zurück zum Thema. Du brauchst eine Herberge. Falls du Yanis wirklich nichts vom Baby erzählen willst, und sobald er abreist, sitzt du ganz schön in der Tinte.«

»Du sagst es«, murmelte Riekje finster. »Ich sehe mich schon bei meinen Eltern auf dem Sofa hocken.«

»Und das wollen wir um jeden Preis verhindern«, bekräftigte Jule. »Irgendwelche Ideen? Asja?«

Diese zuckte mit den Schultern. »Wenn Fridolin Ernst macht, wird ja meine Miniwohnung frei«, meinte sie beiläufig.

Riekje horchte auf. Asja bewohnte eine schnuckligе Erdgeschosswohnung im Südosten des Inseldorfs mit einem winzigen Gartenstück, zwei Zimmern, einer Wohnküche und einem fensterlosen Duschbad. Ideal war das nicht, aber es käme Riekjes Idealvorstellung einer eigenen Wohnung schon sehr nahe. Sie hätte ein Kinderzimmer!

Ruhig bleiben, sagte sie sich.

»Was genau meinst du mit ›Ernst machen‹?«, fragte sie vorsichtig.

Asja wurde rot. »Na ja … Er will auf die Insel ziehen? Also, wir denken darüber nach. Und dann brauchen wir natürlich was Größeres.«

»Natürlich«, echote Jule. »Wie lange kennt ihr euch noch mal?«

»Also, das ist nicht fair. Riekje bekommt ein Kind von jemandem, den sie ungefähr genauso lange kennt wie ich Fridolin. Ihr stellst du nicht solche Fragen.« Gespielt trotzig verschränkte Asja die Arme vor der Brust.

Riekje prustete und nahm noch ein paar Paprikachips. Zusammen mit der Keksschokolade schmeckte das erstaunlich lecker, und ihr Körper schrie geradezu nach kurzkettigen Kohlehydraten.

»Also, falls Fridolin es ernst meint und bezahlbaren Wohnraum findet, kannst du deinem Vermieter gern meine Adresse geben.«

»Die hat er doch schon. Aber ich kann ihm gern sagen, dass du interessiert bist.«

»Wieso, wer ist denn der Vermieter?«, fragte Riekje verwirrt.

»Na, Herr Rüter. Ihm gehört das Haus.«

»Bei ihm habe ich aber ganz schlechte Karten.« Riekje erzählte Asja und Jule von dem Angebot, das er ihr heute Vormittag unterbreitet hatte. »Ich habe ihm gesagt, ich würde es mir überlegen«, sagte sie. »Gar nicht so dumm von mir, wie sich jetzt herausstellt.«

»Das wirst du doch nicht annehmen?«, fragte Jule verwirrt. »In zwei Wochen eröffnet dein Café. Und ehrlich gesagt, Riekje, du schaffst echt 'ne Menge. Aber selbst du kannst dich nicht zweiteilen und gleichzeitig in der Zimmervermietung und im Café arbeiten.«

Riekje seufzte. »Ich könnte das Geld aber gut gebrauchen«, sagte sie leise. »Wenn ich nur darüber nachdenke, wie viel das alles kosten wird … Ich werde nach der Geburt nicht direkt wieder arbeiten können, oder?« Sie maß Jules Bauch mit einem abschätzenden Blick, als überlegte sie, ob das nicht doch irgendwie möglich wäre.

»Vergiss es«, sagte Jule streng. »Sechs Wochen Mutterschutz vor der Geburt, acht danach.«

»Und die brauchst du auch«, fügte Asja hinzu. »Dass Jule noch jeden Tag in der Buchhandlung steht, ist eh ein Wunder.«

»Ich bin bald raus«, sagte Jule. »Musst dich also nicht aufregen. Casper und ich sind uns einig, dass wir einfach abwarten und erst mal nicht mit mir rechnen.«

Riekje seufzte. Alles, was ihre Freundinnen erzählten – und was vermutlich zu ihrer Beruhigung beitragen sollte –, hörte sich so fordernd und anstrengend an, dass ihr schon wieder zum Heulen zumute war.

»Du schaffst das«, sagte Asja leise. Sie hatte bemerkt, dass Riekje immer stiller wurde. »Wenn das eine schafft, dann du. Aber bitte lass dir helfen. Du musst das nicht allein schaffen. Und auch ein Vater, der sich sonst nicht einbringt, muss Verantwortung übernehmen.«

Riekje nickte. Sie wollte noch etwas einwenden, doch Asja sah sie streng an. »Nicht drüber nachdenken«, sagte sie leise. »Oder willst du das Kind nicht? Wenn das so ist, müssen wir auch darüber reden. Wie du die Schwangerschaft abbrechen kannst.«

Auf einmal war Asja so ernst, dass es Riekje für einen Moment den Atem raubte. »Nein, nein!«, rief sie leise. »Ich will das Baby. Es ist nur …«

Asja beugte sich vor. »Alles ist gut, Riekje. Jeder Gedanke, jedes Gefühl ist in dieser Situation legitim. Glaub's mir. Ich war schon zweimal an diesem Punkt.«

»Ich will das Baby«, bekräftigte Riekje. Der Gedanke, sie könnte die Schwangerschaft abbrechen, war ihr zu keinem Zeitpunkt gekommen. Das alles überforderte sie, ja. Weil sie sich an den Gedanken gewöhnen musste. Weil sie Entscheidungen treffen musste. Aber nichts wollte sie so sehr wie dieses Kind!

»Gut.« Asja entspannte sich. »Dann lass uns jetzt überlegen, wie wir dich in den nächsten Wochen unterstützen können. Jule?«

»Ja, also ich habe Montag meinen letzten Arbeitstag im Buchladen. Danach will Casper mich dort nicht mehr sehen.« Sie grinste. »Solange die Wehen noch nicht eingesetzt haben, kann ich ja mal gelegentlich im Café nach dem Rechten schauen. So mit einer Farbrolle in der Hand zum Beispiel.«

»Das wollte ich hören«, sagte Asja zufrieden. »Kann Yanis das auch?«

»Keine Ahnung …«

Vermutlich schon. Er sagte ja selbst, dass er vor Langeweile bald die Wände hochging.

»Du kümmerst dich um die Küche, wir machen den Rest. Und wehe, du nimmst das Angebot von Herrn Rüter an. Wozu hast du dich denn Ruth gegenüber verpflichtet? Sie hatte sogar ein zinsfreies Darlehen für dich. Besser geht's nicht, oder?«

Insgeheim gab Riekje ihr recht.

»Und wenn ich scheitere?«, wandte sie verzagt ein.

»Wirst du nicht«, sagte Jule überzeugt. »Du kannst dich doch jetzt schon nicht vor Aufträgen retten, und sobald das Café eröffnet, werden zumindest alle Kursteilnehmerinnen im *Möwennest* bei dir Cupcakes und Kaffee bestellen.«

»Okay«, sagte Riekje leise.

Doch die Zweifel blieben, und sie ließen sie auch in den noch folgenden zwei Wochen nicht los.

Aber eins ließ sie los, als sie zurückradelte und sich die kühle, nächtliche Brise um die Nase wehen ließ. Dieses Gefühl, nicht zu genügen. Dieses verflixte Ungenügend, das ihr immer im Weg stand. So viel hatte sie in den vergangenen Wochen erreicht. Sie hatte um eine Gehaltserhöhung gebeten. Hatte sich von Martin getrennt. Sie hatte sogar die Cupcakes für den Lieferdienst einigermaßen vernünftig kalkuliert, auch wenn sie nach einer Einführungsphase auf jeden Fall die Preise erhöhen musste. Da hatte Yanis schon recht. Und sie würde sich morgen mit ihm hinsetzen und die Speisekarte durchsprechen, sie würde ganz genau ausrechnen, welche Kosten jeder Cupcake verursachte, den sie aus dem Ofen zog, jedes Stück Sahnetorte und jeder Rum-Marmorkuchen. Und dann würde sie aus den Einstandskosten mithilfe einer Formel, die sie im Internet recherchiert hatte und die vernünftig klang, einen Preis kalkulieren. Es ging hier um ihre Zukunft. In acht Monaten bekam sie ein Baby. Und sie wollte keine Mutter sein, die ihrem Kind die eigenen wirtschaftlichen Probleme aufbürdete. Sie wollte bis dahin entweder mit dem Café genug verdienen, dass sie ein sicheres Auskommen hatte – oder dieses Experiment eben als beendet erklären. Wenigstens müsste sie sich nach dem Scheitern dann nicht ihr Leben lang fragen, ob das Café nicht doch ihre große verpasste Chance war.

Das Gespräch mit ihren Freundinnen – vor allem mit Jule,

die ja mit Casper erst vor Kurzem den Buchladen übernommen hatte – eröffnete ihr eine neue Perspektive. Die darauf, dass es *natürlich* hart werden würde. Sowohl mit Baby als auch mit der Selbständigkeit. Und sicher wäre es angenehmer gewesen, wenn beides nacheinander gekommen wäre und nicht gleichzeitig. Aber das Leben machte eben andere Pläne, während man selbst noch zögerte, ob man es wagen sollte. Es schuf Tatsachen.

Sie fühlte sich so erfrischt und fast übermütig, als sie den Camper betrat, dass sie ganz vergaß, wie spät es schon war. Obi Wan maunzte empört, ihre Augen funkelten in der Dunkelheit. »Pssst«, machte Riekje und legte einen Finger auf die Lippen.

Yanis wurde trotzdem wach. Er setzte sich auf und starrte sie an. »Riekje.«

»Ja, die bin ich.« Sie kicherte vergnügt.

»Alles okay?«

»Bin nur ein bisschen beschwipst.« Vor Glück, fügte sie in Gedanken hinzu.

Yanis war von jetzt auf gleich hellwach. »Wie bitte?«, fragte er und klang dabei ziemlich streng. Riekje sah ihn perplex an. Was war jetzt schlimm daran, beschwipst zu sein?

»Na ja, es war einfach ein schöner Abend mit meinen Freundinnen. Sehr … erhellend.«

»Du hast getrunken.«

Kam es ihr nur so vor, oder klang er irgendwie sauer?

Wieso das denn?

Alkohol war bisher kein Problem gewesen, oder? Also, hin und wieder hatten sie abends mal ein Glas Wein getrunken. Oder ein Radler, je nachdem, worauf sie gerade Lust hatten. Jetzt war das natürlich kein Thema mehr für sie, schließlich war sie schwanger. Davon wusste Yanis aber nichts. Sonst könnte sie ja verstehen, wenn er so ausflippte …

»Willst du mir irgendwas damit sagen?«, erkundigte sie sich.

»Nein«, erwiderte er fast schon aggressiv. »Willst du mir etwas sagen?«

Und wie finster sein Blick plötzlich war. Er streckte den Arm aus und knipste das Licht über dem gemeinsamen Bett an. Er verschränkte die Arme vor der nackten Brust. Sie wurde das Gefühl nicht los, dass ihr gerade ein paar Details fehlten, um seine Aufregung zu verstehen. »Wie spät ist es überhaupt?«

»Halb zwölf.«

»Und du findest das in Ordnung? Um diese Zeit noch draußen unterwegs zu sein? Morgen hast du doch viel zu tun, oder?« Er kniff die Lippen zusammen, sie wurde das Gefühl nicht los, dass er noch etwas hinzufügen wollte und sich nur mühsam beherrschte.

»Und das ist jetzt relevant, weil …?« Ihre gute Laune verflog. Obi Wans Kitten waren von ihrem Streit wach geworden, und die Katze starrte Riekje aus zusammengekniffenen Augen genauso genervt an, wie es vermutlich jede Mutter machen würde, wenn ihre Babys nachts von Lärm geweckt wurden. Riekje verschränkte die Arme vor der Brust. Sie merkte, dass sie keine Lust hatte, sich zu rechtfertigen. Sie war müde! Ja, sie war auch ein bisschen überdreht, weil sie heute eine echte Gefühlsachterbahn erlebt hatte, trotzdem überwog die Müdigkeit, und worüber stritten sie sich eigentlich gerade?

Yanis starrte sie an. Er sagte kein Wort, aber vermutlich musste er das auch nicht.

»Ich lasse mir doch nicht von dir jetzt Vorwürfe machen, weil ich lange bei meiner Freundin war. Oder weil ich Dinge so mache, wie ich sie für richtig halte«, fuhr Riekje fort. »Ich habe lange genug einen Partner gehabt, dem ich für jedes Päckchen Butter, das ich verbacken habe, Rechenschaft schuldig war. Der immer wissen wollte, wo ich war. Der mich so subtil kontrolliert hat, dass ich viel zu spät bemerkt habe, wie sehr unsere Beziehung in

Schieflage geraten ist. Das wollte ich nie wieder zulassen, hörst du?«

»Man, man, man. Davon redet doch keiner. Ich habe nur gemeint, es sei vielleicht nicht so klug, mit deiner aktuellen Arbeitsbelastung die halbe Nacht unterwegs zu sein.«

»Und wenn schon!«, fauchte sie. »Das ist doch wirklich nicht dein Problem.«

Sie hatte keine Lust, sich mit ihm zu streiten. Aber sie wollte sich auch nicht von ihm etwas vorwerfen lassen, das ihn nichts anging. Sie war eine erwachsene Frau, da musste sie sich doch nicht von einem Mann erklären lassen, was sie tun und lassen durfte? Riekje schnaufte, und dann musste sie lachen und über sich selbst den Kopf schütteln. Ja, sie war mächtig sauer auf Yanis, aber es tat *so gut,* ihm ihre Meinung zu sagen und nicht sofort einzuknicken. Wieso hatte sie das nicht früher schon gemacht?

Yanis sah sie aufmerksam an. Sie merkte, dass sich etwas an seiner Haltung veränderte. Dann schwang er die Beine über die Bettkante und griff – Gott sei Dank! – nach einem T-Shirt. Sie wusste nicht, ob sie noch viel länger vernünftig hätte argumentieren können, wenn er mit nacktem Oberkörper im Bett saß.

»Bravo«, sagte er leise.

»Wie bitte?« Sie starrte ihn verwirrt an.

»Du stehst für dich ein. Finde ich gut. Tut mir leid, ich habe mich gerade wie ein Arsch benommen.« Sein Mundwinkel zuckte. »Es geht mich ja absolut nichts an, wie du deine Zeit verbringst. Oder mit wem. Ich hab's echt verdient, dass du mir verbal in denselben trittst.«

Riekje atmete aus. »Entschuldigung angenommen«, sagte sie leise. Sie war erleichtert, denn für einen Moment hatte sie gedacht, der Streit würde dermaßen eskalieren, dass sie heute Nacht auf keinen Fall neben Yanis schlafen konnte. Was sie aber nicht davon abgehalten hatte, ihm ihre Meinung zu sagen.

Wow … Sie hatte das wirklich gemacht, oder? Hatte Yanis die Stirn geboten und war für sich eingestanden … Hatte sich nicht mal davon abschrecken lassen, dass Yanis so sauer auf sie werden könnte, dass er sie vor die Tür setzte …

Riekje merkte, wie ihre Knie weich wurden, und weil Yanis immer noch auf der Bettkante hockte, setzte sie sich einfach auf den Boden. Obi Wan stieg umständlich aus ihrer Wurfkiste und verschwand nach einem strengen Blick in Riekjes Richtung durch die offene Schiebetür.

»Alles okay?« Yanis beugte sich zu ihr runter, und sie lehnte sich mit dem Rücken gegen die Küche. Riekje legte den Kopf in den Nacken und blickte zu ihm auf.

»Ja«, flüsterte sie. »Alles wunderbar.«

Sie hätte ihn gern geküsst. Sich vorgebeugt, sein Gesicht mit den Händen umfasst und ihn geküsst. Einfach so. Weil sie sich ihm nahe fühlte. Sie hätte gern ihren Fehler korrigiert. *Hör mal, dass ich damals gesagt habe, dass das mit uns nichts wird – ich habe mich geirrt. Ich würde es gern versuchen mit uns. Was denkst du?*

Sie hätte ihm gern von der Schwangerschaft erzählt. *Ich bin schwanger. Du wirst Vater. Wir bekommen ein Baby.* Keiner dieser Sätze klang richtig. Sie klangen in ihren Ohren, als wäre sie eine Frau, die verzweifelt nach dem Mann an ihrer Seite suchte, der sie in dieser finanziell schwierigen Situation aushielt. Was sollte Yanis denn mit dieser Information anfangen? Hatte er überhaupt eine andere Wahl, außer daraufhin zu sagen, dass er sich um sie und das Kind kümmern würde? So schätzte sie ihn zumindest ein. Dass er sich kümmern würde, sobald sie ihm davon erzählte. Unabhängig davon, ob er Kinder wollte oder nicht. Obi Wan hatte er ja auch nicht vor die Tür gesetzt.

Als ihre Gedanken diesen Punkt erreichten, musste Riekje lachen und schüttelte den Kopf.

Yanis beobachtete sie aufmerksam.

»Ist dir das auch schon mal passiert, dass du dachtest, dein ganzes Leben steht auf dem Kopf?«

Er nickte langsam. »Das ist noch gar nicht so lange her«, sagte er.

»Willst du mir davon erzählen?«

»Jetzt?« Er grinste schief. »Ich dachte, du willst schlafen?«

»Schlaf wird überbewertet.« Sie zog sich hoch und begann, in der Küche zu klappern. »Willst du auch einen Kaffee?«

»Aus der Nummer komme ich jetzt wohl nicht mehr raus, mh?«

»Nein!«, erklärte sie bestimmt. »Ich will mit dir um Mitternacht einen extra starken Espresso schlürfen und dabei mehr über dich erfahren.«

Das war fast so gut wie ein Kuss, dachte sie. Eine andere Form von Intimität. Auf jeden Fall erschuf es eine Nähe, die sie sehr genoss. Und er könnte ja ebenso bestimmt Nein sagen wie sie. Das traute sie ihm durchaus zu.

Yanis aber wartete geduldig mit ihr, bis das Kaffeewasser kochte. Sie goss die Espressi mit Instantpulver auf, und dann setzten sie sich ins Bett, jeder auf einer Seite, mit dicken Kissen im Rücken und dem doppelten Espresso in der Hand.

Und dann begann Yanis zögernd zu erzählen.

Kapitel 22

Romy und er begegneten sich auf dem Sommerfest der Wirtschaftskanzlei, bei der Yanis seit einigen Jahren arbeitete. Er war der aufstrebende, erfolgreiche Anwalt, sie war die extrem kluge und ehrgeizige Referendarin im letzten Jahr vor dem zweiten Staatsexamen. So war das mit Juristen; sie arbeiteten zu viel, als dass sie sich ein Privatleben leisten konnten. Darum war der Arbeitsplatz als Heiratsmarkt unverzichtbar.

Es war Liebe auf den ersten Blick, erzählte Yanis, und dabei lächelte er traurig. »Sie hat mir sofort den Kopf verdreht. Dieses typische ›an nichts anderes denken können als an diese Frau‹, ich habe Himmel und Hölle in Bewegung gesetzt, damit sie in mein Team wechselte. Das war mein erster Fehler.«

»Warum?«, fragte Riekje leise.

Yanis spürte, wie seine Wangen warm wurden. »Never f… the company«, murmelte er. »Lässt sich ja nicht vermeiden, wenn die Kanzlei der Heiratsmarkt ist, aber dass ich Romy zu mir ins Team geholt habe, war … unerquicklich. Für alle Beteiligten und vom ersten Tag an.«

Er starrte in seine leere Espressotasse. Warum war Espresso nur so klein? Er hätte jetzt nichts gegen einen großen Pott Kaffee obendrauf, schlafen würde er diese Nacht sowieso nicht.

»Eine Weile hat das ganz gut funktioniert«, fuhr er fort. »Romy schrieb ihr zweites Examen, wir zogen zusammen. Sie suchte sich dann wegen der Spannungen in meinem Team einen Job in einer anderen Kanzlei. Ich habe sie dort empfohlen. Mein zweiter Fehler.«

Riekje schwieg. Sie ließ ihn erzählen, stellte wenig Fragen. Aber er merkte, wie seine Geschichte in ihr arbeitete, und das ermutigte ihn.

»Wir waren die nächsten zwei Jahre echt glücklich. Wenn wir mal freihatten, sind wir viel unterwegs gewesen. Städtetrips. Kopenhagen, Budapest, London – als würden wir es nicht zu Hause miteinander aushalten, als müssten wir immer etwas erleben. Romy hat mich immer ermutigt, nach Höherem zu streben – nach der Partnerschaft in der Kanzlei. Irgendwann hätte ich das vielleicht sogar geschafft, aber der Weg dorthin ist sehr steinig. Permanent Überstunden. Sie war für mich da, wann immer ich sie brauchte. Aber ihre Karriere stagnierte. Sie wechselte die Kanzlei. Sie wurde nicht glücklich. Irgendwann eröffnete sie mir, dass sie *so* nicht weitermachen wollte. Das habe ich bewundert. Dass sie ihre Grenzen kannte. Ich habe sie ermutigt, eine Pause zu machen.« Er starrte in seine leere Tasse.

Es fiel ihm schwer, diese Jahre mit Romy rückblickend als eine gute Zeit zu betrachten. Zu sehr überschatteten die letzten Monate die Jahre davor. Aber sie waren glücklich gewesen, bevor alles den Bach runterging. Sie hatten Fehler gemacht. Beide. Yanis war überzeugt, wenn sie die ganze Zeit miteinander geredet hätten, wäre es nicht zu der Trennung gekommen.

Romy hatte schließlich gekündigt. Sie nahm sich eine Auszeit, und während sie in den folgenden Monaten durchatmete, rieb er sich weiter auf. Romy feuerte ihn an, sie gab ihm das Gefühl, dass es wirklich darauf ankam, dass er bald aufstieg. Dass dieser Karriereschritt entscheidend war.

Zugleich merkte Yanis aber, wie er immer mehr an seine Grenzen stieß. Die Anforderungen im Job machten ihn krank, und weil er immer häufiger abends erschöpft heimkam, wo Romy ihn schon erwartete, energiegeladen und voller Pläne, kam es immer häufiger zwischen ihnen zu Streits. Bis Yanis ihr vor einem Jahr erklärte, er könne das nicht mehr. Sich kaputtarbeiten, während sie sich selbst fand. Seine Chancen auf die nächste Karrierestufe schätzte er ohnehin als nicht besonders gut ein, und er wollte deshalb kündigen.

Und weil er inzwischen sah, dass seine Arbeit als Anwalt bei Unternehmenskäufen, die zwangsläufig zur Entlassung vieler Mitarbeitender führen würden, mit seinen Werten schon lange nicht mehr im Einklang war.

An diesem Abend hatten sie den schlimmsten Streit ihrer ganzen Beziehung, schlimmer als das, was vor zwei Monaten zur endgültigen Trennung führte. Romy machte ihm Vorwürfe, weil er das angenehme und bequeme Leben wegwarf, das sie bis zu diesem Zeitpunkt genossen hatten.

An dieser Stelle unterbrach Riekje ihn. Sie hatte geduldig zugehört, die Stirn konzentriert gerunzelt. »Hast du denn so viel Geld?«, wollte sie wissen, und dann schlug sie die Hand vor den Mund, über Geld redete man schließlich nicht.

»Ich habe mehr verdient, als ich ausgeben konnte«, antwortete Yanis ruhig.

»Obwohl ihr so viel gereist seid?«

Er nickte.

Nach dem Streit stand für ihn fest, dass er sich nicht länger von Romy unter Druck setzen lassen wollte. Er kündigte und kaufte sich am nächsten Tag den Camper. Ein richtig übler Impulskauf, einfach aus dem Bedürfnis heraus, seinem Leben einen Sinn zu geben – und sei es, einen komplett abgerockten Ford Transit so weit fertig zu machen, dass er damit durch Europa touren konnte. Zehn Monate lang stand er morgens auf und fuhr zu der Werkstatt, in der er einen Platz angemietet hatte. Dort waren andere Schrauber, total unterschiedliche Typen, von denen er eine Menge lernte. Leute, die anpackten, statt mit weißem Kragen jeden Morgen in die Kanzlei zu eilen. Keiner lachte ihn aus, weil er noch nie ein Rad gewechselt oder die Scheibenwischerflüssigkeit aufgefüllt hatte. Er lernte, wie man einen Ölwechsel machte, wie man die Elektrik für die Küche verlegte und wo man für den TÜV hinging, damit wegen der vielen Modifikationen keiner meckerte. Yanis liebte dieses neue Leben. Aber mit Romy blieb es schwierig.

Sie dachte, nach seiner Kündigung sei er mehr für sie da. Sie fühlte sich vernachlässigt, und von einer gemeinsamen Zukunft sprachen sie selten. Irgendwann gestand sie ihm, sie hätte seine Kündigung für eine vorübergehende Anwandlung gehalten. Dass er nach zwei, spätestens drei Monaten zur Besinnung kommen und sich bei einer anderen Kanzlei einen noch besseren Job angeln würde. Sie war davon ausgegangen, er würde die Karriereleiter weiter erklimmen.

Als er ihr erklärte, das werde nicht passieren, brach sie in Tränen aus und erklärte ihm, dass sie doch gerade schwanger sei, wie sollten sie denn über die Runden kommen, wenn das Baby erst da war?

An dieser Stelle verstummte Yanis. Er ließ Riekje nicht aus den Augen, doch sie hielt den Blick gesenkt. Wieder musste er an das Telefonat denken, das er am Nachmittag belauscht hatte. Hatte sie ihm etwas zu sagen? Oder war das Baby gar nicht von ihm, sondern von ihrem Ex?

Würde das denn etwas ändern? Für ihn nicht. Aber vielleicht wollte Riekje ja noch mal mit ihrem Ex-Freund zusammenkommen.

Ein Kind änderte alles.

»Dann hast du sie mit dem Baby sitzen lassen?«

Yanis starrte in seine Espressotasse. »Ich nehme noch einen, du auch?«, fragte er.

Riekje schüttelte den Kopf. Während Yanis den Wasserkocher

befüllte und einschaltete, zog sie die Knie an und schlang die Arme darum. Er beobachtete sie aus dem Augenwinkel. Sie wirkte ein wenig bedrückt von seiner Geschichte.

Vielleicht war's keine so kluge Idee, ihr davon zu erzählen.

Aber für Bedenken war's jetzt zu spät.

»Romy war also schwanger«, fing er wieder an, sobald er mit seinem Kaffeebecher zurück unter die Bettdecke kroch. »Manchmal haben wir überlegt, wie es wäre, wenn wir eine Familie gründen. Ich wäre dazu bereit gewesen, vor allem, nachdem ich gekündigt hatte. Sie sagte immer, es sei noch zu früh dafür. Und dann kam sie damit. Sie zeigte mir den positiven Test, sie erzählte mir von ihrem ersten Besuch beim Frauenarzt. Sie zeigte mir sogar das Ultraschallbild, und ich habe mich so gefreut. Ich habe mir das von Herzen gewünscht. Dass es funktioniert. Dass wir eine Familie werden. Wir haben wieder miteinander geredet. Haben Pläne geschmiedet. Wir waren endlich wieder glücklich. Zumindest habe ich das gedacht.«

Er zuckte hilflos mit den Schultern. Die Erinnerung daran, wie sehr Romy ihn betrogen hatte, schmerzte noch. Klar. Es war gar nicht so lange her, dass er ihre mühsam aufrechterhaltene Scharade durchschaut hatte. Im ersten Moment war er komplett ungläubig gewesen, weil er sich nicht hatte vorstellen können, dass jemand so viel kriminelle Energie aufwenden könnte, um eine Schwangerschaft vorzutäuschen.

Denn genau das hatte Romy getan. Als sie fürchtete, Yanis könnte ihr entgleiten, weil er weder seine Karriere wieder aufnehmen wollte noch nach ihren Maßstäben genug Zeit bei ihr verbrachte – da schuf sie Tatsachen. Mit der Schwangerschaft wollte sie ihn an sich binden. Und er war voll drauf reingefallen.

»Wir wollten heiraten«, fuhr er leise fort. »Sie war bereit, ganz klein zu feiern. Nur ein paar Freunde und unsere Familie. Mir war das recht. Ich hatte gedacht, sie wollte lieber so was richtig Großes, aber sie sagte, das müsse nicht sein. Ich hätte spätestens da misstrauisch werden sollen.«

Er musste bei der Erinnerung den Kopf schütteln.

Riekje rutschte unruhig auf ihrer Seite des Betts herum. Er merkte, dass ihre Augen schon ganz klein waren, sie hielt sich nur mühsam wach. Als sie seinen Blick bemerkte, riss sie sich zusammen und setzte sich höher.

»Warum misstrauisch?«

»Weil Romy selten auf meine Wünsche eingegangen ist. Nur wenn es ihr gut passte. Sie wollte mich heiraten. Darum ging es ihr.«

»Aber deshalb schwanger werden?« Riekje runzelte die Stirn. »Das ergibt doch keinen Sinn, das Kind bleibt ja dein Leben lang, auch wenn die Ehe nicht hält …«

»Richtig.« Er atmete tief durch. Erstaunlich, wie schwer es ihm fiel, darüber zu reden. Aber er wollte aufrichtig sein, und sie wollte die Geschichte hören, und das alles mitten in der Nacht. Schlafen konnten sie später. Also er, Riekje würde wieder morgens um fünf aus dem Bett krabbeln und sich aus dem Camper schleichen. Ihm war ein Rätsel, wie sie das schaffte.

»Darum hat sie die Schwangerschaft auch nur … vorgetäuscht.«

»Vorgetäuscht?!« Jetzt war sie wieder hellwach. »Wie? Ich meine …«

»Ach, das ist gar nicht so schwer.« Er tat entspannt, dabei reichte die Erinnerung an diesen Betrug, diesen Verrat, dass er gar nicht wusste, wohin mit seinen Gefühlen. Er blickte knapp an Riekje vorbei und versuchte, möglichst gelassen aufzuzählen, wie er Romy entlarvt hatte. »Man braucht eine schwangere Freundin, deren Schwangerschaftstest man aus dem Badezimmermülleimer klaut, dazu fotografiert man das eine oder andere Ultraschallfoto ab und muss nur noch dafür sorgen, dass besagte Freundin und der Zukünftige sich unter keinen Umständen begegnen. Der wird sich nämlich mit ihr über die Schwangerschaft freuen, wird dann erfahren, dass ihr Stichtag am selben Datum ist wie der seiner Verlobten, er wird anfangen, Fragen zu stellen – zum Beispiel, weshalb seine Verlobte bis zu diesem Tag diese Freundin mit keinem Wort erwähnt hat, wieso sie nicht zur Hochzeit eingeladen ist, obwohl die beiden offenbar in den vergangenen Monaten quasi täglich zusammen unterwegs waren, um für das Baby einzukaufen … Dann wird er nach Hause gehen und im Schrank, in dem das Kleid für die Hochzeit in sechs Wochen hängt, auch einen kleinen Umschnallbauch finden. So was kann man im Internet bestellen, wusste ich bis dahin auch nicht.«

»Man kann im Internet alles bestellen, oder?« Riekje streckte die Hand nach ihm aus. »Es tut mir so leid.«

Yanis nahm ihre Hand, und sie drückte seine Finger. Er atmete tief durch.

»Wie ging es weiter?«, fragte Riekje leise.

»Ich habe sie zur Rede gestellt, und sie hat alles bestritten.« Yanis senkte den Kopf. »Ich war so wütend, dass ich ihr jede Geschichte geglaubt hätte. Sie erzählte mir, dass sie schwanger war, ganz bestimmt. Aber dann hatte sie einen frühen Abgang, und da hatten wir uns schon verlobt … Bis heute weiß ich nicht, ob das stimmt. Ob sie mir die Schwangerschaft nur vorgespielt hat, um mich nicht zu enttäuschen. Oder war das von Anfang an ihr Plan? Sie wollte nie Kinder, und ihre Freude war immer nur so lange verhalten, bis sie wieder bemerkte, wie sehr ich mich freute. Ich fühlte mich danach betrogen. Um die gemeinsame Zukunft, die es nie gegeben hat. Sie hat das alles ja nur inszeniert, um zu verhindern, dass ich einen Rückzieher machte.«

»Alles Scheiße«, entfuhr es Riekje, und Yanis musste grinsen.

»Stimmt«, gab er zu. »Ich habe die Hochzeit gecancelt. Natürlich war ich dann der Böse. Habe sie nach der Fehlgeburt sitzen lassen, weil es mir nur um das Kind ging. Das hat sie jedenfalls allen erzählt. Da habe ich es irgendwann nicht mehr ausgehalten. Sie hat so viel Mist über mich verbreitet. Ich habe meine Sachen gepackt und bin losgefahren. Bloß weg.«

»Verstehe«, sagte Riekje langsam. Sie wirkte seltsam in sich gekehrt, als würde sie anderen Gedanken nachhängen. Als wäre sie nicht bei ihm, sondern ganz weit weg.

»Na, jedenfalls – so bin ich hier gelandet. Und dann gestrandet. Als wollte mir das Leben was damit sagen.«

Er sah sie an, doch Riekje hielt den Blick auf ihre Hände gesenkt und sagte gar nichts mehr.

Yanis war enttäuscht. Aber was hatte er auch erwartet? Dass sie ihm mit Tränen in den Augen gestand, dass sich gerade sein Wunsch nach einem Kind erfüllt hatte, denn sie war schwanger? Unwahrscheinlich. Ihr Schweigen konnte ja nur bedeuten, dass sie vom Ex schwanger war.

Er bekam trotz der beiden Espressi und den zwei Stunden, die er bereits geschlafen hatte, von jetzt auf gleich Kopfschmerzen, die sich hinter seine Augen bohrten. Er wollte noch irgendwas sagen, doch Riekje, die immer stiller und blasser geworden war, warf auf einmal die Bettdecke von sich, stolperte fast über die Wurfkiste, fing sich gerade noch an der Schiebetür und beugte sich nach draußen, wo sie sich auf die Fußmatte übergab, die er in einem Anfall von »wohnlich machen« vor den Camper gelegt hatte. »Home sweet Home« roch jetzt vermutlich eher säuerlich.

»Scheiße«, flüsterte Riekje. Sie hatte auf Yanis' hübsche Fußmatte gekotzt, Home sweet Home mit Regenbogen, na ja, und nun eben mit grünlich gelben Kotzewölkchen. Sie bekam auch jedes bisschen Kitsch kaputt.

In ihrem Kopf drehte sich alles. Sie richtete sich auf, stieg behutsam über die vollgekotzte Fußmatte aufs Gras und versuchte, tief durchzuatmen. Die laue Nachtluft strich über ihr Gesicht, das machte es auch nicht besser. Yanis rief sie, aber Riekje wollte jetzt lieber nicht reden, und überhaupt. Mitten in der Nacht, wieso hatte sie dieses Gespräch bloß angefangen?

Vermutlich hatte sie gehofft, Yanis' Weg hierher sei trivialer verlaufen, nicht geprägt von so viel Drama. Noch dazu von einer Ex, die ihm eine Schwangerschaft vorgaukelte, die es nicht gab. Was bedeutete das denn jetzt für sie?

Auf keinen Fall konnte sie Yanis *jetzt* sagen, dass sie schwanger war. Dass das Kind von ihm war! Er würde es im schlimmsten Fall für einen schlechten Scherz halten, im besten Fall würde er – ganz der ritterliche Beschützer – ihr einen Antrag machen. Und das wäre nicht der »beste Fall«, sondern am allerschlimmsten, denn sie wollte definitiv nicht, dass einer sie heiraten wollte, weil »man das eben so macht, wenn was Kleines unterwegs war«. Als ihre Gedanken diesen Punkt erreichten, wich die Anspannung langsam. Tief durchatmen, sagte sie sich. Nur nicht kirre machen lassen.

Ihr wurde auch klar, dass sie früher oder später mit Yanis reden musste. Über dieses Baby. Über die Zukunft. Ihre Freundinnen hatten recht – sie musste ihm die Wahrheit sagen.

Aber nicht jetzt. Nicht, nachdem er ihr von dem Betrug seiner Ex-Freundin erzählt hatte. Sie war doch selbst noch lange nicht an dem Punkt angelangt, dass sie es wirklich begriffen hätte, was da mit ihr passierte. Ein Baby? Völlig unverantwortlich, dass die Natur *ihr* ein Baby anvertraute.

Zugleich war ihr Ehrgeiz geweckt. Sie wollte dieses Baby, unbedingt. Sie wollte alles. Das Café im *Möwennest,* das Baby – und wenn sie in sich reinhorchte, dann hätte sie auch gern den Mann, den Vater für dieses Baby.

Aber alles schön der Reihe nach.

Kapitel 23

Die nächsten Tage wurden einfach nur *wild.*

Als Riekje am übernächsten Tag zur Arbeit kam, war ihr Schreibtisch geschmückt mit kleinen pastellfarbenen Lampions, Luftschlangen und Papierkonfetti in Cupcake-Form. Ihre Kolleginnen kamen zu ihr und umarmten sie. »Du wirst uns fehlen«, sagte Dorte.

»Und das nicht nur, weil wir jetzt deine Arbeit übernehmen müssen.« Das kam von Melanie. »Wie halten wir denn ohne deine Lime-Baisers und Beerentörtchen Herrn Rüter bei Laune?«

»Ihr könnt jederzeit im Café vorbeikommen und ein paar Törtchen holen. Und für heute Nachmittag habe ich natürlich noch mal gebacken.«

»Du bist die Beste.« Melanie umarmte sie. »Und das meine ich nicht nur wegen der Törtchen so. Ich freue mich, dass du da etwas gefunden hast, das dich erfüllt.«

Riekje musste kniepern, das war auch neu. Seit gestern früh hatte ihr Verstand wohl anerkannt, dass sie schwanger war, weshalb er ihrem Körper erlaubte, jedes nur erdenkliche Schwangerschaftszipperlein zu entwickeln. Nah am Wasser gebaut sein war das Neueste. Anstrengend, aber irgendwie auch schön. Als müssten ein paar ungeweinte Tränen einfach mal raus.

»Ach, komm her.« Dorte schloss sie in die Arme, und Riekje erwiderte die Umarmung. Wie gut es tat, wenn da Menschen waren, die sie einfach so nahmen, wie sie war. Sie hatte mit ihren Kolleginnen nie so richtig viel zu schaffen gehabt, jenseits von der gemeinsamen Arbeitszeit. Irgendwie würden sie ihr schon fehlen.

Herr Rüter kam später zu ihr. Er stand etwas verloren im Türrahmen und räusperte sich.

»Sagen Sie mir nur eins.«

»Ja?«

Er betrat ihr Büro und schloss die Tür hinter sich. Riekje schob die Tastatur etwas von sich weg, auf der sie gerade eine Mail getippt hatte.

»Wären Sie geblieben, wenn ich Ihnen sofort eine Gehaltserhöhung gegeben hätte? Als Sie vor ein paar Wochen danach gefragt haben, meine ich.«

Riekje hatte über diese Frage ja selbst schon viel nachgedacht. »Nein«, erklärte sie ruhig. »Ich bin sogar ganz froh, dass Sie sie mir nicht gegeben haben. So konnte ich guten Gewissens meine Zelte hier abbrechen. Tut mir leid«, fügte sie hinzu.

Er nickte. »Dachte ich mir schon. Und Sie machen das schon richtig. Wäre schade, wenn Ihr Talent nicht genutzt würde.«

»Danke.« Das bedeutete ihr viel. Sie wollte immer mit allen gut auskommen, und sie wäre ungern im Groll gegangen. »Tut mir leid, dass Sie noch niemanden gefunden haben.«

»Mir tut's leid, dass ich Sie Anfang der Woche mit meinem Angebot unter Druck gesetzt habe.« Herr Rüter grinste verlegen. »Habe schon Ärger von meiner Tochter bekommen deswegen. Sie meinte, das sei unmoralisch gewesen.«

»So ein klitzebisschen schon.«

»Mh«, machte er. »Bin's wohl gewohnt, immer zu bekommen, was ich will.«

Darüber mussten sie beide schmunzeln.

»Wie wäre es mit einem Küchlein?«, schlug Riekje vor. Sie hatte nämlich schon Hunger.

»Da sage ich nicht Nein.«

Sie gingen in die Küche, in der sie vorhin schon die Cupcakes und Lime-Baisers aufgebaut hatte. Letztere liebte Herr Rüter, weshalb er verzückt seufzte. Riekje kochte Kaffee und Tee, und weil erstaunlicherweise heute Früh wenig los war, kamen auch Dorte und Melanie dazu, und schon feierten sie eine kleine, aber feine Teeküchenparty. Es wurde nostalgisch; Herr Rüter erzählte aus der Anfangszeit seines Geschäfts vor über vierzig Jahren, als alles noch etwas gemächlicher zuging. »Verrückt waren die Leute trotzdem schon damals. Einmal hat eine Familie den Sand vom Strand bollerwagenweise in die Wohnung geschleppt, damit die Kinder auch bei Regenwetter im Sand spielen konnten. Den haben sie natürlich nicht zurückgebracht, das gab mächtig Ärger. Besenrein war das nicht!«

Als sich die kleine Kuchenrunde auflöste, nahm er Riekje beiseite. »Sie müssen heute nicht bis um fünf bleiben«, sagte er. »Packen Sie zusammen, wir wuppen das schon.«

Dabei zwinkerte er ihr zu.

»Oh, danke.« Sie war überrascht, aber dann merkte sie, wie sich die Aussicht darauf, nicht noch mal gefühlt hundert Mails über verstopfte Abflüsse oder nicht funktionierende Münzwaschmaschinen zu beantworten, einerseits seltsam anfühlte – andererseits wie eine Erleichterung.

»Zur Eröffnung sehen wir uns ja schon wieder!«

Riekje musste zwar noch ein paar Kleinigkeiten erledigen, aber das Angebot nahm sie gerne an. Sie hatte noch so viel um die Ohren, bevor ihr Café eröffnen konnte. Vor allem musste sie dringend mit Ruth sprechen. Vielleicht hatte sie Glück, wenn sie gleich beim Café vorbeifuhr.

So ganz konnte sie es noch nicht glauben. Riekje stand im Gastraum des Cafés und drehte sich langsam im Kreis. Die runden Holztische mit den bunt lackierten Stühlen, die hellen Wände, der Parkettboden … Das alles sah so hübsch aus!

»Willst du nur rumstehen oder auch noch mit anpacken?« Asja

zwinkerte. Sie stand vor einem Stuhl, dem sie gerade die zweite Lackschicht in dunklem Petrol verpasste. »Da wollen ein paar Stühle noch bunt gemacht werden.«

»Oh, klar.« Riekje nahm die Lackrolle, die Asja ihr reichte, und wählte aus den Töpfen mit bunten Farben einen aus. Puderrosa, sonnengelb, türkis, tannengrün, pink, karmesinrot – sie hatte sich bei der Farbauswahl für die Stühle so richtig ausgetobt. Die Tische waren mit dunkel lasierten Holzplatten und weißen Beinen eher dezent. Sie liebte den Kontrast.

Asja stellte den Stuhl für Riekje auf die Malerplane, und Riekje hebelte einen Farbtopf auf, der pinke Farbe enthielt. Schon bald versank sie ganz im Pinseln, und zum Glück brachten die Farbdämpfe – die natürlich so ökologisch waren wie möglich, Ehrensache! – ihr keine neue Übelkeitswelle. Im Gegenteil. Sie mochte es, wenn es zur Abwechslung mal nach Holzstaub, Lösungsmitteln und Farbe stank und nicht nach Macarons und Cookies duftete.

Nach einer Weile richtete Riekje sich auf und betrachtete kritisch ihr Werk. Dann blickte sie sich im Gastraum um, in dem Asja und sie so eifrig vor sich hin werkelten.

»Ich mach Pause!« Asja winkte und verschwand nach draußen. Riekje wollte ihr schon folgen, doch dann wurde sie vom Zauber dieses Moments eingenommen. Es war selten geworden, dass sie allein in ihrem Café stand. Meist war Jule hier, oder Ruth schaute vorbei. Asja verbrachte jede freie Minute damit, die letzten Arbeiten zu erledigen, und die anderen Möwen, wie sich die Frauen nannten, die Ruth um sich geschart hatte, waren auch immer mal wieder da.

Allein mit ihrem Traum. Das brauchte sie. Ein paar Minuten nur für sich.

Sie konnte sich gut vorstellen, wie sie schon bald jeden Morgen die Blümchen auf den Tischen goss, im Herbst und Winter konnte sie bunte Gestecke mit Kerzen aufstellen. Die Theke erstreckte sich an einer Wand des Raums, daneben würde schon bald eine zweite aufgestellt werden, in der Kuchen und Torten präsentiert wurden. Gestern war endlich die Kaffeemaschine geliefert worden, sie glänzte wuchtig und silbern hinter der Theke. Die Wand hinter der Siebträgermaschine war mit Delfter Fliesen versehen worden. Die Liebe im Detail, die Riekje so wichtig war, spürte sie bei allem, was sich hier in den letzten Wochen getan hatte.

Sie schritt langsam hinter die Theke. Durch eine Tür ging es in die Küche. Und dort war in den letzten Wochen eine Menge passiert! Sie hatte die Öfen und den Herd geschrubbt, die Kühlschränke neu bestückt, die Kühlkammer mit zusätzlichen Regalen ausgestattet und das Geschirr sortiert. Es gab Tassen und Teller mit friesisch blauem Dekor, das die Muster der Wandfliesen aufnahm. Die Schränke waren voll, alles stand an seinem Platz und war gut durchdacht – hoffte sie. Ob das wirklich klappte, würde sich erst nach der Eröffnung zeigen.

Auf dem Tresen lagen mehrere Mappen. Sie strich mit den Fingern darüber. Es waren einerseits die Bewerbungen von einigen Aushilfen und festen Kräften, dann noch der Probedruck für die Speisekarte und Flyer, die sie in allen Hotels und der Zimmervermietung auslegen wollte. Yanis hatte sie wohl vorbeigebracht. In den letzten zwei Tagen hatte sich nicht die Gelegenheit ergeben, mit ihm über das zu reden, was Riekje immer wieder kurz verdrängte, das ihr dann aber wieder einfiel.

Die Schwangerschaft.

Sein Kind.

Hätte sie ihm vor zwei Tagen davon erzählen sollen, als sie bis spät in die Nacht miteinander redeten? Es war ihr damals unpassend erschienen. Und seitdem hatte sich keine Atempause ergeben, in die etwas so Gewaltiges wie die Worte »Wir bekommen ein Baby!« passte. Zumal sie doch nur befreundet waren.

Wollte sie denn mehr? Was wollte sie denn noch vom Leben?

Genügte ihr nicht, dass sie dieses Café bekam, das all ihre Träume und Wünsche übertraf? Dass sie darüber hinaus ein Baby bekam? Fühlte sich ganz schön gierig an, dass sie jetzt auch noch den Vater zum Kind haben wollte …

»Hi.«

Riekje fuhr herum.

Sie stand Martin gegenüber.

»Hi …«, stotterte sie. »Was machst du denn hier?« Ihre Stimme kiekste. Das Herz schlug ihr bis zum Hals. Martin war der Letzte, mit dem sie jetzt gerechnet hätte.

»Oh, ich … ähm. War in der Gegend und wollte dich in der Zimmervermietung besuchen und mal Hi sagen. Herr Rüter meinte, ich würde dich hier finden.« Er ging langsam durch den Raum. »Schick. Alles deins?«

Sie schluckte. »Kann man so sagen.«

»Wow.« Er schaute sich um. »Sieht toll aus.«

»Du klingst überrascht.«

Martin zögerte. Er sah sich um, zeigte dann auf einen der Tische. »Wollen wir uns nicht lieber hinsetzen?«, fragte er leise.

Riekje zuckte mit den Schultern. Sie gingen zu einem Tisch, und während Riekje sich auf den roten Stuhl setzte, ging Martins Hand zwischen dem himmelblauen und dem gelben hin und her, als könnte er sich nicht entscheiden. Dann rückte er so lange nervtötend mit dem gelben Stuhl übers Parkett, dass Riekje ihr Handy zückte und »Filzgleiter für alle Stühle« notierte.

»Also?«, fragte sie sanft und steckte das Handy zurück in die Gesäßtasche.

»Also …« Martin faltete die Hände vor sich auf dem Tisch. »Das klingt jetzt vielleicht … merkwürdig. Aber ich wollte dich fragen, ob du … eventuell … ob wir beide …« Er blickte auf. »Mensch, Riekje. Mach's mir doch nicht so schwer.«

Sie blickte ihn unverwandt an, die Hände locker im Schoß, obwohl sie am liebsten die Arme vor der Brust verschränkt hätte.

»Ich dachte, wir könnten wieder …« Er rang mit sich. Wollte er, dass sie es aussprach? Damit es ihr ein bisschen leichter fiel, sich noch mal auf ihn einzulassen?

»Was könnten wir?«, fragte sie, weil er jetzt nur noch stumm auf seine Hände starrte.

»Na, zusammenkommen halt.« Er klang trotzig. »Wir hatten es doch gut miteinander, oder? War 'ne schöne Zeit. Seit du nicht mehr da bist, fehlt mir was.«

Sie musste an sich halten, dass sie nicht aufschnaubte. »Was genau fehlt dir denn?«, fragte sie.

»Na ja, dass es … schön ist. Gemütlich. Man kommt nach Hause und kann …« Er verstummte, als würde er im selben Moment begreifen, was er da gerade sagte.

»Man kommt heim, und alles ist hergerichtet«, sagte sie leise. »Die Spülmaschine ausgeräumt, die Wäsche aufgehängt oder schon weggeräumt, mindestens aber gewaschen. Ein paar Cupcakes im Ofen, ein Eintopf auf dem Herd. Meinst du das?«

Sie hob den Kopf. Martin wurde rot. »Ja, das.«

Riekje nickte. »Schön, dass du es im Nachhinein merkst. Wie viel ich dir abgenommen habe.«

»Dann ist das ein Nein?«

Sie lachte. »Natürlich ist das ein Nein. Glaubst du ernsthaft, ich möchte noch mal zurück, nachdem du mir erklärt hast, ich würde nicht genug einbringen? Dabei hast du es nur nicht gesehen.«

»Und wenn ich mehr aufs gemeinsame Konto einzahle?«, versuchte er es noch einmal.

Riekje stand auf. Sie hatte genug gehört. Es ging Martin nur um seine Bequemlichkeit. Er wollte eine Freundin, die sich um alles kümmerte, nicht zu viel Raum einnahm und ihn anhimmelte. Das konnte sie ihm nicht länger bieten. Nicht nur, weil ihre Gefühle zu ihm in den letzten Jahren an der Gedankenlosigkeit erstickt waren, mit der er sie als selbstverständlich hinnahm. Sondern auch, weil sie ihren eigenen Wert begriffen hatte. Und sie würde sich nicht noch einmal in so eine Abhängigkeit begeben. Würde sich kein zweites Mal von ihm einreden lassen, sie müsse den Haushalt allein wuppen, während er an der Konsole zockte oder ins Gym ging. Nur um sich dann vorwerfen zu lassen, dass sie finanziell nicht genug beitrug … Er hatte seine Chance gehabt. Sie war froh, dass sie früh genug erkannt hatte, wie viel Energie die Beziehung mit ihm ihr abverlangte. Das war vorbei, und zwar ein für alle Mal.

»Was machst du?«, fragte Martin überrascht.

»Ich habe ein Café, das in zehn Tagen eröffnet wird. Und bis dahin ist eine Menge zu tun.«

»Und … was ich gerade gesagt habe? Willst du mir darauf gar nicht antworten?«

Sie nahm die Speisekarten zur Hand. Es waren mehrere Andrucke. Jetzt musste sie entscheiden, welche ihr am besten gefielen. »Die Antwort lautet immer noch Nein.«

»Aber wieso?« Er sprang so heftig auf, dass sein Stuhl umfiel. Martin kümmerte sich nicht darum, er kam hinter Riekje her. Packte ihr Handgelenk, wollte sie zu sich herumreißen. Sie erstarrte. Er bemerkte seinen Fehler im selben Moment, ließ ihre Hand sofort los.

»Warum?«, flüsterte Martin. »Wir waren doch glücklich.«

Sie sah ihn stumm an. Kein Wort. Nur dieser Blick. Sie hatte nicht mal Verachtung oder Abscheu für ihn übrig, sondern nur … ja, fast so etwas wie Mitleid. »Es tut mir leid«, sagte sie. »Für diese Art Glück bin ich nicht geschaffen. Und jetzt geh bitte, Martin. Wir können sicher irgendwann wieder miteinander reden, aber im Moment … Da sind bei dir zu viele verletzte Gefühle, und ich bin zu traurig über all die Jahre, die ich verloren habe. Lass uns bitte nicht weiter streiten, sondern erst mal etwas Abstand gewinnen, okay?«

Er stand mit hängenden Armen vor ihr. Seine Augen glänzten verräterisch, doch er fuhr sich rasch mit einer Hand übers Gesicht. »Abstand«, krächzte er.

Sie nickte.

Er machte zwei Schritte nach hinten. Riekje merkte, wie ihre Anspannung nachließ. Sie hatte gar nicht gemerkt, wie sie die Schultern hochgezogen hatte. Als fürchtete sie einen Schlag, und sei er nur verbal.

Martin nickte. »Schon klar«, murmelte er. »Aber was meinst du, wie lange … also … wann …«

Sie schüttelte den Kopf. Er verstand nicht, dass es vorbei war. Da konnte sie ihm jetzt auch nicht weiterhelfen. »Geh jetzt bitte«, sagte sie möglichst ruhig.

Sie versuchte, sich wieder auf die Speisekarten zu konzentrieren, aber zugleich lauschte sie, ob Martin wirklich ging.

Als sie sich nach fünf Minuten umdrehte, war er verschwunden. Riekje atmete auf. Sie musste sich erst mal hinsetzen, denn das Gespräch hatte sie sehr viel mehr aufgewühlt, als sie sich eingestehen wollte.

So fand Ruth sie wenig später, als sie auf der Suche nach Riekje ins Café kam. »Du wolltest mich sprechen?«

Riekje nickte. Sie wollte aufstehen, aber noch in der Bewegung merkte sie, wie ihr wieder übel wurde. Sie presste sich die Hand vor den Mund und eilte an Ruth vorbei zu den Toiletten.

Die waren auch schon hübsch zurechtgemacht, stellte sie fest. Also, nachdem sie sich übergeben hatte und neben dem Klo in der Kabine kniete. Die dunklen Fliesen, der helle Fliesenspiegel und darüber die Vliestapete mit einem dunklen Waldmuster, das war überhaupt nicht maritim, und man erwartete im Café

Möwennest natürlich durchgehend maritime Motive. Aber Riekje merkte – das war sie nicht. Sie liebte das Meer. Sie war ein Inselmädchen, würde es immer sein. Doch Einhörner im dunkelgrünen Wald passten besser zu ihr als eine Dünenlandschaft mit Strandhafer und Schaumkronen auf den Wellen am Horizont.

Sie blieb noch einen Moment sitzen, bis ihr Po kalt wurde. Fast hätte sie Martin vorhin gesagt, dass sie nicht nur keine Gefühle mehr für ihn hatte, sondern dass sich auch die Umstände geändert hatten – und das nicht nur, weil sie nun auf eigenen Füßen stand.

Hätte Martin sie mit Kind zurückgenommen?

Unwahrscheinlich.

Mit dem Kind eines anderen?

Auf gar keinen Fall.

Aber die wichtigste Frage war ja: Hätte sie zu ihm zurückgewollt?

Nie im Leben. Lieber zog sie zu ihren Eltern.

Sie hätte ihm auch nur deshalb von der Schwangerschaft erzählt, damit er begriff, wie weit sie sich in den wenigen Wochen von ihm entfernt hatte. Und dass das nur deshalb möglich war, weil sie sich schon vor der Trennung so weit von ihm entfernt hatte, ohne es zu bemerken.

Wie sich Nähe anfühlen konnte – echte, aufrichtige Nähe auf Augenhöhe –, hatte sie mit Yanis begriffen. Yanis war auch der Grund, weshalb sie Martin eben doch nicht von der Schwangerschaft hatte erzählen wollen. Denn das wurde ihr in diesem Moment klar, als sie neben dem Klo hockte. Yanis sollte es erfahren. Egal, welche Konsequenz das für sie haben würde. Egal, wie er darauf reagierte. Er hatte ein Recht auf die Wahrheit. So wie sie ein Recht darauf hatte, zu allem, was er daraufhin vorschlug, Nein zu sagen.

Würde er ihr einen Antrag machen, so wie er es damals bei

seiner Ex gemacht hatte? Fürchtete sie sich davor? Oder fürchtete sie eher das Gegenteil, dass er nicht sofort vorschlug, sie sollten heiraten?

Sie rieb sich stöhnend die Stirn.

»Riekje? Alles okay da drin?«

Ruth stand in der Tür zum Flur und spähte in die Toilette.

»Ja, ich komme schon.« Sie rappelte sich auf, drückte die Spültaste und kam aus der Klokabine. Ruth musterte sie prüfend, sagte aber nichts.

Als Riekje sich die Hände wusch und ein paar Handvoll kaltes Wasser ins Gesicht klatschte, sah sie, dass sie immer noch ein bisschen grün um die Nase war. Flau war ihr auch immer noch. Sie hatte auf einmal Bärenhunger auf was Salziges.

»Hast du Chips da oder so was?«

»Drüben im Lädchen gibt's Lammsalami. Tut die's auch?«

»Hauptsache was Deftiges.«

Ruth grinste. »Der Hartkäse ist auch gut. Komm.«

Sie gingen aus dem Café und durch die große Eingangshalle zum Lädchen. Die Tür zum Yogastudio stand offen; ein Dutzend Frauen und Männer folgte den Anweisungen der Yogalehrerin. Es herrschte eine konzentrierte Atmosphäre.

Ruth holte eine halbe Salami und ein Stück Käse aus der Kühltheke, schnitt beides auf und belegte ein paar Scheiben Baguette damit. Riekje griff zu, bevor die Übelkeit noch schlimmer wurde. Die Salami schmeckte herrlich. Würzig, nach Fenchel. Der Käse krümelte, so hart war er, doch geschmacklich schmolz er geradezu auf der Zunge. »Boah, lecker. Das habe ich gebraucht.« Riekje seufzte. Ruth trug das Brett mit den Leckereien zurück ins Café, wo Riekje aus dem Kühlschrank zwei Flaschen Sanddornlimo holte. Sie setzten sich an einen Tisch, und während Riekje sich noch ein paar Scheiben Baguette einverleibte, blickte Ruth sich um.

»Sieht ja schon ziemlich fertig aus«, stellte sie fest.

»Ja, weil ihr mir helft.« Riekje spülte den letzten Bissen mit einem Schluck Limo hinunter. »Aber ich habe jetzt ein … Problem.«

»Ja?« Ruth beobachtete sie aufmerksam.

»Hm«, machte Riekje. Es fiel ihr schwer, eine Schwangerschaft als »Problem« hinzustellen. »Also, nicht direkt. Aber ich bin schwanger.«

Ruth lächelte. »Oh, wie schön.«

Riekje schluckte. »Ja, sehr«, gab sie zu. »Aber ich habe jetzt schon irgendwie Sorge, dass ich mich übernehme.«

»Verstehe.«

»Termin wäre im März.«

»Passt doch ganz gut. Im Winter ist nicht so viel los. Bis dahin kannst du vielleicht ein paar Mitarbeiterinnen anlernen, damit sie dich während des Mutterschutzes unterstützen. Und im Sommer kannst du wieder voll einsteigen.«

»Dann ist das kein Problem für dich?«

»Warum sollte es das sein?«

»Na ja, das Darlehen …«

Ruth beugte sich vor. »Das zahlst du zurück, wenn du es kannst. Keinen Tag früher. Außerdem bin ich überzeugt davon, dass das Café ein Erfolg wird.«

Riekje nickte langsam. Sie wusste zwar nicht, woher Ruth diese Gewissheit nahm, aber sie wollte auch nicht widersprechen.

»Was wäre denn das Schlimmste, was passieren könnte?«, fragte Ruth, die Riekjes Unbehagen bemerkte.

»Na ja, es könnte ein Misserfolg werden. Ich gehe pleite.«

»Okay. Spielen wir das mal durch. Du gehst pleite. Was verlierst du dadurch?«

»Meine Ersparnisse.«

»Und was noch?«

»Das ist schon schlimm genug! Das Darlehen wäre dann ja auch komplett weg.«

Ruth nickte. »Kann schon sein. Aber der Lieferservice funktioniert doch, oder? Würde der zum Überleben reichen? Wenn du weiterhin die Küche nutzen kannst?«

Riekje überlegte. »Kann schon sein.«

»Siehst du. Du wirst über die Runden kommen, versprochen. Und sonst wird sich schon was finden. Du landest nicht auf der Straße, dein Kind muss nicht hungern. Wir sind da. Für dich und den Stöpsel.«

Riekje schniefte. Ihre Nase kitzelte, die Augen brannten. Zack, schon wieder musste sie heulen. »Das ist so lieb«, flüsterte sie.

Ruth beugte sich vor und rieb Riekjes Arm. »Niemand ist allein«, sagte sie. »Wir leben auf einer Insel, aber wir *sind* keine Inseln.«

Kapitel 24

Ich bin keine Insel.

Ruths Worte hallten nach, als sie sich schon längst voneinander verabschiedet hatten. Mit einer Umarmung, schon wieder. Bisher hatte Riekje gedacht, Ruth sei nicht der Umarmungstyp, sie hatte es von sich selbst auch geglaubt, aber so eine Umarmung, die tat schon gut. Kurz und fest, das waren die besten, bevor es unangenehm wurde. Aber so eine Umarmung, die sagte ja schon viel. Ich bin hier. Du kannst auf mich bauen.

Manchmal sagte sie auch: Ich brauche dich.

Riekje warf ihr Fahrrad neben dem Camper ins Gras, sie hatte es eilig, weil gerade ganz viele Gedanken in ihrem Kopf waren und dringend rausmussten, bevor sie wieder der Mut verließ. Eine Umarmung war da kein schlechter Anfang.

»Yanis?«

Sie klang verzagt, das merkte sie selbst. Bevor der Mutausbruch sich wieder in nichts auflöste, holte sie tief Luft und rief lauter: »Yanis!«

»Ja, hier! Was ist los?«

Auf einmal stand er vor ihr, das Geschirrhandtuch noch in der Hand, die Augen weit aufgerissen. Obi Wan, sein rot getigerter Schatten, strich ihm um die Beine. Er trug Jeansshorts und ein graues T-Shirt.

Riekje stolperte auf ihn zu, sie breitete die Arme aus. »Ich brauche …« Sie schluckte. »Eine Umarmung.«

»Ja klar.« Wenn er überrascht war, zeigte er das nicht. Er warf das Geschirrtuch über die Schulter und breitete ebenfalls die

Arme aus. Er zog sie an sich, ganz sanft. Ihr Kopf ruhte an seiner Brust, und sie schloss die Augen. Sie ließ los. All die Gefühle, Gedanken, Verwirrungen, den ganzen Scheiß, der ihr seit Tagen durch den Kopf geisterte, der sich unmöglich sortieren ließ, so sehr sie es auch versuchte. Es war zu viel. Sollte sie all das, was sie gerade durcheinanderbrachte, mit einem Satz zusammenfassen, würde er so lauten.

»Ich bin schwanger, es ist dein Kind, und ich weiß nicht, was das mit uns macht.«

Hatte sie das wirklich ausgesprochen?

Riekje spürte, wie Yanis sich im ersten Moment leicht versteifte. Wie er die Umarmung dann verstärkte, nur um eine Winzigkeit. Seine Lippen berührten ihr Haar. »Das tut mir leid«, flüsterte er.

Sie runzelte die Stirn. Es tat ihm leid? Merkwürdige Reaktion von jemandem, der ihr kürzlich erst erzählt hatte, wie sehr er sich Kinder wünschte und dass seine Ex so übel mit seiner Sehnsucht gespielt hatte. Was genau tat ihm denn leid? Dass sie schwanger war? Dass sie *jetzt* schwanger war? Dass sie *von ihm* schwanger war?

»Ich wollte es dir nur sagen, weil …« Sie hob den Kopf und schaute zu ihm auf. Yanis' Blick war ernst, aber sonst merkwürdig neutral. Sie schluckte. Ihr Herz schlug bis zum Hals. Warum fiel ihr das so schwer? Wieso konnte sie ihm nicht sagen, was sie empfand, was sie sich wünschte? Denn das durfte sie. Es gab keinen Grund, dass sie wartete, bis er seine Wünsche äußerte, denen sie sich dann unterordnen müsste. »Weil ich es behalten werde, egal, was kommt. Ich weiß, du hast ein Mitspracherecht, aber das ist nur theoretisch, denn es ist mein Leben. Mein Körper. Meine Entscheidung. Und ich will das Baby haben.«

»Okay.« Er wirkte überrascht. Seine Augen funkelten, er schob sie ein wenig von sich weg und musterte sie.

»Und du musst gar nichts tun«, fuhr sie hastig fort, bevor sie der Mut verließ oder sie alles vergaß, was sie sich auf dem Weg hierher zurechtgelegt hatte. »Du und ich, ich habe ja beschlossen, dass es nicht funktioniert, und ich bin dir dankbar für alles, was du in den letzten Wochen für mich getan hast. Aber ich suche mir bald was Eigenes, ich habe schon was in Aussicht. Es ist winzig, es wird finanziell eklig knapp, aber das sage ich nicht, weil du Unterhalt zahlen sollst oder so. Ich habe ja das Café, und ich habe auch so viele Freundinnen, die jederzeit für mich da sind. Ich bekomme das hin, auch ohne dich.«

Sie hielt atemlos inne.

»Bist du fertig?«, fragte Yanis leise.

Sie nickte stumm.

Er seufzte schwer. »Okay«, sagte er und sah zu Obi Wan, die ein paar Schritte entfernt saß und sie beobachtete. Die Katze drehte den Kopf von ihm weg, ihre Ohren bewegten sich hin und her.

»Also gut.« Er fuhr sich mit beiden Händen über den Kopf.

»Zu viel?«, fragte Riekje leise.

»Nein, nein. Schon in Ordnung. Du hast dir das alles sehr gut überlegt. Und ich kann ja nichts anderes machen, außer … zu akzeptieren.«

Obi Wan schien genug von diesem Gespräch zu haben, denn sie maunzte und strich Yanis um die Beine, als wollte sie ihn trösten. Er hob die Katze hoch und drückte sie sich an die Brust. Riekje stand vor ihm, die Arme hingen kraftlos herunter, auch der Mut hatte sie nun verlassen.

»Also«, sagte sie leise. »Dann ist das geklärt?«

Er nickte stumm.

»Ist es okay, wenn ich noch ein paar Nächte bleibe? Oder soll ich lieber sofort verschwinden?« Sie senkte den Kopf. »Es tut mir so leid, Yanis«, flüsterte sie.

»Was denn?«

Er wollte wirklich wissen, was ihr leidtat? Puh. Wo sollte sie anfangen?

»Du hast mir vorgestern alles erzählt. Von deiner Ex. Wie sie dich … belogen hat. Und all das. Ich kann verstehen, wenn du jetzt Abstand brauchst.«

Er nickte wieder. Vergrub das Gesicht in Obi Wans rotem Tigerfell.

»Ich suche mir was anderes«, sagte er plötzlich. »Ich kann ja in ein Hotel gehen. Oder in Norddeich.« Er zeigte auf seinen Fuß. »Damit komme ich erstaunlich weit.«

Sie starrte ihn an. »Aber …«

»Ich gehe«, erklärte er streng. »Du brauchst einen Schlafplatz und Ruhe.«

»Aber …«

Obi Wan sprang von seinem Arm und beendete damit die Diskussion. Sie blickten der Katze nach, die in ihrer Wurfkiste verschwand, als hätte sie etwas gehört. Riekje suchte nach den richtigen Worten.

»Ich kann zu meinen Eltern ziehen«, sagte sie leise.

Obwohl es das Letzte war, was sie tun wollte. Sie war sogar zu einem damals fremden Mann in dessen Camper gezogen, statt ihre Eltern um Hilfe zu bitten. Aber offenbar hatte sie ein Talent, sich immer tiefer in die Scheiße zu reiten und nirgends anzukommen.

Bald, dachte sie. Bald hatte sie eine Wohnung für sich und ihr Kind.

Vorher musste sie nur noch ein Café eröffnen. Alles ganz einfach.

»Willst du denn weg?«

Sie sah ihn nachdenklich an. »Am liebsten würde ich mit dir zusammen hierbleiben«, sagte sie schließlich. »Ich verstehe aber, wenn du das nicht magst, und dann frage ich meine Eltern oder Asja, ob ich dort unterkomme.«

»Ist dir das nicht zu viel …«

»Nähe?«

Er zuckte mit den Schultern.

Ach so. Ihm war's zu viel, und deshalb versuchte er, die Verantwortung für die Entscheidung auf sie abzuwälzen.

»Du hast recht«, sagte sie leise. »Ich gehe.«

Ohne ihn anzusehen, kletterte sie in den Camper, zog die Schublade mit ihren Sachen auf und begann zu packen.

Yanis warf sich in einen Campingstuhl und fluchte leise. »Scheiße.« Und weil das gut tat, gleich noch einmal. »Scheiße, scheiße, scheiße.«

Das hatte er nicht gewollt. Sie hatte ihm von der Schwangerschaft erzählt. So weit, so gut. Er war froh, dass er nun offiziell Bescheid wusste und sich nicht länger fragen musste, wann sie ihm davon erzählte. Außerdem hatte sie keinen Zweifel daran gelassen, dass er der Vater des Kinds wäre.

Und das glaubte er ihr auch. Sie war aus einer Beziehung gekommen, die schon vor der Trennung am Ende gewesen war. Ihn hatten die Gefühle für sie wie der sprichwörtliche Blitz getroffen – nur war es ihr offenbar nicht so ergangen, sonst hätte sie ja in den letzten Wochen irgendwann mal eine Andeutung gemacht, dass sie einen Rückzieher vom Rückzieher machen wollte, oder?

Man hätte jetzt sagen können: *Kein Wunder, dass sie dir diese Schwangerschaft zuschiebt. Es passt zeitlich, sie braucht einen Vater fürs Kind, weil ihr Ex dafür offenbar nicht taugt. Du hast ihr vorgestern erzählt, wie sehr dich deine Ex mit ihren Lügen enttäuscht hat. Versuchen kann sie's ja mal, ob du dich auf sie mit Kind einlässt.*

Aber vermutlich war das Gegenteil der Fall. Sie wollte ihn zu nichts zwingen – und sich auch nicht. Sie übernahm die Verantwortung für dieses Kind und verlangte gerade deshalb nicht dasselbe von ihm, weil sie seine Geschichte kannte. Hätte er ihr gestern nicht davon erzählt – wäre sie ihm dann anders gegenübergetreten?

Eines blieb allerdings. Er wollte Riekje auf keinen Fall zu irgendwas zwingen. Sie sollte nicht denken, nur weil sie gemeinsam ein Kind bekamen, würde er irgendwelche Ansprüche stellen.

Aber da sein. Das wollte er.

Als sie mit ihrer Reisetasche und einem Leinenbeutel aus dem Camper stieg, hatte er sich ein paar Worte zurechtgelegt.

»Hör mal.«

»Ja?«

Riekje sah auf. Ihre Wangen waren leicht gerötet, ihre Augen glänzten feucht. Hatte sie geweint? Sie fuhr sich mit dem Handrücken über die Nase und schniefte.

Sie hatte geweint.

Er wusste nicht, was er mit dieser Information anfangen sollte, erinnerte sich aber wieder an das, was Romy ihm immer wieder gesagt hatte, wenn sie stritten oder sie emotional wurde: *die Hormone. Da heult man schneller, auch wegen Nichtigkeiten.*

»Wegen dem Kind …«

Mach dir keine Sorgen. Ich kümmere mich. Ich zahle Unterhalt. Ich bin da. Sag nur, was du brauchst.

Es wäre so einfach. Aber stattdessen sagte er nur: »Ich freue mich für dich.«

»Danke«, schniefte sie. »Ich glaube, ich freu mich auch.« Sie blieb stehen, er wollte schon aufspringen und sie umarmen, wollte jeden Zweifel ausräumen und ihr versprechen, immer für sie und das Baby zu sorgen. Doch dann gab sie sich einen Ruck. »Kümmer dich gut um Obi Wan, ja?«

»Mach ich.«

»Kommst du zur Eröffnung?«

»Ich komme auch schon vorher und helfe.«

Da lächelte sie zum ersten Mal. »Das ist lieb. Danke.«

Sie schleppte ihre Sachen zum Fahrrad, lud alles auf und fuhr davon. Yanis saß in der Dunkelheit und lauschte. Irgendwo in der Ferne glaubte er die Brandung zu hören. Zum ersten Mal seit Wochen war da diese Einsamkeit, nach der er sich gesehnt hatte, als er einfach losfuhr. Als er nichts weiter wollte, außer zu vergessen, was für ein Chaos er hinter sich ließ.

Er stieg in den Camper. Obi Wan und ihre Kitten lagen in der Wurfkiste und schliefen. Es hatte sich gar nichts verändert. Riekje war in den letzten Wochen fast nur noch zum Schlafen hergekommen. Trotzdem fühlte es sich anders an. Er vermisste sie schon jetzt.

Sie heulte auf dem Weg zu ihrem Elternhaus, und der Wind strich sanft über ihre Wangen und trieb die Tränen zu den Ohren, bis sie unter Tränen lachen musste, weil das so kitzelte.

Das kleine Haus am Ende der Straße, am Rand des Inseldorfs, verloren und ein bisschen vernachlässigt. Der verwilderte Garten ringsum, in dem das Unkraut wucherte, das Gras der Rasenfläche war kniehoch und von blühendem Schlafmohn gesprenkelt. Riekje schob ihr Fahrrad an den windschiefen Jägerzaun und stellte es ab. In der Küche brannte Licht, und sie stellte sich vor, wie ihre Eltern dort zusammensaßen.

Wie sie sich stritten. Sich gegenseitig Vorwürfe machten. Oder noch schlimmer: wie sie einander anschwiegen, weil sie beide der Auffassung waren, es sei genug gesagt.

Ihre Eltern hatten nie ein Hehl daraus gemacht, dass sie nicht Eltern hatten werden wollen. Dass sie – damals machte man das noch so – durch die Schwangerschaft gezwungen waren, zu heiraten, damit das Kind eben bei seinen Eltern aufwuchs. Ihr Vater hatte ein kleines Fischrestaurant geführt, strandnah, ideal für all die müden Urlauber, die auf dem Rückweg zur Unterkunft nicht länger aufs Abendessen warten wollten. Es gab Fischteller, Fischbrötchen, kleine Snacks und spezielle Kindergerichte. Im Sommer hatte niemand Zeit zum Durchatmen, und im Winter hockten sie aufeinander, und ihr Vater war ein nervöses Wrack, trank zu viel Bier und verjuxte zu viel Geld. Im Februar, März dann wurde es fast unerträglich, bevor ab April langsam wieder ans Geldverdienen gedacht werden konnte.

In Riekjes letztem Jahr an der Schule dann war es so schlimm, dass ihre Mutter nicht mehr wusste, wie sie den Haushalt bestreiten sollte. Das Geld war *weg*, keiner wusste, wo es versickerte, ihr Vater bestritt, dass er es nahm. Schließlich war Riekjes Mutter so verzweifelt, dass Riekje ihr mit ihrem eigenen Geld helfen wollte. Mit dem Geld, das sie mühsam zusammengespart hatte.

Sie hatte es in einem Briefumschlag in ihrem Schreibtisch aufbewahrt. Fast tausend Euro, für ihren Führerschein. Der Umschlag war leer.

Sie stellte ihren Vater zur Rede. Und endlich gab er zu, was er sich selbst vermutlich all die Jahre nicht hatte eingestehen wollen. Er war pleite. Alles Geld floss in das Restaurant, das zu wenig abwarf, um sie übers Jahr zu bringen. Schon länger war es ein Verlustgeschäft, und er hatte versucht, sich irgendwie über Wasser zu halten. Und als es nicht mehr ging, hatte er sogar Riekje bestohlen.

Sie hätte danach jede Reaktion ihrer Mutter verstanden. Wirklich jede. Aber dass Grit Johannsen, nachdem ihr Mann den Diebstahl gestanden hatte, nichts Besseres zu tun hatte, als ihrer Tochter vorzuwerfen, sie hätte eben besser auf ihr Geld aufpassen müssen – das hatte Riekje erschüttert. Es war ein Schmerz, den sie lange nicht hatte verwinden können. Ihre Mutter hatte ihr damit deutlich gemacht, dass Riekje auf sich gestellt war und von niemandem Hilfe erwarten durfte.

Das schmerzte mehr als der Verlust von so viel Geld. Riekje zog sich völlig zurück, und sobald sie ihren Abschluss in der Tasche hatte, zog sie aus und gründete mit Asja eine Mini-WG. Sie jobbten abends in einer Bar und machten ihre Ausbildungen. Asja verliebte sich in Ole, wurde schwanger und zog aus. Danach zog Jule ein, und das funktionierte auch erstaunlich lange sehr gut. Riekje fing bei der Zimmervermietung an, sie lernte Martin kennen, sie zog aus, und Jule übernahm die Wohnung. Alles blieb in Bewegung, sie hatte sich ihren kleinen Kosmos aus Freunden aufgebaut, in dem ihre Familie keine Rolle spielte.

Das Restaurant ihres Vaters wurde ein Jahr nach Riekjes Auszug verkauft. Sie wusste bis heute nicht, ob der Erlös gereicht hatte, um die Schulden zu begleichen, aber inzwischen war ihr das auch egal. Sie hatte den Kontakt zu ihren Eltern abgebrochen, die ihrerseits nie versuchten, den Kontakt aufrechtzuerhalten oder neu anzuknüpfen. Als hätte sie nie eine Familie gehabt.

Martin war ihre Familie gewesen. Asja und Jule waren ihre Familie geblieben, durch alle Krisen. Die Kolleginnen waren auch eine Art Familie, aber eher entfernte Verwandte, mit denen man eben zusammenarbeitete. Aber Riekje hatte sich ihren Lebenskosmos neu gebaut. Sie redete sich ein, das würde genügen, sie dürfe eben nicht zu viel vom Leben verlangen. Sie horchte in sich hinein. War da noch Wut auf ihre Eltern? Es war immerhin über zehn Jahre her, dass ihr Vater sie bestohlen hatte. Was machten die beiden inzwischen? Kamen sie über die Runden? Hätten sie Platz für Riekje?

Im Neyer Inseldorf war es unmöglich, nicht über die meisten Insulaner Bescheid zu wissen, aber wenn ihr jemand von den Alten was über ihre Eltern erzählen wollte, hatte Riekje immer versucht wegzuhören. Nelas Omama Alma hatte neulich damit angefangen, dass ihr Vater ja jetzt ganz froh sei mit seinem neuen Job. Immerhin hatte er einen Job. Das war ja schon was wert. Das Häuschen hatten ihre Eltern halten können. Zumindest hatte Riekje nichts Gegenteiliges gehört.

Und nun stand sie hier. Bestimmt schon zehn Minuten. Den Wind im Rücken, der sie sanft zu dem Törchen schob. *Geh schon rein. Sie werden dir nicht den Kopf abbeißen.*

Riekje seufzte. Sie merkte, sie war noch nicht so weit. Sie zog das Handy aus der Gesäßtasche und wählte die Nummer von Asja.

»Hast du ein Bettchen für mich?«, fragte sie. »Ich weiß sonst nicht, wohin mit mir.«

»Na klar«, sagte Asja. »Ich hab auch ein Tellerchen, ein Gäbelchen und ein Löffelchen, falls du noch nichts gegessen hast.«

Riekje spürte, wie ihr Tränen übers Gesicht rannen. Sie war so erleichtert.

»Du kannst Lottis Bett haben, dann schläft sie mal für ein paar Nächte bei mir. Danach schauen wir weiter.«

Danach schauen wir weiter. So war Asja. Immer positiv. Egal, ob sie einen völlig abgemagerten schwarzen Kater mit Flöhen, Läusen, Würmern und verklebten Augen mit Weißwein taufte, sich in einen Urlauber verliebte oder ihrer Freundin ein Bett anbot. Würde sich schon alles ergeben, so weit musste man ja nicht im Voraus planen. Wir sind hier, du schläfst nicht unter der Brücke oder bei einem Fremden im Camper, solange du das nicht ausdrücklich wünschst.

Das Schlimme war: Riekje würde das gern machen, zurück zu Yanis. Bei ihm schlafen. Neben ihm. In seinen Armen. Sie wünschte, sie hätte es ihm nicht erzählt, doch zugleich wusste sie, es gab keine Alternative zu ihrer Aufrichtigkeit. Er hatte die Wahrheit verdient, gerade nach dem, was er ihr erzählt hatte. Was er damit machte, war seine Sache.

»Und, Riekje? Mach dir keine Sorgen. Wir kriegen so ein Murmelchen auch noch groß, so wie Lotti.«

»Okay«, flüsterte Riekje. Da war's endgültig vorbei mit ihrer Fassung. Sie legte auf und heulte, heulte, heulte. Asja hatte es nicht vergessen. Natürlich nicht! Nach der Trennung von Ole hatte Riekje sich um Asja und Lotti gekümmert, hatte ihnen beim Umzug in die kleine Wohnung geholfen und war immer zur Stelle, wenn ihre Freundin sich ausheulen musste. Dabei hatte Asja die ganze Trennung so bravourös gemeistert. »Hat nicht funktioniert, schade«, war ihre lapidare Antwort, wenn jemand fragte, wie es ihr ging oder was passiert sei. Dabei grinste sie dann immer so frech, weil es tatsächlich schade war, aber sie kein Problem damit hatte, nach vorne zu blicken.

Riekje schniefte und wischte sich noch mal über die Nase. Sie wollte gerade auf ihr Hollandrad steigen und bückte sich danach.

»Riekje?«

Sie hob den Kopf. Vor ihr stand, kleiner als in ihrer Erinnerung und vor allem schmaler, älter, grauer: ihre Mutter.

»Mama«, entfuhr es Riekje. Das Rad, das sie gerade am Lenker gepackt hatte, fiel wieder ins Gras vor dem Jägerzaun.

»Du bist es wirklich.«

Mutter und Tochter standen sprachlos voreinander. Riekje betrachtete Grit, sie suchte nach den richtigen Worten. »Ist 'ne Weile her«, presste sie dann hervor.

Ihre Mutter fröstelte und zog die dunkelgrüne Strickjacke enger um ihren Oberkörper. Sie blickte zum Haus, als müsste sie sich vergewissern, dass niemand sie beobachtete. »Habe dich schon 'ne Weile hier draußen stehen gesehen«, sagte sie dann leise.

»Ja, ich …« Riekje verstummte. Sie konnte ja kaum sagen, dass sie bei ihren Eltern klopfen und um eine Übernachtungsmöglichkeit bitten wollte und es sich dann anders überlegt hatte.

»Dein Vater ist grad nicht da.« Ihre Mutter sprach hastig weiter, als fürchtete sie, Riekje könnte sich in Luft auflösen oder sie stehen lassen. »Er hat jetzt 'nen Job in dem Fahrradladen drüben am Hafen. Hast du davon gehört?«

»Vom Fahrradladen oder von seinem Job?«

Ihre Mutter lächelte zaghaft. »Beides.«

»Nur vom Laden.«

»Er war ein paar Jahre nicht hier. Lange Geschichte, die Schulden …« Ihre Mutter machte zwei Schritte vor, sie beugte sich über den Jägerzaun. »Wenn du noch etwas wartest, kommt er vielleicht nach Hause.«

Riekje schüttelte den Kopf. »Lieber nicht. Ich musste nur gerade telefonieren, darum hab ich angehalten.«

»Ach so.« Die Enttäuschung stand ihrer Mutter ins Gesicht geschrieben. Riekje sah dieses winzige Funkeln von Hoffnung, das ihrer Mutter wohl den Mut geschenkt hatte, trotz all der Jahre Funkstille und trotz des üblen Streits damals aus dem Haus zu treten und Riekje anzusprechen. Und sie konnte zusehen, wie es in den Augen ihrer Mutter wieder erlosch.

»Asja wartet auf mich.«

»Seid ihr immer noch befreundet, ja?«

»Ja.«

»Das ist gut. Asja ist 'ne Gute.«

Riekje holte tief Luft. »Ich hab gelogen«, sagte sie. »Damit, dass ich nur zum Telefonieren angehalten habe. Ich wusste nicht, wohin, und da habe ich zuletzt an euch gedacht.«

Sie hielt inne, beobachtete ihre Mutter. Grit Johannsen ließ langsam die über der Brust verschränkten Arme sinken. Sie richtete sich leicht auf, und die nach unten gesackten Schultern strafften sich.

Ich wusste nicht, wohin. Aber ich wäre zu euch gekommen.

Ihre Mutter verstand. Sie waren Riekjes letzter Ausweg gewesen, trotz allem. Es war ein Friedensangebot.

»Aber jetzt gehst du zu Asja?«

»Ja.«

»Vor ein paar Tagen kam eine Einladung.« Ihre Mutter holte eine zerknitterte Karte aus der Jackentasche. Man sah der wunderschönen, pastellfarben bedruckten Karte an, dass jemand sie oft in die Hand genommen hatte, sie war leicht verknickt, die Ecken etwas abgestoßen. »Zu deiner Caféeröffnung?«

»Ja. Ist nicht mehr lange.«

Sie erinnerte sich, dass Yanis sie gefragt hatte, ob ihre Eltern auf die Gästeliste dürften. Offenbar hatte er es geschafft, die Adresse herauszufinden. Sie hatte ihn eindeutig unterschätzt.

»Die hat ein Freund für mich verschickt.«

»Ach so.«

»Aber ihr dürft gern kommen«, fügte Riekje hastig hinzu. »Wenn ihr mögt.«

»Ich frage deinen Vater. Aber ich würde gern kommen.«

Auf einmal fühlte es sich so leicht an. Riekje machte einen Schritt vor. Sie legte über den Zaun hinweg eine Hand auf die Schulter ihrer Mutter. »Dann komm auch«, sagte sie und drückte sanft die Schulter. »Egal, was Vaddern sagt. Komm, Mama. Ich würde mich sehr freuen.«

»Gut.« Ihre Mutter nickte. »Das machen wir.«

Riekje trat zurück und hob ihr Hollandrad hoch. »Bis dahin«, sagte sie und fuhr los. Erst jetzt merkte sie, wie sehr ihr das Herz in der Brust hämmerte.

Das hier, dieser erste Schritt zur Versöhnung – vor wenigen Wochen noch wäre das unmöglich gewesen. Aber Riekje hatte etwas begriffen, seit sie von der Schwangerschaft wusste. Familie, die konnte man aufgeben. Sie war trotzdem da. Sie würde mit ihrem Kind auf der Insel leben. In den letzten Jahren war sie ihren Eltern erfolgreich aus dem Weg gegangen – und ihre Eltern vielleicht auch Riekje, wer wusste das schon. Das lag aber auch daran, dass Riekje ihren Radius sehr klein gehalten hatte. Martins Wohnung, die Zimmervermietung, der Supermarkt, von dem sie wusste, dass ihre Mutter dort nicht einkaufte. Drei Orte, an denen sie sich meist aufhielt. Am Meer, natürlich. Jeder Insulaner ging ans Meer, gerade im Winter. Es war wirklich erstaunlich, dass sie sich nie über den Weg gelaufen waren.

Vielleicht war ihre Mutter Riekje aus dem Weg gegangen. Und ihr Vater war ja eine ganze Weile gar nicht auf der Insel gewesen.

Sie stellte ihr Rad vor dem Haus mit den kleinen Apartments ab, in dem Asja mit Lotti lebte. Erdgeschoss, Klinkerbau, erst zehn Jahre alt. Das war ein Luxus, von dem Riekje nicht zu träumen wagte.

»Da bist du ja.« Asja kam ihr in Puschen und mit Müllbeuteln an der Haustür entgegen. »Geh ruhig schon rein. Hast du Hunger? Ich hoffe, Lotti hat was von den Chicken Tenders übrig gelassen, aber Süßkartoffeln und Brokkoli hat sie verschmäht, davon wirst du sicher satt. Komme gleich nach!«

Riekje betrat die kleine Wohnung. In der Wohnküche lümmelte Lotti auf dem roten Sofa und quietschte auf, als sie Riekje erkannte. Sie hüpfte auf Riekje zu und umarmte sie stürmisch. »Riekje! Ich dachte, Mama veräppelt mich. Bleibst du für immer?«

»Nee, du.« Riekje drückte die Neunjährige an ihren Bauch. »Hörst du eigentlich irgendwann auf zu wachsen?« Die Kleine grinste schief.

»Spielst du mit uns Uno Extrem? Oder noch besser, Doktor Bibber!«

»Das macht sie alles, wenn sie was gegessen hat. Stell doch erst mal deine Sachen ab. Du musst hundemüde sein.«

Riekje ließ die Reisetasche fallen. Sie blickte zum Sofa. Schon sehr verlockend, dachte sie. Einfach draufplumpsen lassen und einrollen. Sie merkte jetzt erst die Müdigkeit.

»Setz dich.« Asja, praktisch wie immer, schob Riekje auf einen Stuhl an dem kleinen Holztisch. Sie häufte kleine Hähnchenschnitzel, Brokkoli und Süßkartoffeln auf einen Teller, goss Riekje ein Glas Apfelschorle ein. »Iss.«

»Ja, Mama.« Riekje grinste schief.

»Darf ich fernsehen, Mama?«

»Du darfst jetzt die Zähne putzen und dann im großen Bett schlafen.«

Asja scheuchte ihre Tochter Richtung Badezimmer. Dann sank sie auf einen freien Stuhl und seufzte. Sie strich sich eine Strähne aus dem Gesicht. »Okay, jetzt zu dir. Was ist passiert?«

»Du meinst, bevor oder nachdem ich Yanis gesagt habe, dass ich es verstehe, wenn er in meinem Leben keine Rolle spielen will?«

»Ach, Süße.«

»Ich war bei meinen Eltern.«

Jetzt hatte sie Asjas volle Aufmerksamkeit. Riekje erzählte stockend, was passiert war. Rückblickend war da Gespräch mit ihrer Mutter irgendwie merkwürdig gewesen, dachte sie. Einerseits so distanziert über den Gartenzaun hinweg, zugleich aber war da unterschwellig immer noch die Mutter-Kind-Beziehung, bei der Riekje gewohnt war, sich den Ansprüchen und Wünschen ihrer Mutter unterzuordnen. Dann aber hatte sie sich verabschiedet, sie hatte die Situation aufgelöst, Verantwortung übernommen.

»Verändert sich alles, wenn man schwanger wird? Oder bilde ich mir das ein, dass …« Sie machte eine Handbewegung, griff zur Gabel und begann zu essen.

»Als wir Lotti bekamen, hat sich alles geändert«, sagte Asja ruhig. »Ich glaube, die Generation, die Kinder hat, ist automatisch auch diejenige, die das Heft in der Hand hält. Die sagt, wie's gemacht wird. Die Alten haben da manchmal Probleme. Sie müssen zurückstecken, sie werden auf einen Platz in der zweiten

Reihe verwiesen. In der modernen Welt noch mehr als früher. Sie haben sich darin eingerichtet, dass alle auf sie schauen, haben selbst spät Kinder bekommen, und dann kommen irgendwann die Enkel, und damit wird ihnen ja auch gesagt, dass sie nicht mehr das Sagen haben. Schwer auszuhalten. Meine Mutter hatte da schon dran zu knabbern, aber sie hat's begriffen. Mein Vater war da echt lässiger.«

»Ich muss ja überhaupt erst mal damit klarkommen, dass ich alleinerziehend sein werde, von Anfang an.«

»Das bist du nicht«, sagte Asja leise. »Niemals bist du allein. Und wer weiß, was die Zeit bringt? Kann doch sein, dass Yanis und du …«

Riekje schüttelte heftig den Kopf. »Das wird nicht passieren. Yanis und ich … Es fühlt sich nicht richtig an. Ich habe …« Sie seufzte. Weil sie ahnte, was Asja sagen würde, wenn sie ihr erzählte, wie sie Yanis von sich gestoßen hatte. Schimpfen würde sie, ganz sanft. *Lass ihn doch selbst beurteilen, was das Richtige ist. Nach allem, was du erzählt hast, ist er durchaus in der Lage, für sich einzustehen.*

Das war ja das Problem. Riekje wusste nicht, ob sie Yanis, wenn er sich über die Schwangerschaft freute und mit ihr zusammen sein wollte, uneingeschränkt vertrauen konnte.

»Ich glaub, ich bin einfach nur kaputt«, sagte sie leise. »Hier drin.«

»Verständlich.« Asja nickte ernst. »Aber was ist, wenn Mr. Surfertyp-mit-gebrochenem-Bein wieder gesund ist und nach Portugal verschwindet?«

»Dann werde ich ihn sehr vermissen.« Sie senkte den Kopf.

Asja sagte nichts mehr. Sie ging zu Lotti, die es sich inzwischen im etwas breiteren Bett in Asjas Schlafzimmer bequem gemacht hatte, um ihr eine Gutenachtgeschichte vorzulesen.

Später, als Riekje in das Hochbett unter dem rosa Betthimmel kroch und erst mal das halbe Dutzend Glubschis ans Fußende räumte, die sie mit unheimlichen, großen Glitzeraugen anstarrten, kamen ihr ja schon leise Zweifel, ob sie sich das mit dem Kinderkriegen gut überlegt hatte. Aber dann erinnerte sie sich an Asjas Worte. Dass sie zu Beginn schlimmste Zweifel gehegt hatte, ob sie der neuen Lebenssituation gewachsen wäre. »Asja hat es auch geschafft«, murmelte Riekje. Das war der letzte Gedanke, bevor sie einschlief.

Kapitel 25

Als Ruth letztes Jahr auf der Insel gestrandet war und schon dachte, sie würde nie mehr ein Zuhause finden, hatte sie nicht mit der Kraft gerechnet, mit der die Insel sie festhalten würde. Nun hatte sie ihre Wurzeln tief in den Sandboden getrieben, hatte geheiratet, zwei Kinder gehörten auf einmal zu ihr und eine Schäferei. Der Mann zu alledem, der anfangs dachte, sie würde wieder entwischen, wenn er sie zu sehr festhielt, hatte ihr die Freiräume gegeben, die sie brauchte.

Zu denen gehörte auch eine kleine Wohnung im *Möwennest,* in der Ruth sich mit Neruda immer dann zurückzog, wenn es ihr zu Hause in der Schäferei zu viel wurde. Aber das war gar nicht schlimm, denn zum einen hatte sie hier ja auch genug zu tun, und vor allem zu den Zeiten, wenn ihre Schwiegereltern da waren, fühlte sie sich eher nutzlos. Hannos Eltern liebten es, sich um die Enkelkinder, den Hofladen und die Küche zu kümmern; die beiden gingen darin auf, sich gebraucht zu fühlen. Ruth wäre die Letzte, die sie davon abhalten würde, sich nützlich zu machen.

So gab es auch das: Tage, an denen sie morgens etwas länger im Bett lag, das Dachfenster weit geöffnet, draußen kreischten Möwen, am Fußende schnorchelte Neruda, als wäre dieses Leben ihm das liebste. Ihr war es lieb so, sie konnte denken, ohne dass jemand reinredete, und dann kamen die Gedanken auch mal bis an ihr Ende. Heute allerdings waren sie auf eine merkwürdige Wanderschaft gegangen, weil sie gestern Abend noch etwas auf Netflix geguckt hatte, über Hundertjährige in Japan. Sie hangelte nach ihrem Handy, tippte etwas bei Ecosia ein, suchte und fand, versank in einem Artikel und seufzte.

Sie wusste auch, dass es ganz konkrete Probleme gab, die sie jetzt lösen musste – und dabei waren es nicht mal ihre eigenen. Riekje hatte ihr ja schon vor Wochen erzählt, dass sie eine Unterkunft brauchte, und damals hatte Ruth sich noch zurückgelehnt, weil sich das Problem dann von selbst gelöst hatte. Aber nun war das Problem zurück, und Riekje war nicht länger eine Bekannte, die eben kein Dach überm Kopf hatte, sondern eine Kollegin, Teil ihrer *Möwennest*-Gemeinschaft, die immer zur Stelle war, wenn Hilfe gebraucht wurde, die sich einbrachte und nächste Woche endlich das Café eröffnete. Außerdem war sie schwanger. Sie *brauchte* einen Ort, an dem sie – zumindest für eine Weile – ankommen durfte. Ohne Stress zu haben, weil sie jederzeit wieder vor die Tür gesetzt werden könnte.

Und so würde dies wohl für eine längere Zeit das letzte Mal sein, dass Ruth unterm Dach vom *Möwennest* aufwachte und morgens die Möwen kreischen hörte. Wofür sie letztes Jahr unter keinen Umständen bereit gewesen war, fühlte sie sich nun ausreichend gewappnet. Sie würde für einige Wochen bis Monate ganz zu Hanno und den Kindern ziehen. Sie konnte schon den Jubel von Leni und Noah hören, weil ihre Bonusmama ihnen jeden Abend vorlesen konnte. Mindestens zwei Kapitel. Lieber drei.

Sie stand in der Küche und brühte ihren Kaffee auf, die Wohnungstür stand offen, und von unten hörte sie, dass jemand gekommen war. Ruth rief die Treppe runter. »Wer da?«

Riekjes verschwitztes Gesicht tauchte unten auf. »Kein Feind! Keiner, der dir die Lammfelle klaut!«

»Kaffee? Komm rauf!«

Sie wollte es schnell hinter sich bringen, dass sie ihr Nest hergab. Nicht, dass sie es sich anders überlegte.

Riekje kam hoch. »Hab aber nur fünf Minuten Zeit«, sagte sie. »Und eigentlich sollte ich dich einladen, oder?«

Ruth grinste. »Deshalb gibt's bei mir auch nur schnöde aufgegossenen Pulverkaffee. Den guten mit Hafermilchschaum, den holen wir später nach.«

Sie setzte sich an den Tisch. Riekje hockte bei Neruda, der sich von ihr ordentlich durchknuddeln ließ.

»Wie viele Tage noch bis zur Eröffnung?«, fragte Ruth.

»Ich weiß es nicht«, gab Riekje zu und lachte. »Sechs oder sieben? Ich weiß langsam nicht mal mehr meinen Vornamen.«

»So ging es mir auch, bevor wir eröffnet haben.« Ruth nickte. Sie verbrannte sich am Muckefuck die Zunge und fuhr mit dem Finger über die Maserung der Tischplatte. »Hör mal, ich mach's kurz. Wenn du ein Quartier brauchst, kannst du meine Wohnung haben.«

»Oh?« Riekje blickte sich um. »Hast du ein Ungezieferproblem, dass du sie loswerden möchtest?«

»Sehr witzig. Weiß schon, letztes Mal meinte ich, das ginge nicht, weil … na ja.« Sie machte eine unbestimmte Handbewegung. »Aber jetzt halte ich es wohl mal 'ne Weile ohne meine kleine Freiheit unterm Dach aus. Wenn du magst.«

Riekje holte tief Luft. »Ich mag schon. Zumindest für den Übergang.« Sie erzählte von Asjas Angebot. »Danke. Also … du musst das nicht tun.«

»Doch«, sagte Ruth. »Wir hier im *Möwennest.* Wir sind eine Gemeinschaft.«

»Das stimmt …« Riekje malte mit dem Finger unsichtbare Muster auf das Holz. »Trotzdem. Ich bin die Neue. Ihr kennt mich kaum. Ich komme her, bekomme von euch so viel, kann selbst nicht annähernd so viel geben …«

»Quatsch«, unterbrach Ruth sie. »Es sind immer Macarons da, wenn ich nachgucke, und ein guter Geist stellt jedes Mal ein

Schildchen daneben, auf dem *bedient euch* steht. Ich glaub nicht, dass das ein namenloser Wichtel ist, der hier neuerdings eingezogen ist.«

Riekje grinste. »Ich bin ja froh, dass jemand die Macarons isst, es sind nämlich immer die angeditschten, die ich nicht verkaufen mag.«

»Sind die Cupcakes auch angeditscht? Die sehen immer perfekt aus.«

»Das sind Übungs-Cupcakes.«

»Na, eben. Solange du uns hier so viel Freude machst, bringst du sehr wohl etwas ein. Und selbst wenn nicht. Du bist Teil der *Möwennest*-Crew. Egal, was aus dem Café wird, und ich bin übrigens überzeugt, dass es nichts anderes als ein rauschender Erfolg wird. Du bist aufrichtig, du arbeitest hart, du machst bitte auch Pausen, wenn du merkst, dass du an deine Grenzen stößt. Und du wirst nun die Hüterin des *Möwennests,* bis du was anderes gefunden hast. Ich finde es beruhigend, wenn jemand hier aufpasst.«

»Also gut. Danke.« Riekje nickte bekräftigend, obwohl sie nicht so aussah, als hielte sie das für einen fairen Tausch.

»Hör auf damit.« Ruth hatte ihr Unbehagen natürlich bemerkt.

»Okay.« Riekje lachte verlegen. »Wollen wir uns dann an die Arbeit machen?«

»Aber hallo. Es gibt viel zu tun.«

Die Arbeit sorgte dafür, dass Riekje nicht länger grübelte. Nicht mehr versuchte, all das Gesagte, vor allem das Ungesagte zu analysieren, das zwischen Yanis und ihr stand. Es war richtig, dass sie auf Abstand gegangen war. Sie brauchte gerade ihre ganze Kraft für die Mammutaufgabe, das Café für die Eröffnung fertig herzurichten. Das größte Kopfzerbrechen bereitete ihr derzeit noch die Frage, wer sie im Café unterstützen konnte. Enno würde weiterhin täglich die Cupcakes ausfahren, die Sorge war sie also los. Aber sie brauchte noch Servicekräfte, und eine zusätzliche Küchenkraft wäre auch nicht verkehrt. Sie konnte unmöglich jeden Tag zwölf oder mehr Stunden in der Küche stehen. Also, sie konnte schon – aber Ruth hatte recht. Riekje musste auf sich aufpassen. Und sie wollte unbedingt, dass das Café *Möwennest* ein Erfolg wurde.

An diesem Abend zog sie in die Mansarde vom *Möwennest*. Asja brachte ihre Sachen und hatte bei der Gelegenheit auch den Kühlschrank für Riekje aufgefüllt.

»Weil man sich nicht nur von Cupcakes ernähren kann!« Sie wackelte mit dem Zeigefinger. »In deinem Zustand, Frollein!«

Da lachten beide, und Riekje merkte: Sie war angekommen. In dieser Schwangerschaft und in ihrem neuen Leben.

Aber was sie nicht losließ, war der Gedanke an Yanis. Immer wieder schaute sie aufs Handy, ob er sich bei ihr gemeldet hatte. Doch er schrieb nichts. Sie fühlte sich einerseits von ihm im Stich gelassen. Andererseits war es ja richtig, dass er ihr den Raum gab, den sie brauchte.

Aber sie *wollte* diesen Raum nicht!

Zum Glück hatte Yanis sich in den vergangenen Wochen so sehr in die Gründung ihres Cafés eingebracht, dass es ihr nicht schwerfiel, sich etwas zu überlegen, um wieder Kontakt mit ihm aufzunehmen. Asja hatte ihr eine vegetarische Lasagne mitgebracht, die sie aufwärmte und dann – sehr dekadent – vor dem kleinen Fernseher auf dem Zweisitzer im Wohnzimmerchen aß. Dann schrieb sie Yanis eine Nachricht. Die Speisekarten! Da hatten sie noch letzte Korrekturen vorgenommen.

Keine zwei Minuten später pingte ihr Handy.

Die Speisekarten kommen morgen. Soll ich sie vorbeibringen?

Das wäre super.

Sie drückte das Handy an die Brust. Dann schrieb sie: *Wie geht es den Katzen?*

Yanis schickte ein Foto von Obi Wan und den Kittens. *So eine Rasselbande! Sie klettern aus dem Camper. Also plumpsen. Obi Wan hat echt Stress.* Ein zweites Foto zeigte den grauen Tiger, von dem Yanis wusste, dass er Riekjes Liebling war. Er hatte knallblaue Augen. Riekje verliebte sich direkt noch ein wenig mehr in den kleinen Kater.

Ich glaube aber, Obi Wan ist sauer auf mich. Sie guckt mich mit dem Hintern nicht an, seit du weg bist. Sie vermisst dich auch.

Riekjes Herz schlug bis zum Hals. Sie zögerte. Durfte sie einfach so zugeben, wie sehr sie die Katzen, Yanis, alles an ihrem Leben im Camper vermisste?

Vor allem vermisste sie ihn.

Ich vermisse euch.

Sie hielt die Luft an.

Ich dich auch. Sehen wir uns morgen?

Langsam ließ sie die Luft entweichen. Klar, es wäre schön gewesen, wenn sie sich heute Abend hätten sehen können. Aber es war spät. Sie war müde.

Morgen. Kommst du zum Abendessen?

Er schickte ein Daumen-hoch-Emoji. Sie legte das Handy beiseite und beschloss, dass sie genauso gut direkt ins Bett gehen konnte. Dann wäre schneller der nächste Tag da.

Kapitel 26

Yanis wusste nicht, was ihn erwartete. Seit Wochen redete Riekje über das Café; sie hatte ihn, der mit dem Gips zur Untätigkeit verdammt war, mit allen Details versorgt. Sie hatte ihm Fotos gezeigt und ihm jede zusätzliche Steckdose beschrieben, sie brachte einen Teller vom Service mit, zeigte ihm im Internet die Minivasen, die sie besorgen wollte – sie hatte ihn bei jeder ihrer Entscheidungen einbezogen. Anfangs hatte ihn das verwirrt, denn meist gefielen ihm ihre Entscheidungen auf Anhieb, und wenn er etwas nicht mochte und das sagte, wurde es schon mal hitzig. Später dann begriff er: Die Diskussionen mit ihm halfen Riekje, ihre Entscheidungen zu festigen.

Als er aus dem Taxi stieg, mit dem er vom Campingplatz zur Mühle gefahren war, staunte er. So groß hatte er sich das *Möwennest* nicht vorgestellt. Er betrat die Eingangshalle. Links führte ein Durchgang in den kleinen Hofladen, rechts gelangte er in das Café. Er humpelte hinein, ließ den Raum auf sich wirken. Ein Dutzend Tische, bunte Stühle, eine Kuchentheke, die in einen Tresen überging. Hinter dem Tresen die Regale mit Gläsern und Tassen, darunter auf einer Anrichte die große Siebträgermaschine. Er hörte Geräusche aus der Küche und ging weiter. Die hohen Fenstertüren, die auf die Terrasse führten, standen offen, und unter den roten Sonnenschirmen gab es noch mal etwa ein Dutzend Tische. Er legte den Briefumschlag mit den Speisekarten auf den Tresen und trat zur Küchentür. Dort blieb er stehen.

Viel Edelstahl, zwei große Backöfen, eine Kochinsel in der Mitte des Raums. Dort stand Riekje, mit einer weiß-blau gestreiften Schürze um den Bauch, die Haare hochgesteckt und voll konzentriert auf die Torte, die sie gerade mit Buttercreme bestrich. Sie summte leise zu der Musik, die aus dem Radio drang.

Er legte den Kopf schief. Sie sah hübsch aus. So ganz bei sich und konzentriert. Ihre Wangen waren leicht gerötet, ein Klecks Buttercreme klebte an ihrem Kinn, darüber musste er schmunzeln. Zu gern wäre er zu ihr gegangen und hätte ihr den Klecks vom Kinn gewischt. Oder geküsst.

Sie sah auf, erschrak und lachte dann. »Hast du mich erschreckt! Seit wann kannst du schleichen?«

Er klopfte auf die Gehschiene. »Das Ding ist praktisch, nicht wahr? Ich habe heute einfach auf die Anweisungen meiner Ärztin gepfiffen und die Krücken zu Hause gelassen.«

Er trat zu ihr, und kurz dachte er, sie würde vor ihm zurückweichen. Doch dann ließ Riekje sich von ihm umarmen. »Du hast da was«, sagte er sanft und wischte ihr die Buttercreme vom Kinn. Er leckte den Finger ab. »Mh, lecker.«

Sie lachte atemlos. »Frankfurter Kranz«, sagte sie. »Ich brauche nur noch fünf Minuten.«

»Okay, darf ich zugucken, während du ihn fertig machst?«

Sie nickte, und Yanis lehnte sich gegen den Herd, während sie neben ihm die Buttercreme mit einem Spatel glatt strich. Sie bestreute den Frankfurter Kranz ringsum mit Krokant, und auch davon durfte er probieren. Danach setzte sie obendrauf ringsum kleine Buttercremeröschen, auf die sie Cocktailkirschen drapierte. Bei denen streikte Yanis dann doch. »Die mag ich nicht.«

»Ich kann's verstehen.« Prüfend legte Riekje den Kopf schief und betrachtete ihr Werk. »Sind auch nicht mein Favorit.« Ihren Worten zum Trotz steckte sie sich die letzte Kirsche in den Mund und musste über sich selbst lachen.

»Ich bringe die Torte gerade in den Kühlraum. Dann können wir …« Sie verstummte. Yanis folgte ihr etwas langsamer.

»Wir können was?«

Sie stand im Kühlraum, die Torte war unter einer Haube verschwunden. Riekje schlang die Arme um sich, aber kein Wunder, es war ganz schön kalt hier drin.

»Wer hat das eigentlich hier so gut ausgebaut?«, fragte Yanis. »Das wart ihr doch nicht in den letzten drei Wochen?«

»Was? Nee, Quatsch. Das war schon. Früher war hier mal ein Restaurant drin. Sterneküche.«

»Cool.«

»Im wahrsten Wortsinn.« Sie drehte sich um und lächelte. »Also, was machen wir jetzt?«

Er zuckte mit den Schultern, denn ihm war's egal. Das sagte er aber nicht. »Schlag was vor.«

»Speisekarten sichten?«

»Gute Idee.«

»Ich habe oben noch Lasagne. Asja hat mir gestern so 'ne ganze Auflaufform gebracht, sie glaubt wohl, ich würde für zwei essen.« Sie hielt inne. »Entschuldige. Ist es doof, wenn ich …«

»Wenn du über das Baby redest?«

Sie nickte.

»Nun ja …« Dünnes Eis. Er könnte ihr sagen, dass er überhaupt nicht damit einverstanden war, welche Rolle Riekje ihm in ihrem Leben – und im Leben ihres gemeinsamen Kinds – zugestand. Er war der Vater, oder? Und sie hatte seine Vaterschaft so lapidar beiseitegewischt. »Na ja, du wirst nach deinen bisherigen Erfahrungen ja denken, ich wollte dir was unterjubeln«, so ungefähr hatte sie geklungen. Darüber hatte er nachgedacht. Er war ja jetzt allein, und weil er nicht für Riekje Speisekarten entwerfen oder sich ums Abendessen kümmern musste, hatte er überraschend viel Zeit dafür.

Er grübelte, wohin die Reise für ihn ging. Was ihm wichtig war. Wahrscheinlich sollte er aufhören, sich eine gemeinsame Zukunft mit Riekje vorzustellen, mit einem gemeinsamen Kind, die Gene waren ihm egal, solange es nur ein Leben mit Riekje war. Vermutlich komplett blauäugig, er war gerade erst einer Beziehung entkommen, die ihm so richtig wehgetan hatte, und er hatte nichts Besseres zu tun, als sich direkt ins nächste Abenteuer zu stürzen.

»Das Thema beschäftigt mich sehr«, fasste er seine Gedanken diplomatisch zusammen.

»Mich auch. Ich kann also nicht versprechen, dass ich es gar nicht erwähne.« Sie senkte den Blick. »Ich freue mich so. Irgendwie …«

»Ja«, sagte er hastig.

Als sie das Café verließen, nahm er den Briefumschlag mit den Speisekarten mit. Im Flur der Mansardenwohnung legte er sie auf die Kommode, streifte den Sneaker ab und ließ sich von Riekje alles zeigen. Viel war's nicht.

»Für den Moment mehr als genug«, sagte sie ruhig. Sie ging in die Küche, während Yanis sich in dem winzigen Wohnzimmer aufs Sofa setzte. Bald schon zog ein köstlicher Duft nach Gemüselasagne durch die Räume, und Riekje brachte ihm eine Flasche Kirsch-Waldmeister-Limo. Sie setzten sich auf das Sofa und zogen die Andrucke der Speisekarte aus dem Umschlag. Konzentriert und jeder für sich studierten sie alle einzelnen Einträge. Yanis war stolz auf die Karte; sie bot eine feine Auswahl, Ostfriesentee, andere Teesorten, Kaffeespezialitäten, Kuchen und Cupcakes nach Tagesangebot, weitere Getränke und eine Handvoll deftige Speisen. Riekje und Yanis sahen einander über den Rand der großformatigen Karten hinweg an; sie nickten einander zu. »Das haben wir gut hinbekommen«, sagte Yanis. Sie fanden zwei kleine Fehler, die mussten noch korrigiert werden, und mindestens genauso viele übersahen sie bestimmt. Die bemerkten sie dann, sobald die Karten fertig waren.

»Done is better than perfect«, murmelte Yanis.

»So was dachte ich auch gerade.«

»Was riecht hier denn so nach Röstaromen?«

»Die Lasagne!« Sie sprang auf, die konzentrierte Arbeitsatmosphäre zerplatzte. Yanis folgte ihr in die Küche. Die Lasagne war nun etwas knuspriger und definitiv heiß, sie musste erst mal ein paar Minuten auskühlen. Riekje deckte den Tisch und forderte Yanis auf, sich zu setzen.

»Du musst das nicht alleine machen.«

»Na ja, es bringt aber auch nichts, wenn wir uns gegenseitig auf die Füße steigen. Außerdem …« Sie hielt inne, mit Messer und Gabeln in der Hand stand sie vor der offenen Besteckschublade. »Oh man. Ich bin schon wie meine Mutter.«

»Ist das gut oder schlecht?«

»Ganz schlecht«, sagte sie kleinlaut. Sie legte das Besteck auf den Tisch, und Yanis verteilte es. Er holte die Limoflaschen von nebenan.

»Setz dich«, sagte er, und sie nickte. Da saßen sie einander gegenüber, die dampfende, blubbernde Gemüselasagne zwischen sich. »Willst du darüber reden?«

»Über die Lügen meiner Eltern?«

»Zum Beispiel. Du kannst mir auch was über Meerschweinchen erzählen, wenn es dir lieber ist. Oder über irgendein absurdes Faktenwissen, so was mag ich ja.«

Sie knibbelte am Etikett ihrer Limoflasche. »Ich glaube, wenn man mich verstehen möchte …« Tiefes Durchatmen, Nachdenken, Abwägen der Worte. Yanis beobachtete sie aufmerksam. Er erkannte, dass es jetzt nicht mehr ums Tischdecken ging.

»In meiner Familie gab es viele … Lügen«, brachte Riekje mühsam hervor. »Das gehörte dazu, weißt du? Mein Vater hat mir mal Geld geklaut. Als ich ihn fragte, sprang meine Mutter ihm bei. Sie behauptete, das könne nicht sein, da müsste ich mich geirrt haben.

Oder ich hätte das Geld selbst verlegt oder hätte es ausgegeben, ohne mich zu erinnern, für welchen Quatsch.«

»Autsch. Wie alt warst du?«

»Siebzehn. Ich habe für den Führerschein gespart. Danach begriff ich allmählich, wie viele Lügen da waren. Diese eine war nur der Schlussstein. Als ich den rauszog, fiel das ganze Gebäude in sich zusammen. *Uns geht's doch gut. Wir haben doch alles. Du kannst alle Träume verwirklichen.* Es war eine Fassade, hinter der sie ihre Sorgen versteckt haben.«

Sie lächelte müde. »Dann kam Martin. Und ich habe gemacht, was meine Eltern immer gemacht haben. Die Geldsorgen versteckt. Er hat halt auch … oh man. Will gar nicht schlecht über ihn reden.«

»Darfst du aber.« Yanis grinste.

»Na ja, ich denke, er hatte immer deutlich mehr Geld als ich. Und ich habe eben jede Kröte geschluckt, jede zusätzliche Ausgabe und so weiter. Habe nicht zugegeben, dass es zu viel war. Ich war ja nicht komplett blank, ich konnte sogar etwas sparen.«

»Aber du hast ein Ungleichgewicht gespürt.«

Riekje nickte.

Langsam verstand Yanis, was sie ihm versuchte zu erklären. Sie war erst von ihren Eltern um eine für sie nicht kleine Summe Geld gebracht worden. Dann hatte sie sich von ihrem Ex übervorteilt gefühlt, hatte diese Kröte aber geschluckt, weil sie ihm geglaubt hatte, dass das eben fair sei.

»Und jetzt …« Sie begann, die Lasagne zu verteilen. »Jetzt ist alles anders.«

»Inwiefern?«

Riekje hockte sich auf den Stuhl, die Knie angezogen. Sie umschlang mit einem Arm die Beine, stocherte in der Lasagne herum. »Ich bin allein«, sagte sie.

»Ist das gut oder schlecht?«

»Das weiß ich noch nicht so genau.«

»Hm«, machte er. Denn er hatte schon eine Meinung dazu. Das machte es mit ihm, wenn er zu viel Zeit zum Nachdenken hatte.

»Allein, schwanger, in Gründung. Wow. Und alles in mir will das jetzt auch allein schaffen, weil ich mich bisher nie auf die Menschen verlassen konnte, auf die ich mich verlassen wollte. Siehst du das Problem?«

»Ja«, sagte er leise.

»Ich weiß nicht, ob ich das kann. Aber ich will es versuchen. Vertrauen. Loslassen. Mich auch ein Stück weit …« Sie verstummte.

Yanis nahm all seinen Mut zusammen. Er nahm ihre Hand, die neben dem Teller ruhte, strich mit dem Daumen über ihren Handrücken. Riekje schloss die Augen.

»Darf ich auch was sagen?«, murmelte er.

»Ja«, flüsterte sie.

»Ich sehe das so. Wir haben uns kennengelernt. Wir waren uns sympathisch. Von meiner Seite sogar mehr als das. Dir war es zu viel, und das habe ich respektiert. Das werde ich immer respektieren, Riekje. Aber wir haben nun auch etwas, das uns verbindet. Du bist schwanger. Und zugleich sagst du, du willst mir das nicht zumuten mit meiner Vergangenheit. Mach das ruhig. Ich halte das aus. Sehr gut sogar, denn die Vergangenheit interessiert mich nicht. Mich interessiert nur unsere Zukunft. Du und ich. Was wir daraus machen. Ich sitze da im Camper mit meinen sechs Katzen und möchte gar nicht, dass diese blöde Schiene vom Fuß runterkommt. Weil das dann heißt, dass ich keine Ausrede mehr habe, meine Reise fortzusetzen. Und wenn du jetzt sagst, du möchtest irgendwie *mehr,* egal, was das ist. Verantwortung. Beziehung. Freundschaft. Irgendwas. Aber ich glaube, dass wir Teil im Leben des anderen sind – das möchte ich schon.«

»Ja«, sagte sie leise.

Mehr hatte sie nicht zu sagen? Yanis musste schlucken. »Aber wie du dir das vorstellst, weißt du noch nicht?«, vermutete er.

Sie sah auf. »Doch. Ich weiß es. Ich habe nur Angst.«

Er wollte wissen, wovor, aber ihr Blick war so eindringlich, dass er ausnahmsweise die Klappe hielt und Riekje reden ließ.

»Was, wenn's schiefgeht?«

»Dann haben wir es wenigstens versucht. Ich bin keiner, der sofort aufgibt, Riekje. Und ich glaube, du gehörst auch nicht zu den Leuten, die direkt die Flinte ins Korn werfen.«

Sie lächelte. Ganz sanft und still war dieses Lächeln, es war so sehr Riekje, dass er nicht weiterredete, denn sie war nicht nur eine, die allzu schnell aufgab, sondern ebenso eine, die viel nachdachte. Nichts Unüberlegtes tat.

»Ja, dann.«

Er lachte auf.

»Ja?«

Weil er es nicht glauben konnte. Meinte sie das ernst? Brauchte sie noch mehr Bedenkzeit? Hatte sie sich entschieden?

Sie stand auf und streckte die Hand nach ihm aus. »Ja«, sagte sie, und dann zog sie ihn hinter sich her nach nebenan.

Noch nie war ihr ein Ja so leicht über die Lippen gekommen, und noch nie hatte sie die Hand von dem genommen, den sie wollte, hatte ihn ins Schlafzimmer gezogen und weiter zum Bett. Yanis stolperte hinter ihr her, »mein Fuß!«, jammerte er, und sie blieb stehen, weil sie kichern musste. Riekje drehte sich zu Yanis um und spürte seine Arme um ihre Schultern, er sank fast gegen sie, und dann spürte sie schon das Bett hinter sich und ließ sich fallen.

So einfach war das also. Das hätte sie nicht gedacht. Sie ächzte, weil er mit seinem ganzen Gewicht auf ihr lag, und sofort stützte er sich auf den Ellbogen und musterte sie besorgt. »Alles okay?«, fragte er. Sie nickte.

Er strich eine Strähne aus ihrem Gesicht, und sie musste wieder ein Kichern unterdrücken, so ein atemloses, weil es sich wie ein Klischee anfühlte, sie waren miteinander ins Bett gesunken, und gleich würde er sie küssen. Sie hob die Hand, legte sie an seinen Hinterkopf und zog ihn zu sich. Ihre Lippen berührten sich, es fühlte sich so *richtig* an, als hätte alles, was sie getan und entschieden hatte, zu diesem Moment geführt.

Dann dachte sie eine ganze Weile gar nichts mehr, und sie redeten auch nicht viel, sondern liebten sich.

So einfach war das.

Und so schön.

Am nächsten Morgen wachte Riekje auf, und sie rekelte sich auf ihrer Bettseite. Ihre Hand fuhr nach links, doch Yanis war schon aufgestanden. Sie hörte ihn in der Küche werkeln, und mit einem Lächeln kuschelte sie sich wieder ins Kissen. Es war noch früh; sie hatten Zeit für ein gemeinsames Frühstück, bevor sie ins Café musste. Wie gut es war, dass sie nicht mehr den kompletten Tag im Büro hocken musste. Sie hatte die Arbeit gern gemacht, aber erst jetzt, da sie sie nicht mehr machen musste, spürte sie, was für eine Last ihr damit von den Schultern genommen war.

»Du bist wach!« Yanis schaute ins Schlafzimmer. »Wie lange lässt du mich schon in der Küche schuften und fluchen? Ich kann leider nicht backen. Aber aufbacken kriege ich hin, deshalb bitte keine Kritik am Frühstück.«

»Würde mir nie einfallen.« Riekje streckte sich, dann schwang sie die Beine über die Bettkante.

»Was machst du da?«

»Na, aufstehen?«

»Nix da. Frühstück im Bett. Müssen wir ausnutzen, wenn wir etwas mehr Platz haben.«

Riekje kicherte. So viel mehr Platz war nicht, Ruths Bett unter der Mansarde war nur eins vierzig breit. Aber Yanis hatte recht – es fühlte sich großzügiger an als der Camper, weil man die Beine ausstrecken konnte. Sie fühlte sich so übermütig, seit Yanis und sie sich nun endlich für ein eindeutiges »Wir versuchen es« entschieden hatten. Alles fühlte sich leichter an.

Er trug ein Tablett herein, stellte es auf die Matratze und schlüpfte zu Riekje ins Bett.

»Und wer kümmert sich um Obi Wan und die Babykätzchen, wenn du hier herumtrödelst?«

»Ich fahre gleich zu ihnen. Du hast ja auch noch ein Café einzurichten, oder?«

»Hmhmmm.« Nichts lag ihr ferner. Am liebsten hätte sie den ganzen Tag mit Yanis im Bett vertrödelt.

Es gab Aufbackbrötchen, Honig, Sanddornmarmelade, Lammsalami aus Ruths Inselschäferei und Schafskäse, der so bröckelig war, dass er unter ihren Fingern zerbröselte. Während sich Riekje am Kaffeebecher wärmte, machten sie Pläne. Für den Tag heute. Für die kommende Woche. Die Eröffnung. Und für die Zeit danach.

Für die vor allem.

»Für den Übergang haben wir immer noch den Camper«, sagte Yanis. »Freu mich schon, wenn du das Baby in der Wurfkiste säugst.«

Er grinste, und Riekje knuffte ihn in die Seite. »Vielleicht wird es ja ein Flaschenkind?«

»Wir machen das so, wie du es für richtig hältst.«

»Wie *wir* es für richtig halten«, korrigierte sie ihn. »Aber bei der Wurfkiste lege ich ein Veto ein. Ich möchte, dass unser Baby in Nelas Geburtshaus zur Welt kommt.«

»Abgemacht. Und im Herbst suchen wir eine Wohnung. Kennst du einen Makler, an den ich mich wenden kann?«

»Na ja«, druckste sie herum. »Mein Ex?«

Jetzt verzog zur Abwechslung Yanis das Gesicht. »Ich weiß nicht, ob ich dem das Geld in den Rachen werfen möchte, nachdem er dich so mies behandelt hat.«

»Aber die Geschäfte laufen doch so schlecht.« Riekje grinste. »Alternativ nehmen wir Asjas Wohnung, solange es geht. Das nimmt uns etwas Druck. Und ehrlich gesagt brauchen wir nicht viel Platz.«

»Aber ein Kinderzimmer? Und all das?«

Riekje lachte. »Ich zitiere Asja: Kinderzimmer werden überbewertet. Das Baby schläft anfangs eher auf uns.« Sie erinnerte sich gut an die Zeit, als Lotti so klein war, dass sie mehr Zeit auf Asja als sonst wo verbrachte. »Ein gemütliches Sofa wäre gut.«

»Bekommen wir.«

»Und eine Küche?«

»Reicht dir denn nicht die Küche hier drunter?!« Gespielt verzweifelt raufte Yanis sich die Haare. Doch er wurde ernst. »Wir machen das, was du brauchst. Nicht mehr, nicht weniger.«

Riekje schüttelte den Kopf. »Und was brauchst *du?* Ich will jetzt nicht hören, dass du schon zufrieden bist, wenn du mit mir zusammen sein kannst. Das habe ich Martin jahrelang erzählt, und es ist Teil unseres Unglücks gewesen, dass ich nichts hatte, das mich neben der Beziehung so richtig glücklich gemacht hat. Also, außer das Backen.«

»Und dass du dir das gesucht hast, war ein Segen.«

»Soll ich ihm jetzt dankbar sein oder was«, grummelte Riekje.

Aber sie meinte es ernst. Zumindest damit, dass Yanis etwas brauchte, das ihn erfüllte, das ihm Spaß machte und womit er eventuell Geld verdienen konnte. In seinen alten Job wollte er ja nicht zurück.

»Kann ich nicht einfach als Tellerwäscher bei dir anfangen?«

Grinsend schüttelte sie den Kopf, beugte sich zu ihm hinüber und küsste Yanis auf den Mund. »Such dir was Eigenes. Das Café gehört mir.«

Das war ein Satz, den sie sich mehrmals am Tag sagen musste. *Das Café gehört mir.*

Streng genommen gehörte es ja nicht ihr, sie hatte die Räumlichkeiten gepachtet und füllte sie nun mit Leben. Sie *war* das Café. Und was sich einerseits super anfühlte, war auf der anderen Seite schwierig.

Sie brauchte nämlich dringend noch Personal, und obwohl sie Yanis auf keinen Fall fest einplanen wollte, war sie zugleich schon so verzweifelt, dass sie ihn einplanen *musste,* wenn nicht ein kleines Wunder geschah.

Sie hatte in der Zeitung mehrere Anzeigen geschaltet, war sich aber der Tatsache bewusst, dass es vor allem während der Saison schwierig werden könnte, jemanden zu finden. Fachkräftemangel, ja, ja, so ein scheußliches Wort für so eine miese Sache. Aber Riekje wollte jetzt nicht aufstecken. Alles war vorbereitet, es fehlten nur noch ein paar zupackende Hände, bevor es am Samstag losging.

Sie stand den ganzen Tag in der Küche, backte Macarons und Cupcakes, beim Lieferservice waren schon wieder einige Tortenbestellungen eingegangen. Yanis hatte sich verabschiedet – er war mit dem Taxi zurück zum Campingplatz gefahren. Auf Dauer ging das auch nicht, dass er immer hin und her pendelte, und ins Geld ging es auch. Da brauchten sie schnell eine Lösung.

Das Backen beruhigte sie. Die Kuhlen der Muffinform mit Teig befüllen, die noch heißen Küchlein herauslösen, damit sie auf einem Kuchengitter erkalteten. Die Mokkacreme anrühren, in die Spritztüte füllen, die richtige Tülle auswählen …

»Du hast dich immer schon gern in der Küche rumgedrückt.«

Riekje blickte auf. In der Küchentür stand ihre Mutter. Sie hatte wieder die viel zu große Strickjacke an, in den Händen hielt sie einen kleinen Zettel.

»Dein Vater hat immer gesagt, aus dir wird 'ne Köchin. Dass du unseren Imbiss übernehmen kannst irgendwann. Das hier hatte er wohl nicht im Sinn.«

»Mama.«

Ihre Mutter betrat die Küche. Sie bewegte sich vorsichtig und sah sich interessiert um. »Das hier ist schon 'ne Nummer größer als unsere Givtbude, was?«

Riekje zuckte hilflos mit den Schultern. Sie wusste nicht, was sie darauf erwidern sollte. »Kann schon sein«, brachte sie lahm hervor.

»Ich habe das erst gar nicht glauben wollen.« Ihre Mutter blieb vor der Kücheninsel stehen. »Dass du ein Café aufmachst. Aber dann hab ich in der Zeitung deine Anzeige gesehen.« Sie hielt Riekje den Zeitungsausschnitt hin, fast schon anklagend. »Und dann dachte ich, na ja. Ich schau mal vorbei und frage einfach.«

»Was fragst du?«

»Ob die Stelle noch frei ist. Im Service. Weißt ja, ich hab das früher immer gemacht bei uns. Aber in den letzten Jahren, hm. Da dachte ich, das wäre nicht nötig. Dein Vater hat ja das Geld verdient. Aber ich möchte auch was für mich haben.« Sie senkte den Kopf. »Wenn du verstehst.«

Riekje verstand. Alles daran.

Ihr Vater hatte immer gesagt, wo es langging, und die Johannsen-Frauen waren gefolgt. Riekje hatte lange gebraucht, sich davon zu befreien. Und ihre Mutter, die noch viel mehr von ihm abhängig gewesen war, die ihm auch dann treu zur Seite stand, nachdem er Riekje beklaut hatte – verständlich, dass es ihr noch schwerer fiel.

»Ich möchte einfach wieder was tun.«

»Du könntest überall anfangen. Servicekräfte werden gesucht«, sagte Riekje leise.

»Ja, ich weiß.« Ihre Mutter sah sich um. Dann schlang sie fröstelnd die Arme um den Oberkörper. »Aber ich möchte, dass wir uns wieder besser verstehen. Meinst du, das bekommen wir hin? Irgendwann?«

»Irgendwann bestimmt«, sagte Riekje leise. Sie nickte langsam. »Also, wenn es dir ernst damit ist – ich würde mich freuen, wenn du bei mir anfängst.«

Das Gesicht ihrer Mutter erhellte sich, und Riekje begriff in diesem Moment, dass Grit nicht nur befürchtet hatte, Riekje würde sie wegschicken – nein, sie war fest davon ausgegangen, dass sie für alle Zeiten keinen Platz mehr in Riekjes Leben haben würde.

»Danke«, sagte sie leise.

»Samstag geht's los. Willst du Freitag vorbeikommen, und ich zeig dir alles?«

»Ja, sicher. Wenn du mich vorher brauchst, ich schreib dir meine Nummer auf.« Ihre Mutter kramte in der Jackentasche und zog einen Kugelschreiber hervor. Riekje lächelte, denn das kannte sie noch von früher in der Givtbude, da hatte ihre Mutter immer einen Kuli in der Tasche gehabt, um jederzeit eine Bestellung aufzunehmen.

Sie gab Riekje den Zeitungsausschnitt mit ihrer Nummer. Bevor sie ging, zögerte sie. »Dein Vater …«

Riekje nahm den Zettel an sich. »Was ist mit ihm?«

»Der würde wohl auch … na ja. Ich glaub, dem tut's auch leid, aber du weißt, wie er ist. Dem muss man halt auch die Entschuldigung aus der Nase ziehen.«

Riekje versteifte sich. »Ich werde nicht zu ihm hingehen und mich bei ihm entschuldigen, weil ich so lange aus *seinem* Leben verschwunden bin«, erwiderte sie frostig.

Ihre Mutter senkte den Kopf. »Ja. Versteh ich doch.«

Wieder allein starrte Riekje auf die Nummer ihrer Mutter. Dann zog sie ihr Handy heraus und gab die Handynummer ins Adressbuch ein.

Yanis hatte Fotos von den Kitten geschickt. *Dürfen überhaupt Katzen in Asjas Wohnung? Ohne ziehe ich nicht ein!*, schrieb er.

Sie lachte. Egal, was passierte, welche Begegnungen sie hatte, welche Knüppel ihr das Leben zwischen die Beine warf – ein paar Worte von Yanis genügten, dass sie wieder dieses unerklärlich schöne Gefühl hatte, dass sich alles irgendwie finden würde. Dass nichts, was da draußen an Erwartungen, Verpflichtungen und Aufgaben auf sie wartete, sie komplett überforderte. Sie war nicht allein damit, und zugleich konnte sie jederzeit entscheiden, dass sie es allein versuchen wollte.

Selten hatte sie sich so frei gefühlt wie in diesem Moment. Das ganze Leben lag vor ihr, und sie freute sich auf jeden einzelnen Tag.

Epilog

Riekje wurde vom sanften Trommeln der Regentropfen auf dem Dachfenster geweckt. Sie reckte sich wohlig. Ihre Hand fuhr zur anderen Bettseite, doch die war schon leer. Immerhin noch warm, also war Yanis noch nicht so lange auf.

Sie blieb kurz liegen und genoss dieses wohlige Gefühl. Andererseits musste sie auch ziemlich dringend aufs Klo, darum schob sie mit einem leisen Seufzen die Füße ins Kalte und stellte sie auf den Teppich.

Quiek.

War sie also mal wieder auf eins der Gummitiere getreten, die von den Katzenkindern – na, Teenager wohl eher – überall in der Wohnung verteilt wurden. Sie verzog das Gesicht.

Obi Wan kam in das Schlafzimmer gestromert und sprang aufs Bett. Schnurrend rollte sich die rote Katze auf Riekjes Schoß ein.

»Alter, frecher Tiger«, murmelte Riekje und kraulte die Katze im Nacken, weil sie das besonders gern mochte. »Du könntest deine Brut auch mal besser erziehen, Fräulein.« Aus grünen Augen starrte die Rote sie an, als wollte sie sagen: *Wir sprechen uns dann noch mal, wenn dein Nachwuchs mich am Schwanz zieht, okay?*

Riekje schob die Katze von ihrem Schoß und ging ins Bad. Im Flur tollten die beiden letzten Jungkatzen. Mick und Bosch waren ein Herz und eine Seele, der eine pechschwarz, der andere der Kleinste aus dem Wurf, Riekjes Lieblingstiger, von dem sie sich auf keinen Fall hatte trennen können. Bei der Namensgebung hatte sie sich durchgesetzt – lieber der Detective aus der gleichnamigen Fernsehserie und sein Halbbruder aus dem Spin-off. Wäre es nach Yanis gegangen, wären sie Darth Vader (der schwarze, klar!) und Skywalker getauft worden. Aber irgendwo hatte ihre Akzeptanz von *Star Wars* auch Grenzen. Es genügte schon, dass Yanis in einem Anflug von Nestbautrieb so einen plüschigen Baby-Yoda angeschleppt hatte, eine Spieluhr, die das *Star Wars*-Thema abspielte.

»Du bist ja schon wach!« Yanis schaute aus der Küche. »Frühstück in fünf Minuten?«

»Gib mir zehn.«

Sie stellte sich auf die Zehenspitzen und küsste ihn auf den Mund. Yanis legte den Arm um ihre Taille und zog sie an sich, was allerdings inzwischen zunehmend erschwert wurde durch den kleinen Babybauch, der sich unter ihrem Schlafshirt wölbte. »Ich gebe dir alle Zeit der Welt«, versprach er.

»Mhhh«, machte sie. »Meinst du, wir haben auch *dafür* Zeit?« Sie blickte über die Schulter zum Schlafzimmer. Yanis seufzte.

»Leider nicht. Ich bin um halb neun mit deinem Ex verabredet.«

»Pass nur auf, dass ich nicht eifersüchtig werde. Bald verbringst du mehr Zeit mit ihm als mit mir.«

»Eigentlich höre ich mir nur an, wie er dir nachweint, damit er mir dann wieder eine Wohnung zeigt, die komplett indiskutabel ist.«

Riekje seufzte. Das Thema Wohnungssuche war immer noch nicht zu ihrer Zufriedenheit gelöst, und weil inzwischen November war und sie nicht vorhatte, Weihnachten auf dem Campingplatz zu leben, waren sie wieder in die Mansarde vom *Möwennest* gezogen – dank Ruths Angebot. Asja war zurück aus ihrem Honeymoon mit Fridolin, der sich dann plötzlich doch als ziemlich großer Arsch erwiesen hatte. Oder wie nannte man das, wenn einer sich ein Liebchen auf der Ferieninsel halten wollte, obwohl er daheim noch verheiratet war und drei Kinder hatte? Komisch, dass er ihr das verschwiegen hatte. Na, aus gutem Grund vermutlich.

Riekje und Yanis waren also auf der Suche nach einer bezahlbaren kleinen Wohnung, möglichst zentral und nicht zu abgerockt. Also die Stecknadel im Heuhaufen, und die gab es nur, wenn man über einen Makler ging. Die Insel hatte nicht so viele Makler, und Martins Vater hatte die meisten Wohnungen im Angebot – wenn überhaupt etwas angeboten wurde. Inzwischen hatte Riekje sich von dem Gedanken verabschiedet, sie könnten was mieten, da gab es einfach nichts. Also suchten sie nach einer Eigentumswohnung.

Ihre Bauchschmerzen deswegen hatte Yanis beiseitegewischt. »Ich habe etwas Geld«, hatte er gesagt. »Du verdienst gut mit deinem Café. Wir kommen zu gleichen Teilen ins Grundbuch. Müssen wir gar nicht diskutieren.«

Sie hatte ihm das Versprechen abgenommen, dass sie ihm nach und nach ihren Anteil am Eigenkapital auszahlen würde, damit es ausgeglichen war. Er war damit einverstanden.

Über Finanzen reden – das war mit ihm einfach. Sie diskutierten manchmal hitzig, ja. Aber letztlich fanden sie immer eine Lösung.

Auch die Frage, was Yanis zukünftig beruflich machen wollte, würde sich erst finden. »Erst mal bin ich Papa«, hatte er ihre lauten Überlegungen auf seine Art beendet. »Wenn mir dann doch die Decke auf den Kopf fällt, kann ich im Café aushelfen, da ist ja immer was zu tun.«

Womit er recht hatte. Riekje putzte rasch die Zähne, sie schaute auf die Uhr. In einer halben Stunde wurde sie im Café erwartet, wenn sie in Ruhe frühstücken wollte, wurde es knapp.

In der Küche war der kleine Tisch fürs Frühstück gedeckt. Obi Wan thronte auf Riekjes Stuhl, und als sie die Katze hochhob und auf ihren Schoß setzte, schmuste diese direkt mit ihr. »Dass ich nicht eifersüchtig werde«, murmelte Yanis und stellte Riekje ihren Kaffee hin.

»Als ob ich 'ne Chance hätte, dir bei den Katzen den Rang abzulaufen.«

Er setzte sich zu ihr, und für eine Viertelstunde genossen sie ein bisschen die gemeinsame Zeit. Dann musste Riekje auch schon los. Das Café lag ein bisschen im Dornröschenschlaf und hatte nur nachmittags für ein paar Stunden auf, parallel zu den Kursen im *Möwennest*. Aber der Kuchenlieferdienst brummte wie eh und je, und sie hatte heute einiges zu tun.

In der Küche des Cafés hatte Riekjes Mutter schon mit den Kuchenteigen begonnen. Riekje hängte ihre Jacke auf und band sich eine Schürze um. »Na, das wird ja auch immer schwieriger!«, bemerkte ihre Mutter mit einem Lächeln.

»Wenn's nicht mehr geht, muss ich dir wohl alles überlassen.« Riekje atmete tief durch, bevor sie einen Blick in die Auftragsverwaltung warf und ihre nächsten Schritte plante.

Sie hatte ihren Eltern eine Chance gegeben. Und zumindest ihre Mutter war bereit gewesen, sich auf diesen Weg der Versöhnung zu begeben. Ohne Garantie, dass von heute auf morgen alles wieder gut sein würde. Aber inzwischen war sie als Arbeitskraft in Riekjes Café unersetzlich, und sie war auch eine angenehme Mitarbeiterin. Sie nahm sich zurück, aber inzwischen besaß sie auch genug Selbstbewusstsein, dass sie für sich einstehen konnte. Etwas, das Riekje damals bei ihrer Mutter vermisst hatte. Das sie ihr vorgeworfen hätte, wenn Grit sich darauf beschränkt hätte, zu allem, was Riekje ihr auftrug, Ja und Amen zu sagen. Immer noch fühlte sich dieser Frieden an manchen Tagen brüchig an. Aber sie wurden immer besser darin, füreinander da zu sein. Es hatte viel mit der Bereitschaft zu tun, der anderen zu verzeihen, hatte Riekje erkannt.

Mit ihrem Vater war es etwas komplizierter. Sie hatte auch mit ihm das Gespräch gesucht. War extra in die Fahrradwerkstatt gefahren, hatte nach ihm gefragt. Ihr Vater allerdings war mürrisch; er zeigte wenig Interesse an ihr oder an einer Versöhnung.

»So ist er eben«, sagte Riekjes Mutter lapidar. Warum sie bei ihm blieb? »Liebe ist, wie sie ist. Wir kommen klar.« Sicher, sie fürchtete den Neuanfang. Und Riekje hatte sich vorgenommen, ihrer Mutter da nicht reinzureden. Falls die Ehe ihrer Eltern dann doch in die Binsen ging, wäre sie für ihre Mutter da, irgendwie.

Dass sie bei Riekje arbeiten konnte, war schon viel wert. Würde Riekje jedenfalls nicht vergessen, wie sie ihrer Mutter die erste Lohnabrechnung hinlegte und diese auf die Zahlen starrte. Da hatte Riekje erst begriffen, so *richtig* begriffen, wie wichtig das war. Etwas machen zu können, dass eine so richtig erfüllte und nicht nur das Konto einigermaßen füllte. Da hatte sie auch kapiert, wieso Yanis nicht in einen gut bezahlten Job zurückkehren wollte, sondern sich noch etwas Zeit ließ.

Aber sie hatte Bock auf das Café, auf die Cupcakes, die Macarons und Törtchen, die Enno weiterhin jeden Mittag an die Kundinnen ausfuhr. Sie liebte es, sich neue, verrückte Kreationen auszudenken, die sie erst im Café ausprobierte und dann auch beim Lieferservice anbot.

Sie hatte nicht mit einem so durchschlagenden Erfolg gerechnet, aber seit vier Monaten war sie quasi im Dauereinsatz, und sie liebte alles daran.

»Hallo, jemand zu Hause?«

Riekje blickte auf. Ihre Mutter war gerade drüben bei den Yogafrauen, die sich mittags gern einen Imbiss bringen ließen. Jule kam herein, sie trug ihre kleine Tochter Hanni im Tuch vor der Brust. »Hey! Ich war gerade in der Gegend und dachte, ich schau mal nach euch.«

Die beiden umarmten sich, und Jule, die nach der Geburt und so vielen durchwachten Nächten quasi dauermüde war, ließ sich gern auf einen frischen Espresso im Café einladen. Riekje setzte sich zu ihr, und sie redeten ein wenig. Auch darüber, wie viel Verantwortung es war, für ein kleines Menschenkind verantwortlich zu sein.

»Casper ist ja eh der Beste, und wir versuchen, uns bei den Nächten abzuwechseln. Aber ich kann ja wenigstens tagsüber mit Hanni schlafen, wenn ich müde bin. Die Freiheit hat er nicht. Bin froh, dass es im Laden gerade etwas ruhiger ist.«

Riekje war auch froh, dass ihr Baby erst im Frühling kam – dann wäre es hoffentlich noch etwas ruhiger, bevor im Sommer der nächste Besucheransturm über ihr Café hinwegfegte. Aber als sie ihre Befürchtung äußerte, sie könnte der Herausforderung nicht gewachsen sein, machte Jule eine wegwerfende Handbewegung. »Quatsch. Du lernst doch alle gerade so gut an, was soll da schiefgehen?«

Das war nämlich der Plan: dass Riekje wirklich und wahrhaftig mindestens für die Zeit des Mutterschutzes nicht arbeitete. Yanis hatte den Vorschlag gemacht, und neben ihrer Mutter, Ruth und den beiden Aushilfen, die Riekje inzwischen gefunden hatte, war auch Jule felsenfest davon überzeugt, dass es auch mal eine Weile ohne Riekje gehen würde. Letztlich hatte Nela den Ausschlag gegeben. Sie hatte ja vor zwei Jahren ihr Geburtshaus quasi frisch schwanger eröffnet, hatte also in einer ähnlichen Situation gesteckt. Und ihr war es nach einem halben Jahr sehr schwergefallen, in den Job zurückzukehren. »Man unterschätzt die Aufgabe als Eltern so leicht«, hatte sie erklärt, als Riekje zur Vorsorge bei ihr war und andeutete, sie wolle möglichst bald nach der Geburt wieder einsteigen. »Sogar mir ist das passiert, dabei sehe ich doch, wie erschöpft viele Eltern in den ersten Wochen nach der Geburt sind. Man denkt dann immer: ›Meine Güte, stellt euch nicht so an, ihr habt ein gesundes Baby!‹ Aber so ein Baby verlangt echt 'ne Menge. Hol dir alle Unterstützung, die du kriegen kannst. Auch damit wird es schwer genug.« Und das sagte Nela mit dem Wissen, dass sich nach der Geburt ihres zweiten Kinds in Kürze auch wieder einiges ändern musste. Die Männer, meinte sie, fühlten sich mit ihrer Arbeit immer so unentbehrlich. Waren sie gar nicht. Diesmal hatte sie sich fest vorgenommen, Simon mehr in die ersten Wochen und Monate einzubinden.

»Und du meinst, das klappt?«

Nela hatte Riekjes Akte zugeklappt und lachte. »Frag mich in einem halben Jahr noch mal.«

Am frühen Nachmittag, nachdem alle Cupcakes dekoriert, alle Macarons verpackt und Enno unterwegs war, putzte Riekje die Küche. Sie genoss diese stillen Augenblicke, in denen sie so ganz bei sich war. Ein halbes Jahr nur hatte ihr Leben so gründlich auf den Kopf gestellt, dass sie gar nicht mehr so genau sagen konnte, weshalb sie vorher jahrelang in einem Leben verharrt war, das sie nicht glücklich machte. Sie konnte sich gar nicht mehr erinnern, womit sie ihre Tage damals gefüllt hatte außer Arbeit, backen, putzen … Brrr. Sie schüttelte sich. Keine schöne Erinnerung.

Aber nun war alles anders. Und als sie wenig später das Café abschloss und mit einem Teller Macarons nach oben in die winzige Mansardenwohnung ging, da spürte sie das Glück, das sanft auf ihrer Blase herumtrampelte. Sie lachte, drückte die Hand auf ihren Bauch und spürte, wie das Murmelchen seinen Po gegen die Finger drückte.

Yanis wartete schon auf sie, mit Ostfriesentee und umgeben von den drei Katzen.

»Wenn du mich vor die Tür setzt, werde ich ein alter, verrückter Katzenmann, und alle auf der Insel fürchten mich, weil ich Dutzende streunende Katzen anlocke.«

»Ich bin doch nur zehn Minuten zu spät!« Sie beugte sich zu ihm hinunter und küsste ihn. »Hey. Dein Murmelchen trampelt wieder, magst du es spüren?«

Er legte die Hand auf ihren Bauch, und sie lächelten einander an. »Schön«, flüsterte Yanis ergriffen.

Dem hatte Riekje nichts hinzuzufügen.

Danksagung

Niemand ist eine Insel.

Ich bin ungelogen jeden Morgen aufs Neue dankbar, dass ich Romane schreiben darf. Möglich wird das auch durch dich, liebe Leserin. Wenn du nicht meine Bücher kaufen, lesen, weiterempfehlen und verschenken würdest, wär's schwer. Danke!

Ich habe aber lange geglaubt, dass ich eine Insel wäre. Weshalb mir die letzten drei, vier Jahre gar nicht so schwerfielen. Dachte ich.

Und dann habe ich gemerkt, dass das gar nicht stimmt. Dass ich gar nicht so einsam vor mich hinarbeite in meinem stillen Kämmerlein. Beziehungsweise, dass es mir nicht guttut, wenn ich nur in meinem Homeoffice hocke und den ganzen Tag niemanden sehe außer meiner Familie.

Darum bin ich froh und vor allem dankbar, dass mich bei diesem Buch so viele Menschen begleitet haben wie schon lange nicht mehr. Inzwischen bin ich mehrere Tage in der Woche in einem Co-Working-Space und schreibe dort. Ein wundervoller Ort, um seine Bücher zu schreiben, ich sag, wie's ist.

Dieser Roman wurde im Verlag von vielen getragen. Christine Steffen-Reimann holte mich einst zum Verlag. Sabine Ley kümmerte sich um mich, als ich vorübergehend etwas verloren war. Und inzwischen bin ich bei Anne Hilliges angelangt, die für jedes meiner Themen ein offenes Ohr hat und mit der ich so gerne zusammenarbeite!

Anika Beer hat sich als Glücksgriff fürs Lektorat erwiesen. Mit feinem Humor und den richtigen Fragen hat sie noch deutlich mehr aus dem Text herausgekitzelt und gab auch dann nicht Ruhe, als ich dachte, ich sei schon fertig. Das hat den Text besser gemacht, und ich habe viel gelernt, auch über mich als Autorin.

Franka Zastrow begleitet mich nun schon seit vielen Jahren. Mit ihr als Agentin an meiner Seite bin ich immer wieder über mich hinausgewachsen. Danke, dass du dir all meine Ideen anhörst und sie einordnest, ich weiß, dass es viele sind.

Meine Familie hat mich stets unterstützt. Und noch so viel mehr. Sie ist der Ankerpunkt, zu dem ich zurückkehre, wohin auch immer ich mit meinen Geschichten reise.